À Don, Simon,
Donna et Phillip

1

LE MONDE COMMENÇA à s'écrouler à neuf heures du soir. Non pas à cinq heures, au moment où cela arriva, ni à six heures et demie quand les policiers débarquèrent et qu'Ève lui demanda d'aller dans le châtelet et de ne pas se montrer, mais à neuf heures lorsque tout fut redevenu calme, une fois la nuit tombée.

Liza espérait que c'était bel et bien terminé. Elle regarda la voiture descendre le chemin qui mène au pont, puis retourna au pavillon du gardien et monta dans sa chambre. Là, de sa fenêtre, elle suivit des yeux les feux rouges à l'arrière du véhicule, quand il franchit le pont, puis ses phares blancs qui lui firent face lorsque la route se mit à monter et à serpenter dans les collines. Alors seulement, lorsqu'elle ne vit plus ses lumières ni aucune autre alentour, juste la lune écarlate et une poignée d'étoiles, elle sut qu'elles étaient sauvées.

Ève l'attendait calmement en bas. Elles allaient pouvoir parler, mais d'autre chose évidemment. Ou lire, ou bien écouter de la musique. Ève esquissa un très léger sourire, puis reprit son air sérieux. Aucun livre ne reposait sur ses genoux, ni aucun ouvrage de couture. Liza fut effrayée de voir trembler ses mains. Sa première peur véritable surgit de la vue de ces petites mains, habituellement calmes, qui tremblaient légèrement.

« J'ai quelque chose de très grave à te dire », déclara Ève.

Liza savait ce que c'était. Il s'agissait de Sean. Ève avait découvert la vérité au sujet de Sean, et cela ne lui plaisait pas. Liza pensa avec effroi au sort qu'Ève réservait aux hommes qu'elle n'aimait pas ou qui s'opposaient à ses projets. Ève tenterait quelque chose pour la séparer de Sean, et, si cela échouait, que ferait-elle ? Liza savait qu'elle-même ne risquait rien, qu'elle — l'oiseau qui picore dans les mâchoires de la mort — n'avait jamais rien risqué. Mais Sean était vulnérable. Il pouvait très bien, elle le voyait clairement, être le prochain candidat. Aussi attendait-elle, les nerfs tendus.

Or il s'agissait de tout autre chose. « Je sais que cela va être difficile pour toi, Liza, mais il va falloir que tu partes d'ici. »

Là encore, Liza comprit de travers. Elle crut qu'Ève voulait dire, nous allons partir toutes les deux. Après tout, cette menace précise était suspendue au-dessus de leurs têtes depuis plusieurs jours. Cette bataille-là, Ève n'avait pas été capable de la remporter, c'était une victoire qui lui échappait.

« Quand devons-nous partir ?

— Pas nous. Toi. J'ai déclaré à la police que tu n'habitais pas ici. Ils croient que tu viens juste me rendre visite de temps en temps. Je leur ai donné ton adresse. » Ève lança un regard dur à Liza. « Ton adresse à Londres. »

L'effondrement de toutes choses commença en cet instant précis, ainsi que la peur, la vraie. Liza comprit qu'elle n'avait jamais vraiment connu la peur jusqu'à ce moment de la fin août, une ou deux minutes après neuf heures du soir. Elle vit que les mains d'Ève avaient cessé de trembler. Elles reposaient, inertes, sur ses genoux. Celles de Liza se crispèrent.

« Je n'ai pas d'adresse à Londres.

— Maintenant, tu en as une.

— Je ne comprends pas, dit Liza d'une voix chevrotante.

— S'ils croient que tu habites ici, ils te poseront des questions sur ce que tu as vu et entendu, et peut-être... peut-être sur le passé. Non que je manque de confiance en toi (là, Ève eut un petit sourire ironique) — tu es capable de mentir aussi bien que moi. Mais c'est pour ton bien. »

Si elle avait eu moins peur, Liza aurait sans doute éclaté de rire. Ève ne lui avait-elle pas expliqué que toujours prétendre agir pour le bien des gens était précisément un moyen, pour les régimes totalitaires, de justifier la police secrète et la propagande mensongère ? Mais elle eut peur au point d'oublier que, depuis des années, elle appelait Ève par son prénom, et reprit ses habitudes de petite enfance.

« Je ne suis pas capable de partir seule, maman. »

Ève le remarqua. Elle remarquait tout. Elle tressaillit comme si le mot « maman » l'avait blessée.

« Si, tu en es capable. Et tu le dois. Tu seras très bien chez Heather. »

C'était donc ça, l'adresse à Londres.

« Je peux parfaitement rester ici. Je me cacherai s'ils reviennent. » Elle parlait comme une enfant, pas comme une adolescente de bientôt dix-sept ans. Puis : « Ils ne reviendront pas. » Elle inspira comme dans un sanglot, sa voix lui échappant, devenant celle d'un bébé.

« N'est-ce pas ?

— Je pense que si. Ou plutôt, je le sais. Cette fois, ils reviendront. Demain matin, sans doute. »

Liza savait qu'Ève n'allait pas tout lui expliquer et, d'ailleurs, elle ne voulait pas d'explications. Elle préférait sa propre connaissance à l'horreur d'une confession sincère, d'un aveu, d'excuses peut-être. Elle répéta :

« Je ne peux pas partir.

— Tu le dois. Et ce soir, de préférence. » Ève regarda les ténèbres, dehors. « Ou demain matin à la limite. » Elle ferma les yeux un instant puis les leva au ciel, et son visage se crispa de douleur. « Je sais que je ne t'ai pas préparée à tout ceci, Liza. Peut-être ai-je eu tort. Tout ce que je peux dire, c'est que je souhaitais bien faire. »

Pourvu qu'elle ne recommence pas à ne parler de ce qui est pour mon bien, pria intérieurement Liza. Et à voix basse, elle avoua :

« J'ai peur de partir.

— Je sais, oh ! je sais. » Sa voix était caressante quoique

brisée, une voix qui soupirait, d'une certaine manière. Et ses grands yeux sombres débordaient de compassion. « Mais écoute-moi bien. Ce ne sera pas trop pénible si tu agis exactement comme je te le dis, et puis, après, tu seras avec Heather. Tu fais toujours ce que je te dis de faire, Lizzie, n'est-ce-pas ? »

Eh bien, non. Autrefois, oui. La peur pétrifiait Liza, lui ôtait la parole.

« Heather vit à Londres. J'ai écrit son adresse, la voici. Tu dois marcher jusqu'à l'arrêt du car. Tu sais où il se trouve, sur la route du village, entre le pont et le village. Quand le car arrivera — le premier passe à sept heures trente —, tu monteras à bord et diras au chauffeur où tu veux aller. C'est inscrit ici. Tu dois lui tendre ton argent et annoncer : "La gare, s'il vous plaît." Le car te mènera à la gare, il s'arrête juste devant, et là, tu iras à l'endroit indiqué "Billets", et tu achèteras un aller simple pour Londres. "Un aller simple pour Londres", c'est ce que tu dois dire. C'est inscrit ici : Paddington, Londres.

« Je ne peux pas joindre Heather pour lui annoncer ta venue. Si je vais téléphoner à la maison, Matt le verra. Et puis, la police risque d'y être. Mais Heather travaille à domicile, elle sera donc chez elle. Arrivée à la gare de Paddington, tu dois aller là où c'est marqué "Taxis" et prendre un taxi jusqu'à son adresse. Tu montreras au chauffeur le morceau de papier où elle est inscrite. Tu peux faire tout cela, Lizzie, n'est-ce-pas ?

— Pourquoi ne viens-tu pas avec moi ? »

Ève resta silencieuse un instant. Elle ne regardait pas Liza mais le tableau de Bruno accroché au mur, Shrove au coucher du soleil, pourpre et or et émeraude foncé.

« Ils m'ont demandé de ne pas bouger d'ici. "Vous n'avez pas l'intention d'aller où que ce soit, j'espère ?", voilà ce qu'ils ont dit. » Elle haussa les épaules de cette manière qui lui était si particulière, un mouvement imperceptible. « Il faut que tu partes seule, Liza. Je vais te donner de l'argent. »

Liza savait qu'elle allait le chercher dans le châtelet. Une fois Ève sortie, elle pensa à l'épreuve qui l'attendait. C'était impossible... Elle se voyait perdue comme cela lui arrivait parfois dans ses rêves. C'était le genre de rêves qu'elle faisait, des rêves où elle errait, abandonnée, dans un endroit inconnu, et tous les endroits ne lui étaient-ils pas inconnus ? Elle se retrouverait seule dans un horizon désertique et grisâtre, béton et immeubles, tunnels vides et murs interminables sans la moindre fenêtre. Son imagination reconstituait cette vision à partir de romans victoriens, dont elle gardait un souvenir vivace, et de scènes de télévision en noir et blanc à demi oubliées, ruelle infestée de rats dans un livre de Dickens ou film tourné en studio. Mais c'était impossible. Elle mourrait d'abord.

La somme s'élevait à une centaine de livres sterling en billets et quelques pièces de monnaie. Ève posa l'argent dans ses mains et lui referma les doigts autour, pensant assurément que Liza n'avait jamais touché d'argent de sa vie, ignorant que cela lui était pourtant arrivé, le jour où elle avait découvert la boîte en fer.

Les pièces étaient pour le car. C'était le montant exact. Qu'allait-elle dire au chauffeur ? Comment lui demanderait-elle ? Ève entreprit de lui expliquer. Elle s'assit à côté de Liza et passa en revue les instructions qu'elle avait écrites à son attention.

« Et toi, que va-t-il t'arriver ? demanda Liza.

— Peut-être rien. Dans ce cas tu pourras revenir, et tout reprendra comme avant. Mais, il faut se faire à cette idée, il est probable qu'ils m'arrêteront et que je devrai comparaître devant un juge d'instruction, puis devant un tribunal. Et, même là, ce ne sera peut-être pas si terrible, cela pourra ne durer qu'un an ou deux. Ils ne sont plus comme avant, pour ce genre de choses, pas — et en cet instant, elle trouva le moyen de se montrer rassurante, d'avoir le sens de l'humour —, pas comme dans les livres d'histoire. Il n'y a plus de torture, ni de cachots, Lizzie, on ne vous enferme plus dans une cellule pour le restant de vos jours. Cependant, nous devons affronter cette éventualité, cela peut être... pour quelque temps.

— Tu ne m'as jamais appris à affronter quoi que ce soit », dit Liza.

C'était comme si elle avait giflé Ève en pleine face. Ève tressaillit, bien que Liza ait parlé tout doucement, sur le ton du désespoir.

« Je sais. J'ai pensé agir pour le mieux. Il ne m'est jamais venu à l'esprit que cela finirait ainsi.

— Qu'est-ce qui t'est venu à l'esprit ? » demanda Liza. Puis, sans attendre la réponse, elle monta dans sa chambre.

Ève vint lui souhaiter bonne nuit.

Elle était d'humeur joyeuse, comme s'il n'était rien arrivé. Elle souriait, parfaitement à l'aise. Ce revirement d'humeur effraya Liza plus que jamais. Il était probable qu'Ève allait s'assoupir d'un coup et dormir comme une bûche. Ève l'embrassa, lui souhaita bonne nuit et lui recommanda de partir tôt le lendemain, en emportant quelques affaires mais sans plus, car les placards de Heather regorgeaient de vêtements. Affichant un sourire radieux, elle ajouta que c'était une chose terrible à dire mais que, curieusement, elle se sentait enfin libre.

« Le pire est arrivé, vois-tu, Lizzie, c'est plutôt une libération. »

Liza remarqua une dernière chose avant que sa mère ne sorte de sa chambre : Ève portait les boucles d'oreilles en or de Bruno.

Elle avait eu l'intention de ne pas fermer l'œil de la nuit mais, étant jeune, elle s'endormit. Le bruit d'un train la réveilla. Elle s'assit dans l'obscurité, comprenant aussitôt qu'elle venait de rêver. Aucun train n'avait traversé la vallée depuis des années, depuis son enfance. Sans les trains, le silence avait été plus profond que jamais.

Elle fut rattrapée par la peur avant de pouvoir se rappeler quel en était le motif. Une terreur vague, non formulée, surgit devant d'elle, un grand nuage noir qui se décomposa pour former la matière même de son angoisse, le départ, le car — et s'il ne venait pas ? —, le train monstrueux, dix fois plus grand dans son esprit que celui de la vallée avec sa locomotive de poupée ; Heather qui dans son souvenir était grande, étrange, distante et pleine de secrets chuchotés à Ève derrière une main levée en paravent.

Avec tout ça, Liza avait oublié Sean. Comment pouvait-elle le tenir au courant ? Sa stupeur et son désespoir étaient tbtels qu'elle replongea sous ses draps, visage enfoui et oreilles recouvertes. Mais le chant des oiseaux ne lui permit pas de rester tranquillement allongée. Les oiseaux étaient parfois la seule chose, en ces lieux, qui produisit un son entre le matin et le soir. Le chœur de l'aube éclata, déclenché par un sifflement isolé suivi d'un trille, et bientôt une centaine d'oiseaux se mirent à chanter dans les arbres tout aussi nombreux.

Cette fois, elle s'assit pour de bon. Le pavillon était silencieux. Dehors aussi, tout semblait silencieux, hormis les oiseaux, car le vent était tombé. Les rideaux étaient écartés comme d'habitude, puisqu'on ne risquait pas de voir d'autres lumières que celles de Shrove. Elle s'agenouilla sur son lit, devant la fenêtre.

Une sorte de démarcation était visible entre le front des hautes collines boisées et le ciel encore sombre, mais transparent et lumineux. Là-bas, à l'est, une ligne rouge allait bientôt apparaître, telle une radieuse ceinture écarlate soudainement déployée. Mais pour l'instant elle pouvait voir la silhouette de la maison, une lumière solitaire dans les écuries et la sombre masse informe des bois.

La connaissance de ce qui se trouvait là, dehors, permettait de projeter les formes, ou du moins la lueur froide qui surgit juste avant l'aube avait commencé à extraire la campagne des ténèbres pour la plonger dans la clarté du matin. Les noues apparurent pâles comme des nuages alors que la double rangée d'aulnes qui bordait la rivière semblait sortir de l'obscurité environnante. Liza identifiait maintenant les formes des hautes collines dans le fond, mais pas encore leur verdeur, ni la route qui les ceignait jusqu'à mi-hauteur comme une ceinture blanche.

Elle sauta du lit, ouvrit tout doucement la porte et tendit l'oreille. Ève, qui ne se reposait jamais dans la journée, qui était toujours alerte, attentive, sur le qui-vive, mystérieusement au courant de tout, dormait la nuit comme une masse. Aujourd'hui, on allait venir l'arrêter, mais elle dormait tout de même. Liza se sentit gagnée par une intuition déplaisante qu'elle avait déjà éprouvée auparavant : sa mère était bizarre, elle était étrange dans sa tête. Mais comment Liza pouvait-elle en être sûre, puisqu'elle n'avait aucun élément de comparaison ?

Si elle ne pensait pas à ce qu'elle allait faire mais se concentrait sur des détails pratiques, si elle ne *pensait* pas, ce ne serait pas trop dur. Il fallait en passer par ces moments, pas par l'avenir. Elle descendit à la salle de bains, remonta dans sa chambre et s'habilla. Elle n'avait pas faim, il lui semblait qu'elle ne mangerait plus jamais rien. La seule idée de nourriture, d'une tranche de pain ou d'un verre de lait, lui donnait la nausée. Elle enfila le pantalon de coton confectionné par Ève, un tee-shirt acheté chez le fripier et ses tennis, puis la vieille parka marron d'Ève, répartissant les cent livres sterling entre les deux poches.

Ève désirait-elle qu'elle lui dise au revoir ?

En ouvrant la porte de sa mère, elle nota qu'elle entrait ainsi sans frapper pour la première fois depuis l'arrivée de Bruno, ou même avant, depuis la première époque de Jonathan. Ève dormait, allongée sur le dos. Elle portait une superbe chemise de nuit blanche à encolure haute, et son épaisse chevelure brune était répandue sur les oreillers. Elle souriait dans son profond sommeil, comme si elle rêvait de choses exquises et ravissantes. Ce sourire fit frissonner Liza, qui referma vivement la porte.

L'obscurité s'était dissipée. Des nuages s'éloignaient de la mince guirlande rouge qui ourlait la crête des arbres, plumes bleu foncé qui se laissaient emporter vers un ciel éclatant. Le chant des oiseaux emplissait le silence antérieur d'une musique bruyante quoique étrangement lointaine. Liza se remit à penser, elle ne pouvait pas s'en empêcher. Ouvrir la porte d'entrée, sortir et la refermer derrière elle fut la chose la plus difficile qu'elle ait jamais eu à faire. Cela l'épuisa, et elle s'appuya un instant contre la grille. Il se pouvait qu'ensuite plus rien ne lui semble aussi pénible. Elle avait emporté sa clé, mais pourquoi, elle n'aurait su le dire.

La fraîcheur de l'aube effleura sa joue comme une main froide et humide. La sensation de nausée réapparut, et elle inspira profondément. Où serait-elle, le lendemain à la même heure ? Mieux valait ne pas y penser. Elle s'avança sur le chemin, marchant lentement d'abord, puis plus vite, essayant d'évaluer l'heure. Ni Ève ni elle n'avaient jamais possédé de montre. Il devait être quelque chose entre six heures trente et sept heures.

Il faisait suffisamment jour pour que les voitures n'aient pas besoin de leurs lanternes, et pourtant il y en avait deux qui les avaient allumées, Liza pouvait les voir dans le lointain qui roulaient en direction du pont sur la route en lacets. Toutes deux ayant leurs feux allumés, elle eut l'impression qu'elles étaient ensemble et avançaient l'une derrière l'autre vers un même objectif.

Elle arrivait maintenant à cette partie du chemin qui débouchait sur le pont et où ne poussait aucun grand arbre. Elle voyait le reflet éclatant projeté sur la rivière par la lumière matinale ainsi que la bouche du tunnel sur l'autre rive, là où autrefois le train s'enfonçait dans le flanc de la colline. Soudain, les feux s'éteignirent, les deux paires d'un coup. Liza ne pouvait plus voir les voitures mais elle savait qu'elles venaient dans sa direction. Elles ne pouvaient pas aller ailleurs.

Si elle s'engageait sur le pont, elles seraient obligées de la dépasser, seulement elles ne la dépasseraient pas. Elles s'arrêteraient. Elle escalada le remblai et se cacha dans l'enchevêtrement d'aubépines, de mûriers sauvages et de viornes qui avaient proliféré en cette fin d'été. Les voitures glissaient silencieusement. Le toit de l'une d'elles était équipé d'une lampe bleue, mais elle n'était pas allumée.

Liza, qui avait retenu sa respiration tout ce temps, expira avec un long soupir. Ils allaient revenir, ils allaient ramener Ève et, pour cela, ils allaient passer devant l'arrêt du car. Elle descendit le remblai à quatre pattes et s'élança en courant sur le pont. La rivière était large et profonde en cet endroit, c'était bien plus en amont qu'elle achoppait sur de grands rochers et se glissait entre eux en ondulant. Arrivée sur le pont, Liza fit une chose parfaitement déraisonnable : elle s'arrêta, se retourna et regarda derrière elle.

Peut-être ne reverrait-elle jamais ces lieux, peut-être ne

reviendrait-elle jamais. Aussi s'arrêta-t-elle pour regarder en arrière, comme la femme du tableau qui se trouvait à Shrove, cette grande femme affligée, drapée de blanc, dont Ève lui avait dit que c'était l'épouse de Loth forcée d'abandonner son foyer des Cités de la plaine. Mais, à la place de ces lieux de désolation et de débauche, elle entrevit à travers les arbres qui surgissaient des noues embrumées, aulnes, peupliers baumiers et peupliers liards, les contours élégants de Shrove House.

Le soleil, qui s'était levé dans un éblouissement doré, jetait maintenant une pâle lueur ambrée sur la façade de pierre du manoir, son fronton central orné d'un blason d'origine inconnue, sa vaste terrasse flanquée de part et d'autre d'une volée de marches, sur laquelle ouvrait une porte de nobles proportions — sous la terrasse était percée une autre porte, étroite celle-là. La façade, côté jardin, était identique à celle qui donnait sur les grilles, à cette différence qu'elle ne possédait pas de gracieuse galerie. Toutes les fenêtres étaient aveuglées par cette lumière qui les recouvrait comme une membrane. La demeure semblait aussi inamovible que le paysage alentour, aussi naturelle et aussi sereine.

C'était le seul point de vue d'où l'on pouvait apercevoir Shrove, que des arbres dissimulaient par ailleurs aux yeux d'observateurs qui se seraient postés sur les collines. Ils savaient comment protéger leurs demeures des regards indiscrets, ceux qui autrefois construisaient les nobles maisons, lui avait expliqué Ève. Liza adressa un adieu silencieux au manoir, traversa le pont en courant et se retrouva sur la route. L'arrêt du car se trouvait à quelques centaines de mètres sur la gauche. Contrairement à ce que croyait Ève, Liza connaissait bien l'emplacement, s'étant souvent promenée par là. Elle avait déjà vu le car, un car vert à bord duquel elle n'avait jamais été tentée de monter.

Quelle heure pouvait-il être ? Sept heures et demie ? Quand serait le prochain passage, si elle venait à manquer celui-ci ? Dans une heure ? Dans deux heures ? D'insurmontables obstacles s'élevaient à nouveau devant elle. Des remparts de difficultés se dressaient sur son chemin, impossibles à escalader. Elle ne pouvait pas attendre ce car à découvert et risquer que les voitures de la police passent devant elle.

Elle n'en continua pas moins de marcher vers l'arrêt, portant son sac sur une épaule, puis sur l'autre, s'inquiétant maintenant du train. Il risquait de ne pas y avoir d'autre train pour Londres avant longtemps. Celui qui naguère traversait la vallée n'était pas si fréquent, on ne le voyait que quatre fois par jour dans chaque direction. Et, d'ailleurs, comment saurait-elle si celui dans lequel elle se trouvait allait bien à Londres ?

Elle se retourna en entendant une voiture mais ce n'était pas une des leurs. Celle-ci était rouge avec un toit en tissu, et toute bringuebalante. Après son passage, elle laissa dans son sillage une odeur métallique, âcre, polluante, à laquelle Liza n'était pas habituée.

Une autre personne attendait à l'arrêt du car. Une femme âgée. Liza ignorait qui elle était, d'où elle venait. Il n'y avait pas de maisons avant l'entrée du village. En s'approchant, elle se sentit vulnérable, exposée, la mire d'yeux cachés et invisibles. La femme lui jeta un bref regard qu'elle détourna aussitôt, de colère ou de dégoût.

Le passage d'une autre voiture suffit à convaincre Liza qu'elle ne pouvait attendre là, qu'elle ne pouvait attendre le car, plantée sur le bord de la route. Qu'était-elle censée faire ? Rester debout et contempler l'horizon ? Penser à quoi ? Elle ne supportait pas le cours de ses pensées, et la peur qui la tenaillait lui donnait le sentiment d'avoir dans la bouche quelque chose de trop chaud pour être avalé. Si elle attendait là, aux côtés de cette vieille aux yeux baissés, elle allait tomber ou crier, ou se jeter dans l'herbe du talus en fondant en larmes.

L'envie de courir la saisit, et elle y céda. Sans même regarder si quelque chose arrivait, elle traversa la route à toutes jambes et s'enfonça dans les arbres qui se dressaient de l'autre côté. La vieille femme la suivit du regard. Liza se cramponna à un tronc d'arbre. Elle le serra entre ses bras, le visage collé à la douce écorce fraîche. Pourquoi n'y avait-elle pas pensé plus tôt ? Ce qu'elle devait faire venait soudain de lui apparaître. Si seulement elle y avait pensé la veille, comme sa nuit aurait été meilleure ! Mais alors elle serait partie tout de suite, quand Ève le lui avait demandé, elle aurait filé dans l'obscurité à travers champs.

Un sentier passait tout près de là, à travers le défilé. On ne pouvait pas vraiment parler de défilé, parce que ce n'est valable que dans une montagne, mais elle avait déjà rencontré ce mot, et il lui plaisait. Pour commencer, elle dut gravir à quatre pattes une centaine de mètres sur le flanc de la colline. Entendant le bourdonnement du car dont le moteur produisait un bruit différent de celui des voitures, elle regarda en contrebas. Quelque intuition lui dit qu'il était arrivé exactement à l'heure prévue. La vieille femme monta à bord, et le car s'ébranla. Liza poursuivit son ascension. Elle ne voulait pas être encore là quand les voitures passeraient. Ayant repéré le panneau qui marquait l'entrée du sentier pédestre, elle sauta par-dessus le portillon et s'engagea sur le chemin qui courait le long de la haie. Le soleil s'était levé et réchauffait l'atmosphère.

Ce fut un soulagement de se sentir loin de la route, de savoir que lorsqu'ils reviendraient, ils passeraient en dessous d'elle. À la fin du sentier, elle se retrouverait dans des entrelacs de petits chemins, enfouie dans les talus, protégée par les haies, loin des routes qui menaient quelque part. La ville la plus proche se trouvait à dix kilomètres de là. Elle ne devait pas avoir plus d'une demi-heure de marche devant elle et pourrait être auprès de lui un peu après huit heures. Elle refusait d'envisager qu'il était peut-être parti, qu'il risquait de ne plus être là, que, furieux contre elle, il l'avait abandonnée et avait pris la route.

Les oiseaux avaient cessé de chanter. Tout était immobile et silencieux, même ses propres pas restaient sans écho sur la piste sableuse. Les visages blanc et or des fleurs de camomille constellaient l'herbe, et la barbe de vieillard qu'était devenue la clématite s'accrochait en grappes de boucles grises sur les haies. Puis elle vit des animaux, pour la première fois de sa vie, une demi-douzaine de vaches à robe rousse et deux ânes gris qui moissonnaient l'herbe luxuriante. Un chat au pelage fauve qui rentrait chez lui après une nuit de chasse lui jeta un regard soupçonneux. Elle avait vu peu de chats jusqu'alors, et pour la plupart en images, aussi l'apparition de celui-ci lui procura-t-elle autant de joie que s'il avait été quelque bête sauvage et exotique.

Forte de la clarté éclatante du matin et de sa merveilleuse décision, Liza sentit la peur refluer rapidement. Elle n'abritait plus qu'une crainte isolée, qu'il ne fût pas là. Le sentier se terminait par un autre portillon, et elle se trouva sur un chemin si étroit qu'elle aurait pu, s'allongeant par terre les bras tendus au-dessus de la tête, en toucher les bords des pieds et des mains. Une petite voiture aurait pu s'y frayer un passage comme dans un tunnel, entre les talus presque verticaux, verts remparts sur lesquels retombaient les longs feuillages de plantes aux fleurs fanées. Les branches des arbres se rejoignaient comme un toit au-dessus de sa tête.

C'était un chemin plat, en pente légèrement descendante, et elle se mit à courir, poussée par la jeunesse et un sentiment de liberté croissant, mais aussi par l'espoir et l'anxiété. Si jamais il était parti avec l'intention de le lui laisser savoir le lendemain ou le surlendemain... Ses mains se refermèrent sur les billets de banque au fond de ses poches, les froissèrent, deux maigres poignées..., était-ce beaucoup ou peu d'argent ?

Elle se mit à courir le long du tunnel de verdure, et un lapin détala devant elle, croisant sa course. Un faisan cria et battit des ailes, s'élançant sur ses pattes instables suivi de ses deux poules, peu doué pour la marche et encore moins pour le vol, s'efforçant en hâte de regagner le sanctuaire du talus. Elle connaissait ce genre de choses, les connaissait probablement bien mieux que la plupart des gens, mais cela suffirait-il ? Cela suffirait-il en attendant qu'elle eût appris les autres choses ?

Le chemin en rencontrait deux autres à une fourche ornée en son milieu d'un minuscule triangle d'herbe. Elle prit le premier sur sa droite, où le terrain descendait encore plus, mais elle dut dépasser un premier tournant puis un second avant d'apercevoir la caravane à ses pieds. Son cœur bondit dans sa poitrine. Tout allait bien. Il était là.

La caravane était garée au même endroit depuis plusieurs semaines, depuis le milieu de l'été, sur une aire sablonneuse d'où partait une piste cavalière qui longeait la frontière entre champs et bois. Les chevaux étaient censés l'emprunter mais Liza n'y avait jamais vu ni cavalier ni monture. Elle n'avait jamais vu que Sean en cet endroit. Sa vieille Triumph Dolomite, qui semblait issue d'un film des années 1960, était garée à son emplacement habituel. Les rideaux de la caravane étaient tirés. Il ne se levait tôt que pour aller travailler. Jusqu'ici, elle avait couru, mais elle ralentit dans le dernier segment, marcha posément jusqu'à la caravane, gravit les deux marches et, lâchant les billets qu'elle serrait au creux de son poing, sortit la main droite de sa poche et la posa sur la surface lisse de la porte.

La main en suspens, elle hésita. Inspira profondément. N'ayant de connaissances qu'en histoire naturelle, plus quelques bribes d'informations glanées dans des livres de l'époque victorienne, elle savait toutefois que l'amour est risqué, qu'il peut vous décevoir. Ce savoir lui venait des tragédies romantiques et des poèmes courtois, des soupirs d'amoureux abandonnés et de l'amertume des laissés-pour-compte, mais il lui venait également de son intuition. Les innocents n'ignorent jamais ces choses, sauf dans certains romans du XIXe siècle, et encore, pas toujours. Elle songea à la manière dont il pourrait la tuer, d'une parole maladroite ou d'un regard absent, puis elle expira à fond et frappa à la porte.

« Oui, qui est-ce ?

— Sean, c'est moi.

— Liza ? »

Stupéfait, incrédule, oui, mais rien d'autre. Il ouvrit la porte en une seconde. Il était nu, hormis une couverture drapée autour de sa taille. Il la dévisagea avec des yeux ronds, clignant sous la lumière. Si le moindre signe d'horreur apparaissait dans son regard, s'il lui demandait ce qu'elle venait faire là, elle en mourrait, cela la tuerait.

Il ne dit rien. Il tendit la main et l'attira à l'intérieur, dans cet intérieur étouffant où régnait une odeur d'homme, et l'enlaça. Ce n'était pas un câlin ordinaire mais une étreinte parfaitement enveloppante. Il s'enroula autour d'elle et la tint, enfermée, comme une main peut enfermer un fruit ou une pomme de pin, avec douceur et intensité, prenant sensuellement conscience d'elle.

Elle avait eu l'intention de s'expliquer, se voyant lui raconter sa longue histoire dont le point culminant était les événements de la veille. C'était une justification autant qu'une défense qu'elle avait eues en tête. Mais il ne lui laissa pas l'occasion de parler. À sa manière, sans proférer un mot, il lui avait fait comprendre combien il était heureux de son arrivée inopinée, combien il la voulait sans explication. Elle leva les yeux vers lui quand il desserra son étreinte, pour regarder son beau visage, ses yeux qui modifiaient entièrement son apparence lorsque le désir en adoucissait l'expression. De cela aussi elle fut privée par le baiser qu'il lui donna, pressant sa bouche contre la sienne, un baiser si doux, si chaud, qui l'aveugla et la réduisit au silence.

Lorsque le lit encastré dans la paroi était abaissé, la caravane n'était plus qu'un lit. Le visage toujours rivé à celui du garçon, Liza se tortilla pour se débarrasser de ses vêtements, qu'elle laissa tomber par terre l'un après l'autre, se dégageant du pantalon de coton, envoyant valser les tennis. Elle tendit les bras pour le tenir aussi fort qu'il l'avait tenue. Il se laissa entraîner sur le lit encore chaud de sa présence. Ils s'allongèrent l'un contre l'autre, les seins de Liza ronds et doux contre la poitrine du garçon, leurs hanches jointes, leurs jambes entrelacées. Il commença à l'embrasser vivement, légèrement, de la pointe de la langue. Elle rit et détourna le visage.

« Je me suis enfuie ! Je suis venue vivre avec toi pour de bon !

— Tu es une merveille, tu es la plus grande », dit-il. Puis, ayant marqué une pause : « Et elle ?

— Je ne sais pas. La police est venue. Ils sont arrivés à bord de deux voitures. Ils l'ont emmenée. » Elle lut avec satisfaction la stupeur, l'intérêt sur son visage. « Mais j'étais déjà partie à ce moment. Tu es content ?

— Si je suis content ? Je suis au paradis ! Mais que veux-tu dire, au sujet de la police ? Quelle police ?

— Aucune idée. La police de la ville.

— Qu'est-ce qu'elle a fait ? »

Liza approcha sa bouche de l'oreille du jeune homme.

« Tu veux que je te raconte ?

— Il faut tout me dire, mais pas maintenant. »

Il fit courir ses mains le long de son corps, effleura son dos d'un lent balayage et l'attira contre lui en la cambrant délicatement. Sans même le voir, elle sentait qu'il la jaugeait, appréciant sa douceur, sa blancheur, sa chaleur. Sa hanche toucha la sienne, sa cuisse se pressa contre la sienne, chaleur contre chaleur et peau contre peau.

« Ne dis rien maintenant, ma chérie. Nous d'abord. »

2

ELLE DORMIT LONGTEMPS. Elle était épuisée. Mais le soulagement était venu, ainsi qu'un sursis. À son réveil, Sean la regardait, assis sur le lit. Elle lui prit la main et la serra fort.

Sean était magnifique. Elle n'avait pas beaucoup d'éléments de comparaison, le portrait de l'homme à Shrove, des images un peu floues d'acteurs dans des vieux films en noir et blanc, le facteur, le pompiste, Jonathan et Bruno, Matt et quelques autres. Sean avait un visage pâle, des traits aux contours nets, le nez droit, les lèvres plutôt rouges et pleines pour un homme, des yeux sombres où elle croyait distinguer des rêves et des espoirs, et des sourcils qui semblaient issus du pinceau d'un calligraphe chinois. Quant à ses cheveux, ils étaient noirs comme du charbon. Cela, elle le devait à ses lectures, car pour autant qu'elle sût, elle n'avait jamais vu de charbon.

« Tu as dormi cinq heures. »

Il le dit avec admiration, du ton de quelqu'un qui vous félicite d'une prouesse exceptionnelle.

« Pendant quelques secondes, en me réveillant, je n'ai pas su où je me trouvais. Je n'avais jamais dormi ailleurs qu'à la maison.

— Tu te moques de moi.

— Non, pourquoi le ferais-je ? Je n'ai jamais dormi ailleurs que chez moi. » Elle s'en émerveillait. « Maintenant, chez moi, c'est ici.

— Tu es la plus grande, affirma-t-il. J'ai de la chance de t'avoir, ne vas pas croire que je l'ignore. Je n'ai jamais cru que tu viendrais, je me disais, elle ne viendra jamais s'installer ici et vivre avec moi, elle partira et je la perdrai. Ne ris pas. Je sais que je suis stupide.

— Pourquoi rirais-je, Sean ? Je t'aime. Et toi, est-ce que tu m'aimes ?

— Tu sais bien que oui.

— Alors, dis-le.

— Je t'aime. Voilà, tu es contente comme ça ? Ne t'ai-je pas prouvé que je t'aimais ? Je voudrais te le prouver tout le temps. Laisse-moi te rejoindre, ma chérie, recommençons, tu veux ? Tu sais ce que je préférerais ? Te faire l'amour sans arrêt, sans manger ni dormir, ni regarder la télé, ni rien d'autre... Nous ferions l'amour à l'infini jusqu'à notre mort. Ne serait-ce pas une belle mort ? »

Pour toute réponse, elle bondit, échappant à son étreinte, et se réfugia à l'autre bout du lit. C'est là qu'il avait posé ses vêtements après les avoir secoués, les alignant soigneusement comme Ève aurait pu le faire. Elle enfila vivement le pantalon, passa le tee-shirt.

« Je ne veux pas mourir, déclara-t-elle avec sérieux. Ni de cette façon ni d'aucune autre. » Lui vint alors une idée qui ne l'avait pas effleurée auparavant. « Tu ne me forcerais pas, si je n'en avais pas envie, n'est-ce pas, Sean ? »

Cela le mit en colère.

« Pourquoi dis-tu des choses pareilles ? Pourquoi me demandes-tu ça ? Il y a des moments où je ne te comprends pas.

— Peu importe. C'est juste une idée qui m'est venue. Tu n'as jamais d'idées bizarres ? »

Il haussa les épaules. L'étincelle, le désir avaient quitté son visage.

« Je vais préparer une tasse de thé. Ou bien tu préfères un Coca ? Il y a du Coca, mais c'est à peu près tout ce que j'ai. Et il y a rien à manger. Il faudra que nous allions faire des courses. »

« Il n'y a rien », corrigea-t-elle dans son for intérieur. La double négation. Mais elle ne le reprendrait pas cette fois.

« Sean, commença-t-elle, toujours encoignée, le dos appuyé contre la paroi. Sean, il va falloir que nous partions. Je veux dire partir d'ici. Il faut que nous mettions un bon paquet de kilomètres entre elle et nous.

— Ta mère ?

— Pourquoi crois-tu que la police est venue ? Je t'ai dit qu'ils étaient venus. »

Elle sut, en prononçant ces mots, qu'il n'avait pas fait attention, qu'il n'avait rien écouté. Il n'avait probablement pas entendu ce qu'elle lui avait dit au sujet de la police. Il s'était laissé emporter par le désir, par son envie d'elle, il s'était fermé au reste. Elle savait ce que l'on éprouvait dans ce cas, lorsqu'on n'était rien d'autre qu'une chose sourde et aveugle, insensible, gonflée et lourde de son obsession, le souffle court et les jambes molles.

« Je t'ai dit que la police était venue.

— Ah bon ? Je ne savais pas. Et pourquoi sont-ils venus ?

— Je peux avoir du Coca ? » Elle hésita, fit durer le suspense. « Je suis censée être partie chez son amie Heather. Elle est persuadée que c'est là qu'elle m'a envoyée. Mais je suis allée chez toi.

— Raconte-moi ce qu'elle a fait. »

Il avait l'air un peu incrédule et légèrement, comment dire, condescendant, si c'était le mot juste. Eh bien, il allait avoir une surprise. Cela ne serait pas du tout ce qu'il attendait — elle sollicita son imagination —, voler quelque chose ou faire des manipulations illégales avec de l'argent... Il s'assit là où il était quelques minutes plus tôt et l'observa avec intensité. Cela plut à Liza, qu'il fût totalement captivé.

« Elle a tué quelqu'un, déclara-t-elle. Avant-hier. C'est pour cela qu'ils sont venus et qu'ils l'ont emmenée, et j'ai peur qu'ils me recherchent, qu'ils veuillent me faire témoigner ou quelque chose de ce genre. Ils vont vouloir me poser des questions et, après, ils vont peut-être essayer de me placer dans un endroit où des gens s'occuperont de moi. J'ai entendu parler de ça. Je suis tellement jeune, je n'aurai dix-sept ans qu'en janvier. »

Elle avait eu tort de le croire captivé. Il n'avait pas

écouté. Cette fois encore, il n'avait rien entendu, mais pour une raison différente. Il la regardait avec des yeux ronds, la bouche entrouverte. À l'instant où elle en prit conscience, il retroussa sa lèvre supérieure comme certaines personnes lorsqu'elles sont confrontées à quelque chose d'épouvantable.

« Qu'est-ce que tu as dit ?

— Sur quoi ? Sur mon âge ? Sur le fait que je dois témoigner ? »

Il hésita, déglutit avec difficulté.

« Qu'elle avait tué quelqu'un... ?

— C'était hier, quand je suis rentrée après t'avoir rejoint dans le bois. Enfin, je crois. Je veux dire que je n'ai rien vu de précis, mais je sais qu'elle l'a tué.

— Allons, ma chérie. » Il eut un sourire emprunté. « Je n'en crois pas un mot. »

Cela la laissa désemparée ; elle ne savait absolument pas quoi lui dire. Elle but quelques gorgées à même l'ouverture triangulaire de la boîte de Coca. Ève lui avait un jour raconté que les chats remuent la queue lorsqu'ils ne savent pas comment agir. Elle se sentait tout à fait comme un chat, mais sans queue à remuer. Il fallait que le geste suivant vienne de lui, parce qu'elle, elle s'en sentait incapable.

Il se leva et s'éloigna de quelques pas. La caravane ne permettait pas d'en faire beaucoup. Elle but un peu de Coca tout en l'observant.

« Pourquoi m'as-tu dis ça, cette histoire de tuer quelqu'un ? C'était une blague ou quoi ? Tu essayais d'être drôle ?

— C'est la vérité.

— Ça ne peut pas être la vérité.

— Écoute, Sean, je n'ai rien inventé. C'est pour cela que je suis partie. Je ne voulais pas qu'ils m'emmènent, qu'ils m'enferment et me forcent à vivre quelque part. Je savais que, cette fois, ils allaient venir. Que, cette fois-ci, ils découvriraient la vérité et que cela ne prendrait pas longtemps. Je les ai attendus toute la nuit. »

Le visage de Sean, déjà d'un naturel pâle, était devenu

blanc comme de la craie. Elle le remarqua et se demanda pourquoi.

« Tu veux dire qu'elle a tué quelqu'un par accident, n'est-ce-pas ? demanda-t-il.

— Je ne comprends pas ce que cela signifie. »

C'était une phrase qu'elle avait souvent dû prononcer depuis qu'elle était avec lui.

« Elle tirait sur des oiseaux et a touché quelqu'un par accident, c'est bien ça ? Tu m'as dit qu'elle n'irait jamais tuer des oiseaux ou des lapins, tu me l'as dit lors de notre première rencontre. »

Elle n'enregistra réellement que les cinq derniers mots. Cette évocation la fit sourire. Elle se glissa au bout du lit, en descendit d'un bond et vint l'enlacer.

« N'est-ce pas merveilleux que nous nous soyons rencontrés ? En tout cas, c'est la meilleure chose qui me soit jamais arrivée. »

Cette fois, ce fut lui qui la repoussa.

« Oui, ma chérie, d'accord, c'est super. Mais il faut que tu me dises la vérité. Cette mort, c'est sérieux, pas vrai ? Que s'est-il passé ? C'était un type qui braconnait ?

— Non, non, tu n'as pas compris.

— Pour sûr que je n'ai rien compris, et je ne comprendrai pas davantage si tu ne t'expliques pas.

— Je vais essayer. »

Elle s'assit. Il s'assit à côté d'elle, et elle lui prit la main.

« Elle l'a assassiné, Sean. Il y a des gens qui font ça, tu sais. » C'était une étrange, une étonnante déclaration de sa part. « Elle l'a assassiné parce qu'elle voulait se libérer de lui. Elle voulait qu'il débarrasse le terrain, peu importe pourquoi, cela n'a plus d'importance maintenant. »

Cette fois, il ne lui dit pas qu'il ne la croyait pas, elle. Il dit : « Je ne *peux* pas croire une chose pareille. »

Quelle était donc la phrase d'Ève, déjà ? « Pourtant, il faut bien l'admettre. »

« Et qui a-t-elle assassiné ? »

Elle sut, au son de sa voix, qu'il la soupçonnait encore de mentir.

« Cela n'a aucune importance. » L'impatience la gagna.

« Un homme. Personne que tu connaisses. Sean, c'est la vérité, il faut que tu me croies. » Pour sa part, elle aussi découvrait certaines vérités. « Je ne peux pas rester avec quelqu'un qui s'imagine que je lui raconte des mensonges. » Elle était passée du rire enchanté au bord des larmes. Elle chercha une issue. « Je ne peux pas te le prouver. Que puis-je faire pour te convaincre de me croire ?

— Je pense que je te crois — maintenant, dit-il d'une voix rauque.

— Je vais tout te raconter. » Elle était déterminée. Prenant le jeune homme par les épaules, elle approcha son visage tout près du sien. « Si tu veux, je vais tout te raconter depuis que j'étais petite, aussi loin que je me souvienne. »

Il l'embrassa. Il ne pouvait pas résister à l'envie de l'embrasser lorsque leurs visages étaient aussi proches. Elle décela le goût de caramel sucré du Coca sur sa langue, et il devait sentir la même chose sur la sienne, songea-t-elle. Ils étaient assis sur le lit, c'était le seul siège de la caravane. Elle sentit son corps fondre, basculer en arrière, s'enfoncer dans le matelas, elle avait autant envie de lui que le matin à son arrivée. Mais il la releva, serrant ses mains avec force.

« Je veux que tu me dises tout, Liza, je veux tout connaître de toi. Mais pas maintenant. D'abord, tu dois me raconter ce qu'a fait ta maman. »

Frustrée, elle se mit à bouder.

« À quoi bon ? Tu ne me croiras pas.

— Je te croirai, je te l'ai dit.

— Je pense que nous devrions partir, que nous devrions être sur la route, pas ici en train de bavarder.

— Ne t'inquiète pas pour ça, je vais m'occuper de tout. Raconte-moi pour ta maman et cet homme. » À l'instant même où l'idée vint à l'esprit de Sean, elle la lut dans ses yeux. « Il a essayé de la violer, c'est donc ça ?

— Il lui apprenait à tuer des pigeons avec un fusil. Il était dehors, en train de tirer, et elle lui a dit : "Montre-moi comment on fait."

— Allons, tu plaisantes.

— C'est la vérité. Si tu me dis encore ça, je ne te raconterai rien.

— Bon, d'accord. Continue.

— Je déteste la chasse. Je déteste les gens qui tirent sur des lapins, des écureuils, n'importe quoi. C'est mal. Et je croyais qu'Ève, ma mère, trouvait également cela mal. Elle me l'avait déjà dit, elle m'avait appris à penser ainsi. Mais elle lui a raconté que les pigeons mangeaient les légumes de son potager et elle lui a demandé de lui montrer comment faire, et il a accepté. Vois-tu, Sean, je crois qu'il aurait fait n'importe quoi si elle le lui avait demandé.

— C'est une femme séduisante.

— Plus séduisante que moi ?

— Ne sois pas ridicule. Est-ce que tu as assisté à tout ça ?

— J'avais été te rejoindre dans le bois. Ils ne m'ont pas vue. Je suis arrivée par le jardin. Ils étaient sur la pelouse, là où l'on a planté de nouveaux arbres. Les sons portent incroyablement loin, là-bas, tu sais. On peut entendre la voix des gens même s'ils parlent tout doucement. Je les ai vus tous les deux, avec un seul fusil, et j'ai pensé qu'elle devait lui demander de ne pas tirer sur les pigeons. Il en avait parfaitement le droit, tu sais. L'ouverture de la chasse est en octobre pour les faisans, tandis que, les pigeons, tu peux les chasser quand tu veux. Pauvres bêtes ! Qu'est-ce que ça pouvait bien lui faire ? Il n'était pas fermier, ce n'était pas ses choux qu'ils étaient en train de manger, et, quand bien même, les pigeons aussi ont le droit de vivre, pas vrai ?

« J'ai pensé, elle a raison, elle va l'empêcher de tirer, mais ce n'est pas ce qu'elle a fait. Elle était sortie avec lui pour prendre une leçon de tir. Je l'avais entendue parler de ça avec lui mais je n'avais pas cru que c'était sérieux. Quand je les ai vus ensemble, je me suis dit, mais qu'est-ce qui lui prend ? Il a commencé à lui montrer deux ou trois choses concernant le fusil, et elle a bien regardé. Puis il lui a tendu l'arme.

« Comme je ne voulais pas voir tuer des oiseaux, j'ai fait demi-tour pour rentrer à la maison. C'est alors que j'ai entendu la détonation, suivie de ce cri étouffé. Je me suis retournée et j'ai traversé la pelouse en courant. Elle était debout et le regardait, étendu par terre. Elle ne tenait plus le fusil, elle l'avait laissé tomber, elle avait les yeux baissés sur lui et tout le sang dont il était couvert. »

Sean avait porté une main à sa bouche, ses yeux semblaient sur le point de sortir de leurs orbites. Il écarta la main et poussa sa joue dans un curieux mouvement de balayage.

« Qu'est-ce que tu as fait ? demanda-t-il d'une voix faible.

— Rien. Je suis rentrée à la maison. Elle n'a rien dit à la police, et moi non plus, donc c'est Matt qui a dû parler. Tu connais Matt ?

— Bien sûr.

— Il se trouvait près de la maison. Mais je ne crois pas qu'il en ait vu beaucoup plus que moi. Il a deviné.

— Mais tu disais que la police venait juste d'arriver, qu'elle est arrivée au moment où tu partais... Quand ça ? Il y a quelques heures ?

— Ils étaient déjà venus hier. Ils ne m'ont pas vue. En fait, ils ne sont pas allés tout de suite au pavillon, pas à ce moment-là. Pour commencer, les voitures et un fourgon noir sont venus chercher le corps. J'ai assisté à tout de la fenêtre de ma chambre. Ève m'avait dit de monter et d'y rester, de faire en sorte que personne ne me voie. Je ne voulais pas qu'ils me voient. Elle est montée à Shrove, et je crois que c'est là que les policiers lui ont parlé. Ils lui ont parlé ainsi qu'à Matt et à sa femme.

« Elle savait qu'ils allaient revenir, c'est pourquoi elle m'a demandé de partir. Pour mon bien, selon ses termes. Alors j'ai couru te rejoindre. C'est tout.

— C'est vraiment tout ?

— Non, pas vraiment tout, Sean. Mais il me faudra du temps pour te raconter la totalité.

— Bon, je vais attacher la caravane à l'arbre de traction », dit-il.

Elle sortit avec lui. À deux heures de l'après-midi, il régnait une chaleur oppressante, et le soleil n'était qu'une flaque de lumière dans le ciel blanc. Liza se mit à cueillir des mûres dans la haie et à les dévorer par poignées tout en regardant Sean. Elle était complètement affamée.

Sous l'impulsion de la vieille Triumph Dolomite toute délabrée, à l'efficacité poussive d'un vieux cheval de trait, la caravane s'ébranla lentement. La voiture grogna un peu et émit des gaz noirs en quantité. Liza se glissa sur le siège du passager et claqua la portière. Voiture et roulotte quittèrent l'herbe en chaloupant et s'engagèrent sur la surface plus ferme du chemin.

« Où allons-nous ?

— Il faut trouver un endroit où on me laissera garer la caravane. Avant ton arrivée, j'envisageais de tenter ma chance chez Vanner, ils ont besoin de gens pour cueillir des coxs. Nous pouvons très bien le faire ensemble.

— Les coxs ne seront pas mûres avant la troisième semaine de septembre, répondit-elle, toujours contente de mettre en avant des connaissances qu'il n'avait pas. Enfin, c'est loin ?

— Entre quarante et cinquante kilomètres. C'est assez, à ton avis ?

— Je ne sais pas. Qu'est-ce que tu peux faire d'autre ? »

Il éclata de rire.

« Des travaux d'électricité, plus ou moins, remplacer des joints de robinet, aiguiser des couteaux ; je suis un peu mécanicien, je peux laver des voitures, entretenir un jardin — ça, tu devrais le savoir —, nettoyer des vitres, tout ce qu'on veut, il suffit de demander.

— Alors, pourquoi les pommes ?

— Ça change. En général, je ramasse des pommes en septembre et des cerises en juillet.

— J'ai faim, avoua-t-elle. Une putain de faim.

— Ne dis pas de gros mots, Liza.

— Tu en dis bien, toi. D'où crois-tu que je les tiens ?

— Chez moi, c'est différent. Tu es une femme. Je n'aime pas entendre une femme jurer. »

Elle haussa les épaules, comme Ève.

« J'ai une faim de loup. Est-ce qu'on peut acheter quelque chose à manger ?

— Oui, on va trouver des plats à emporter... » Il la regarda, se souvint et expliqua. « Il y a des magasins où l'on te vend des plats tout cuisinés, tu sais. Ou bien on ira dans un café, un Little Chief peut-être, s'il y en a un sur la nationale A. »

Elle n'avait plus peur. Non que sa peur eût disparu, mais elle était ajournée. La perspective d'aller dans un café l'excitait. Et puis, elle serait avec Sean. Elle était déjà entrée dans des magasins, une ou deux fois en quelques années, mais un vrai restaurant — était-ce le mot qui convenait ? —, c'était autre chose. Elle se souvint alors de ce qu'elle avait emporté en quittant le pavillon.

« J'ai de l'argent. J'ai cent livres.

— Bon sang !

— Elles sont dans la caravane, dans mon manteau.

— Tu les as piquées ? demanda-t-il d'une voix sévère.

— Bien sûr que non. C'est Ève qui me les a données. »

Il ne répondit rien. Elle regarda le paysage défiler derrière la fenêtre, tout neuf, inconnu d'elle. Ils traversèrent un village au moment où l'horloge de l'église sonnait trois heures. Dix minutes plus tard, ils étaient dans une ville plutôt grande, où l'on pouvait se garer sur la place du marché.

Les rues qui encerclaient l'aire de stationnement étaient bordées de magasins. Elle avait déjà vu quelque chose de ce genre mais c'était dans un autre endroit. Le teinturier, la caisse d'épargne-logement, l'agent immobilier, le restaurant chinois, le magasin Oxfam, le bar à sandwichs, le courtier d'assurances, le snack tandoori, la banque, le café, la carterie, l'agence immobilière. Une arcade de verre rose et de métal doré marquait l'entrée d'une galerie marchande déserte. Peut-être toutes les villes étaient-elles ainsi, identiques à l'intérieur, c'était peut-être une règle.

L'œil exercé de Sean prit rapidement la mesure de la situation.

« Les cafés sont fermés, nous arrivons trop tard. Les pubs sont censés rester ouverts à toute heure mais il semble qu'ici, ce ne soit pas le cas. Je peux aller nous chercher des pâtés en croûte et des chips ou quelque chose de ce genre. »

La faim, chez Liza, l'emporta sur la déception.

« Ce que tu voudras. Tu as besoin d'argent ? »

Elle le dit gaiement, essayant de trouver le ton juste,

n'ayant jamais rien dit de tel. Et pourtant, pour une raison ou une autre, il se vexa.

« J'espère ne jamais connaître le jour où je me ferai entretenir par ma petite amie. »

Dès qu'il fut parti, elle sortit de la voiture et s'étira, les bras levés, savourant le goût de la liberté. Ce devait être quelque chose de capiteux car elle se sentit frissonner, or ce ne pouvait être la température, vu qu'il faisait aussi chaud qu'en plein été. Elle ne s'était jamais sentie ainsi, éblouie, faible plus exactement, comme si elle allait tomber.

Elle ouvrit la porte de la caravane et grimpa à l'intérieur. Elle se sentit mieux après être restée assise cinq minutes et avoir respiré deux ou trois fois à fond. Quand Sean revint, le lit était encastré dans la paroi, les draps et les couvertures repliés, et la table était prête. Le papier d'emballage des paquets qu'il rapportait suintait de graisse, et il s'en dégageait une puissante odeur de friture.

Bien qu'elle fut affamée et que l'odeur de frites et de *cornish pasties* [1] lui parut terriblement alléchante quand il défit les paquets, elle ne put s'en empêcher, sans le moindre signe avant-coureur, elle éclata en larmes. Il l'enlaça, la serra contre lui, lui caressa les cheveux pendant qu'elle sanglotait. Son corps sursautait par saccades, et son cœur battait à tout rompre.

« Calme-toi, ma chérie, calme-toi. Tu as eu un choc. C'est le contrecoup, mais ça va aller mieux. Je vais m'occuper de toi. »

Il l'apaisa, lui caressa les cheveux ; et quand ses sanglots et ses cris ne furent plus que de simples pleurs, il essuya ses larmes du bout des doigts, doux comme une femme, doux comme Ève lorsqu'elle était douce. Quand elle commença à se calmer, Sean fit une chose qu'elle aimait tellement, il la coiffa avec son propre peigne aux dents émoussées. Le peigne glissait sans effort dans sa longue chevelure brune, de la racine à la pointe. Puis il s'arrêta un

---

1. *Cornish pasty :* Préparation originaire de Cornouailles. Sorte de chausson de pâte fourré de mouton émincé et d'oignons hachés, très poivré. *(N.D.T.)*

instant, et elle sentit les doigts de Sean qui l'effleuraient délicatement, qui s'attardaient sur son cou, sur le lobe de son oreille. Elle frissonna, mais cette fois, ce n'était l'effet ni du choc ni de l'inquiétude.

« Donne-nous un baiser », demanda-t-il.

Elle montra plus d'enthousiasme qu'il ne s'y serait attendu, un long baiser profond, riche d'une énergie contenue qu'elle libérait enfin. Cela le fit rire.

« Mangeons, maintenant. Je croyais que tu mourais de faim.

— Oh, oui, je suis affamée.

— À te voir, on en aurait douté... »

C'était la première fois qu'elle goûtait aux *cornish pasties*. Rien ne lui permettait de dire s'ils étaient bons, passables ou mauvais, mais en tout cas, cela lui plut. Avant, elle n'avait pas le droit de manger avec ses doigts. Elle avait connu de nombreuses règles, appliquées avec gentillesse mais fermeté, beaucoup de contraintes « pour son bien ».

« Quand nous arriverons à destination, annonça-t-elle, je te raconterai l'histoire de ma vie.

— D'accord.

— Je n'en suis pas sûre, mais je crois qu'il n'y a pas beaucoup de vies qui ressemblent à la mienne.

— Tu es loin d'être arrivée au bout, il te reste encore... soixante-dix ans, au moins.

— Je peux prendre la dernière frite ? Je te raconterai tout depuis le début, aussi loin que je me souvienne. J'avais quatre ans, et c'est là qu'elle a tué le premier. »

Elle tira une longueur du rouleau de papier de toilette qu'il gardait près du lit, faisant office de serviettes de table, et s'essuya la bouche. Quand elle se retourna vers lui pour dire qu'elle était prête, qu'ils pouvaient démarrer dès qu'il le souhaiterait, elle s'aperçut qu'il la dévisageait avec une expression horrifiée.

3

L'UN DE SES premiers souvenirs, c'était le train. Cela se passait en été. Elle était allée se promener dans les champs avec sa mère, et elles avaient entendu siffler le train. La voie unique passait dans la vallée entre la rivière et les pentes inférieures des hautes collines. C'était une petite ligne locale sur laquelle, lui raconta plus tard sa mère, quand elle fut plus grande, on pouvait faire le plus beau voyage en train de toutes les îles Britanniques. Ses yeux avaient brillé quand elle avait prononcé ces mots.

Mais cet après-midi-là, Liza avait quatre ans, il n'y avait pas beaucoup de voyageurs à bord du train, et ils ne regardaient pas par la fenêtre pour apprécier le paysage, à moins qu'ils n'aient regardé les hautes collines par l'autre fenêtre, car lorsqu'elles avaient agité la main pour les saluer, personne ne leur avait répondu. Le train avait trotté à petite allure dans la vallée avant de disparaître dans l'ouverture ronde et noire du tunnel qui trouait le flanc de la colline.

Liza soupçonnait que sa mère et elle n'étaient pas arrivées dans le pays depuis bien longtemps le jour où elle vit son premier train. Sinon, elle en aurait déjà vu. Il était possible qu'elles n'aient été installées dans le pavillon que depuis quelques jours seulement. D'où elles venaient, elle n'en avait alors aucune idée, et elle ne le sut pas pendant longtemps. Elle n'avait aucun souvenir antérieur à ce jour-là, ni visage ni lieu, ni voix ni contact.

Il n'y avait que Mère.

Il n'y avait que le pavillon où elles vivaient, la grille d'entrée sous une arche, la minuscule maison d'une seule pièce, de l'autre côté de la grille, et Shrove House, plus loin. La demeure était à moitié dissimulée par de grands arbres magnifiques, ses murs étaient des fragments mystérieux et attirants que le regard captait entre leurs troncs. Lorsque Mère lui lisait des histoires où l'on parlait d'un palais, ce qui était souvent le cas, elle lui disait : « Comme Shrove, voilà ce qu'est un palais, une maison comme Shrove. » Mais avant d'avoir cinq ans, avant que les feuilles brunies n'aient été soufflées des branches par le vent, tout ce que Liza avait pu voir de Shrove n'était qu'une masse grise et irréelle, une vitre étincelante, l'éclat d'une ardoise frappée par le soleil.

Par la suite, elle découvrit le manoir dans son ensemble, la balustrade de pierre qui le couronnait dont l'alignement bétait interrompu par un fronton triangulaire, les innombrables fenêtres, les volées de marches et les statues debout dans des niches. À l'époque, elle avait déjà conscience de la façon dont la construction semblait s'étaler voluptueusement, s'allonger en souriant sous les rayons du soleil, comme si elle était particulièrement satisfaite d'elle-même.

Chaque jour ou presque, Mère montait jusqu'à la maison qui était comme un palais de conte de fées. Elle y restait parfois plusieurs heures, parfois dix minutes tout au plus, mais, chaque fois, elle enfermait Liza dans sa chambre à l'étage.

Le pavillon était la maison du gardien de Shrove House. Par la suite, lorsque Liza fut plus grande, Mère lui expliqua qu'il avait été construit dans le style gothique mais n'était pas aussi ancien que le manoir. On avait voulu donner l'impression qu'il datait du Moyen Age, aussi avait-il une tourelle couronnée de créneaux et un haut pignon pointu. Une arche partait du flanc du pignon, surplombait la double grille et redescendait de l'autre côté, rejoignant la petite maison qui ressemblait à un château miniature avec ses meurtrières et sa porte cloutée.

Les battants de la grille de fer, qui restaient toujours ouverts, portaient l'inscription « Shrove House » en lettres à boucles. Le pavillon, l'arche et le châtelet étaient en briquette rouge, de la même teinte roux foncé que les fruits des églantiers. Liza et Mère disposaient de deux chambres au premier étage, d'un salon et d'une cuisine au rez-de-chaussée et de toilettes à l'extérieur. C'était tout. La chambre de Liza était celle de la tourelle, qui donnait sur leur jardin, le bois, le parc de Shrove et tout ce qui s'étendait au-delà. Elle n'aimait pas rester enfermée dans sa chambre mais elle n'avait pas peur, et si sa mémoire ne la trahissait pas, elle n'avait jamais protesté.

Mère lui donnait des devoirs à faire. Elle avait commencé à enseigner la lecture à Liza, aussi lui confiait-elle des livres de tissu avec des grosses lettres imprimées. Elle lui remettait également du papier, deux crayons et un livre pour se distraire de ses devoirs. Liza avait en plus un biberon rempli de jus d'orange, parce que si Mère lui avait laissé un verre ou une tasse, elle aurait risqué d'en renverser par terre. Quelquefois aussi, Mère lui donnait deux biscuits, jamais trois, ou une pomme.

Au début, Liza ignorait ce que Mère faisait à Shrove House, mais elle le découvrit par la suite parce qu'elle commença à l'emmener avec elle. Elle ne restait plus enfermée dans sa chambre, sauf quand Mère partait faire les courses. Mais ça, ce fut plus de six mois après, après tous les événements et l'arrivée de l'hiver, quand les collines furent recouvertes de neige et que les seuls arbres à garder leurs feuilles furent les immenses cèdres bleus et les grands sapins noirs.

Avant cela, au cours de l'été, les chiens arrivèrent. À l'exception des bêtes sauvages, Liza n'avait jamais vu d'animaux tels que chats, chiens ou chevaux autrement qu'en images. Elle pensait que ces deux chiens étaient arrivés le lendemain du jour où elle était allée se promener dans les champs avec Mère et avait vu son premier train, mais c'était peut-être un autre jour, ou une semaine, ou même un mois plus tard. Ce n'était pas facile d'évaluer les durées si longtemps après.

Les chiens appartenaient à M. Tobias. Ce n'est pas lui qui les avait amenés, mais un autre homme. Liza n'avait jamais vu M. Tobias, seulement entendu parler de lui, et elle ne devait pas le voir avant longtemps, très longtemps. L'homme qui amena les chiens arriva dans une sorte de petit camion dont l'intérieur était équipé d'une barrière semblable à une clôture de fer pour empêcher les chiens de sauter sur les sièges avant. Il s'appelait Matt. C'était un homme trapu, pas grand, de forte carrure, qui donnait l'impression d'être très fort et dont les cheveux se dressaient sur son large front rougeaud comme les soies d'une brosse.

— Ce sont des pinschers doberman, déclara Mère. Elle expliquait toujours tout, lentement et soigneusement. En Allemagne, qui est un autre pays loin d'ici, on les dressait autrefois comme chiens policiers, mais ceux-ci sont des chiens de compagnie. « Comment s'appellent-ils ? demanda-t-elle à Matt, qui la dévisageait avec une drôle d'expression.

— Celle-ci, c'est Heidi, et celui-ci, Rudi.

— Ce sont de gentilles bêtes ?

— Il n'y aura pas de problème avec vous et la petite. Ils n'attaquent jamais les femmes, on les a dressés pour ça. Mais si quelqu'un criait "À mort !" lorsqu'ils sont dans le coin, je grimperais pour ma part dans l'arbre le plus proche.

— Vraiment ? M. Tobias ne m'en a rien dit.

— Peut-être qu'il avait peur que vous refusiez de vous en occuper, si je peux me permettre. » Il regarda autour de lui, laissa son regard errer sur les hautes collines, au-delà de la vallée, comme si c'était l'Himalaya. « Vous êtes un peu à l'écart par ici, non ? On peut pas dire qu'il se passe grand-chose.

— C'est cela qui me plaît.

— Il en faut pour tous les goûts, j'imagine, mais j'aurais plutôt cru qu'une belle fille comme vous aurait aimé un peu plus d'animation. Des lumières, hein, de la danse et des films. Vous n'auriez pas une tasse de thé ou quelque chose comme ça, si je peux me permettre ?

— Non, rien de tel », répondit Mère. Prenant les laisses des chiens d'une main et Liza de l'autre, elle rentra dans le pavillon et referma la porte. Dehors, sur le seuil, l'homme dit quelque chose que Liza ne comprit pas mais qui, selon Mère, était un vilain mot qu'il ne fallait pas répéter. Elles entendirent sa camionnette démarrer avec un rugissement qui ressemblait à de la colère.

Les chiens se mirent à lécher Liza. Ils lui léchèrent les mains et, quand elle les caressa, le visage. Leur pelage ne ressemblait à rien qu'elle eût connu auparavant. C'était brillant comme du cuir, doux comme de la fourrure, soyeux comme sa propre tête lorsque Mère venait de lui laver les cheveux.

« Heidi et Rudi sont noir bordé de brun », avait-elle dit à Mère, et celle-ci avait ri, disant que c'était juste, qu'ils étaient exactement ainsi.

« Tu ne peux pas te rappeler les paroles exactes qu'il ont échangées, ta mère et lui, n'est-ce-pas ? demanda Sean.

— Pas précisément. Mais c'était *comme ça*. Je sais le genre de choses qu'elle dit et qu'elle pourrait dire. Je la connais si bien, vois-tu, je la connais parfaitement bien, sans doute parce que je ne connais personne d'autre.

— Et moi, alors ? Tu ne me connais pas ? »

Prenant conscience qu'elle l'avait blessé, elle voulut se rattraper.

« Je te connais maintenant. Mais, à l'époque, je ne te connaissais pas.

— Bon, continue. Que s'est-il passé avec les chiens ?

— Ève les gardait pour rendre service à M. Tobias. Il devait partir en voyage, il allait voir sa mère en France, et il ne pouvait les emmener pour je ne sais quelle raison.

— La quarantaine.

— Quoi ?

— À son retour, il aurait été obligé de les laisser en quarantaine pendant six mois, ça veut dire qu'on les aurait enfermés dans une sorte de chenil. C'est la loi.

— Oui, je crois que c'était ça.

— Pourquoi est-ce que ce Matt ne pouvait pas s'en occuper, là où il habitait ?

— Dans la région des lacs. Il avait un travail, il était pris toute la journée. Il ne pouvait pas les emmener courir, ou alors il ne voulait pas. De toute manière, Ève avait envie de le faire pour M. Tobias, elle souhaitait lui faire plaisir.

« Nous devions les garder deux ou trois semaines, je ne me le rappelle pas exactement. Je les adorais. Après leur départ, j'ai demandé à avoir un chien mais Ève a refusé. Elle a dit que cela ne plairait pas à M. Tobias.

— Alors, ce ne sont pas eux qu'elle a tués ?

— Je t'ai dit que c'était quelqu'un, un homme. »

Liza n'avait jamais su qui c'était, ni ce qu'il avait tenté de faire au juste. Maintenant que douze ans avaient passé et qu'elle était adulte, qu'elle faisait elle aussi ce que font les adultes, elle devinait mieux.

C'était elle qui l'avait vu la première. Mère était allée à Shrove, et Liza était enfermée dans sa chambre. Où se trouvaient les chiens, elle n'en avait pas la moindre idée. Probablement dans le châtelet, où ils dormaient la nuit, ou même à Shrove puisque après tout, c'était *leur* maison, dans un sens. Vu qu'elle appartenait à M. Tobias, qui était leur maître.

Mère était partie longtemps. Qui saurait dire, à ce jour, combien de temps duraient réellement ces absences ? Quand on a quatre ans, ce n'est pas pareil. Une demi-heure ? Une heure ? Dix minutes seulement ? Elle avait déchiffré des lettres dans le livre de tissu et les avait transformées en mots — chien, chat, lit, eau. Il ne restait plus une goutte dans le biberon, et elle avait gribouillé avec son crayon sur toutes les feuilles de papier.

Elle avait alors grimpé sur son lit et crapahuté jusqu'à la fenêtre. Sa chambre avait six côtés et trois fenêtres, mais elle était si petite qu'il n'y avait de place pour le lit que sous la fenêtre donnant sur la plus belle vue. Le soleil brillait, jetant des étincelles sur la rivière, et le vent pourchassait les nuages, si bien que leurs ombres semblaient courir sur les pentes des hautes collines. Un train invisible siffla quelque part, puis soudain, il apparut sous ses yeux, à la sortie du tunnel. Elle monta sur une chaise pour regarder par la fenêtre qui donnait sur la grille et le châtelet.

Il n'y avait jamais personne en ce lieu. On ne voyait

jamais personne en dehors de Mère, du livreur de lait et du facteur le matin, et certains après-midi, de M. Frost sur son tracteur. Parfois, une voiture passait, se dirigeant vers le pont. La plupart du temps, le chemin était désert, et tout ce qu'il y avait à voir, dans la grange de l'autre côté, était la dame blanche. Aussi la présence de l'homme la fit-elle sursauter. Il se tenait à l'un des battants de la grille et regardait dans la direction de Shrove. C'était un homme de grande taille, vêtu d'un pantalon que Mère appelait « jean » et d'un blouson de cuir marron, et il portait un sac en toile sur le dos.

Soudain, il leva les yeux vers la fenêtre de Liza et l'aperçut entre les rideaux. Elle savait qu'il l'avait vue et en fut effrayée. Elle n'aurait su dire pourquoi mais cela avait un rapport avec le visage de l'homme, un visage déplaisant, différent de ceux qu'elle avait vus auparavant, caché derrière un masque de cheveux brun jaunâtre, de gros buissons de cheveux bouclés à travers lesquels perçaient les yeux et pointait le nez. Par la suite, elle se demanda si elle avait trouvé son visage déplaisant à cause de la barbe, qui était pour elle une nouveauté. Elle n'en avait pas vu d'autre jusqu'au jour où Bruno et sa mère l'emmenèrent faire des courses en ville.

Elle craignait qu'il vienne jusqu'au pavillon, qu'il entre et qu'il l'enlève. Se baisser et s'écarter de la fenêtre, ramper par terre et se cacher sous le lit ne pouvaient empêcher que cela se produise, elle le savait très bien. Même à l'époque, elle le savait. Une fois sous le lit, elle ne se sentit pas vraiment en sécurité, seulement un peu plus, se disant qu'il ne la trouverait pas tout de suite. Mère avait fermé la porte de sa chambre à clé, ainsi que la porte d'entrée de la maison, mais elle ne croyait pas pour autant que l'homme serait incapable de la trouver.

Un temps considérable s'écoula, puis Mère revint. Elle tira Liza de dessous le lit, la serra dans ses bras et lui dit qu'elle n'avait pas vu d'homme mais que, s'il y en avait un, il était probablement inoffensif. Dans le cas contraire, elle enverrait Heidi et Rudi à ses trousses. « Mais comment le sauras-tu ? demanda Liza.

— Je sais tout. »

Liza la crut.

En fin d'après-midi, on frappa à la porte. Quand Mère alla ouvrir, l'homme à la barbe apparut sur le seuil et demanda un verre d'eau. Liza crut que Mère allait refuser, elle se cramponna à sa jupe en jetant des regards affolés autour d'elle jusqu'à ce que Mère lui demande de la lâcher et d'arrêter de faire l'idiote. L'homme dit alors qu'il ne voulait pas déranger.

« Liza, va chercher de l'eau, s'il te plaît, ordonna Mère. Pas dans un verre, dans une tasse. Tu sais très bien comment faire.

Liza savait. À certains égards, Mère lui avait appris à être indépendante. À certains égards seulement, bien entendu. Cela faisait longtemps qu'elle se servait toute seule quand elle voulait boire de l'eau, montant sur la chaise près de l'évier, attrapant une tasse sur l'étagère, tournant le robinet, remplissant la tasse et prenant bien garde à refermer le robinet. Ce qu'elle fit donc, remplissant la tasse décorée d'une dame couronnée, la rapportant jusqu'à la porte d'entrée. Un peu d'eau tomba par terre en chemin, mais elle n'y pouvait rien.

L'homme but l'eau. Elle rencontrait si peu de gens qu'elle remarquait les moindres détails chez les rares personnes qu'elle voyait. Il tenait sa tasse de la main gauche, pas de la droite comme Mère et Liza, et il portait un large anneau d'or au troisième doigt de cette main. C'était la première fois qu'elle voyait une bague sur la main de quelqu'un, car Mère n'en avait pas.

« Merci, mon chou », dit-il à Liza en lui rendant la tasse. Puis, s'adressant à Mère : « Y a-t-il quelqu'un, dans le coin, qui fasse B & B ?

— Qui fasse quoi ?

— B & B. *Bed and Breakfast*. Des chambres chez l'habitant.

— Il n'y a personne, dans le coin, qui fasse quoi que ce soit », répondit Mère, apparemment enchantée de proférer ces mots. Elle avança d'un pas sur le seuil, forçant l'homme à reculer, et écarta les bras. « Il n'y a rien d'autre que ce que vous avez sous les yeux.

— Vaut mieux que je file, alors. »

Mère ne répondit pas. Elle fit ce que Liza détestait qu'elle lui fît, à elle. C'était cette façon très particulière qu'elle avait de hausser les épaules et de les laisser retomber en regardant durement son interlocuteur dans les yeux, sans sourire ni exprimer quoi que ce soit. Jusqu'à ce jour, Liza ne l'avait jamais vue faire ça à quelqu'un d'autre qu'à elle.

Elles regardèrent l'homme partir d'une des fenêtres de l'étage, celle qui, dans la chambre que Mère occupait dans le pignon, donnait sur le chemin. C'était le seul endroit d'où l'on pouvait voir le chemin, d'un côté, courir le long du bois en direction du pont et, de l'autre, s'amenuiser pour devenir une piste, puis un sentier pédestre. L'homme avançait lentement, comme si son sac à dos devenait plus lourd à chaque pas. À l'endroit où le chemin tournait et se rétrécissait, il s'arrêta et regarda derrière lui, vers Shrove ou peut-être vers les hautes collines seulement.

Elles le perdirent dans les arbres mais continuèrent à regarder et, peu de temps après, elles le virent à nouveau, petite silhouette maintenant, qui marchait pesamment sur le sentier sous la haie d'érables. Ensuite, cela devint un jeu entre elles, chacune se vantant d'être encore capable de le voir. Mais quand Liza devint trop excitée, Mère la souleva, l'écartant du rebord de la fenêtre, et elles descendirent faire la leçon de lecture. Chaque après-midi, une heure était consacrée à lui enseigner la lecture, et chaque matin, une autre heure pour lui apprendre à écrire. Bientôt, les leçons allaient devenir beaucoup plus longues, comportant des additions et du dessin, mais à l'époque où l'homme à la barbe était venu, elles ne duraient que deux heures chaque jour.

Tous les matins, elles sortaient très tôt, bien avant la leçon d'écriture, pour promener les chiens. Heidi et Rudi avaient été habitués à dormir à l'intérieur, aussi n'avaient-ils pas de niches dehors comme Mère l'aurait jugé convenable, mais dormaient-ils dans le châtelet. Liza n'y était jamais entrée avant l'arrivée des chiens, mais, disposant d'une clé, Mère l'y avait emmenée. Elle vit alors une pièce qui avait la même forme que sa chambre, c'est-à-dire six côtés, avec d'étroites fenêtres qui se terminaient en haut comme des arches, mais sans vitres. Le sol de pierre était recouvert de paille sur laquelle on avait jeté deux couvertures et deux vieux coussins pour les chiens. Rudi et Heidi bondirent de droite et de gauche, frottant leur museau contre elle et lui léchant le visage, exprimant par divers bruits leur soulagement et leur joie d'être libérés.

Liza avait pensé à l'horreur que ce serait, si elles rencontraient l'homme à la barbe en se promenant dans les noues. Mais elles ne rencontrèrent personne, cela arrivait si rarement, en dehors d'une renarde qui rentrait chez elle, un lapin dans la gueule. Mère commanda aux chiens de s'asseoir, de ne pas bouger, et ils lui obéirent. Elle avait parlé des renards à Liza, lui avait expliqué comment ils vivaient et élevaient leurs petits dans des terriers, lui avait dit que des gens les chassaient et que c'était mal.

C'était peut-être ce matin-là qu'elle avait vu son premier martin-pêcheur. Elle n'en était pas sûre, mais c'était à cette époque-là. Mère disait que les martins-pêcheurs n'étaient pas très répandus et qu'il fallait téléphoner au service régional de protection des martins-pêcheurs lorsqu'on en voyait un. Ce devait donc être ce matin-là, puisque après leur retour à la maison, quand les chiens furent retournés dans le châtelet, Mère l'avait enfermée dans sa chambre et était allée téléphoner à Shrove.

Liza lut des mots dans le livre de tissu et dessina un portrait de Mère sur une des feuilles de papier. Il se pouvait que cela soit arrivé un autre jour, mais elle continuait à penser que c'était le Jour du martin-pêcheur. Car c'est à peu près à ce moment qu'elle s'était mis dans la tête que tous les hommes avaient des cheveux blonds, et les femmes des cheveux bruns. L'homme qui livrait le fuel était blond, comme le facteur, Matt et l'homme à la barbe, alors que Mère et elle étaient brunes. Elle dessina un portrait de Mère avec ses cheveux bruns qui descendaient dans son dos, sa longue jupe multicolore et ses sandales.

Elle venait juste de le terminer quand Mère fit tourner la clé dans la serrure et la laissa sortir. Liza repéra immédiatement qu'il y avait quelque chose de différent dans le salon. L'objet était accroché au mur, au-dessus de la cheminée, un long tube marron foncé avec une poignée de bois. Elle n'avait jamais rien vu de tel auparavant, mais elle savait que Mère avait dû le rapporter de Shrove.

« C'était un fusil, dit Sean.

— Un fusil de chasse. Il y avait plusieurs fusils à Shrove. J'y ai repensé par la suite, je veux dire des années plus tard, et je crois que cet homme l'avait vraiment effrayée. "Effrayée" n'est probablement pas le mot adéquat, ce n'est pas une femme qui se laisse effrayer. Disons plutôt, sensibilisée au danger.

— Oui, elle a peut-être compris qu'elle n'aurait jamais dû dire cette phrase, comme quoi il n'y avait rien d'autre que ce qu'on avait sous les yeux. C'est-à-dire, tu sais, qu'il n'y avait personne à plusieurs kilomètres à la ronde.

— Ça doit être ça.

— Mais il était parti, non ?

— Il est revenu. »

Le soir, il faisait jour jusqu'à près de dix heures, mais Liza montait se coucher à sept heures. Elle prenait sa collation, toujours du pain complet avec un œuf ou un morceau de fromage. Gâteaux et confiseries n'étaient pas de mise, et plusieurs années passèrent avant qu'elle ne découvrît ce que c'était. Après ses tartines, elle pouvait prendre des fruits autant qu'elle le souhaitait, plus un verre de lait. Le lait était livré trois fois la semaine par un homme qui avait également les cheveux blonds.

Quand elle avait terminé sa collation, Mère lui lisait une histoire. Hans Christian Andersen ou Charles Kingsley, des livres qui provenaient de la bibliothèque de Shrove. Puis venait l'heure du bain. Il y avait un tub dans la cuisine, recouvert d'un couvercle en bois. La nuit, elle n'était jamais enfermée à clé, elle n'était d'ailleurs enfermée que lorsque Mère montait à Shrove, ou allait faire des courses en ville. Si Liza n'arrivait pas à s'endormir, elle savait qu'il était inutile d'appeler ou de crier, car Mère n'y prêtait aucune attention. Et si elle descendait dans le salon, Mère haussait simplement les épaules en lui adressant un regard lourd de sens avant de la ramener dans sa chambre.

Il ne lui restait donc qu'à errer à l'étage, à regarder par les fenêtres en espérant apercevoir quelque chose, ce qui n'arrivait presque jamais. Mère savait peut-être que Liza allait dans sa propre chambre et jouait avec ses affaires ; en tout cas, elle n'en laissa jamais rien paraître. Liza savait que le soir Mère lisait des livres ou écoutait de la musique qui arrivait dans ses oreilles par le truchement de fils sortant d'une petite boîte noire.

Dans la chambre de Mère, elle ouvrait la porte du placard et inspectait toutes ses jupes longues aux couleurs vives, et d'autres vêtements qu'elle ne portait jamais, écharpes interminables, grands chapeaux de paille, et une robe jaune garnie d'un volant le long de l'ourlet. Elle regardait dans sa boîte à bijoux, qui était rangée dans le tiroir de la coiffeuse. Elle aurait pu en réciter le contenu par cœur : un grand collier de perles vertes, un peigne à cheveux d'une matière brune mouchetée incrustée de petits morceaux brillants, une broche de bois sculpté et une autre en nacre. Mère lui avait dit ce que c'était un jour où elle portait la broche, de même qu'elle lui avait dit que les perles étaient en jade, et les deux paires de boucles d'oreilles en or.

Ce soir-là, les perles vertes et une paire de boucles d'oreilles manquaient à l'appel parce que Mère les portait. Liza referma le couvercle de la boîte, retourna dans sa chambre et s'agenouilla sur son lit pour regarder par la fenêtre. Le jardin du pavillon, où Mère devait par la suite cultiver des petits pois, des haricots verts et des laitues, des fruits soyeux qui poussaient sur des buissons et des fraises sous des filets, était quasi dénudé en cette saison. Mère y avait travaillé dans la journée, creusant la terre avec une bêche. Il n'y avait qu'un arbre, un unique cerisier qui sortait du sol moelleux de couleur brun-rouge, et deux longues bandes d'herbe.

Liza releva les yeux, dans l'attente du dernier train se dirigeant vers le sud qui devait passer un peu après huit heures trente. À l'époque, elle ignorait tout du Nord, du

Sud et de huit heures trente, même si Mère essayait de lui apprendre à lire l'heure et les cartes, mais elle savait que le dernier train allait sortir du tunnel juste après le coucher du soleil, alors qu'il ferait encore jour. Le ciel était entièrement écarlate, mais on ne pouvait malheureusement pas voir, depuis sa chambre, jusqu'où le soleil descendait. Une fois qu'il était couché, les hautes collines devenaient grises, et les bois passaient du vert à un bleu foncé délicat.

Le train siffla à la sortie du tunnel et s'approcha en haletant. Les lumières étaient déjà allumées à l'intérieur, bien qu'il fît encore jour dehors. Il allait s'arrêter à la gare, Ring Valley Halt, qu'elle ne pouvait pas voir de son poste d'observation. Le train surgit, minuscule dans le lointain, se tortillant sur toute sa longueur comme les mille-pattes qui vivaient près de la porte de derrière. Après son passage, il n'y aurait plus rien à voir de cette fenêtre. Liza descendit du lit à quatre pattes et, traversant le palier sur la pointe des pieds, retourna dans la chambre de Mère.

De là, on pouvait voir les chauves-souris qui vivaient dans le toit de la grange d'en face, de l'autre côté du chemin, et fondaient sur les mites et les moustiques. Parfois aussi, elle voyait la grande effraie couleur crème dont le visage ressemblait à celui d'un chat dans un livre. Elle n'avait jamais vu de vrai chat. Il était un peu tôt dans la soirée pour les chouettes. En dessous d'elle, dans le petit lopin du jardin de façade, la couleur commença à se retirer des géraniums roses et rouges avec l'arrivée du crépuscule, et les fleurs de tabac resplendirent d'un éclat plus blanc. Elle aurait pu les sentir si la fenêtre avait été ouverte car leur parfum se dégageait à la tombée de la nuit.

Au moment où Liza se disait que rien n'allait arriver, que l'obscurité allait tomber sans que rien se soit produit, la porte d'entrée s'ouvrit, et Mère sortit vêtue de sa jupe vert, violet et bleu et de son haut violet, parée de ses perles vertes et de ses boucles d'oreilles en or, un châle noir drapé sur ses épaules. Elle ouvrit le portillon ménagé dans le mur qui clôturait le jardin, tourna la clé dans la serrure du châtelet et les chiens s'élancèrent dehors. Mère dit : « Tranquille, assis », et ils s'assirent. Mais ils tremblaient et frissonnaient, et Liza voyait bien qu'ils détestaient cette immobilité forcée. Mère dit : « Allez », et ils se mirent à gambader, à sauter, à essayer de la lécher, abandonnant la partie en voyant qu'elle ne répondait pas. Elle contourna le pavillon avec les chiens dans son sillage, sortant du champ visuel de Liza, mais Liza savait qu'elle n'irait pas loin parce qu'elle ne s'éloignait jamais le soir.

Liza regagna sa chambre en courant, grimpa sur le lit et appuya son visage au carreau. Dehors, une chauve-souris passa si près d'elle qu'elle recula en sursautant — et pourtant, elle savait que la vitre était là. Rudi et Heidi étaient en train de jouer dans le jardin de derrière, s'empoignant, grognant pour rire, roulant l'un sur l'autre à l'infini. Mère n'était pas avec eux ; elle avait dû revenir à la maison.

De nouveau sur le palier, Liza écouta mais n'entendit rien au rez-de-chaussée. Elle se précipita dans la chambre de sa mère et courut à la fenêtre. Mère était assise sur le mur, la petite boîte noire dans les mains, écoutant la musique qui sortait du bandeau autour de sa tête.

Où étaient passés les chiens ? Ils ne se trouvaient plus dans le jardin de derrière, constata-t-elle en sautant sur son propre lit. Ils avaient dû s'échapper par une ouverture de la clôture et filer dans le bois, comme cela leur arrivait quelquefois. Mais, comme ils étaient bien dressés, ils revenaient toujours quand on les rappelait.

La soirée allait être bien morne, maintenant, s'il n'y avait pour toute activité que Mère assise sur son mur, attendant que les chiens aient fini de jouer. Il ne vint pas un instant à l'esprit de Liza de regagner son lit et de s'endormir au lieu de courir ainsi d'une chambre à l'autre. Soit elle s'endormait dans son lit, si par hasard elle s'y trouvait, soit Mère la découvrait endormie sur le palier, ou bien sur la chaise près de la fenêtre de la chambre de devant. Mais, le matin, elle se réveillait toujours dans son lit. Pour l'instant, elle ne voulait pas y aller, elle n'était pas fatiguée.

Peut-être Mère avait-elle décidé de faire quelque chose de différent. Liza courut s'en assurer. Mère était toujours sur le mur, à écouter de la musique. Il faisait nuit, mais pas suffisamment pour l'empêcher de voir l'homme à la barbe qui remontait le chemin en provenance du pont. L'homme avait exactement la même apparence, sinon que, cette fois, il ne portait pas son sac à dos.

Ses pas ne faisaient aucun bruit sur le sol sableux. Même sans ce truc sur la tête et la musique qui s'appelait Wagner et se déversait dans ses oreilles, Mère n'aurait pu les entendre. Liza commençait à avoir peur. Mère avait dit que les chiens allaient les protéger mais ils n'étaient pas là, ils étaient partis loin dans les bois.

Liza n'osait plus regarder.

Pourquoi n'avait-elle pas frappé à la vitre pour avertir Mère ? Elle n'y avait pensé qu'après. La première fois que l'homme était venu, elle s'était cachée sous le lit, la deuxième, elle lui avait apporté une tasse d'eau. Cette fois, elle se couvrit les yeux des mains. Ils parlaient. Elle pouvait entendre leurs voix, mais pas leurs propos. Elle écarta les doigts avec d'infinies précautions et regarda au travers, mais ils étaient partis. Mère et l'homme étaient revenus vers le pavillon du gardien, trop près pour qu'elle pût les voir, ou alors ils avaient marché vers l'arrière de la maison. Elle courut vers sa chambre, et au moment où elle sautait sur son lit Mère poussa un cri.

« Qu'était-il en train de lui faire ? demanda Sean.

— Elle ne me l'a jamais dit, elle n'a jamais prononcé un mot à ce sujet, ni sur le moment ni plus tard. Je le sais maintenant, bien sûr. Quand elle a crié, j'ai eu tellement peur que je me suis couvert les oreilles, mais je pouvais quand même entendre, la fenêtre était ouverte. Je croyais que l'homme allait l'attraper et... euh, s'emparer d'elle, quelque chose comme ça, et qu'ensuite il monterait me chercher.

— Tu n'étais qu'une toute petite fille.

— Et il n'y avait personne d'autre à des lieues et des lieues à la ronde. Tu sais bien. Il n'y avait jamais eu personne. Sinon, cela n'aurait pas pu arriver, rien de tout ça ne serait arrivé. »

Ce n'était pas la nuit mais le début d'un long crépuscule caractéristique du milieu de l'été. Le cri de Mère se dissipa, et Liza entendit le rire de l'homme, mais pas ce qu'il chuchotait. Elle regarda par la fenêtre, il fallait qu'elle regarde... Mère était sur le chemin d'herbe, et l'homme, sur elle, essayait de la maintenir d'une main tandis que de l'autre il déboutonnait son jean.

Liza était tellement terrifiée qu'elle ne put émettre un son, ni rien d'autre. Mère pouvait, elle. Mère tourna la tête sous le bras de l'homme qui clouait son cou au sol et lui mordit la main. Il sursauta et retira sa main, criant ce mot que Matt avait une fois employé sur le seuil de la maison. Alors, Mère hurla : « Heidi ! Rudi ! À mort ! À mort ! »

Les chiens jaillirent du bois. Ils arrivèrent en courant comme s'ils attendaient d'être appelés, comme s'ils étaient restés assis au milieu des arbres, guettant cet ordre précis. Dans la pénombre, ils ne ressemblaient plus du tout aux gentils chiens familiers qui vous léchaient le visage mais à des chiens de l'enfer, bien que cela ait eu lieu avant que Liza ait entendu parler des chiens de l'enfer.

Ils ne sautèrent pas sur l'homme, ils volèrent sur lui. Les huit pattes noires décollèrent de toute leur puissance, et les chiens prirent leur envol. Leurs gueules étaient grandes ouvertes, et Liza vit étinceler leurs crocs blancs. L'homme était sur le point de se relever, mais il bascula sur le dos quand les chiens arrivèrent sur lui. Il se couvrit le visage des deux mains et roula sur lui-même. Heidi serrait la moitié de sa barbe jaune dans sa gueule, et Rudi était sur lui, mordant son cou. Puis les chiens émirent un son, un grognement rauque, éructant.

Mère sauta sur ses pieds comme s'il ne s'était rien passé et lissa sa jupe pour éliminer la poussière. Elle se tenait debout, les mains sur les hanches dans cette attitude qui lui était si particulière, le châle relâché sur ses épaules, et elle regardait calmement les chiens s'acharner sauvagement sur l'homme qui hurlait et jurait.

Au bout d'un certain temps, elle dit : « C'est bon, les chiens, cela suffit. Repos, maintenant. Ne bougez plus. »

Ils lui obéirent sur-le-champ. C'était vraiment impressionnant, la façon dont ils s'arrêtèrent dès qu'elle parla. La gueule de Rudi était couverte du sang de l'homme, et Heidi avait la moitié de sa barbe dans la gueule.

L'homme roula encore une fois sur lui-même, la tête sur les bras, mais il avait cessé de crier, il ne faisait plus un bruit. Mère se pencha sur lui et l'observa de près, mais elle ne le toucha pas avec ses mains, elle le poussa de son délicat petit pied.

Là-haut, dans sa chambre, Liza émit un drôle de petit bruit, un couinement pareil à celui d'un chien qui gémit derrière une porte fermée.

« Il était mort ? demanda Sean d'une voix rauque.

— Oh, non, il n'était pas mort.

— Qu'a-t-elle fait ?

— Rien. Elle l'a regardé, c'est tout.

— Elle n'a pas demandé de secours ? Tu m'as dit qu'il y avait un téléphone à Shrove ?

— Bien sûr qu'elle n'a pas demandé de secours », répondit Liza d'une voix impatiente.

Mère prit les chiens par le collier et les enferma dans le châtelet pour la nuit. Liza la vit faire depuis l'autre fenêtre, puis elle l'entendit entrer dans leur maison et refermer la porte derrière elle. Elle sortit sur le palier et tendit l'oreille. En bas, dans le salon, Mère était en train de déplacer une chaise, on aurait dit qu'elle était montée dessus, puis avait sauté à terre. Liza traversa le lit à quatre pattes pour jeter un autre coup d'œil sur l'homme allongé dans l'herbe. Il était toujours là, mais il n'était plus allongé sur le ventre.

Il faisait vraiment sombre, maintenant, beaucoup trop pour bien distinguer la silhouette de l'homme, assis, la tête sur les genoux et les bras autour de la tête. Mais il allait bientôt se relever, partir, les laisser tranquilles. Et elles seraient sauves. Elle scruta l'obscurité, espérant que c'était ce qui allait se produire.

Soudain, elle vit l'homme se détacher très nettement dans un faisceau de lumière. La porte du fond était ouverte, et la lumière venait de la cuisine. Elle plissa le nez et fit la grimace car le visage et la barbe de l'homme n'étaient qu'une masse de sang. Ses genoux avaient offert le même aspect lorsqu'elle était tombée, se blessant sur le gravier.

Mère sortit dans le triangle de lumière et tendit devant elle quelque chose qu'elle tenait entre ses bras. Il y eut une formidable explosion. L'homme bascula en arrière, eut un sursaut, tressaillit et retomba immobile. À l'intérieur du châtelet, les chiens se mirent à aboyer furieusement. Mère rentra dans la maison et ferma la porte. La lumière s'éteignit.

4

À LA FIN de l'après-midi, empruntant les petites routes plutôt que la nationale, Sean et Liza atteignirent l'exploitation fruitière de Vanner. C'était un pays de vergers, une succession d'hectares couverts de longues rangées de pommiers trapus, bien taillés, puis de poiriers, comices et louise-bonnes. De grandes caisses de bois destinées à recevoir les pommes étaient empilées aux quatre coins des vergers. Liza vit des femmes juchées sur des escabeaux qui cueillaient de grosses comices vertes. Très peu de poires étaient tombées par terre tandis que la récolte de pommes, des discoveries et des jonagolds, avait été d'une telle abondance que le sol n'était qu'un tapis rouge de fruits abandonnés.

Sean prit à gauche pour pénétrer dans l'exploitation. Il était déjà venu et connaissait la route. Le long chemin asphalté était bordé d'aulnes de part et d'autre — des arbres aux contours nets, qui poussaient vite et donnaient de belles haies. Il dut s'arrêter pour laisser passer une voiture venant de la boutique de la ferme, en sens inverse. La capote était baissée, et une femme la conduisait. Elle avait des cheveux blonds brillants et les lèvres fardées de rouge, des boucles aux oreilles et du rouge aux ongles. Liza la dévisagea, fascinée.

« Tu ne crois plus que toutes les femmes sont brunes et tous les hommes blonds, j'espère, ma chérie ?

— Bien sûr que non. J'avais seulement quatre ans, tu sais.

— Parce qu'il existe d'autres manières de les distinguer. » Il posa la main sur les genoux de Liza, et ses doigts agrippèrent le sexe de la jeune fille. « Je parie que tu ne peux pas parler pendant que je fais ça. Allez, vas-y, essaie. Je te parie que tu ne peux pas.

— Je peux faire pareil, répondit Liza. Et pour toi, ce sera pire. Tu ne pourras plus conduire. »

Il rit, tressaillit et lui prit la main.

« Mieux vaut cesser pour le moment, sinon je vais être obligé de m'arrêter ici, et nous allons bloquer la route. »

L'aire de stationnement des caravanes se trouvait dans un endroit éloigné, là où finissaient les vergers et où commençaient les champs de fraises. La saison des fraises était passée depuis longtemps, et les gens venus les ramasser étaient repartis. Les champs n'étaient plus qu'une vaste étendue désolée, ponctuée de tiges brunes desséchées et de feuilles mortes. Des peupliers d'Italie particulièrement hauts, alignés sur un talus, séparaient ces champs du verger de pommes discoveries. À l'ombre des peupliers, sur un emplacement strié de traces de pneus que se disputaient herbe miteuse et plaques de boue séchée, se dressait une pancarte comminatoire : « Caravanes des ramasseurs : Garez-vous ici ». Sous la pancarte, un robinet d'eau et une flèche peinte sur un morceau de carton, désignant la décharge.

Il y avait peut-être d'autres ramasseurs, mais une seule caravane. Elle était garée tout au fond, près du talus, et donnait l'impression de ne pas être occupée, ou de ne pas l'avoir été depuis longtemps. Porte et fenêtres étaient closes, avec les stores baissés. Malgré tout, Sean gara sa voiture et sa caravane le plus loin possible.

Il ne détacha pas la caravane de la voiture, pas plus qu'il ne mit le générateur en marche ou remplit d'eau les réservoirs. Liza et lui sortirent de la voiture sans dire mot, échangeant à peine un regard, et montèrent dans la roulotte où ils firent l'amour. Prenant juste le temps d'abaisser le lit.

Ensuite, quand ils eurent terminé et que Liza se retrouva

dans ses bras, tiède, humide et soupirant de plaisir, Sean lui dit : « Tu sais quoi ? Maintenant que nous sommes arrivés et que nous avons une base, tu peux aller au planning familial ou ce que tu veux, et commencer à prendre la pilule. Comme ça, je ne serai pas obligé de me servir de ces trucs que je déteste. »

Elle leva les yeux vers lui, n'ayant pas compris. Quand il lui eut expliqué, elle déclara : « Il faudra que tu viennes avec moi, alors. Je ne saurai pas comment faire.

— T'as jamais été voir un médecin ? »

Il allait se vexer si elle lui disait « Tu *n'as* jamais été... », aussi se retint-elle. « Ève m'y a emmenée deux ou trois fois. C'est une chance que je sois en bonne santé. Elle a dit que j'avais eu mes vaccins quand j'étais petite.

— D'accord, mais ce sont pas les vaccins qui t'empêcheront de tomber enceinte.

— Qui t'empêcheront, toi, de me mettre enceinte », corrigea-t-elle.

Il se mit à rire. Il aimait bien qu'elle lui réponde un peu vivement. La serrant contre lui, il reprit : « Ça t'ennuie d'en parler maintenant, ou ce n'est pas le moment ? Je veux dire, tu sais, de ce qui s'est passé après que ta mère a tiré sur le type à la barbe ?

— Pourquoi cela m'ennuierait-il ? »

Elle ne voyait vraiment pas pourquoi. Ève disait toujours que les gens aimaient parler d'eux-mêmes plus que toute chose, et maintenant, savourant ce plaisir pour la première fois de sa vie, elle comprenait que c'était vrai. Y réfléchir, revoir l'ensemble des événements en esprit, sélectionner ce qu'elle allait lui dire et ce qu'elle allait lui cacher, tout cela lui plaisait énormément. C'était sa vie, et elle commençait à entrevoir à quel point elle avait été extraordinaire.

« Je me suis mise à pleurer, je ne pouvais pas m'en empêcher. J'étais allongée sur le lit, criant et sanglotant.

— Ça ne m'étonne pas.

— Non, eh bien, Ève est montée et m'a serrée dans ses bras. Elle m'a fait boire un verre d'eau et m'a dit de ne pas pleurer, de ne pas m'inquiéter, que tout allait très bien se passer. L'homme était parti, elle l'avait fait partir en soufflant dessus.

— Seigneur.

— Elle ne voulait pas me donner l'impression qu'elle l'avait tué. Elle ignorait que j'avais tout vu. Je ne lui ai rien dit. J'avais seulement quatre ans, mais quelque part je savais qu'il ne fallait pas lui dire. Tout ce qu'elle savait, c'est que j'avais vu l'homme arriver et que j'avais entendu le coup de feu. Elle s'est couchée à côté de moi, et cela m'a fait très plaisir. Je voulais toujours dormir dans le même lit qu'elle mais elle ne le permettait jamais. Elle était si jolie, si chaude et si jeune. Sais-tu quel âge elle a, maintenant ?

— Dans les trente-cinq ans ?

— Trente-huit. Mais c'est vraiment jeune, n'est-ce-pas ? Je veux dire, cela ne nous paraît pas jeune, à nous, mais c'est ce que les gens appellent jeune, pas vrai ?

— Je pense, dit Sean, qui avait vingt et un ans. Comment se fait-il qu'elle ait ce drôle de prénom, Ève ?

— Elle s'appelle Eva en réalité. C'est allemand. Son père était allemand. J'ignorais son nom jusqu'au jour où j'ai entendu M. Tobias l'appeler Ève. Avant, elle était simplement Mère. Et puis, comme Bruno l'appelait toujours Ève, j'ai commencé à faire pareil, et elle n'a rien dit.

— Qui est Bruno ?

— Un type, c'est tout. Il n'est arrivé dans l'histoire que des années plus tard. Je te parlerai de lui quand on y sera. Pour le moment, nous avons cet autre homme qui gît dans l'herbe — ou plutôt, Ève l'a, moi, je n'étais pas vraiment dans le coup. En fait, personne ne s'approchait vraiment de nous à cette époque, en dehors du laitier, du livreur de fuel et de l'homme qui relevait le compteur électrique au pavillon et à Shrove. Mais ils ne mettaient jamais les pieds dans le jardin du fond et ils ne posaient pas de questions.

Le laitier était bizarre. Je m'en suis davantage rendu compte en grandissant. Je n'avais jamais rencontré d'enfants, aussi ne pouvais-je savoir s'il parlait comme eux, mais Ève prétendait qu'il avait huit ans d'âge mental. En général, il sortait des phrases sur les trains ou le temps qu'il faisait, mais rien d'autre. "Tiens, voilà le train !" disait-il, ainsi que "Va y avoir de la pluie !" Il ne remarquait jamais rien. Le cadavre de cet homme aurait aussi bien pu être couché en travers de notre seuil, il l'aurait enjambé pareil.

— Qu'est-il devenu, alors, ce cadavre ? »

Elle ne savait pas exactement. À ce stade de souvenirs, ce qui s'était réellement passé se mélangeait avec le rêve. Elle avait fait des rêves affreux cette nuit-là et s'était réveillée en hurlant, pour découvrir qu'Ève n'était plus là, qu'elle avait regagné son lit. Mais Ève était revenue la réconforter et était restée auprès d'elle toute la nuit, autant que Liza pût s'en souvenir.

Pourtant, ce n'était pas possible, avait-elle calculé ensuite, car au petit matin, en regardant par la fenêtre, elle avait vu que l'homme n'était plus là. Que signifie la mort pour un enfant de quatre ans ? Elle n'en avait pas réellement pris conscience la veille au soir, que l'homme ne se relèverait jamais, qu'il ne parlerait, ne rirait, ne se promènerait plus. Elle avait simplement eu une peur terrible. Ne le voyant plus, elle s'était dit qu'il était parti de son propre gré. Il s'était rétabli et, se sentant mieux, était reparti à pied.

Ce ne fut que des années plus tard, devenue beaucoup plus grande, qu'elle assembla ses souvenirs et les compara à des événements contemporains similaires. Là, elle comprit que l'homme était mort et qu'Ève l'avait tué avec le fusil de M. Tobias. Non seulement l'avait-elle tué, mais elle avait fait disparaître son corps.

Ève était une femme minuscule, avec une taille fine et des jambes longues, élégantes. Elle avait de petites mains aux doigts effilés, des pommettes saillantes et un menton étroit, un grand front, la lèvre supérieure courte et une ravissante bouche charnue. Un rien retroussé, son nez exquis était légèrement trop petit pour son visage. Elle avait d'immenses yeux noisette et des sourcils noirs qui semblaient avoir été dessinés par un calligraphe chinois, un peu comparables à ceux de Sean, et son épaisse chevelure brune, brillante, descendait jusqu'au milieu de son dos. Mais elle était vraiment petite, elle ne mesurait pas beaucoup plus d'un mètre cinquante. Liza ignorait son poids, elles n'avaient pas de balance. Toutefois, Ève avait calculé que sa fille pesait une cinquantaine de kilos à seize ans, et elle-même, dans les quarante-sept kilos. Et elle avait probablement raison. Et pourtant, cette femme minuscule avait réussi, Dieu sait comment, à déplacer le corps d'un homme qui pesait une fois et demi son propre poids et mesurait près d'un mètre quatre-vingts.

Pour le mettre où ? Quelque part dans le bois, avait décidé Liza, en y réfléchissant bien vers l'époque de son seizième anniversaire. Elle avait dû hisser le corps dans la brouette, passer par la brèche de la clôture et l'enterrer dans le bois. Cette nuit-là, pendant que Liza dormait, avant qu'elle ne se réveille en hurlant. Ou après l'avoir prise dans ses bras et l'avoir consolée, quand elle s'était rendormie. Mère était descendue et avait travaillé silencieusement dans l'obscurité.

La première chose qu'elle vit de sa fenêtre ce matin-là, avant même de constater que l'homme était parti, fut Matt qui ouvrait la porte du châtelet et laissait sortir les chiens. Il n'était pas censé arriver avant le milieu de la matinée, dit Mère en se précipitant dans la chambre. Elle paraissait fâchée et troublée. Liza alla à l'autre fenêtre. Les chiens, ayant filé directement vers l'endroit où l'homme gisait auparavant, couraient dans tous les sens en reniflant l'herbe comme des fous, creusant la terre du bout du museau.

« Il y a quelque chose qui les fascine, dit Matt en voyant Liza et Mère sortir de la maison. Est-ce qu'ils ont enterré des os ?

— Avez-vous idée de l'heure ? rétorqua Mère. Il est six heures trente du matin.

— Pas possible ! Oh, Seigneur. J'avais des choses à faire dans le coin hier, alors je me suis arrêté pour la nuit et je suis venu ici dès mon réveil. J'espère ne pas vous avoir sorties du lit, les filles. »

Mère fit comme si elle n'avait pas entendu.

« M. Tobias est-il rentré de France ?

— Il rentre ce soir. Il veut que ses chiens soient là à son retour. J'imagine qu'ils sont sa seule distraction. Moi, ça ne me suffirait pas, j'aime bien qu'il y ait un peu d'animation. Mais enfin, il faut de tout pour faire un monde.

— Certainement, répondit Mère d'un ton peu amène.

— On s'attendrait à ce qu'il ait une petite amie. Eh bien, oui, ça arrive, mais jamais rien de stable. » Matt parlait comme si Mère ignorait tout cela. « Évidemment, il est bourré de fric, il a sa maison, et celle-ci, et celle de Londres, et les filles se bousculent pour lui mettre le grappin dessus, mais pour être tout à fait franc, ça ne semble vraiment pas l'intéresser. » Il adressa à Liza un clin d'œil tout ce qu'il y a de mystérieux. « Pas pour fonder un foyer, je veux dire. »

En dépit de ce qui était arrivé, Liza prit chaque chien dans ses bras sans la moindre peur et déposa sur leur crâne noir luisant un tendre baiser. Elle pleura un peu quand ils furent partis et demanda à Mère si elles pourraient avoir un chien à elles.

« Non, certainement pas. C'est inutile de me le demander.

— Pourquoi pas, Mère, pourquoi pas ? J'ai envie d'un chien. J'aime Heidi et Rudi, j'en veux un à moi.

— Eh bien, il faut continuer à en avoir envie », dit Mère en souriant. Elle ne semblait pas fâchée et elle appela même Liza « Lizzie », ce qu'elle faisait parfois lorsqu'elle était contente de sa fille, ou du moins, pas trop déçue par elle. « Écoute, Lizzie, suppose que M. Tobias vienne vivre à Shrove. Il pourrait très bien le faire, c'est sa maison, une de ses maisons. Dans ce cas, Heidi et Rudi l'accompagneraient, et qu'adviendrait-il de notre chien ? Ils n'aiment pas les autres chiens. Ils lui sauteraient dessus. Ils le blesseraient. »

Liza eut envie de répondre : comme ils avaient blessé cet homme, mais elle s'en garda. Au contraire, elle demanda : « Il va venir ? J'aimerais bien qu'il vienne parce que, alors, nous aurions *ses* chiens et comme ça, nous n'aurions pas besoin d'en avoir un à nous. Est-ce qu'il va venir ? »

Mère ne prononça pas un mot pendant quelques secondes, puis elle entoura Liza de son bras et la serra contre elle en disant : « Je l'espère, Lizzie, j'espère qu'il viendra », mais son expression était grave, et elle poussa un long soupir.

Le lendemain était le jour où Mère faisait les courses. Une fois par quinzaine, elle allait chercher ce que le laitier ne pouvait lui livrer. Il lui apportait du beurre, des œufs et des flocons d'avoine, du jus d'orange, du pain et du yoghourt en même temps que le lait, mais jamais de viande ni de poisson. Quant aux légumes, Mère les avait achetés jusqu'au jour où elle s'était mise à cultiver son potager. Elle devait acheter les fruits et le fromage. Le car qui la menait aux magasins, c'est-à-dire celui qui allait en ville, passait quatre fois par jour, et Mère devait descendre le chemin à pied, traverser le pont de la rivière et marcher une centaine de mètres sur la route pour arriver à l'arrêt. Quand Mère descendait en ville, elle n'emmenait jamais Liza. Liza restait enfermée à clé dans sa chambre.

Elle y était habituée et l'acceptait de bonne grâce, mais pas cette fois. Pour commencer, elle se soumit et s'installa sur son lit avec le livre en chiffon et les crayons de couleurs, à téter son biberon de jus d'orange. Par faveur exceptionnelle, Mère lui avait également donné une pomme, une golden delicious parce que les variétés anglaises n'étaient pas encore sorties en juillet. Liza s'agenouilla sur le lit et regarda Mère remonter le chemin en direction de la grande route. Ensuite, son regard quitta le lointain et revint au premier plan, là où il y avait eu l'homme et les chiens, où l'explosion s'était produite. Alors, elle se mit à hurler.

Elle n'avait vraisemblablement pas pu crier pendant toute l'heure et demie qu'avait duré l'absence de Mère. Mais à son retour elle criait. Mère lui déclara : « Je ne te laisserai plus », et elle tint longtemps parole. Et puis un jour, bien entendu, elle la laissa à nouveau.

Ce fut peut-être ce soir-là, ou un autre soir, des jours ou des semaines plus tard, en tout cas après le départ des chiens, que Liza se livra à ses allers-retours ludiques entre les deux chambres, après l'heure du coucher. Elle essaya les chapeaux de paille de Mère, celui qui était doré avec un ruban blanc et le marron dont la calotte était ceinte d'un foulard crème, et elle caressa ses souliers de daim dans lesquels étaient enfoncées ces tiges appelées embauchoirs. Quand elle fut lassée de ces jeux, elle inspecta le coffret à bijoux.

Ce soir-là, Mère portait une des paires de boucles d'oreilles et la broche de nacre, aussi ces objets manquaient-ils dans le coffret, évidemment. Liza attacha les perles de jade à son cou, enfonça le peigne orné de petits éclats brillants dans sa chevelure et admira le résultat dans le miroir. Elle prit ensuite la broche en bois et en dessous trouva un anneau en or.

À qui pouvait-il bien appartenir ? Elle ne l'avait jamais vu auparavant, elle n'avait jamais vu de bague aux mains de Mère. L'examinant avec grand intérêt, elle remarqua une inscription à l'intérieur de l'anneau mais, ayant quatre ans seulement, elle ne lisait pas très bien. Pas plus qu'elle ne put, à l'époque, établir le lien entre la bague et l'homme à la barbe.

« C'était sa bague ? demanda Sean.

— Oui, elle devait être à lui. Je l'ai regardée plus tard, quand j'ai su lire. L'inscription disait : "TMH et BHH, 3 mars 1974." Je ne savais pas ce que cela signifiait à l'époque mais maintenant je pense qu'il s'agissait de son alliance. Victoria avait une alliance. Est-ce que les hommes en portent aussi ?

— Je crois que certains en ont une.

— C'était ses initiales et celles de sa femme, et puis la date de leur mariage, tu ne crois pas ?

— Elle a dû la lui prendre, l'enlever de sa main, dit Sean en faisant une grimace.

— Je ne vois pas pourquoi elle l'aurait fait, à moins qu'elle n'ait envisagé de la vendre un jour. Ou alors, elle a pensé que, si elle l'enterrait avec la bague au doigt, quelqu'un pourrait la trouver.

— Mais pourquoi a-t-elle fait ça ?

— Fait quoi ? Tué cet homme ?

— Pourquoi n'a-t-elle pas téléphoné à une ambulance

pour le faire emmener à l'hôpital ? Tu disais qu'il pouvait s'asseoir. Il s'en serait très bien sorti. Ce n'était pas la faute de ta mère, personne n'aurait été le lui reprocher si elle expliquait qu'il avait tenté de la violer.

— Je n'ai jamais su pourquoi, au juste, dit Liza, mais ç'aurait pu être quelque chose comme ça. Par la suite, quelqu'un m'a raconté une histoire d'enfant attaqué par des chiens et j'ai additionné deux et deux. C'est Bruno, d'ailleurs, qui me l'a racontée. Vois-tu, l'homme à la barbe leur aurait expliqué, à l'hôpital, et ils auraient parlé à la police. Au sujet des chiens, je veux dire. Et les chiens auraient été tués.

— Abattus.

— Oui, je crois que c'est le mot juste. Les chiens auraient été abattus comme dans l'histoire de Bruno. M. Tobias adorait ses chiens. Il en aurait voulu à Ève, il l'aurait congédiée, ils nous aurait mises à la porte du pavillon. Ou du moins elle l'a pensé. Peut-être l'aurait-il fait, peut-être pas, mais en tout cas elle l'a cru, et c'était ça, la chose importante. Parce que, vois-tu, elle ne pouvait pas quitter Shrove, il n'en était pas question ; pour elle, Shrove était la chose la plus importante du monde, encore plus importante que moi. Enfin, M. Tobias était également important à ses yeux, mais d'une façon spéciale. »

Sean avait l'air dépassé.

« Là, je ne te suis plus.

— Peu importe. C'était ça, la vraie raison. Si les chiens avaient tué cet homme, elle n'aurait pas eu besoin de le faire. À mon avis, c'était ça, son raisonnement. Mais comme ils ne l'avaient pas tué, elle a été obligée de le faire, faute de quoi il aurait tout raconté à la police. Alors elle a enfermé les chiens, elle est rentrée dans la maison, a pris le fusil et tiré sur lui.

— Seulement pour ça ? Juste pour que Tobias ne lui en veuille pas ? »

Liza le regarda d'un air perplexe.

« Je ne sais pas. Vu sous cet angle, vraiment, je ne sais pas. Il y avait peut-être quelque chose de plus. Peut-être avait-elle une autre raison de le haïr, mais nous ne le saurons jamais, pas vrai ? »

Elle regarda Sean tandis qu'il se levait et allait se laver à l'évier. Il renfila son jean et sortit un tee-shirt propre. Il vint alors à l'esprit de Liza qu'elle ne possédait pas d'autres vêtements que ceux qui étaient entassés par terre. Elle allait devoir porter ceux de Sean, ou du moins ceux qui pouvaient lui aller, et quand elle aurait gagné un peu d'argent en ramassant des pommes... Les cent livres sterling, elle les avait oubliées.

« Je voudrais aller en ville, peu importe où c'est, déclara-t-elle. Je voudrais manger dans un véritable restaurant. On peut ?

— Bien sûr qu'on peut. Pourquoi pas ? Nous pouvons aller dans un restaurant chinois. »

Liza lava sa culotte et ses chaussettes dans l'évier. Elle dut enfiler son jean à même la peau mais cela n'avait pas grande importance. Elle était extrêmement fière de son jean, d'autant plus qu'elle avait dû batailler ferme avec Ève pour la convaincre de l'acheter. Elle avait même réussi à en obtenir deux, celui-ci et un autre qu'elle avait laissé là-bas. Ève détestait les pantalons et n'avait jamais porté de jean de sa vie. Liza emprunta à Sean une chemise à carreaux et manches longues, et eut une pensée pour Ève, se demandant où elle se trouvait maintenant, ce qui était en train de lui arriver.

Sean avait suivi le même cours de pensée.

« Demain, on devrait se procurer un journal. Tu n'as jamais vu de journal, j'imagine ? Un quotidien, je veux dire.

— Bien sûr que si », rétorqua-t-elle, légèrement vexée. Un jour à Shrove, elle avait trouvé dans un présentoir à magazines un quotidien qui s'appelait le *Times* et datait d'un an avant sa naissance. Ève l'avait emporté avant qu'elle ait pu lire quoi que ce soit. « Ce qu'il nous faudrait, c'est une télévision.

— Ça, c'est un truc que t'as jamais vu, je parie, une télé. »

Elle lui répondit d'un ton curieusement détaché.

« À Shrove, je regardais la télévision tous les jours. Ève n'en a jamais rien su. Elle y aurait mis fin, mais je ne le lui ai jamais dit. C'était mon secret, en quelque sorte.

— Comme moi, dit Sean.

— Pas vraiment comme toi. Tu es beaucoup mieux. Mais à l'époque je ne te connaissais pas. Je l'ai regardée pendant des années jusqu'au jour où l'appareil est tombé en panne, et Jonathan a refusé de le faire réparer. » Elle rit en voyant l'expression de Sean. « Est-ce qu'on pourrait en avoir une ici ? Ça marcherait avec ton générateur ?

— J'espère bien, dit-il. Évidemment que ça marcherait.

— Dans ce cas, je vais en acheter une. » Elle s'arrêta, frappée par une idée subite. « Seulement, je ne sais pas... Est-ce que cent livres, ça fait beaucoup d'argent, Sean ? »

Il répondit, non sans une certaine aigreur : « C'est beaucoup pour nous, ma chérie. » Puis il ajouta : « Je pense que ça permettrait d'acheter un téléviseur portable, mais pour la couleur je ne suis pas sûr. »

Elle écarquilla les yeux.

« Ça existe en couleurs ? Ça existe vraiment ? »

Lorsqu'ils ressortirent pour prendre la voiture, ils virent que l'autre caravane n'était pas inoccupée comme ils l'avaient d'abord cru. Une lumière brillait à l'intérieur, et le store de la fenêtre la plus proche de la route était relevé. Ils devaient passer devant pour sortir. Dedans, une lueur plus bleue, plus dure que celle du plafonnier indiquait la présence d'un écran de télévision. En longeant la caravane à moins de un mètre, Liza vit le petit rectangle rempli de couleurs éclatantes, de l'herbe vert émeraude, des feuilles mouchetées de jaune et un tigre orange et noir qui rôdait.

« Que de choses j'ai à rattraper ! » dit-elle.

La vie au pavillon avait été des plus simples. Elle aurait pour l'essentiel paru morne, incroyable aux yeux de Sean. Il y avait un tas de choses qu'elle ne lui dirait pas, qu'elle garderait enfermées dans sa mémoire. Par exemple comment Ève, parce qu'elle ne voulait plus laisser Liza seule dans la maison, même en fermant les portes à clé, qu'elle ne pouvait se résoudre à la laisser crier à fendre l'âme, avait été obligée d'emmener sa fille avec elle.

Et c'était dans ses conditions que Liza avait franchi pour la première fois le seuil de Shrove House. Le palais, la maison des tableaux et des secrets, des poupées et des clés, des livres et des ombres. Jamais Sean ne pourrait la voir avec ces yeux-là, personne n'en serait capable à part Ève et elle-même. Surtout Ève.

5

ELLES REMONTÈRENT L'ALLÉE bordée d'arbres — charmes presque aussi ronds que des boules et mélèzes effilés, bouleaux argentés dont les feuilles frémissaient sous la brise, cyprès chauves originaires de Louisiane qui se plaisaient toutefois en ce lieu parce que le sol était humide près de la rivière. Il y avait aussi des cèdres géants, des Douglas verts plus grands encore et, les dominant tous, des séquoias wellingtonias, des arbres noirs dont on ne s'apercevait qu'ils étaient vert foncé qu'en arrivant sous leurs branches. Les arbres s'écartèrent, et elle vit la maison pour la première fois, qui ne lui parut être rien de plus qu'une énorme demeure percée d'une quantité considérable de fenêtres.

Un homme tondait la pelouse assis sur une haute chaise équipée de roues. Elle l'avait déjà aperçu une ou deux fois et était destinée à le revoir souvent. Il s'appelait M. Frost. Ce n'était pas un homme jeune, il avait des rides et des cheveux blancs. Il venait à bicyclette du village qui se trouvait de l'autre côté de la rivière. Les cheveux blancs n'étaient qu'une autre catégorie de cheveux clairs, et la vue de ceux de M. Frost renforça Liza dans cette certitude. Il leva la main pour saluer Mère qui lui répondit d'un signe de tête, mais ils n'échangèrent pas un mot.

Des marches montaient d'un côté jusqu'à la grande porte de Shrove, puis il y avait une sorte de plate-forme, et les marches redescendaient de l'autre côté. L'escalier avait une balustrade comme le leur au pavillon du gardien, mais ici elle était en pierre, avec une large étagère qui la coiffait. Des vases de pierre débordant de lierre étaient posés sur l'étagère, et des personnages en pierre étaient postés entre les vases, regardant en direction des arbres.

Liza et Mère gravirent les marches de gauche, et Liza se tint à la balustrade. Tout était très grand et lui donnait l'impression d'être encore plus petite que d'habitude. Obéissant à Mère, elle leva les yeux pour regarder le blason — une épée, un bouclier, des lions. La maison se dressait au-dessus d'elle, avec ses fenêtres comme autant de plaques brillantes et son toit qui se perdait dans le ciel. Mère ouvrit la serrure de la porte d'entrée, et elles franchirent le seuil.

« Tu ne dois pas courir dans tous les sens, Liza, déclara Mère, ni grimper sur le mobilier. Tu as compris ? Montre-moi tes mains. »

Liza les tendit devant elle. Elles étaient toutes propres parce que Mère lui avait demandé de les laver avant de sortir et qu'elle avait tenu la main de Mère pendant le trajet.

« Très bien. Tu ne risques pas de les salir ici. Maintenant, n'oublie pas, tu dois marcher, pas courir. »

Les tapis étaient doux et épais sous ses pieds, et les plafonds très hauts au-dessus de sa tête. Les plafonds n'étaient pas blancs mais découpés en carrés noirs et or, ou peints comme un ciel bleu avec des nuages blancs et des personnages ailés qui volaient en travers, traînant dans leur sillage des écharpes, des rubans et des bouquets de fleurs. Les lampes ressemblaient à des gouttes de pluie les jours où il pleut très fort, et des choses semblables à des tapis, mais en moins épais, pendaient à certains murs. Un autre mur était entièrement recouvert par un immense tableau. Mère l'appelait *La Naissance d'Achille*. Il représentait un tas d'hommes coiffés de casques et de femmes en longue robe blanche qui se précipitaient pour cueillir une pomme dorée tandis qu'une femme vêtue de vert, avec des fleurs, se tenait debout, un gros bébé nu dans les bras.

Mère l'emmena dans le salon et lui montra la cheminée ornée d'un visage de dame, le pare-feu décoré de fleurs peintes et les tables de bois brillant incrustées de morceaux de métal luisant et, pour certaines, de nacre comme la broche de Mère. Les hautes portes vitrées avaient des cadres d'acajou, lui précisa Mère, et elles avaient beau exister depuis plus de deux siècles, elles étaient aussi solides que des neuves. Liza et Mère franchirent le seuil de la porte qui donnait sur une terrasse à l'arrière de la maison, et quand Liza dévala les marches pour aller sur la pelouse et leva les yeux vers Mère elle eut un moment de panique parce que la façade arrière était identique à la façade principale, le même blason avec l'épée, le bouclier et les lions, la même balustrade autour du toit et le long des marches, les mêmes fenêtres et les mêmes statues placées dans des niches.

Mère lui cria que c'était normal, que c'était voulu ainsi, mais que, si elle y regardait de plus près, elle verrait que ce n'était pas tout à fait pareil. Les statues représentaient des hommes, pas des femmes, il n'y avait pas de porte principale, et ce n'était pas du lierre, mais de petits arbres coniques, tout noirs, qui poussaient dans les urnes de pierre disposées le long de la terrasse.

Liza remonta l'escalier en courant et se dirigea avec sa mère vers la cuisine. Mère décrocha un tablier derrière la porte d'un placard, un gros tablier d'une affreuse couleur marron, et l'enroula autour de sa taille de façon à recouvrir son chemisier de coton blanc et sa longue jupe vert et bleu. Elle prit un chiffon jaune tout propre en haut d'une pile et le noua autour de sa tête si bien qu'on ne voyait plus ses cheveux. Puis elle sortit un aspirateur et une grande boîte d'encaustique de couleur mauve qui sentait la lavande.

Elles passèrent les trois heures qui suivirent à l'intérieur de Shrove House, Mère aspirant la poussière des tapis, époussetant la surface des meubles et des bibelots, encaustiquant les tables. Elle ne pouvait pas tout terminer en un jour, dit-elle, expliquant à Liza qu'elle effectuait une partie du travail un jour, puis une autre partie deux jours plus tard et ainsi de suite ; mais cela faisait deux semaines qu'elle n'avait pas pu venir en raison, ce furent ses termes, de choses et d'autres. Elle avait craint que Liza ne l'encombre ou ne casse quelque chose mais Liza avait été sage comme une image.

Gardant à l'esprit qu'elle ne devait pas courir, Liza était

entrée dans chaque pièce, regardant tout : une table recouverte d'une vitre sous laquelle se trouvaient de petits portraits dans leur cadre ovale, une statuette verte représentant un homme à cheval, un vase vert décoré d'oiseaux noirs et de fleurs roses qui était plus haut qu'elle. Une pièce était remplie de livres, il y en avait partout sur les murs, là où, dans les autres pièces, on voyait de la peinture ou des boiseries. Dans une autre encore, à la place des livres, étaient accrochés des objets semblables à celui de Mère, qui avait produit l'explosion. Elle ne s'était pas attardée dans cette pièce-là.

Plus loin, un placard, dans une chambre, était rempli de poupées portant des costumes différents, qu'elle aurait adoré toucher, sortir de là, elle en mourait d'envie... Mais Liza faisait ce que Mère lui disait, ou, si elle ne le faisait pas, elle s'assurait d'abord que Mère n'en saurait rien. D'ailleurs, elle obéissait la plupart du temps parce qu'elle aimait énormément Mère, mais aussi parce qu'elle la craignait.

La porte qui donnait sur la pièce contiguë à la chambre des poupées était fermée à clé. Liza essaya la poignée qui tourna bel et bien, mais la porte ne s'ouvrit pas. Elle était fermée de la même façon que sa chambre lorsque Mère sortait, et la clé avait disparu. Bien entendu, elle avait terriblement envie d'entrer dans cette pièce, et cela d'autant plus que la porte était fermée à clé. Elle secoua la poignée mais ce fut en pure perte.

Il y avait trois escaliers. Elle savait maintenant compter jusqu'à trois — enfin, jusqu'à six, à dire vrai. Elle monta par le plus grand et redescendit par le plus petit après être entrée dans chaque chambre et grimpa sur l'un des rebords de pierre qui formaient des sièges sous les fenêtres — Mère n'en saurait rien, on pouvait entendre l'aspirateur ronronner au rez-de-chaussée —, pour regarder un train passer dans la vallée verte et plate.

Si elle n'avait pas encore conscience de ce qui était beau à cette époque, elle était cependant sensible à la lumière, elle savait que, partout à l'intérieur, la maison était d'une luminosité radieuse. Il n'y avait pas un seul recoin obscur, pas un seul passage dans la pénombre. Même lorsque le soleil ne brillait pas, comme c'était le cas ce jour-là, une lumière cristalline et nacrée baignait chaque pièce, et tous les objets qu'elle contenait rutilaient doucement, verreries et porcelaines, argenterie et cuivres, dorures sur les moulures et les corniches. De chaque côté de la rampe du grand escalier, des fleurs et des fruits étaient sculptés dans le bois, avec des reflets riches et profonds. Mais en ce temps-là elle ne pensait qu'à une chose : comme ce serait amusant de se laisser glisser le long de la rampe encaustiquée.

Elles partirent à quatre heures afin d'être rentrées pour la leçon de lecture de Liza.

« M. Tobias n'habite jamais cette maison ? demanda-t-elle en prenant la main de Mère.

— Non, jamais. Sa mère a vécu ici quelque temps, et son grand-père y a passé sa vie, il n'avait pas d'autre maison. »

Elle regarda Liza pensivement, comme si elle se demandait : le moment est-il venu de lui parler ?

« Ma mère, qui était ta grand-mère, était sa gouvernante. Ensuite, elle est devenue son infirmière. Nous vivions ensemble dans le pavillon, ma mère, mon père et moi. » Mère serra la main de Liza et poursuivit. « Tu es encore trop jeune pour tout ça, Lizzie. Lève les yeux vers ce frêne. Tu vois ce pivert ? Sur le tronc, en train de creuser des trous avec son bec pour attraper des insectes ? »

Ainsi, de même que le jour où l'homme à la barbe était venu s'appelait le Jour du martin-pêcheur, ce jour-là devint le Jour du pivert, le jour de sa première visite à Shrove.

Après cela, Liza accompagna toujours Mère à Shrove et maintenant, quand Mère allait en car au village, au lieu d'enfermer Liza dans sa chambre du pavillon, elle l'enfermait dans une de celles de Shrove. C'était en général la chambre dite vénitienne à cause du lit à baldaquin dont les quatre piliers étaient, d'après Mère, des rames utilisées par les gondoliers de Venise. Liza lisait couramment à cinq ans, aussi avait-elle le droit d'emporter un vrai livre dans la chambre. D'être enfermée dans la chambre vénitienne de Shrove House ne lui faisait absolument pas peur, elle n'aurait pas davantage eu peur dans sa propre chambre, mais elle demanda à Mère pourquoi elle la laissait à Shrove plutôt que dans leur maison.

« Parce que Shrove a le chauffage central, et pas nous. Ainsi, je sais que tu auras suffisamment chaud. Ils doivent maintenir le chauffage branché toute l'année à cause de l'humidité, bien que personne n'y habite. Si on laissait l'humidité gagner, le mobilier serait perdu.

— Pourquoi la pièce près du petit salon [1] est-elle toujours fermée à clé ?

— Vraiment ? dit Mère. Je me demande ce que j'ai fait de la clé. »

Shrove House allait devenir sa bibliothèque et sa galerie de tableaux. Et davantage encore, car les tableaux lui servaient de guide, et de catalogue de visages humains. Elle courait les voir quand elle avait besoin d'identifier une nouvelle personne ou lorsqu'une confirmation était nécessaire. Ils constituaient son repère, et sa vision « par procuration » du monde extérieur. C'était à cela que les autres gens ressemblaient, voici ce qu'ils portaient, ainsi étaient les sièges sur lesquels ils s'asseyaient, les pays où ils habitaient, les choses que leurs yeux voyaient.

Dans les profondeurs glacées de l'hiver, un hiver vraiment très froid où la rivière gela et où les noues disparurent sous la neige pendant un mois entier, une voiture aux pneus garnis de chaînes glissa lentement le long du chemin et s'arrêta dans la neige épaisse devant le pavillon de garde. Il y avait deux hommes à l'intérieur. L'un resta dedans, et l'autre vint sonner à la porte d'entrée. Celui-ci était gros et chauve, hormis une bordure de cheveux blonds qui faisait le tour du gros œuf pâle et luisant qu'était son crâne.

Un heureux hasard voulut que Liza et Mère aient été assises côte à côte devant la fenêtre de la chambre de Mère, à regarder les oiseaux picorer dans les mangeoires qu'elles avaient installées sur les branches du peuplier baumier.

1. En fait, *morning room*, pièce située à l'est, essentiellement utilisée le matin pour lire le journal et faire son courrier. *(N.D.T.)*

Elles virent la voiture approcher et l'homme se diriger vers la porte.

« Si jamais il t'adresse la parole, tu ne diras rien d'autre que "Je ne sais pas", lui ordonna Mère, mais tu peux pleurer un peu si cela te fait plaisir. Cela pourrait te plaire, tu trouveras peut-être cela amusant. »

Liza ne sut jamais qui était cet homme. Mais, bien entendu, elle finit par le deviner plus tard. Il déclara qu'il recherchait une personne disparue, un homme nommé Hugh quelque chose. Elle avait oublié son autre nom mais se souvenait de Hugh.

Hugh venait de Swansea, il se trouvait dans ces parages au mois de juillet précédent, alors qu'il effectuait une randonnée pour ses vacances, mais il avait quitté sa chambre chez l'habitant sans régler les deux nuits qu'il devait. Le gros homme dit encore un tas d'autres choses concernant Hugh, pourquoi ils le recherchaient et ce qui les poussait à s'en inquiéter six mois plus tard, mais Liza n'en comprit pas un mot. Il donna une description de Hugh qu'elle comprit en revanche fort bien. Elle se rappelait sa barbe blonde, dont Rudi serrait des touffes entre ses crocs.

— Nous menons une vie très paisible ici, Inspecteur, dit Mère. Nous ne voyons pour ainsi dire personne.

— Une vie solitaire.

— Cela dépend de ce qu'on recherche.

— Et vous n'avez jamais vu cet homme ? » Il montra à Mère quelque chose qu'il tenait dans le creux de sa main. Mère le regarda et secoua la tête. « Vous ne l'avez pas vu sur la route, ni sur le sentier ?

— Non, je regrette. »

Mère releva la tête et regarda le gros homme droit dans les yeux en prononçant ces mots. Bien que cela n'ait eu aucun sens pour elle sur le moment, Liza comprit plus tard, en y repensant et en comparant avec son expérience personnelle, combien le regard de Mère avait dû impressionner l'homme. Avec ses lèvres rouges et charnues légèrement entrouvertes, ses grands yeux brillants, son teint crémeux et son expression, oh ! tellement conquérante et confiante. Sa somptueuse chevelure d'un brun sombre et chatoyant qui retombait sur ses épaules comme une cape de soie lustrée. Et son frêle index blanc appuyé contre sa lèvre inférieure.

« C'était juste une possibilité », dit le gros homme, qui eut toutes les peines du monde à détourner son regard d'elle mais finit par y arriver, il le fallait bien pour s'adresser à Liza. « Et je suppose que cette jeune demoiselle ne l'a pas vu non plus ? »

On lui montra la photo. En dehors des illustrations sur les couvertures des livres de Mère, c'était la première qu'elle voyait, mais elle n'en dit rien. Elle baissa les yeux sur le visage qui l'avait tellement effrayée et que Heidi et Rudi avaient massacré avec leurs crocs, le regarda soigneusement et répondit : « Je ne sais pas. »

Cela stimula le gros homme.

« Donc, tu l'as peut-être vu ?

— Je ne sais pas.

— Regarde bien, mon petit, regarde de près et essaie de te rappeler. »

Liza commençait à avoir peur. Elle était en train de trahir Mère. Elle lui obéissait, mais en même temps, elle la trahissait. Le visage de l'homme était horrible, cet homme barbu nommé Hugh, cruel et méprisant. Et Dieu sait ce qu'il aurait pu faire si Mère n'avait pas...

Elle n'eut pas besoin de faire semblant.

« Je ne sais pas, je ne sais pas ! hurla-t-elle. Je ne sais pas ! » Et elle éclata en sanglots.

Le gros homme s'éloigna après avoir présenté ses excuses à Mère et lui avoir serré la main, qu'il retint longtemps dans la sienne. Quand il fut parti, Mère rit à gorge déployée. Elle dit à Liza qu'elle avait été excellente, tout à fait excellente, et la serra contre elle en continuant de rire dans ses cheveux. Elle avait beau aimer profondément sa fille, tenir énormément à elle, elle n'avait pourtant pas compris que celle-ci avait eu réellement peur, qu'elle était intimidée par les gens, sincèrement affolée.

Le conducteur mit longtemps à faire démarrer la voiture et plus longtemps encore pour la dégager de la neige sans que les roues patinent. Liza se calma et commença à apprécier la situation. De la fenêtre de la chambre, Mère et elle observèrent avec le plus grand intérêt les efforts du conducteur.

La neige disparut, et le printemps arriva. La plupart des arbres appartenant à la famille des conifères ne changèrent pas d'apparence, gardant toujours la même couleur — noir verdâtre ou bleu fumé clair —, mais l'on vit apparaître sur les mélèzes et les cyprès des marais de nouvelles feuilles semblables à des touffes de fourrure d'un vert délicat, d'une pâleur exquise. Mère expliqua que les mélèzes étaient aussi des conifères caducs, et les seuls qui fussent originaires des îles Britanniques.

Des primevères à la face ronde et solaire apparurent sous les haies, et des bouquets de violettes duveteuses se groupèrent près du tronc des arbres. Des anémones des bois, dont les pétales ressemblaient à du papier de soie, poussaient dans les clairières. Mère recommanda à Liza de bien prendre garde à ne pas les appeler ané-no-mes, comme le faisaient trop de gens mal informés. Liza, qui ne parlait à personne en dehors de Mère, risquait peu pour ainsi dire d'entendre le mot incorrectement prononcé.

À personne en dehors du facteur, mais ils ne parlaient jamais botanique. Et du laitier, qui ne remarquait jamais rien d'autre que les trains et les signes annonciateurs d'un changement météorologique, ou du chauffagiste qui venait en mars remplir de fuel la chaudière de Shrove House, ou encore de M. Frost, le jardinier qui tondait la pelouse, taillait les haies et parfois arrachait les mauvaises herbes.

M. Frost ne disait jamais un mot. Elles le voyaient passer à bicyclette devant le pavillon. S'il les apercevait, il leur faisait un signe de la main. Il agitait aussi la main quand il se trouvait juché sur sa tondeuse, si d'aventure il se trouvait sur leur chemin quand elles remontaient l'allée de Shrove. Le chauffagiste ne venait que deux fois l'an, en septembre puis à nouveau en mars. Liza ne lui avait jamais parlé ; Mère, si, pendant cinq minutes environ. Ou plutôt, elle l'avait écouté, non sans impatience, parler de son appartement en Espagne, et comment il avait trouvé un vol au rabais pour Malaga à un tarif tellement raisonnable que c'était à ne pas croire. Liza ignorait ce que cela signifiait, aussi Mère lui expliqua-t-elle comment il traversait la mer dans une de ces choses qui volaient parfois au-dessus de leurs têtes en émettant un bourdonnement qui n'avait rien à voir avec le bruit des oiseaux.

Le laitier déclarait : « Cela sent le printemps », ce qui était stupide vu que l'on était au printemps, et « Voici le train », ce dont il aurait pu s'abstenir vu que n'importe qui pouvait le voir et l'entendre.

Elles recevaient très peu de lettres. Liza, jamais. Il en arrivait parfois pour Mère, provenant de quelqu'un qu'elle appelait sa tante bien qu'elle n'ait jamais expliqué de quelle tante il s'agissait, ou de son amie Heather à Londres, ou, régulièrement tous les mois, de M. Tobias. Cette dernière contenait un morceau de papier rose que Mère désignait sous le nom de chèque. Lorsqu'elle retournait faire ses courses au village après l'avoir reçue, elle prenait le morceau de papier rose et le portait dans une banque où ils le transformaient en argent. Comme la bonne fée le ferait d'un geste de la main, suggéra Liza qui était très portée sur les contes de fées à l'époque. Non, dit Mère, pas comme ça, et elle lui expliqua que c'était de l'argent qu'elle avait gagné en nettoyant la maison de M. Tobias, en en prenant soin et en veillant à ce qu'il ne lui arrive rien de mal.

En avril, les chiens revinrent de pension. Matt les amena et dit à Mère que M. Tobias était parti pour un endroit appelé les Caraïbes, cette fois, pas la France. Liza serra Heidi et Rudi dans ses bras. Ils la reconnurent immédiatement et parurent ravis de la voir. Avaient-ils oublié l'homme barbu nommé Hugh ? Attaqueraient-ils Matt si elle criait « À mort ! » ? se demanda Liza.

« Pourquoi M. Tobias ne vient-il jamais ? demanda Liza à Mère alors qu'elles se promenaient dans les prés avec les chiens.

— Je l'ignore, Lizzie, dit Mère en poussant un soupir.

— Il n'aime pas cet endroit ?

— Il a l'air de préférer le Sri Lanka et le Mozambique, et Montagu Square et l'abominable région des Lacs, répondit Mère de façon sibylline. Mais il viendra peut-être un jour. Bien sûr qu'il viendra un jour, tu verras. »

Mais au lieu de venir, il envoya une carte postale. Sur l'image, on voyait du sable argenté, des palmiers, une mer bleue, bleue. Au verso, M. Tobias avait écrit : *Cet endroit est merveilleux. Quel bonheur de quitter l'Angleterre froide et grise au mois le plus pénible. Mais j'imagine que tu ne serais pas de cet avis. Dis bonjour de ma part à Heidi et Rudi, et à ta fille, évidemment. Amitiés, J.T.*

Liza ne pouvait pas encore lire les écritures cursives, même quand elles étaient amples et élégantes comme celle de M. Tobias, aussi Mère lui lut-elle le texte. Mère fit la grimace, disant qu'elle n'aimait pas beaucoup qu'il fasse passer les chiens avant sa fille, mais Liza n'y vit pas malice.

« Je sais ce que signifie le *T*, dit-elle, mais quel est le nom qui commence par *J* ?

— Jonathan. »

Quand arriva l'été, Liza savait lire les histoires de Beatrix Potter et les volumes de contes de fées d'Andrew Lang à condition que le corps fût assez gros. Elle pouvait écrire son nom, son adresse et des phrases simples, en caractères d'imprimerie, évidemment, et elle savait lire l'heure, compter jusqu'à vingt et faire des additions simples. Mère l'emmena dans la bibliothèque de Shrove et lui annonça que, lorsqu'elle serait plus grande, elle aurait le droit de lire tous les livres dont elle aurait envie. Sachant qu'elle adorait la lecture, M. Tobias lui avait dit d'y prendre ce qu'elle voulait, et cette invitation valait évidemment pour sa fille.

« Jonathan, dit Liza.

— Oui, Jonathan, mais tu dois l'appeler M. Tobias. »

Il y avait des livres d'histoire, des livres de géographie, d'autres sur les langues, la philosophie, la religion. Liza relevait les noms sans en comprendre le sens. Mère lui expliqua qu'il y avait également des livres qui racontaient des histoires, c'est-à-dire des choses inventées, pas des choses qui s'étaient réellement passées. C'était des romans. La plupart avaient été écrits autrefois, il y a plus d'un siècle de cela, ce qui n'avait rien d'étonnant puisqu'ils appartenaient au père du grand-père de M. Tobias, qui avait acheté la maison lorsqu'il avait fait fortune en 1862. Ces livres-là étaient un peu démodés, maintenant, mais ce n'était peut-être pas un mal, dit Mère, qui regarda Liza en penchant la tête de côté.

Il fit extrêmement chaud cet été-là, et un jour Liza accompagna Mère à un endroit de la rivière qui était très profond, un bassin en dessous de la cascade d'eau qui se précipitait sur les rochers. Là, Mère entreprit de lui apprendre à nager. Mère était une excellente nageuse, et Liza se sentait en sécurité auprès d'elle, même à l'endroit où l'eau était si profonde que les pieds de Mère ne touchaient pas le fond. Lors de leur deuxième ou troisième expédition à la rivière, elles étaient en train de revenir par le chemin — Mère devait dire par la suite qu'elle avait regretté de ne pas être rentrée à travers bois comme elle le faisait d'habitude —, quand elles durent s'aplatir contre une haie pour laisser une voiture poursuivre son chemin. Mais la voiture ne poursuivit pas son chemin, elle s'arrêta, et une dame passa la tête par la fenêtre de la portière.

C'est à ce moment que Liza dut réviser sa théorie de répartition des sexes en fonction de la couleur des cheveux : la dame était blonde. Ses cheveux n'avaient d'ailleurs pas du tout l'air de cheveux mais plutôt d'avoir été sculptés dans une espèce de susbstance transparente jaune pâle, une sorte de gelée au citron peut-être, et vernis ensuite. La dame avait le même visage que le singe dans les illustrations du *Livre de la jungle* de Liza, il y avait des cordes sous la peau de ses mains et elle portait une robe de papier marron dont Mère lui dit ensuite que c'était du lin, un tissu fabriqué à partir d'une plante à fleurs bleues qui poussait dans les champs comme de l'herbe.

La dame dit : « Oh, ma chère, cela fait des siècles que je ne vous ai vue. Vous ne descendez donc plus jamais au village ? J'avoue que je m'attendais à vous voir à l'église. Votre mère était une des paroissiennes les plus fidèles de Saint-Philippe.

— Je ne suis pas ma mère, répondit Mère d'un ton carrément glacé.

— Non, bien sûr que non. Et voici votre petite fille ?

— C'est Eliza, oui.

— Elle va bientôt aller à l'école, j'imagine. Je me demande comment vous allez pouvoir l'y emmener sans voiture, mais je pense que le car de ramassage scolaire viendra. En tout cas, il viendra jusqu'à l'embranchement du chemin et de la grande route. »

Mère répondit alors, de cette voix qui terrifiait Liza lorsqu'elle la prenait pour s'adresser à elle, ce qui était rare : « Eliza aura une éducation privée », et tourna les talons sans même attendre que la dame ait rentré la tête et remonté sa vitre.

C'était la première fois que Liza entendait parler de l'école. Elle ignorait ce que c'était. À l'époque, il n'y avait ni école ni écoliers dans les livres qu'elle lisait. Mais elle ne posa aucune question à Mère, sinon pour savoir le nom de la dame, et Mère répondit Mme Hayden, Diana Hayden, et que Liza n'aurait probablement jamais plus l'occasion de la voir.

Elles eurent à nouveau la visite des chiens pendant une quinzaine de jours en octobre, puis à nouveau six mois plus tard. Au moment où Matt devait venir les rechercher avec sa fourgonnette, elles ne le virent pas. Quelque chose avait dû arriver, dit Mère, mais il n'existait aucun moyen de l'en informer puisqu'elles n'avaient pas le téléphone et qu'il n'était plus possible d'envoyer des télégrammes.

Lorsque le jour suivant, il n'apparut pas davantage, elle se mit dans la tête que c'était parce que M. Tobias allait venir en personne. Il avait dit à Matt qu'il s'en chargerait cette fois, qu'il irait reprendre les chiens à son retour. Mais il n'était attendu qu'aujourd'hui. Après une bonne nuit de sommeil pour se remettre du décalage horaire, il sauterait dans sa voiture, ou plus probablement dans la voiture de la propriété, et quitterait Ullswater où il vivait mais où personne n'était disposé à s'occuper de ses chiens. Mère était certaine de sa venue. Au petit matin, elle alla avec Liza à Shrove et fit le ménage avec un soin particulier.

De retour au pavillon, elle prit un bain dans le baquet de la cuisine et se lava les cheveux. C'était le lendemain, dans la matinée. Elle enfila l'une de ses longues jupes colorées et son corsage noir moulant, attacha les perles vertes à son cou et les anneaux d'or à ses oreilles. Il lui fallut une demi-heure pour tresser ses cheveux d'une façon qui lui était particulière et les épingler sur sa nuque. Et tout cela, elle le fit parce que M. Tobias allait venir.

Il ne vint pas. C'est Matt qui vint. Il arriva dans l'après-midi et entra en trombe dans le pavillon, passant devant Mère sans qu'elle puisse l'arrêter.

« J'ai été cloué au lit par un de ces virus qui traînent en ce moment, expliqua-t-il, sans quoi je serais venu plus tôt.

— Où est M. Tobias ?

— Il a téléphoné du Mozam... truc pour dire qu'il rentrerait aujourd'hui. Il ne vous a pas tenue au courant ? Ah, mon Dieu, mon Dieu. Enfin, il n'y a pas grand mal, n'est-ce-pas ? »

Pas grand mal ! Mère monta dans sa chambre après le départ de Matt et se jeta en larmes sur son lit. L'entendant pleurer, Liza monta la rejoindre et la cajola, lui demandant d'arrêter, de ne plus pleurer, l'assurant que tout allait s'arranger.

Et tout s'arrangea. Au mois de juin, alors que les roses sauvages étaient sorties, les sureaux étaient en fleur, et les rossignols chantaient dans le bois, M. Tobias arriva à Shrove au volant de sa rutilante Range Rover vert foncé. Puis, les chiens sur ses talons, il remonta en courant le chemin du petit jardin et vint frapper à leur porte en criant : « Ève, Ève, ou es-tu ? »

C'est ainsi que Liza eut connaissance du prénom de Mère.

Elle baptisa cette journée le Jour du rossignol car les rossignols chantèrent du matin au soir et bien au-delà. Les ignorants, expliqua Mère, croient que les rossignols chantent seulement la nuit, ce qui est faux, car ils chantent nuit et jour.

6

« MON VÉRITABLE NOM est Eliza. Je me dis parfois qu'elle l'a choisi à cause d'Eliza Doolittle dans *Pygmalion.*

— Comment ça ? demanda Sean.

— Parce qu'elle voulait faire avec moi ce que Pygmalion a fait avec Galatée et le professeur Higgins avec Eliza Doolittle, c'est-à-dire les re-créer comme ils voulaient qu'elles fussent. Ou bien, si tu veux, ils avaient un idéal féminin en tête et ont essayé de les rendre conformes à cet idéal. »

Sean réfléchit en fronçant les sourcils.

« Ça me rappelle plutôt *My Fair Lady.*

— En tout cas, quand je lui en ai parlé, elle a dit que ce n'était pas du tout pour ça. C'est seulement parce que le nom lui plaisait. »

Liza termina son lait à la fraise et s'essuya la bouche.

« Sean, est-ce que je peux avoir un hamburger ? Tu sais que je n'en ai jamais mangé ?

— Bien sûr que tu peux. On va tous les deux prendre un hamburger-frites.

— N'est-ce pas incroyable ? J'avais tellement peur de quitter le pavillon, de *la* quitter. Je pensais que j'allais mourir de peur.

— Tu es toujours en train de mourir de quelque chose, tu sais.

— Oui, mais ce n'est jamais pour de vrai, n'est-ce-pas ?

J'étais tellement terrifiée et voilà que maintenant je suis lâchée dans le vaste monde — c'est ainsi que je vois les choses, lâchée dans le vaste monde —, et j'aime beaucoup ça. À moins que ce ne soit seulement toi que j'aime. Je n'aurais pas aimé Heather.

— Qu'est-ce que tu en sais ? Tu ne la connais pas.

— Oh, si, je la connaissais. Elle est venue nous voir. Mais pas à ce moment-là, seulement après que M. Tobias fut reparti. »

Ils étaient en ville. Liza se méfiait des trottoirs remplis de piétons mais elle aimait les magasins et la grande pelouse municipale avec quelques vieillards disséminés sur des bancs de bois et des enfants qui donnaient à manger aux canards de l'étang. Sean ne voulait pas toucher à son argent, il avait quelques économies de son côté, et après leur déjeuner, il acheta deux bouteilles de vin et soixante cigarettes, encore une chose qu'elle n'avait jamais expérimentée auparavant. Sean alluma une cigarette dès qu'il fut installé dans la voiture.

« Ève disait qu'on en meurt.

— Elle n'est pas la seule à raconter ça. Mais je crois que c'est toujours le même vieux truc, ils essaient de vous empêcher d'avoir un peu de plaisir. Je veux dire, regardons les choses autrement : mon grand-père a quatre-vingt-sept ans et il fume deux paquets par jour depuis qu'il a commencé à travailler, à l'âge de quatorze ans, et il est toujours en parfaite santé, vif comme un criquet.

— Qu'est-ce qu'un criquet, Sean ?

— Il y a le jeu qui s'appelle cricket, tu sais, avec des *test matches* et tout le tralala, il y a ça, donc, mais tu parles d'autre chose, n'est-ce-pas ? Honnêtement, je ne sais pas vraiment ce que c'est.

— Tu ne devrais pas utiliser des mots dont tu ignores le sens. »

Sean se mit à rire.

« Excusez-moi, madame le professeur. »

Il voulut lui faire essayer une cigarette, et elle obéit. Cela la fit tousser, puis lui donna mal au cœur, mais Sean affirma que cela se passait toujours comme ça la première fois, qu'il fallait insister.

Ils s'arrêtèrent au magasin de la ferme sur le chemin du retour et allèrent voir M. Vanner dans son bureau. Il lui manquait des gens pour cueillir les poires émiles, aussi les embaucha-t-il tous les deux pour commencer le travail dès le lendemain. En sortant, Liza prit une james-grieve dans un panier surmonté d'une pancarte : « Servez-vous et goûtez une saveur exquise ». Elle venait de mordre dedans à pleines dents quand Mme Vanner, qui se trouvait derrière le comptoir, déclara d'une voix extrêmement déplaisante : « Je vous signale que ces pommes sont réservées à nos clients. »

Personne n'avait jamais parlé à Liza sur un ton aussi grossier. Sean lui serra le bras pour l'empêcher de riposter, mais elle n'en aurait pas été capable, elle était trop ébranlée.

« Quelle horrible bonne femme, dit-elle dès que la porte fut refermée derrière eux.

— Salope et radine », confirma Sean.

Un autre campeur était arrivé sur l'aire des caravanes. Le nouveau venu, quel qu'il fût, avait déjà tendu une corde et mis son linge à sécher dessus, et attaché un fox-terrier en haut des marches. Liza regarda du côté de l'autre caravane, celle qui était déjà là à leur arrivée, et vit la lueur bleue de l'écran derrière le store relevé.

« Tu sais ce que nous avons oublié, Sean ? Nous avons oublié d'acheter un téléviseur.

— Je trouve que nous avons beaucoup mieux à faire que de regarder la télé, répondit-il en l'enlaçant par les épaules et en lui massant la nuque du bout des doigts.

— Ainsi que quelque chose à lire, poursuivit-elle comme s'il n'avait rien dit. Il va me falloir des livres. Comment puis-je m'en procurer ?

— Je ne sais pas. » Cela ne l'intéressait pas.

« Je ne peux pas vivre sans livres. »

Mais elle se laissa aller dans ses bras de bonne grâce quand ils furent à l'intérieur de la caravane, la porte refermée derrière eux. En deux temps trois mouvements, elle avait enlevé ses vêtements et grimpé sur le lit où il l'attendait. Ils n'avaient pas pris la peine de relever le lit contre la paroi en partant le matin, sachant que bientôt ils en auraient à nouveau l'usage.

Mère a dit : « Lizzie, voici M. Tobias, dont tu as tellement entendu parler. » Et à M. Tobias, elle dit : « Jonathan, j'aimerais que tu fasses la connaissance de ma fille Eliza. »

C'était une expérience toute nouvelle, pour Liza, de serrer la main de quelqu'un. Celle de M. Tobias était chaude et sèche, et sa poignée très ferme. Il s'accroupit pour que leurs regards soient au même niveau. Il avait des yeux brun foncé et des cheveux châtain clair, plus clairs que sa peau, qui était vraiment très bronzée. De tous les hommes que Liza avait rencontrés, le laitier, le facteur et le chauffagiste, M. Frost, l'employé de M. Tobias qui amenait les chiens et cet autre homme qui avait une barbe mais pas de nom, c'était M. Tobias qui, de tous, avait les plus belles mains. Elles étaient fines et dorées, avec de longs doigts et des ongles carrés.

Et il avait une jolie voix. À l'encontre de Matt ou du chauffagiste, de l'homme à la barbe ou du laitier, qui avaient tous des voix différentes, la sienne ressemblait davantage à celle de Mère, en plus grave évidemment, mais plus douce aussi, d'une certaine manière. C'était le genre de voix que l'on aimerait entendre vous lire une histoire avant de s'endormir.

« Elle te ressemble énormément, Ève, dit-il. C'est toi en petit. Un clone, peut-être ?

— Je crains que non, dit Mère. Mais je suis contente qu'elle me ressemble. »

Liza vit avec étonnement apparaître une bouteille et deux verres, une bouteille remplie d'un liquide brun, ainsi que du jus d'orange pour elle. M. Tobias était très grand. Il dut baisser la tête pour passer la porte de leur salon. Il ne portait pas de jean comme la plupart des hommes qu'elle avait rencontrés jusque-là, ni un bas de costume comme M. Frost, mais un pantalon coupé dans une étoffe gris beige qui ressemblait un peu aux côtes d'un chandail, avec une chemise blanche à col ouvert et une veste marron. Plus tard,

Ève lui expliqua qu'elle était en velours. À l'œil, et Liza se dit qu'au toucher aussi, cela ressemblait à la taupe qu'elle avait vu sortir d'une butte de terre sur la pelouse de Shrove.

Il l'intimidait beaucoup. Tandis qu'il lui parlait de sa voix de conteur pour faire de beaux rêves, elle ne pouvait que le dévisager de ses yeux écarquillés. Il lui demanda ce qu'elle faisait de ses journées, et si elle savait lire, et si elle pouvait lui dessiner quelque chose. Pendant qu'elle lui dessinait Shrove, la rivière à l'arrière-plan, les hautes collines et Heidi gambadant dans l'herbe avec Rudi, il dit qu'elle allait bientôt pouvoir fréquenter l'école, assurément. Mère répondit vivement qu'on avait le temps d'y penser et changea de sujet. Elle regrettait qu'il ne lui ait pas annoncé son arrivée. Elle aurait acheté des provisions pour lui et nettoyé la maison plus particulièrement à son intention.

« *Toi* ? Mais je croyais que tu faisais venir quelqu'un du village pour se charger du ménage.

— Je sais, mais on ne peut pas compter dessus, et en plus il leur faut une voiture. C'est plus simple de le faire moi-même. Vraiment, Jonathan, je préfère m'en occuper moi-même.

— J'ai trouvé ça bizarre, en vérifiant les comptes avec Matt, qu'il n'y ait pas de budget pour une femme de ménage.

— Je préfère m'en occuper moi-même », répéta Mère. Elle baissa les yeux avec une espèce d'air soumis, et ses longs cils effleurèrent ses joues. « Tu me paies si généreusement que, sincèrement, je considère cela comme mon devoir.

— J'avais dans l'idée, quand vous êtes venues vous installer ici, que tu serais une sorte d'intendante de la propriété. Tu aurais le pavillon et un... enfin, un salaire pour contrôler tout ça.

— Mon cher Jonathan, il n'y a rien à contrôler, sinon M. Frost et le chauffagiste », dit Mère, et ils se mirent à rire tous les deux.

Liza termina son dessin et le montra à M. Tobias, qui déclara qu'il était excellent et affirma qu'elle devait le signer. Aussi écrivit-elle Eliza Beck dans le coin inférieur droit, et elle se demanda pourquoi M. Tobias examina sa signature si longtemps, c'était bizarre, avant de se tourner vers Mère en levant un sourcil interrogateur, avec un drôle de sourire en coin.

Les chiens n'allaient pas dormir dans le châtelet cette fois, mais à Shrove, avec M. Tobias. Liza joua avec eux jusqu'à l'heure du dîner, puis elle les accompagna avec Mère jusqu'à la moitié du chemin qui montait à Shrove, et là elles les lâchèrent. Elle resta sous le plus grand des séquoias et leur cria de courir jusqu'à la maison, de courir rejoindre leur maître. M. Tobias apparut à la grande porte de Shrove, descendit les marches et agita le bras pour les saluer.

Il y avait quelque chose qui pendait à son cou, au bout d'une lanière. Liza ne voyait pas très bien quoi, à cette distance, mais en se rapprochant elle trouva que cela ressemblait beaucoup à cette chose que possédait Mère et qui jouait de la musique. Il fit un geste à leur intention et leva l'objet à la hauteur de son visage en le tenant des deux mains. Mère continua d'avancer vers lui, disant à Liza de ne pas être timide, M. Tobias prenait seulement une photo d'elles. Mais Liza était réellement timide, aussi se cacha-t-elle derrière un arbre, et Mère fut-elle seule à être prise en photo.

À cette époque, elle était presque sortie de cette période enfantine où elle aimait, après s'être couchée, jouer à courir d'une chambre et d'une fenêtre à l'autre. Ce soir-là cependant, pour quelque mystérieuse raison, elle eut envie de recommencer. La raison était peut-être que Mère était montée vérifier si elle dormait vraiment. Liza plongea sous les couvertures et resta allongée les yeux fermés, respirant avec régularité.

Elle entrouvrit un œil quand Mère ressortit de sa chambre sur la pointe des pieds, et constata qu'elle avait revêtu sa plus belle jupe, celle qu'elle avait confectionnée elle-même avec un morceau de tissu bleu, pourpre et rouge qu'elle avait acheté en ville. Mère portait cette nouvelle jupe, très large et très longue, presque jusqu'aux chevilles, avec un haut noir moulant et une ceinture noire brillante qui enserrait sa taille minuscule. Ses cheveux étaient coiffés de cette manière que Liza aimait tant et qui demandait une demi-heure de préparation, tirés en arrière et tressés en une natte épaisse qui partait du sommet du crâne et se terminait en chignon sur la nuque.

Liza crut entendre la porte d'entrée se refermer. Elle sauta de son lit et courut jusqu'à la chambre de Mère, alla à la fenêtre. Mère était en train de sortir par le portillon de devant. C'était une nuit chaude, et il faisait encore jour, mais le soleil était descendu très bas dans le ciel d'un bleu passé. Mère ne portait ni manteau ni châle. Elle se dirigeait vers la grande grille. Liza repartit en courant vers sa chambre, celle de la tourelle, monta sur une chaise et regarda Mère franchir la grande grille ouverte et remonter l'allée de Shrove.

Liza n'était jamais restée seule sans être enfermée, en sécurité. Mère avançait maintenant sous les arbres, à travers le parc, et arrivait devant la maison. Jamais elle n'était allée aussi loin. La peur envahit Liza, comme lorsqu'on est un tout petit enfant, faisant jaillir les larmes dans l'instant. Une seconde plus tard, elle se serait mise à crier, aurait sangloté, mais à ce moment même, alors qu'elle retenait sa respiration, M. Tobias apparut, venant de l'arrière de la maison. Il s'arrêta et tendit les deux mains. Mère et lui se regardèrent.

Et alors, cela suffit pour que tout rentre dans l'ordre, la présence de M. Tobias et savoir que Mère venait le voir, rien de plus. Mère serra les deux mains de M. Tobias entre les siennes, dit quelque chose, rit. Il marcha autour d'elle en la regardant des pieds à la tête, hocha la tête en signe d'approbation, effleura d'un doigt la magnifique tresse brillante. Puis il lui prit la main, la passa à son bras, et ils avancèrent vers la maison, serrés l'un contre l'autre. Liza ne voyait plus d'inconvénient à ce que Mère s'absente maintenant, sachant qu'ils étaient ensemble et restaient à Shrove.

Mais elle y voyait tout de même un petit inconvénient car elle n'était pas avec eux, elle se sentait tenue à l'écart. En tout cas, elle n'avait plus peur. Elle repartit en courant vers la chambre de Mère pour voir s'il se passait quoi que ce soit du côté de la façade, même s'il ne s'agissait que de lapins mangeant l'herbe au bord du chemin. Il y avait toujours des lapins à la tombée de la nuit, cela n'avait rien d'excitant. Ils ne pouvaient accéder aux légumes de Mère parce que la plupart étaient recouverts de filets, à savoir les laitues, les choux, les petits pois et les carottes, mais ni les haricots ni les fraises, car ça, les lapins n'en mangeaient jamais.

Le soleil se couchait derrière les bois, assombrissant les arbres et dorant le ciel avec un éclat tel que c'était presque impossible à regarder. Liza le regarda descendre et plonger derrière l'horizon jusqu'à ce que tout l'or soit entraîné dans sa chute et que le ciel passe du jaune au rose, puis au rouge. Quand le soleil eût disparu, les chauves-souris sortirent. Mère lui avait expliqué qu'elles pourchassent les insectes dans l'obscurité en émettant des cris perçants imperceptibles par l'oreille humaine, qui leur reviennent en écho.

Un papillon de nuit vola jusqu'à la fenêtre. Liza reconnut un sphinx du troène, bien qu'il eût un thorax jaune et brun au lieu de rose et brun et des ailes postérieures d'une couleur jaunâtre. Peut-être n'était-ce qu'une noctuelle ordinaire. Mère lui avait rapporté de la bibliothèque de Shrove un livre sur les lépidoptères ainsi que le *Guide des papillons de Grande-Bretagne*. Elle dévala l'escalier et prit le livre. Peut-être allait-elle aussi trouver une pomme, mais il n'y avait pas de pommes en cette saison. Faute de quoi, elle mangea quelques-unes des fraises qu'elles avaient cueillies avec Mère avant l'arrivée de M. Tobias.

Elle ne parvint pas à trouver le papillon de nuit, en tout cas aucune image représentant avec certitude celui qui volait devant la fenêtre, et elle dut s'endormir aussitôt recouchée, car elle ne se rappela rien d'autre de cette nuit-là par la suite. Ce fut le lendemain ou le surlendemain soir qu'elle regarda par la fenêtre de Mère, beaucoup plus tard, au crépuscule, et qu'elle les vit près de la grande grille de Shrove, appuyés contre le mur du châtelet. M. Tobias tenait Mère dans ses bras et l'embrassait d'une manière qu'elle ignorait complètement, sur la bouche.

À la vérité, elle n'avait jamais vu personne s'embrasser,

sauf quand Mère l'embrassait, elle, mais ce n'était pas pareil. M. Tobias libéra Mère, qui rentra dans la maison. Liza traversa le palier tout doucement, sur la pointe des pieds, pour regagner sa chambre et, du haut de la cage d'escalier, entendit Mère qui chantait au rez-de-chaussée. Pas très fort, mais comme si cela lui faisait plaisir de chanter. Liza connaissait cette chanson et savait que c'était quelque chose qui s'appelait Mozart, car elle avait souvent entendu Mère passer le disque où la dame disait qu'elle guérirait son amant avec le médicament qu'elle gardait au fond de son cœur.

À la fin de la semaine, de nombreux visiteurs arrivèrent à Shrove. Tous étaient des amis de M. Tobias, déclara Mère. Deux messieurs et trois dames qui remontèrent le chemin, passèrent devant le pavillon, franchirent les grilles et s'arrêtèrent devant le manoir. Liza demanda si elles pouvaient aller là-bas, Mère et elle, pour voir les gens, mais Mère décréta que non, elle ne retournerait pas à Shrove House jusqu'au lundi, et Liza n'irait certainement pas non plus.

« Pourquoi ? demanda Liza.

— Parce que j'ai refusé, expliqua Mère. M. Tobias nous a invitées mais j'ai répondu non, pas cette fois-ci.

— Pourquoi ?

— Je pense que c'est mieux ainsi, Liza. »

Le samedi soir, elle les vit tous qui rentraient de promenade. Elle se tenait à la fenêtre de Mère et les vit tous distinctement, qui passaient devant le jardin du pavillon. L'une des dames s'était arrêtée pour admirer les géraniums, les fuchsias et les mauves en pleine floraison que Mère faisait pousser dans une grande auge en pierre.

Les hommes n'étaient que des hommes, sans rien de particulier, à part l'un d'eux qui avait de la peau nue, sans cheveux, au sommet de son crâne, et les dames étaient tout à fait jolies, mais aucune n'arrivait à la cheville de Mère. Peut-être M. Tobias pensait-il de même, car il tourna la tête en passant, et son regard s'attarda longuement sur le pavillon. De l'avis de Liza, ce n'était pas les fleurs qu'il regardait. Les dames avaient pourtant quelque chose de spécial, elles ne ressemblaient en rien à celles que Liza connaissait, plus douces d'une certaine manière et plus propres, avec des cheveux coupés aussi nettement et régulièrement que le bord de la pelouse tondue par M. Frost au ras des plates-bandes de fleurs. Elles portaient toutes les trois des jeans, comme le laitier et Hugh, mais l'une d'elles avait une veste pareille aux plus belles chaussures de Mère, celles en daim maintenues par des embauchoirs que Liza aimait tant caresser, ainsi qu'une écharpe en soie avec un motif de cordage et de bouclier ; une autre portait un merveilleux chandail avec des fleurs incorporées dans les mailles, et son visage était peint comme celui de Diana Hayden ; quant à la troisième, elle avait une chemise d'homme, mais plus longue et coupée dans une soie verte brillante.

Une demi-heure plus tard, l'une des voitures descendit l'allée depuis Shrove House — enfin, depuis les écuries plus exactement, où l'on garait les voitures —, précédée de la Range Rover de M. Tobias qui ouvrait le chemin, et Mère lui raconta le lendemain matin qu'ils étaient tous allés dîner dans un hôtel des environs. Le lundi, ils étaient repartis, et elle était montée au manoir avec Mère pour refaire les lits et nettoyer le désordre. Ou plutôt, Mère s'en chargea. Liza bavarda avec M. Tobias, qui lui montra ses photos de vacances, puis l'emmena dans la bibliothèque et lui dit qu'elle devait y prendre tous les livres qu'elle avait envie de lire. Ils emmenèrent les chiens jusqu'à la rivière, agitèrent le bras quand le train passa, et à leur retour Mère avait terminé.

« Cela ne me plaît pas du tout que tu fasses ce travail, Ève, dit M. Tobias, et effectivement il n'avait vraiment pas l'air content.

— J'essaierai peut-être de trouver quelqu'un », répondit Mère.

Liza lui trouva l'air plutôt fatigué, et rien d'étonnant à cela, la maison était dans un état épouvantable. Mère n'avait rien dit quand elles étaient arrivées mais Liza avait regardé avec des yeux ronds les verres graisseux, les tasses et les soucoupes disséminées un peu partout, la poudre grise mélangée à des tubes de carton brûlés dans les petits plateaux de cristal et la grosse tache brune sur le tapis du salon.

« J'aurais dû ranger moi-même », dit M. Tobias, ce qui, Dieu sait pourquoi, fit rire Mère. Tu veux sortir avec moi ce soir ? Nous irons dîner quelque part.

— Je ne peux pas, Jonathan. J'ai Eliza, tu as oublié ?

— Elle n'a qu'à venir aussi. »

Mère se contenta de rire de nouveau, mais d'une manière qui exprimait clairement qu'ils n'allaient pas dîner dehors et que cette suggestion était absurde.

« Alors, prépare-moi le repas. Au pavillon. C'est un petit endroit modeste, et je vais vous le faire arranger de A à Z, mais, si nous n'avons pas le choix, dînons au pavillon. Il le faut bien, puisque le diable s'en mêle. Toi-même, tu tiens un peu du diable, Ève, vois-tu, et tu sais t'y prendre avec les hommes, mais tu me prépareras à dîner. Si tu n'es pas trop fatiguée, du moins...

— Je ne suis pas trop fatiguée », dit Mère.

Liza ne s'attendait pas à être de la partie. Elle fut agréablement surprise quand Mère lui annonça qu'elle pouvait rester, mais à condition d'aller se coucher aussitôt le repas terminé. M. Tobias arriva à sept heures avec une bouteille d'un liquide ressemblant à de la limonade gazeuse mais dont le bouchon était retenu par du fil de fer et une autre dont le contenu avait la même couleur que le vinaigre de framboises que fabriquait Mère. Le bouchon de la bouteille de limonade sauta en produisant une détonation retentissante et énormément de mousse. Ils eurent de la salade, du poulet rôti et des fraises, et Liza dut aller se coucher quand elle eut mangé la dernière fraise. Le plus curieux, c'est qu'elle s'endormit instantanément.

Le lendemain matin, elle fit ce qu'elle faisait tous les matins, elle se précipita dans la chambre de Mère pour avoir son câlin. Mère avait toujours été seule dans son grand lit mais, cette fois, elle ne l'était plus. M. Tobias était dans le lit avec elle, couché du côté de la fenêtre.

Liza s'arrêta net et contempla le spectacle.

« Veux-tu sortir un moment, s'il te plaît, Liza », demanda Mère.

Un moment signifiait toujours compter jusqu'à vingt. Liza compta donc jusqu'à vingt et retourna dans la chambre. M. Tobias s'était levé et avait fait de son mieux pour contenir ses larges épaules et son grand corps dans la robe de chambre de laine marron de Mère. Il marmonna quelque chose, saisit ses vêtements sur la chaise et descendit à la cuisine. Liza se glissa dans le lit à côté de Mère et la serra contre elle, la serra même si fort que Mère dut lui demander de la lâcher, elle lui faisait mal. Le lit dégageait une odeur inhabituelle, il ne sentait plus les draps propres, Mère et son savon, mais un peu la rivière à la saison des pluies, un peu le poisson mort lavé sur le sable et aussi l'eau que l'on a beaucoup salée pour faire la cuisine.

M. Tobias revint propre et habillé, déclarant que c'était terrible de vivre sans salle de bains, qu'il allait en faire installer une en priorité. Et pourquoi, juste ciel, Ève n'avait-elle pas le téléphone ? Tout le monde avait le téléphone. Il partit après le petit déjeuner mais revint dans l'après-midi avec un cadeau pour Liza. C'était une poupée. Liza possédait très peu de jouets et ceux qu'elle possédait avaient appartenu à Ève, une poupée de chiffons, une autre en Celluloïd, un chien à roulettes que l'on tirait derrière soi au moyen d'une ficelle et une boîte de cubes en bois.

La poupée que M. Tobias lui avait achetée n'était pas un baigneur mais une petite fille avec des cheveux foncés comme les siens, qui étaient lavables, et des jambes, des bras et un visage qui étaient comme de la vraie peau au toucher, et une garde-robe de rechange pour les jours où la robe que portait la poupée devait être lavée.

Incapable de proférer un mot, Liza la contempla bouche bée.

« Il faut remercier M. Tobias, Lizzie », dit Mère, mais elle n'avait pas l'air très contente, et elle ajouta : « Tu n'aurais pas dû, Jonathan. Elle va se mettre un tas d'idées dans la tête.

— Et pourquoi pas ? Ce seront certainement des idées innocentes.

— Je n'en suis pas si sûre. Je ne veux pas qu'elle ait de

telles idées. Mais tu es très gentil, c'est vraiment très généreux de ta part.

— Comment vas-tu l'appeler, Liza ? demanda M. Tobias de sa voix la plus douce, la plus suave.

— Jonathan », déclara Liza.

Cela les fit rire tous les deux.

« Jonathan est un nom de garçon, Liza, et elle est une fille. Réfléchis encore.

— Je ne connais aucun nom de fille. Comment s'appelaient les dames qui sont venues vous voir ?

— Le week-end dernier ? Elles s'appelaient Annabel, Victoria et Claire.

— Je l'appellerai Annabel », dit Liza.

Après cela, M. Tobias dormit presque toutes les nuits dans le lit de Mère. Liza dormait avec Annabel et l'emmenait le matin dans le lit de Mère, non sans avoir préalablement frappé à la porte, selon ses instructions, pour laisser à M. Tobias le temps de se lever. Il resta trois semaines à Shrove, puis quatre, et les chiens restèrent également, mais plus personne ne fut invité le samedi et le dimanche.

Mère était très heureuse. Elle était tout à fait différente et chantait beaucoup. Elle se lavait quotidiennement les cheveux et se confectionna encore une nouvelle jupe. Et jour après jour soit elles montaient à Shrove, soit M. Tobias descendait les voir au pavillon, et la seule ombre au tableau, c'est que Mère refusait toujours lorsque M. Tobias proposait de les emmener quelque part dans sa Range Rover. Liza avait terriblement envie d'aller au bord de la mer, mais quand cela fut suggéré, Mère répondit non.

« Très bien, dit M. Tobias, venez passer la fin de semaine à Londres avec moi, venez à Montagu Place.

— Ce serait pire encore que le bord de la mer, décréta Mère.

— Tu aimes Shrove, n'est-ce pas, Jonathan ? C'est le plus bel endroit du monde, il n'existe rien de plus beau.

— J'aime bien changer d'air, de temps à autre.

— Alors, il faut changer d'air. C'est sans doute le mieux. Va faire un tour et reviens nous voir ici. Je n'arrive pas à croire que la maison d'Ullswater soit plus belle que celle-ci.

— Viens avec moi et tu verras par toi-même. Nous irons ensemble pour le week-end et tu pourras en juger.

— Je ne veux pas quitter ces lieux, jamais, et Liza non plus. Je croyais... » Mère détourna la tête et parla plus doucement. « Je croyais que Shrove pouvait te plaire davantage à cause de ma présence.

— C'est le cas. Tu sais que c'est vrai, Ève. Mais je suis jeune et, pour parler franchement, je suis riche. Tu n'ignores pas que mon père m'a laissé un héritage confortable. Je ne veux pas me fixer dans un seul endroit jusqu'à la fin de mes jours sans rien voir du reste du monde. Cela ne veut pas dire que je refuse que tu voies le monde avec moi. »

Mère répondit qu'elle ne voulait pas voir le monde. Elle en avait suffisamment vu pour une vie entière, pour toujours, c'était tellement horrible. Pas plus qu'elle ne voulait que l'on retape le pavillon et que l'on y installe une salle de bains. Elle ne voulait pas qu'il dépense son argent pour elle. Ce genre de luxe ne signifiait rien pour elle et pour Liza. S'il devait partir, et elle savait bien qu'il en avait envie, il n'avait qu'à lui laisser les chiens, et ainsi il reviendrait sûrement.

« Je n'ai pas besoin d'avoir une raison pour revenir. Et Matt peut très bien s'occuper des chiens.

— Laisse-les-moi, comme ça je serai sûre que tu reviendras. Tu dois toujours me les confier. »

Il dormit dans le lit de Mère la dernière nuit et retourna à Shrove le matin. Plus tard, il descendit au pavillon en Range Rover et fit ses adieux. Il serra Mère contre lui et l'embrassa, embrassa Liza, et Liza dit qu'il manquerait à Annabel. Elles agitèrent le bras en suivant des yeux la Range Rover qui s'éloignait sur le chemin, puis Liza courut à l'étage pour la regarder franchir le pont. Lorsqu'elle fut hors de vue, Mère enferma les chiens dans le châtelet et dit qu'elles feraient mieux de monter à Shrove pour nettoyer et remettre les choses en état.

M. Tobias avait laissé un beau désordre, bien qu'il n'ait pas été souvent là au cours des trois dernières semaines.

Pendant que Mère passait l'aspirateur sur les tapis de la chambre, Liza alla dans le petit salon et regarda la porte qui était toujours fermée à clé. Elle essaya la poignée au cas où, pour une fois, elle serait ouverte. Ce n'était pas le cas. S'accroupissant parce qu'elle était grande, maintenant, elle approcha un œil du trou de la serrure et ferma l'autre. Elle découvrit avec surprise qu'elle pouvait voir beaucoup de choses : un morceau de tissu rouge sur un fauteuil et la passementerie qui décorait le bras, l'angle d'une espèce de table qui comportait des tiroirs, les dos aux couleurs vives — bleu, vert, orange — de livres sur une étagère. Que pouvait-il bien y avoir là-dedans qui lui fut interdit ?

Liza regrettait maintenant de ne pas avoir parlé de la pièce fermée à clé à M. Tobias l'une des nombreuses fois où ils s'étaient trouvés ensemble dans la maison pendant que Mère faisait le ménage à l'étage ou dans la cuisine. Mais évidemment ils n'étaient jamais entrés dans le petit salon, on s'en servait rarement et avec raison, puisqu'il y avait par ailleurs un grand salon, une salle à manger et une bibliothèque. Liza était persuadée que, si elle avait demandé à M. Tobias, il serait allé chercher la clé et aurait aussitôt ouvert la porte.

La prochaine fois qu'il viendrait, elle lui demanderait. Quand il reviendrait chercher les chiens. Mais les semaines passèrent, et il ne revint pas. Il n'écrivit pas, pas même une carte postale, et près d'un mois plus tard Matt arriva au volant de la Range Rover et emmena les chiens. Or Mère, par le plus grand hasard, vit la Range Rover franchir le pont. C'était la bonne couleur, et bien qu'elle ne pût lire le numéro d'immatriculation, elle eut la certitude que c'était M. Tobias qui arrivait, et d'autant plus en voyant la voiture sur le chemin. M. Tobias n'avait jamais envoyé Matt dans la Range Rover jusqu'alors, mais cette fois il l'avait fait. Et lorsque Matt fut parti avec Heidi et Rudi, Mère monta dans sa chambre et pleura.

Liza n'avait jamais parlé de cela à personne. Enfin, elle n'avait eu personne à qui en parler jusqu'à aujourd'hui, et pourtant elle n'en dit rien à Sean, elle le garda secret dans sa tête. Et lorsque Sean demanda, ce type, Tobias, celui à qui appartient Shrove House, est-ce qu'il est jamais revenu, elle se contenta de répondre oui, il est revenu mais il n'est pas resté longtemps.

« Et t'es jamais allée à l'école ?

— Non, je n'y suis jamais allée. Mère m'a tout enseigné elle-même à la maison.

— Mais c'est contraire à la loi, ça.

— Sans doute. Mais tu sais où se trouve Shrove, au fond de nulle part, très loin de tout. Qui pouvait le savoir ? Ève mentait à ce sujet. Elle était très franche avec moi. Elle estimait très important de ne pas dire de mensonges, sauf lorsque c'était indispensable, et lorsque c'était indispensable, l'important était de savoir que l'on était en train de mentir. Elle répondait à certaines personnes qui s'en inquiétaient que j'allais à l'école du village, et à d'autres que je fréquentais une école privée. Nous avons rencontré Diana Hayden sur le chemin, et Ève lui a raconté que nous étions très pressées parce qu'elle m'emmenait prendre le car pour l'école. Tu ne dois pas oublier que cela faisait très peu de gens. Je veux dire que pour l'essentiel il y avait le laitier, le facteur, l'homme qui venait relever le compteur, M. Frost et le chauffagiste, et ce n'était pas eux qui allaient poser des questions. Aucun d'eux ne restait jamais plus de cinq minutes en dehors de M. Frost, et M. Frost ne parlait jamais.

— Mais tu ne voulais pas aller à l'école ? C'est-à-dire que, tu sais, les enfants ont envie d'avoir des amis.

— J'avais Ève, répondit tout simplement Lizzie. Je n'avais besoin de personne d'autre. Et puis, j'avais Annabel, ma poupée. C'était mon amie imaginaire, je bavardais avec elle, nous avions des discussions ensemble. Je lui demandais son avis, et je ne crois pas que cela me dérangeait de ne pas recevoir de réponse. Je ne *savais* pas, tu comprends. Je ne savais pas que la vie pouvait être différente.

« Quand j'ai su lire, je veux dire, vraiment lire, Ève a commencé à m'enseigner le français. Je crois que je parle assez bien français. Nous faisions de l'histoire-géo le lundi et le mercredi, de l'arithmétique le mardi. Elle m'a fait commencer le latin à neuf ans, et c'était le vendredi, mais avant ça nous avons lu des poésies le jeudi et le vendredi, plus l'analyse musicale. »

Sean la regardait avec des yeux ronds, complètement effaré.

« Quelle existence !

— Je n'avais vraiment pas besoin d'aller à l'école. Nous parlions ensemble à longueur de journée, Ève et moi. Nous nous promenions dans tout le voisinage. Le soir, nous jouions aux cartes, nous faisions des puzzles ou nous lisions.

— Pauvre petite. T'as vraiment eu une saleté d'enfance. »

Liza ne pouvait pas laisser passer ça. Elle lui répondit d'un ton enflammé :

« J'ai eu une enfance merveilleuse. Tu ne dois pas l'imaginer autrement. J'herborisais et je ramassais beaucoup de choses, notre maison était pleine de fleurs pressées, de pommes de pin, de bols remplis de crapauds, de larves de phryganes et de dytiques. Je n'étais jamais obligée de m'endimancher. Je ne mangeais aucune nourriture qui fût mauvaise pour moi. Je ne me disputais jamais avec d'autres enfants, je ne me battais jamais, je ne me faisais jamais mal. »

Il l'interrompit pour lui dire, non sans une certaine perspicacité :

« Mais tu savais que cela existait.

— Oui, je savais. Je te dirai comment je l'ai su, mais pas maintenant, pas tout de suite. Pour l'instant, je veux te faire comprendre que j'ai eu une enfance heureuse. On ne peut rien lui reprocher de ce qui m'est arrivé, elle a été une merveilleuse mère pour moi. »

Là encore, son visage exprima l'incrédulité ; il hocha faiblement la tête. Elle garda le silence et lui prit la main. Elle n'allait pas lui dire — du moins pas tout de suite — que les choses avaient changé, que le bonheur n'était pas éternel.

Ève lui avait parlé du mythe d'Adam et Ève tout en soulignant bien qu'il ne s'agissait de rien d'autre que d'un mythe. Elles avaient lu dans la Genèse le passage sur la création et dans Milton celui sur l'expulsion du jardin d'Éden. Elle était donc au courant pour le serpent du paradis et plus tard elle imagina qu'Ève et elle-même traversaient l'Éden main dans la main, poursuivant leur chemin solitaire.

Pourtant, tout ce qu'elle dit à Sean, concernant les mois précédant son septième anniversaire, fut que M. Tobias était revenu une seule fois, pour un jour et une nuit, une nuit qu'il n'avait pas passée au pavillon avec Ève mais dans son propre lit, à Shrove. Après quoi il était reparti, pas forcément pour toujours mais en tout cas pour très longtemps.

7

Au début, Sean se révéla plus performant qu'elle à la cueillette des pommes. Il savait soulever le fruit du pédoncule sur lequel il poussait et le rabattre doucement vers l'arrière jusqu'à ce qu'il lui reste dans la main. Liza se contentait de tirer dessus. Cela talait les fruits et il arrivait même que son ongle entaille la peau verte sillonnée de marbrures, blessant la chair blanche qui se trouvait en dessous. Si elle endommageait ses fruits, M. Vanner retiendrait de l'argent sur sa paie, lui expliqua Sean, aussi s'efforça-t-elle d'être plus soigneuse. Elle avait l'habitude d'être réprimandée, ce n'était pas quelque chose qu'elle supportait mal.

Ils ramassaient les poires juste avant leur maturité, avant que l'extérieur ne devienne jaune avec des pommettes roses, lorsque l'intérieur était encore ferme et cireux. Depuis leur arrivée chez Vanner, le soleil n'avait pas cessé de briller. Ils se réveillaient chaque matin pour voir un ciel bleu clair et des champs immobiles recouverts d'une légère brume blanche. Des nuages d'ampélopsis neigeux couraient sur les bâtiments de ferme, et le jardin de Mme Vanner croulait sous les capucines jaunes et oranges. Ils commençaient la cueillette à la fraîche et prenaient deux heures de repos entre midi et quatorze heures. Ils en profitaient pour déjeuner d'un paquet de chips, de petits pâtés en croûte accompagnés d'un Coca-Cola et de barres de Mars toutes poisseuses après leur séjour dans une poche chaude.

Les vergers de poiriers étant assez éloignés de la caravane, ils évitaient la plupart du temps d'y retourner et partageaient leur repas, assis sur le talus à l'ombre de la haie d'églantiers. D'abord, l'idée que les autres ramasseurs puissent les voir les mit mal à l'aise, mais personne ne leur ayant prêté la moindre attention ni n'étant venu de leur côté, ils se glissèrent le deuxième jour dans un petit abri naturel où des branches de sureaux formaient un toit et firent l'amour sur l'herbe sèche et chaude. Ils savaient l'un et l'autre qu'ils en auraient l'occasion le soir dès leur retour, et quand ils se mettraient au lit, mais ils ne pouvaient attendre jusque-là.

Ensuite, Sean s'endormit, étendu de tout son long, la tête enfouie dans ses bras. Liza resta éveillée à ses côtés, la joue appuyée sur son épaule, le bras passé autour de sa taille. Elle aimait bien regarder la façon dont ses cheveux bruns poussaient sur sa nuque, dessinant deux pointes comme les jambes d'un M, et elle observa pour la première fois que les cheveux de M. Tobias étaient pareillement plantés.

Mère ne lui raconta l'histoire de sa propre mère et de la famille Tobias que lorsqu'elle fut plus grande. Elle devait avoir dans les dix ans quand elle entendit parler de sa grand-mère, Gracie Beck, du vieux M. Tobias, qui s'appelait également Jonathan, et du testament. De Caroline, la fille du vieux M. Tobias, qui était la mère de M. Tobias (c'est-à-dire, Jonathan), et de son mari immensément riche, qui l'avait quittée tant elle était abominable. À l'âge de sept ans, tout ce que Liza savait était que Mère et M. Tobias se connaissaient depuis qu'il était un grand garçon et elle, une petite fille, et que, d'une certaine manière, Shrove House aurait dû appartenir à Mère et pas du tout à M. Tobias.

Oh, et elle savait aussi que Mère aimait M. Tobias et que M. Tobias l'aimait en retour. Mère le lui raconta un soir d'hiver où elles étaient toutes les deux assises devant le feu de cheminée et que Liza tenait sa poupée Annabel sur ses genoux. Liza avait remarqué combien Annabel ramenait souvent les pensées de Mère vers M. Tobias.

« Le problème, expliqua Mère, est que M. Tobias est un homme qui ne tient pas en place. Il veut voir le monde tandis que j'ai l'intention de rester ici toute ma vie et *de ne jamais en partir.* » Elle prononça ces derniers mots avec feu, en regardant Liza droit dans les yeux. « Car nulle part au monde il n'existe de lieu comme celui-ci. Cet endroit est ce qui peut se rapprocher le plus du paradis. Si l'on a trouvé le paradis, pourquoi aller chercher ailleurs ?

— As-tu vu tout le reste du monde ? demanda Liza tout en peignant amoureusement la chevelure d'Annabel.

— Presque, répondit Mère d'un air mystérieux. J'en ai vu davantage que bien des gens. Mais les gens sont mauvais, pour la plupart. Le monde serait beaucoup plus agréable si la moitié de ses habitants périssaient dans un gigantesque tremblement de terre. J'ai vu plus d'endroits qu'on en peut souhaiter. Et pour la plupart, ils étaient épouvantables, tu peux me croire. Tu n'as pas idée à quel point, et je suis heureuse que tu l'ignores. C'est ainsi que les choses doivent être, selon moi. Un jour, lorsque tu auras grandi comme je veux te voir grandir, tu pourras sortir d'ici et regarder un peu à l'extérieur, et je te garantis que tu reviendras en courant, bien contente d'avoir retrouvé le paradis. »

Ces histoires n'intéressaient absolument pas Liza, elle ne savait pas ce que cela signifiait.

« M. Tobias ne trouve pas que les autres endroits soient horribles.

— Il l'apprendra. Ce n'est qu'une question de temps, tu verras. Quand il aura voyagé assez longtemps par monts et par vaux, et vu suffisamment de choses, il reviendra ici. Simplement, ce sera plus long pour lui que pour moi.

— Mais pourquoi ?

— Peut-être parce que j'ai vu davantage d'horreurs que lui, à moins que je ne sois plus sage... »

Au printemps de cette année-là, Heather vint séjourner avec elles. Mère n'en souffla mot jusqu'à la veille de son arrivée, et alors, tout ce qu'elle dit fut : « Tu vas dormir avec moi dans ma chambre toute la semaine prochaine, Liza. Mlle Sawyer va venir. Elle occupera la tienne. »

Liza savait qui était Mlle Swayer par les lettres que recevait Mère. C'était la même personne que Heather.

« Pour l'amour du ciel, ne m'appelle pas ainsi, mon petit,

s'exclama Heather cinq minutes après son arrivée. Mon nom est Heather. "Mlle Sawyer" fait terriblement directrice d'école. Comment s'appelle la directrice de ton école ? »

Liza, qui n'avait rien compris à ce discours, se contenta de la regarder avec des yeux ronds, regarder son extrême maigreur, sa haute taille, sa petite tête et ses cheveux roux brillants.

« Ton proviseur, alors ? Je n'arrive pas à me tenir à jour avec tous ces nouveaux termes. »

Mère dévia la conversation. Elle expliqua à Liza qu'elles s'étaient rencontrées, Heather et elle, pendant leurs années d'université, et que Heather connaissait M. Tobias.

« Il est toujours dans le coin ?

— Shrove est sa propriété, Heather, tu ne peux pas l'avoir oublié. »

C'est alors que Heather se mit à chuchoter des choses à Mère derrière sa main. Elle jeta un coup d'œil en direction de Liza, se retourna vivement, leva la main à hauteur de sa bouche et commença ses messes basses. « Chuit-chuit-chuit » fut tout ce que Liza réussit à entendre.

Quand elle redescendit après avoir visité sa chambre, Heather déclara que c'était la première fois de sa vie qu'elle allait dans une maison sans salle de bains. Elle ignorait que cela existât encore. Mais non, enfin, elle n'allait pas laisser Mère lui monter de l'eau chaude, ce que Mère avait proposé de faire. Elle utiliserait le baquet de la cuisine, comme elles deux, seulement cela serait plutôt inconfortable.

L'autre inconfort auquel elle fit allusion fut ce qu'elle appelait « l'absence de télé ». Liza ne comprit pas davantage ce que cela signifiait, et d'ailleurs elle s'en moquait. Le temps était superbe, aussi entreprirent-elles de longues promenades. Et puis Heather fit un tour en train, qu'elle prit à l'arrêt de Ring Valley. Elle dut y aller seule. Mère déclara qu'elle l'avait pris trop souvent pour en avoir encore envie, et que Liza ne pouvait pas y aller non plus.

Il n'y avait pas d'automobile pour visiter les alentours — Heather était arrivée en taxi de sa lointaine gare —, pas de tourne-disque, pour ainsi dire aucun livre publié après 1890, pas de téléphone et aucun restaurant à moins de dix lieues à la ronde. Il y avait un de ces endroits appelés « pubs » dans le village d'où venait M. Frost, mais comme les « pubs » n'aimaient pas les enfants, on ne les laisserait pas entrer.

« Chuit, chuit, chuit, murmura Heather derrière sa main.

— Allons, Heather, parle normalement, s'écria Mère. Tu crées des mystères là où il n'y en a pas. »

Heather mit donc fin à ses messes basses et lança hardiment, la nuit précédant son départ :

« Tu vas devenir folle ici, Ève.

— Au contraire, je deviendrai saine d'esprit, rétorqua Mère.

— Ciel ! quelle boutade !

— D'accord, je veux dire que je redeviendrai normale. Je pourrais même être heureuse. Je vais retrouver les valeurs d'antan et élever ma fille loin des pressions hideuses de notre monde.

— Tout cela me paraît bien prétentieux et peu réaliste. Enfin, de toute manière, tu n'y parviendras pas. Les gens de son âge y veilleront. Lorsque tu te lasseras de jouer les nobles sauvages, rappelle-toi que j'ai des chambres d'amis qui vous attendent. »

Ève avait dû se souvenir de ces mots lorsqu'elle cherchait un refuge pour Liza. À moins que Heather ne le lui ait écrit dans une lettre, car elle n'était jamais revenue, et ce fut la seule fois où Liza la vit.

Mère abandonnait Liza à elle-même quand elle nettoyait les tapis des chambres de Shrove avec son aspirateur. (« Il ne faut jamais dire "un Hoover", Lizzie. ») C'est alors que Liza explorait la bibliothèque. L'un des livres qu'elle y dénicha était un volume de contes de fées qui contenait *Barbe-Bleue*. Après l'avoir lu, elle se mit à associer la chambre verrouillée à Barbe-Bleue et à se demander avec angoisse si elle ne renfermait pas des cadavres d'épouses. Elle se dit que le vieux M. Tobias avait peut-être épousé plusieurs femmes, et après les avoir tuées, les avait laissées se décomposer derrière cette porte.

Même lorsque Mère lui montra le portrait du vieux

M. Tobias, un énorme tableau accroché dans le couloir du premier étage qui représentait un homme de fier maintien, avec des cheveux gris mais aucune barbe, ni bleue ni autre, elle continua à se poser des questions. Elle voulait savoir ce qu'était cet objet qui sortait de sa bouche, un bâton muni d'un petit pot à l'extrémité. Mère lui expliqua qu'il s'agissait d'une pipe, que l'on tassait à l'intérieur des feuilles broyées auxquelles on mettait le feu avec une allumette. Mais Liza, se rappelant que Mère se vantait de mentir avec art, ne la crut pas. Ce fut la première fois.

Le portrait de la dame répondant au prénom de Caroline était accroché dans un lieu beaucoup plus glorieux, bénéficiant d'une lumière radieuse, là où aucun regard ne pouvait manquer de s'attarder. Elle portait un style de robe que Liza n'avait jamais vue pour de vrai sur une femme, descendant jusqu'aux chevilles, flottante, décolletée, coupée dans une soie du même rouge que ses lèvres. Ses cheveux étaient châtain, sa peau semblable aux pétales des magnolias dont les fleurs resplendissaient encore dans les jardins de Shrove, et ses yeux brillaient d'un éclat intense. Liza passa longtemps à regarder les portraits de vraies personnes, vivantes ou mortes depuis longtemps, qui se trouvaient dans la maison. Il n'y en avait aucun de M. Tobias, ni de ce mari fortuné qui avait plaqué Caroline.

Heather écrivit une lettre à Mère pour la remercier de son accueil et après cela plusieurs semaines passèrent sans que le facteur s'arrête à leur porte. Le laitier vint, et dit « Le train de dix heures trente a du retard », ainsi que « Ce soleil est une vraie bénédiction », mais elles ne virent pas le facteur jusqu'au jour où il apporta une enveloppe contenant un petit livre en papier.

Liza réussit à feuilleter, fascinée, les pages de ce livre plein d'images de fers à repasser, de sèche-cheveux, de serviettes de toilette et de draps, de robes et de chaussures, mais Mère intervint et le lui retira des mains. Un feu de bûches brûlait dans l'âtre. Mère se débarrassa du livre en le déchirant en mille morceaux qu'elle jeta au feu.

Ensuite, il n'y eut pas d'autre visite du facteur pendant plusieurs semaines d'affilée. Rien de M. Tobias jusqu'à l'arrivée d'une carte postale ordinaire, sans même une image, où étaient inscrites quelques lignes leur demandant de prendre les chiens en pension.

Sauf si cela te dérange, avait écrit M. Tobias, *sinon, Mat les prendra volontiers. Ce n'est que pour deux semaines, pendant que je vais voir ma mère en France.*

« Caroline », dit Liza.

Mère ne répondit pas.

« Est-ce qu'elle habite la maison dans cet endroit appelé Dordogne ? » Liza avait consacré des heures à l'étude des cartes de France de l'atlas de la bibliothèque. « Est-ce qu'elle y vit seule ? Est-ce qu'elle s'appelle Mme Tobias ? » Elle se rappelait le regard impérieux, la robe couleur de lèvres rouges.

« Maintenant, oui. Elle s'appelle Caroline Tobias. Elle s'appelait Lady Ellison quand elle était mariée, mais notre M. Tobias s'est toujours appelé Jonathan Tobias car tel était le vœu de son grand-père. Elle habite une maison en Dordogne que son mari lui a offerte lorsqu'ils ont divorcé. » Mère jeta un regard circonspect à Liza, comme si elle envisageait de lui expliquer quelque chose, mais dut se raviser. « Elle vit le plus souvent seule. M. Tobias va lui rendre visite de temps en temps.

— Nous pouvons prendre les chiens, n'est-ce-pas ? demanda Liza. Même si Matt a très envie de les avoir, nous pouvons les prendre, pas vrai ?

— Bien sûr que nous prendrons les chiens. »

Pour être sûre que M. Tobias viendrait. Liza l'avait compris par la suite, pas sur le moment.

Matt arriva avec les chiens le jour de sa première leçon de français (« Voici la table, les livres, la plume, le cahier. »). Liza était en train de dessiner une espèce de cercle avec ses lèvres pour produire ce drôle de son qui se trouve à mi-chemin entre le *e* et le *u* quand elles entendirent la camionnette approcher et le coup frappé à la porte. C'était une journée plutôt fraîche, même pour le mois d'avril, elle s'en souvenait, et le vieux radiateur électrique était branché.

Comme d'habitude, les chiens furent ravis de la voir. Ils

se mirent à gambader, à lui lécher le visage et à agiter le tronçon de queue, dans le prolongement de leur dos, qui leur restait après qu'elle eut été coupée. Mais les démonstrations affectueuses de Rudi étaient moins véhémentes que par le passé, il avait une haleine chargée, et son museau grisonnait. « Chaque année de vie humaine vaut sept ans de la vie d'un chien », expliqua Matt, ce qui faisait que Rudi avait plus de soixante-dix ans. Heidi, en revanche, n'avait que six ans, c'est-à-dire quarante-deux.

« Est-ce qu'il va mourir ? » demanda Liza.

Les cheveux de Matt étaient beaucoup plus longs que la dernière fois, ils pendaient en paquets graisseux.

« Ne t'inquiète pas pour ça, lui dit-il, on en est encore loin. »

Mère, cependant, était intervenue : « Oui, il mourra cette année ou l'année prochaine. Les dobermans dépassent rarement les onze ans. »

Liza connaissait ses tables de multiplication.

« Ou soixante-dix-sept ans. »

Le résultat fut que Matt lui demanda pourquoi elle n'était pas à l'école. Avant qu'elle ait pu répondre, Mère déclara sèchement : « C'est Pâques. Il y a des vacances scolaires à Pâques. »

Quelques années passèrent avant que Liza prenne conscience de l'importance de cette déclaration, même si elle en avait saisi la bizarrerie sur le moment. Mère n'avait pas menti, c'était effectivement les vacances de Pâques, mais il n'empêche qu'il y avait quelque chose de faux dans sa réponse à Matt. Par la suite, elle releva d'autres occasions où Mère se comporta ainsi, et elle apprit à faire de même.

Mère demanda à Matt combien de temps les chiens allaient rester, et il répondit deux ou trois semaines, il ne pouvait être plus précis mais on la préviendrait en temps utile.

« Vous n'avez toujours pas le téléphone, à ce que je vois.

— Et je n'en ai pas l'intention.

— Alors, il faudra vous envoyer une carte postale.

— Je pense que c'est à M. Tobias d'en décider », dit

Mère, de ce ton glacial qu'elle adoptait quelquefois. Puis, plus aimablement, d'une voix qui laissait presque entendre que c'était une question qu'elle aurait préféré ne pas poser : « Viendra-t-il les chercher lui-même ? »

Liza n'apprécia pas du tout le regard que Matt lança à Mère. Il ne souriait pas ouvertement, mais on avait l'impression qu'il riait intérieurement.

« Comme vous dites, c'est à lui d'en décider. » Puis, avec cette façon de cligner de l'œil qu'il avait, il ajouta : « Cela dépendra de ce que Miss Fastley en pense. »

Liza n'avait jamais entendu parler de Miss Fastley. Mère, elle, semblait savoir qui c'était, mais elle ne fit aucun commentaire.

« Quand ils seront rentrés tous les deux de France », conclut Matt.

Après son départ, Liza crut qu'elles allaient reprendre la leçon de français, mais Mère déclara que cela suffisait pour aujourd'hui et qu'elles allaient emmener les chiens à la rivière. Elles s'emmitouflèrent chaudement et traversèrent les jardins de Shrove. Un ou deux trains avaient sans doute dû passer, Liza n'avait plus ce genre de détails en mémoire, mais c'était très probable à pareille heure. Très probablement aussi, elle avait dû agiter la main dans leur direction et deux ou trois passagers lui avaient répondu de même. Ils n'étaient jamais très nombreux à la saluer en retour.

Mère s'abîma dans la contemplation de la vallée, des hautes collines où la route blanche serpentait à travers les arbres qui reverdissaient. Les cerisiers en fleur rendaient les bois tout blancs, et les primevères poussaient en dessous des haies.

« C'est tellement, tellement beau ! s'exclama-t-elle en écartant les bras. N'est-ce pas magnifique, Lizzie ? »

Liza hocha la tête car elle ne savait jamais quoi répondre. Il y avait dans l'attitude de Mère et le souffle rauque de sa voix quelque chose qui la mettait mal à l'aise.

« Les trains ne me dérangent pas. Je trouve que d'une certaine manière les trains rendent les choses plus belles encore. Cela vient peut-être du fait que tout le monde peut s'asseoir dedans et voir combien ce paysage est magnifique. »

Et elle raconta à Liza l'histoire d'un dénommé George Borrow, qui vendait des bibles, écrivait des livres et vivait dans le Norfolk, et qui était parti habiter ailleurs pendant plusieurs années parce qu'il n'avait pas pu supporter la construction d'une voie de chemin de fer traversant son cher paysage.

« Qui est Miss Fastley ? » demanda Liza sur le chemin du retour.

Mère n'avait pas dû l'entendre la première fois, car elle fut obligée de reposer la question.

« C'est une des dames qui sont venues passer quelques jours à Shrove l'an dernier. C'est celle qui s'appelle Victoria.

— Annabel portait le cardigan à fleurs, dit Liza, et Claire avait une veste pareille à tes chaussures, donc Victoria doit être celle avec la chemise de soie verte.

— Oui, je pense que c'est ça. »

Elles n'enfermèrent pas tout de suite les chiens dans le châtelet. Elles les gardèrent auprès d'elles pendant la soirée. Rudi se coucha près du radiateur électrique et s'endormit. La promenade l'avait fatigué, dit Mère ; elles l'avaient emmené trop loin. Liza et Mère s'assirent de part et d'autre de la cheminée. Liza lisait *Winnie l'ourson* de A. A. Milne et Mère, *Eothen* de A. W. Kinglake. Il leur arrivait parfois de se lire un passage à voix haute, et *Winnie l'ourson* était tellement drôle que Liza aurait bien aimé en citer plusieurs passages. Mais quand elle leva les yeux vers Mère, celle-ci n'était pas en train de lire, elle contemplait tristement le tapis devant l'âtre, et des larmes coulaient sur ses joues.

Aussi Liza ne proposa-t-elle aucune lecture à voix haute et se replongea silencieusement dans son livre. Elle crut que Mère pleurait parce que Rudi était devenu vieux et qu'il allait bientôt mourir.

Liza voulait épargner l'argent qu'ils gagnaient. Ève lui avait enseigné l'économie ménagère. Il y avait eu le compte bancaire et la boîte en métal de la cuisine. Et, bien entendu, la caisse secrète du châtelet. Ce qu'Ève gagnait et ce qu'elles dépensaient avait été rigoureusement inscrit, et ces relevés étaient consultés et vérifiés chaque fois qu'il fallait acheter un métrage de tissu pour confectionner une robe pour Liza ou une jupe pour Ève. La dépense la plus importante, se rappelait Liza, avait été le lecteur de cassettes qu'Ève avait acheté pour que Liza puisse se cultiver en musique et prenne l'habitude d'écouter les œuvres des grands compositeurs. Liza avait alors presque huit ans.

Sean approuvait ces économies. Il dit que bien gérer son argent était une des choses qu'elle pourrait lui enseigner. Ils pouvaient acheter des *cornish pasties* ou des pâtés en croûte et des frites pour leur déjeuner, avec des tablettes de chocolat pour le dessert, mais il serait plus raisonnable de ne pas aller trop souvent dîner en ville, au Burger King ou même au restaurant tandoori de M. Gupta. Un soir, Sean vit sur une petite annonce exposée dans la vitrine du nouveau supermarché qu'ils recherchaient du personnel. Il ne devait s'agir que de coller des étiquettes sur les paquets et de ranger des boîtes de conserve sur les étagères, mais il déclara néanmoins qu'il allait se présenter. Il devait pouvoir gagner deux fois, peut-être même trois fois ce qu'il gagnait chez Vanner.

« Je vais y aller aussi, alors.

— Je ne crois pas que tu pourras, mon chou. Ils vont te demander ton numéro de Sécurité sociale, et tu n'en as pas.

— Je ne peux pas en avoir un ?

— Pas sans donner ton nom, impossible. »

Ils trouvèrent aussi la clinique du planning familial — Liza donna le nom de Sean, se présentant comme Elizabeth Holford — et un panneau d'affichage dans la vitrine du marchand de journaux où il y avait cinq annonces demandant de l'aide ménagère. Liza les étudia d'un air songeur. Les tâches domestiques étaient tout à fait à sa portée.

À leur retour, l'homme au chien noir sortit la tête par la porte de sa caravane et leur dit : « Salut, vous voulez une tasse de thé ? »

Liza vit que Sean ne voulait pas, mais c'était grossier de refuser, aussi entrèrent-ils dans la caravane de l'homme, côté cuisine, où le chien noir était assis sur un comptoir à regarder la télévision. L'homme, qui avoua s'appeler Kevin, sortit une bouteille de whisky et trois verres à la place du thé annoncé, ce qui remonta nettement le moral de Sean, Liza s'en rendit bien compte.

Le petit écran lumineux la fascinait, l'image était tellement nette, les couleurs si vives. Au début, toutefois, elle avait un peu peur de regarder, craignant qu'un policier ne surgisse pour donner son signalement ou même celui d'Ève. Mais il n'y avait pas lieu de s'inquiéter. L'émission était consacrée à de petits mammifères vivant dans quelque partie éloignée du monde, des créatures qui ressemblaient à des rats et à des écureuils, ce qui pouvait expliquer l'intérêt du chien.

Il était beaucoup plus petit, moins lustré que Rudi et Heidi, avec une vraie queue qui battait le comptoir dès que les écureuils bondissaient de-ci, de-là, et pourtant il lui rappelait les chiens de M. Tobias, depuis longtemps disparus, maintenant. Mère et elle en avaient pris soin pendant trois — et non pas deux — semaines cette fois-là, et à la fin de cette période Matt avait surgi sans prévenir et les avait emmenés. Lorsque Mère avait vu sa camionnette s'arrêter devant la porte et qu'il en était sorti, les cheveux plus longs que jamais, ramenés en arrière et attachés sur la nuque, son visage avait perdu toutes ses couleurs d'un coup, elle était devenue toute blanche.

Liza avait cru qu'elle ne pourrait s'empêcher de lui demander où était M. Tobias mais elle ne l'avait pas fait, elle lui avait à peine adressé la parole. Les chiens lui furent remis après que Liza les eut serrés dans ses bras et embrassés sur le crâne. Et alors, elle avait su, en regardant la camionnette s'éloigner, qu'ils ne reviendraient jamais, ou en tout cas pas tous les deux, et certainement pas de cette manière-là. Elle ignorait d'où lui venait cette certitude, car Mère n'avait fait aucun commentaire, n'avait même pas regardé par la fenêtre ; elle avait posé le livre de français devant Liza et lui avait ordonné, plutôt sèchement, de commencer à lire.

Le même soir, Mère déclara qu'elles devaient aller à Shrove, ce qui étonna fort Liza car cela n'arrivait jamais.

Elles n'y allaient jamais au-delà de trois heures de l'après-midi, or il était six heures quand elles traversèrent le parc qui s'étend entre les grands arbres. Il y avait des coucous dans l'herbe, du persil d'âne et du panais jaune au pied des haies. Mais cette fois, Mère ne vanta pas la beauté des lieux. Elles avancèrent en silence, main dans la main.

Mère l'emmena dans la bibliothèque et lui confia une tâche : rechercher les livres français, les compter et voir si elle pouvait trouver *Émile* de Jean-Jacques Rousseau. Liza y parvint en un tour de main. Il n'y avait pas beaucoup de livres français, vingt-deux en tout, *Émile* compris. Elle le prit sur son étagère, un très vieux livre relié en bleu avec des lettres en or, et partit en quête de sa mère.

Elle se trouvait dans le petit salon, parlant au téléphone. Liza n'avait jamais vu personne faire cela. Bien sûr, elle avait déjà vu l'appareil et savait plus ou moins à quoi il servait. M. Tobias le lui avait dit, et elle se souvenait justement qu'en cette occasion, pendant qu'il expliquait, Mère avait froncé les sourcils et secoué la tête. Et maintenant, c'était Mère qui l'utilisait. Liza resta parfaitement immobile, tout oreilles.

Elle entendit sa mère dire : « Je t'ai dit que j'étais désolée, Jonathan. Je ne t'avais jamais téléphoné avant. » Elle baissa le ton, si bas que Liza pouvait à peine entendre. « Il fallait que je téléphone. Je devais savoir. »

Liza s'attendait un peu à ce que la voix de M. Tobias sorte de l'autre extrémité du récepteur, mais elle n'entendit que le silence, tout en constatant que Mère, elle, pouvait l'entendre.

« Pourquoi me dis-tu qu'il n'y a rien à savoir ? S'il n'y avait rien, tu serais venu. »

Jamais Liza n'avait entendu Mère parler ainsi, d'une voix déchirée, implorante, presque apeurée, et cela ne lui plaisait pas. Mère contrôlait toujours la situation, sachant tout et dominant tout, mais en cet instant elle ne donnait plus du tout cette impression.

« Dans ce cas, tu vas venir, Jonathan ? Tu viendras ? Je t'en prie. Si je te le demande, s'il te plaît. »

Même Liza pouvait dire qu'il n'allait pas venir, qu'il était en train de répondre non, je ne peux pas, ou non, je ne veux pas. Elle vit les épaules de Mère s'affaisser, sa tête pencher en avant, et elle l'entendit dire de sa voix glaciale, qui n'était pas sans ressembler à celle qu'elle réservait à Matt : « Je suis désolée de t'avoir dérangé. J'espère n'avoir rien interrompu. Au revoir. »

Alors, Liza s'approcha d'elle et tendit la main. Elle lui montra le livre bleu intitulé *Émile*, mais Mère semblait avoir oublié ce qu'elle lui avait demandé de faire, elle semblait avoir tout oublié. Son visage était blême comme de la cire et aussi figé...

« Tu es perdue dans tes rêves, ma chérie ? demanda Sean. Je t'ai demandé plusieurs fois à quoi tu pensais, et tu n'as pas entendu un seul mot. Kevin aimerait savoir si tu as envie d'un verre de riesling. »

Oui, répondit Liza, merci, elle aimerait bien. Ayant vu le conteneur et lu le nom inscrit, elle réussit Dieu sait comment à se retenir de leur dire que cela se prononçait « risling », cela aurait pu les vexer. Kevin était un homme de petite taille avec un teint très basané et des cheveux noirs, pour ce qu'il en restait. Il pouvait avoir trente ans comme quarante-cinq, Liza aurait bien été en peine de dire combien. Elle n'était pas très douée pour deviner l'âge des gens, et cela n'avait rien d'étonnant.

Les hommes parlèrent de football puis du chien, un bon petit ratier selon Kevin. La pluie s'était mise à tomber, Liza l'entendait tambouriner sur le toit de la caravane. Qu'allait-il advenir d'eux s'il pleuvait ? M. Vanner ne les paierait pas s'ils ne pouvaient pas ramasser les poires. L'idée la saisit brutalement, avec une violence affamée qui n'était pas sans ressembler au désir qu'elle éprouvait parfois pour Sean, que si elle ne pouvait pas tenir bientôt un livre dans ses mains, elle en mourrait.

Elle demanda à Kevin combien coûtait son téléviseur et sut immédiatement, à voir l'expression de Sean, qu'elle n'aurait pas dû. Mais cela n'eut pas l'air de déranger Kevin. Il lui répondit qu'il l'ignorait, qu'il n'en avait pas la moindre idée, que c'était une des choses qu'il avait rapportées de son foyer quand il s'était séparé de sa femme, que c'était sans doute elle qui l'avait acheté.

« Vous n'envisagez pas de vous marier, vous deux ? leur demanda-t-il au moment où ils partaient. Simplement, il vaut mieux y réfléchir à deux fois. Profitez de votre liberté tant que vous pouvez.

— Bien sûr que nous n'envisageons pas de nous marier, » répondit Liza, riant à cette seule idée. Mais Sean, lui, ne rit pas.

Elle n'avait pas dit grand-chose à Sean au sujet d'Ève et de M. Tobias, tout était resté dans sa tête, tous les souvenirs. C'est lui qui aborda le sujet le lendemain, il avait dû y penser, Dieu sait pourquoi. Ils étaient encore au lit bien que la matinée fût plutôt avancée, mais quel était l'intérêt de sortir pour essayer de ramasser des fruits, avec une pluie pareille ?

En s'éveillant, elle fut d'abord désorientée, ne sachant pas où elle se trouvait, s'imaginant qu'elle était dans le pavillon de Shrove. La pluie assombrissait tout. Encore à moitié endormie, elle avait cherché le livre qui aurait dû se trouver ouvert et retourné sur la table de chevet. Mais il n'y avait ni chevet ni livre et quand elle bascula sur le côté, elle se retrouva dans les bras chauds et avides de Sean. Au lieu de lire, elle le cajola et l'embrassa pour qu'il lui fît l'amour — ce qui n'était jamais bien difficile à obtenir. D'ailleurs, selon lui, c'était de mieux en mieux, et elle en convenait souvent.

Soudain, il dit : « Ce type, Tobias, il couchait avec ta maman ? Je veux dire, ils étaient dans le même lit ?

— Ils étaient amants. Ils étaient comme nous.

— Ce n'était pas bien, commenta Sean avec le plus grand sérieux. Pas avec toi dans la maison, avec une petite fille.

— Pourquoi pas ? »

Elle ne comprenait pas ce qu'il voulait dire et elle voyait qu'il avait du mal à l'expliquer.

« C'est pas bien, voilà tout. Tout le monde sait ça. Ils étaient pas mariés. Ta maman aurait dû le savoir, une femme instruite comme elle. Tous les deux ensemble, c'est une chose, mais pas avec un enfant dans la maison. Tu sais, ma chérie, il faut avoir des principes. »

Elle répondit que non, elle ne savait pas, mais il n'y prêta aucune attention.

« À ton avis, elle pensait qu'il allait l'épouser ?

— Elle l'espérait, en tout cas.

— Ouais, elle devait se sentir très seule. Il avait tort de se servir d'elle comme ça. »

Liza lui parla alors du coup de téléphone et de l'attitude d'Ève par la suite, silencieuse et préoccupée, donnant quelquefois l'impression d'avoir peur.

« Eh bien, elle était amoureuse de lui, n'est-ce pas ? » Sean le romantique appuya ses lèvres sur le cou de Liza, caressa ses cheveux. « Elle l'aimait et pensait l'avoir perdu. Tu dois avoir pitié d'elle.

— Je ne sais pas si elle était amoureuse, dit Liza. Peut-être un peu. Elle voulait Shrove House, c'est ça l'essentiel. Elle voulait Shrove House pour elle, pour être sûre de ne jamais en être séparée. Et c'était la seule façon. Si elle épousait M. Tobias, Shrove lui appartiendrait. »

Sean était scandalisé.

« Mais ce n'est pas bien !

— Je n'y peux rien. Les choses étaient ainsi. Elles l'avaient toujours été. Elle voulait cet endroit, y passer toute sa vie et en être sûre, elle le voulait plus que n'importe quoi au monde. C'était la seule chose qu'elle voulait.

— Pour moi, c'est de la folie. » Liza sentit qu'il secouait la tête sur l'oreiller, à côté d'elle. « Et après, qu'est-ce qui s'est passé ?

— Il en a épousé une autre, dit Liza. Il s'est marié avec Victoria. »

8

À HUIT ANS, pour autant qu'elle s'en souvînt, Liza n'avait jamais quitté Shrove. Une fois par semaine, Mère prenait le car pour aller faire les courses en ville, mais Liza ne lui avait jamais demandé si elle pouvait l'accompagner. Maintenant, en y repensant, elle n'arrivait pas à concevoir pourquoi elle n'avait jamais dit : « Puis-je venir aussi ? » Enfermée dans sa chambre ou dans l'une des pièces de Shrove, elle s'était satisfaite de la situation, ou du moins l'avait acceptée.

« Ce n'était pas bien. » Sean était d'humeur critique, ce matin-là. « Imagine qu'il te soit arrivé quelque chose.

— Ça ne s'est pas produit.

— Peut-être bien. Elle a eu de la chance. Mais tu aurais pu te blesser, un incendie aurait pu éclater. »

Elle pensa alors, mais se garda de le dire, que la maison disparaissant dans les flammes aurait été la plus grande tragédie pour Ève. Shrove dévasté par un incendie aurait été pire que la mort de Liza.

« S'ils avaient découvert ce qui se passait, ils auraient pu t'emmener et te placer dans un foyer.

— Ils ne savaient rien, quels qu'ils fussent.

— Tu n'avais pas peur ?

— Non, je ne crois pas avoir eu peur, jamais. Peut-être un peu, après l'homme à la barbe, mais j'avais vu comment elle avait réglé l'affaire, tu comprends. Cela me prouvait qu'elle me protégerait toujours. Ce que je préférais, c'était d'être enfermée dans la bibliothèque de Shrove, là ou bien dans le petit salon. Il y faisait tellement chaud.

— Qu'est-ce que tu veux dire, chaud ? La maison n'était pas habitée, hein ?

— On allumait toujours le chauffage entre octobre et mai.

— Il doit vraiment être bourré de fric, commenta Sean d'un ton désapprobateur. Le chauffage central à pleins tubes alors que personne n'habite dans la maison, et qu'il y a des pauvres clodos qui dorment sur les trottoirs. »

Cela n'intéressait pas Liza, elle comprenait à peine ce dont il parlait.

« Je lisais les livres. Bien entendu, il y en avait un tas que j'étais loin de pouvoir comprendre, j'étais beaucoup trop jeune pour ça. Ève m'a dit un jour : “Je me demande seulement ce que diraient les gens, ceux qui estiment que tu aurais dû aller à l'école, s'ils te voyaient en train d'essayer de lire Ruskin et Matthew Arnold à sept ans et demi.” »

Sur ce point, Sean n'avait aucun commentaire à faire.

« De toute façon, je ne restais jamais seule plus de deux heures. Ensuite, Ève venait me chercher. Elle me rapportait toujours quelque chose qui me faisait plaisir, des crayons de couleurs pour dessiner, une nouvelle paire de socquettes ou un œuf décoré. Je me souviens qu'un jour elle est revenue avec un ananas. Je n'en avais jamais vu. Une autre fois, elle a rapporté un tableau. »

C'était une peinture représentant Shrove House. Mère dut lui dire ce que c'était, sinon elle aurait risqué de ne pas le reconnaître tant le tableau était étrange, avec des couleurs terriblement violentes et la maison qui ne ressemblait à rien de ce qu'elle avait déjà vu. Mais quand Mère commença à lui expliquer que c'était seulement un point de vue, celui du peintre, qu'il avait choisi de peindre le manoir au coucher du soleil, après un orage, qu'il y voyait un symbole de fortune et de puissance, accentuant tous les jaunes pour exprimer l'or et les pourpres soutenus pour rendre la force, alors, elle commença à comprendre. Mère avait vu le tableau dans la vitrine de ce qu'elle appelait une galerie et l'avait acheté « sur une impulsion ». Il n'était pas cher, pour ce que c'était, avait-elle ajouté.

« D'ailleurs, nous ne sommes pas pauvres, dit Mère, ajoutant avec fierté : Nous ne jetons pas l'argent par les fenêtres. »

Elle accrocha le tableau au mur du salon, là où s'était trouvé le fusil. Lorsque Liza grimpa sur un tabouret pour l'examiner de plus près, elle remarqua les mots « Bruno Drummond » inscrits en rouge dans l'angle inférieur droit, ainsi que la date, 1982.

C'est le lendemain matin, ou peut-être le matin suivant, que le facteur vint leur porter la lettre de M. Tobias. Mère déchira l'enveloppe et lut avidement la lettre. Elle jeta l'enveloppe dans la poubelle et lut la lettre une deuxième fois avant de la replier. Elle dit ensuite une chose étrange, elle parla avec une intense concentration, les yeux fixés sur la feuille repliée dans sa main.

« Autrefois, on tuait le messager porteur de mauvaises nouvelles. Ce facteur a de la chance que les temps aient changé. »

Liza entendit sa camionnette remonter l'allée. Elle attendit que Mère lui raconte ce que M. Tobias avait écrit mais sa mère ne lui dit rien et elle lut dans son expression quelque chose qui la retint de poser la question. Il y eut davantage de leçons que d'habitude, cette semaine-là, et certains jours elles se poursuivirent même dans la soirée. C'était l'un des signes indiquant que quelque chose avait perturbé Mère, cette augmentation du volume des leçons.

Le samedi matin, pendant que Liza prenait son petit déjeuner, Mère annonça : « M. Tobias se marie aujourd'hui. C'est le jour de son mariage.

— Qu'est-ce que c'est, un mariage ? » demanda Liza.

Mère expliqua donc ce que c'était, se marier. Elle transforma l'événement en leçon. Elle lui parla des traditions matrimoniales dans les différentes parties du monde, comment dans certains pays, par exemple, un homme pouvait avoir plusieurs épouses, mais pas ici ; ici, on ne pouvait avoir qu'une femme ou un mari à la fois, cela s'appelait la « monogamie ». Elle raconta à Liza l'islam, les mormons, les épouses chrétiennes qui se mariaient en robe blanche à l'église, les juifs qui piétinaient du verre sous un dais. Puis elle lui lut un passage du livre de prières de l'Église anglicane où il était dit que le mariage durait toute la vie, jusqu'à ce que les deux conjoints soient séparés par la mort. Cependant, M. Tobias n'allait pas être marié de cette façon-là, mais dans un bureau, par un employé de mairie.

« Est-ce que tu as déjà été mariée ?

— Non, jamais », répondit Mère.

À midi un quart, elle dit que tout devait être terminé maintenant, qu'ils étaient mari et femme. Liza demanda, mais est-ce qu'elle n'était pas une femme avant ? Et Mère répondit qu'elle avait tout à fait raison, que c'était seulement une expression, et pas très heureuse.

« Vont-ils venir habiter ici ? » demanda Liza.

Mère ne répondit pas, et au moment où elle allait répéter sa question Liza s'abstint car Mère était devenue cramoisie et serrait les poings. Liza jugea donc préférable de ne plus aborder le sujet. Elle maria Annabel et la poupée de chiffons au cours d'une cérémonie à sa façon, mais cela se passa à l'étage, dans l'intimité de sa chambre à coucher.

Évidemment, M. et Mme Tobias ne vinrent jamais vivre à Shrove. Pourtant, ils y firent quelques séjours, le premier se situant une quinzaine de jours après leur mariage. Une autre lettre les précéda. Mère la lut, la roula en boule et eut l'air fort mécontent.

« Que veut-il dire, trouver quelqu'un pour préparer la maison ? Il sait que je ne le ferai jamais. Il sait que je la nettoierai moi-même, que je préparerai tout pour sa femme. » Et elle répéta ces deux mots. « Sa femme. »

Mère et Liza passèrent l'après-midi à Shrove. M. Tobias n'allait pas dormir dans son ancienne chambre mais dans celle qu'avait occupée Caroline Ellison, avec le lit à baldaquin drapé de rideaux de soie jaune. Il dormirait à côté de Victoria, songea Liza, bien que Mère n'en ait rien dit. Ce lit-là était très différent du baldaquin vénitien. Il était sculpté dans du bois brun foncé, avec un toit en bois également sculpté que mère appelait un ciel. Elle dit que jadis, à l'époque où il n'y avait pas encore de vitres aux fenêtres et où les plafonds étaient extrêmement hauts, les oiseaux entraient dans les chambres et se nichaient dans les chevrons par les nuits froides. Vous aviez besoin d'un ciel de lit pour vous protéger des fientes de chouettes et de faucons.

Tandis que Mère disposait des draps propres sur le lit à baldaquin et des napperons de soie jaune et dentelle blanche sur la coiffeuse, Liza essaya la porte de la pièce qui était toujours fermée à clé, au cas où, par hasard et pour une fois, elle serait ouverte. Mais elle était, comme toujours, condamnée.

Mère avait dit que le moment était venu pour elle de rédiger des dissertations — enfin, des histoires — et lui avait demandé d'en écrire une sur le mariage. Liza avait commencé à y réfléchir. Elle allait marier une fille nommée Annabel à un garçon nommé Bruno qui la ramenait chez lui dans sa grande demeure campagnarde au bord d'une rivière. Annabel découvrait la porte fermée à clé pendant que Bruno était parti se promener à cheval, puis elle trouvait la clé dans la poche de la robe de chambre de son mari. Lorsqu'il repartait à cheval, elle ouvrait la porte et découvrait à l'intérieur de la chambre les corps de trois femmes qu'il avait tuées avant de l'épouser, car seuls les musulmans sont autorisés à avoir plusieurs épouses. Liza ne savait pas encore ce qui se passerait ensuite, mais elle allait bien inventer quelque chose.

Elle s'attendait à ce que M. Tobias vienne frapper à leur porte en courant, comme il le faisait autrefois, les chiens sur les talons. Mère était occupée à coudre, tournant le dos à la fenêtre, les pieds martelant la pédale de la machine plus vite que d'habitude tandis que ses mains guidaient le tissu. Liza, elle, s'était assise sur la marche du seuil. Elle attendait M. Tobias. On était en octobre mais il faisait chaud, et le soleil brillait ; les feuilles du peuplier baumier étaient encore vertes mais les mûres et les baies de sureau étaient ratatinées et les baies de houx viraient du vert à l'or. La matinée avait été brumeuse, puis l'atmosphère s'était éclaircie ; maintenant, le ciel était bleu et rien ne bougeait.

Ils avaient du retard. Liza était sur le point d'abandonner et de rentrer à l'intérieur quand la voiture arriva enfin, pas la Range Rover mais la Mercedes. Liza devait ultérieurement apprendre à reconnaître plusieurs marques de voitures mais à l'époque elle ne savait identifier que la Range Rover, la camionnette Ford Transit, la Mercedes et celle que la police utilisait. La Mercedes avançait très vite, elle allait franchir sans s'arrêter les grilles du portail quand M. Tobias aperçut Liza ; il passa le bras par la fenêtre et agita la main. Bien sûr, il était du côté droit de la voiture, le plus proche d'elle. La dame qui avait porté la chemise de soie verte était assise de l'autre côté. Victoria. Mme Tobias.

Liza était bien embêtée de ne pas la voir mieux. Elle ne portait pas une chemise verte, cette fois, mais un chandail beige doré avec un col qui montait jusqu'à son menton et retombait ensuite en formant un revers. Elle avait des cheveux blonds, très clairs, de la même couleur que son chandail mais d'une texture soyeuse, pas laineuse et rugueuse comme le chandail. Son visage n'était pas visible. Ne voyant pas les chiens, Liza en déduisit qu'ils se trouvaient à l'arrière. Elle agita la main longtemps, jusqu'au moment où ils furent hors de vue, puis elle rentra pour communiquer tous les détails à Mère. Le soir venu, elle crut qu'ils allaient leur rendre visite, ou, ce qu'elle aurait aimé par-dessus tout, que M. Tobias viendrait seul. Elle s'assit donc à la fenêtre avec Annabel, comme si Annabel était capable de l'attirer vers elle par le truchement de quelque sortilège.

« C'était véritablement retourner le couteau dans la plaie, expliqua-t-elle à Sean, cette façon que j'avais de parler sans arrêt de lui. Quand allait-il venir ? Pouvions-nous monter à Shrove ? Pauvre Ève ! Mais je n'entendais rien à rien. Je n'étais qu'une petite fille.

— Je ne me tracasserais pas, à ta place. Tu l'as dit toi-même, ce qu'elle aimait en lui, c'était cette maison.

— Les choses sont moins simples qu'il n'y paraît, répondit Liza. Toujours est-il qu'ils sont venus le lendemain, tous les deux. »

Mme Tobias était grande et mince. (« Plutôt élégante, j'imagine », dit Mère.) Ses cheveux blonds, couleur de bois fraîchement scié, étaient coupés très court, comme ceux d'un homme, mais elle avait le visage peint d'une manière tout à fait nouvelle pour Liza, pas du tout comme celui de Diana Hayden. Le résultat faisait davantage penser à un magnifique tableau ou à une pièce de joaillerie. Sa bouche évoquait pour Liza un bouton de fuchsia sur le point d'éclore, et ses paupières étaient du même pourpre que certains crocus. Ses ongles aussi étaient rouge fuchsia et elle portait à l'un de ses doigts les bagues de M. Tobias, or et diamants lançant des étincelles.

Elle se montra extrêmement aimable et courtoise avec Mère, la remerciant d'avoir laissé la maison si propre et si belle. Elle lui dit ce que M. Tobias ne cessait de lui répéter, qu'elle devait absolument, absolument, trouver une femme de ménage pour faire le travail. Si Mère n'y parvenait pas, c'est elle-même, Mme Tobias, qui se mettrait en quête de quelqu'un.

Pendant toute cette scène, M. Tobias eut un comportement assez curieux. Il se frottait les mains, ne tenant pas en place, s'arrêtant pour examiner leur vieux radiateur électrique comme si ce genre d'objets le fascinait particulièrement.

Liza demanda : « Où sont Rudi et Heidi ?

— Je suis désolé, Rudi est mort », répondit-il.

Il eut alors l'air encore plus mal à l'aise et s'efforça de minimiser la chose, comme si la mort d'un chien n'était pas si importante que ça. Rudi était très vieux, il avait perdu l'appétit, une chose nommée « tumeur » poussait à l'intérieur de son corps, et ce qui pouvait lui arriver de mieux était de mourir en douceur.

« Est-ce que vous l'avez abattu avec un fusil ? » demanda Liza.

Mme Tobias sursauta en l'entendant dire cela.

« Oh, mon Dieu ! Où cette enfant va-t-elle chercher de pareilles idées ?

— Je l'ai emmené chez le vétérinaire, expliqua M. Tobias. Il était très calme, paisible, vraiment heureux. Le vétérinaire lui a fait une piqûre, et il s'est endormi la tête sur mes genoux.

— Il ne s'est jamais réveillé, il est mort », précisa Mère.

Mme Tobias la regarda alors d'un drôle d'air en retroussant

sa lèvre supérieure, dévoilant ainsi ses petites dents blanches. « Mais où est donc Heidi ? »

M. Tobias expliqua qu'elle était avec Matt, dans le comté de Cumbria. Heidi habitait chez lui désormais, une maison dans un lotissement construit par la municipalité.

« Victoria est allergique aux chiens.

— Je n'y peux malheureusement rien, dit Mme Tobias. Je les adore, évidemment, mais il suffit qu'il y en ait un près de moi pour que je risque d'avoir une de ces épouvantables crises d'asthme. »

Après cette visite, elles ne virent plus M. et Mme Tobias que de loin. Un soir, depuis la fenêtre de sa chambre, Liza les vit sortir du bois, enlacés. Elle entendit également passer la voiture, à plusieurs reprises, et ils étaient là depuis près d'une semaine quand elle entendit des coups de fusil.

« M. Tobias ne tirait jamais, avant, dit-elle à Mère. Pourquoi le fait-il, maintenant ?

— Cela doit être l'influence de sa femme.

— Sur quoi tire-t-il ? »

Mère haussa les épaules.

« Sur des faisans, des perdrix, des lapins peut-être. »

M. Tobias vint leur apporter deux faisans morts.

Une paire, il appelait ça. Il était venu seul. Mme Tobias avait mal au dos, elle ne se sentait pas très bien. Liza avait l'impression qu'elle ne pourrait pas manger des animaux qu'elle avait admirés dans les prés, de si beaux oiseaux, beaux comme les paons qu'elle avait vus en image, mais quand le moment arriva, Mère les ayant fait rôtir, elle s'aperçut qu'elle en était parfaitement capable. En goûtant la chair bistre et tendre qui fondait littéralement dans sa bouche, elle oublia complètement les plumes lustrées bleu et or et les petits yeux brillants qui ressemblaient à des perles de collier.

Ce jour fut baptisé le Jour du faisan. Elle écrivit sa dissertation sur le mariage et la remit à Mère, qui la lui rendit cochée d'un trait rouge en dernière page, sans autre forme de commentaire. Ce fut cette semaine-là que Mère la frappa, la première et dernière fois que cela se produisit. Mère la trouva en train de jouer avec ses poupées, le mari et la femme, au moment même où la poupée de chiffons tuait Annabel avec une brindille en guise de fusil.

Elle réagit sans prendre le temps de réfléchir, elle leva la main et donna une fessée à Liza. Plus tard, elle s'en excusa, disant qu'elle n'aurait pas dû agir ainsi.

La température refroidit brusquement, avec des gelées nocturnes si fortes qu'au petit matin l'on aurait pu croire qu'il avait neigé. Le gel chassa les Tobias. Ils s'arrêtèrent devant le pavillon au moment de partir et Mme Tobias, qui portait un sublime manteau de mouton blanc, déclara que c'était scandaleux de ne pas avoir de salle de bains à domicile et qu'il fallait en faire installer une en priorité absolue. M. Tobias avait prononcé exactement les mêmes mots, se souvenait Liza, mais n'avait rien fait pour changer quoi que ce fût. Sa femme pressa une fois de plus Mère de trouver une femme de ménage. Si elle apprenait que Mère avait fait tout le travail, eh bien, elle se sentirait obligée de nettoyer elle-même, c'était une affaire de conscience.

« Je t'en prie, Ève, insista M. Tobias, plus gêné que jamais. Et nous allons nous occuper de cette salle de bains. »

La voiture avait disparu au bout de l'allée depuis à peine dix minutes que Mère et Liza étaient déjà sur le chemin de Shrove, en route pour remettre les choses en ordre.

Mais il n'y avait pas de désordre. Tout était propre et rangé ; quelqu'un avait lavé la vaisselle et passé le chiffon à poussière. Liza n'aurait pu dire comment elle le savait, mais elle sentait bien que Mère, aussi bizarre que cela pût paraître, aurait préféré trouver du désordre. Pendant que Mère défaisait le lit et mettait les draps dans la machine à laver, Liza essaya une fois de plus la porte condamnée. Et, pour la première fois depuis le temps qu'elle essayait, la porte n'était pas fermée à clé. Elle tourna le bouton et le battant s'ouvrit.

À l'intérieur, il n'y avait pas de cadavres, pas la moindre épouse morte. Elle se retrouva dans un petit salon meublé d'un bureau, de deux tables d'appoint, de trois fauteuils et d'un canapé. Aux murs, dans des cadres de bois vernis, ces tableaux gris sinistres que Mère appelait des gravures. Et une paire de vases décorés de personnages chinois qui tenaient des bouquets de roses rouges séchées. Faisant face au canapé et aux fauteuils, sur un buffet de bois brillant à reflets dorés et au grain tarabiscoté, se trouvait une imposante boîte marron munie d'une espèce de miroir à l'avant. Elle pouvait se voir dans le miroir, quoique pas très nettement, plutôt comme dans une fenêtre avec des rideaux sombres tirés derrière la vitre.

« Qu'est-ce que c'était ? demanda Sean. Une télé ?

— Oui, mais je ne le savais pas, à l'époque. Je n'avais pas la moindre idée de ce que c'était. Le plus extraordinaire, c'est que cela ne m'intéressait pas vraiment. Dans ma tête, vois-tu, j'avais attribué des propriétés tellement fantastiques à cette pièce, je m'étais imaginé qu'elle renfermait pour le moins une bête sauvage stupéfiante ou un coffret de bijoux, un trésor, voire un vrai squelette. J'avais vu un dessin de squelette dans un des livres de la bibliothèque. Et voilà qu'il y avait seulement cette espèce de boîte avec un miroir qui ne fonctionnait même pas comme les autres miroirs.

— Mais tu l'as allumée...

— Non. Pas ce jour-là, pas avant longtemps. Je n'y aurais plus prêté attention, je ne serais probablement jamais retournée dans cette pièce si Mère n'était entrée à ce moment-là. C'est le fait qu'elle soit entrée et qu'elle ait paru tellement... disons, déconcertée de me trouver là, de voir que j'avais découvert la boîte, c'est cela qui m'a donné terriblement envie de savoir ce que c'était.

— Les enfants sont comme ça, déclara Sean d'un ton sentencieux.

— Vraiment ? Je ne savais pas. Je ne connaissais que moi. Mère n'était pas en colère. Elle avait plutôt l'air préoccupée. C'est difficile à décrire, je dois trouver une expression, disons qu'elle était comme affalée sur le côté, le vent ne soufflait plus dans ses voiles. Elle m'a pris la main et m'a entraînée dehors, a récupéré la clé et refermé la porte.

— Mais pourquoi ?

— Toute la question était là, n'est-ce-pas ? La façon dont elle m'élevait. Elle avait été tellement maltraitée par la vie, le monde extérieur, c'était tellement affreux au dehors, que je ne devais en aucun cas en faire l'expérience. Je devais être protégée du monde, donc pas d'école ni de promenades en ville, pas de rencontres avec qui que ce soit, embargo sur les gens de l'extérieur, une enfance et une adolescence entièrement à l'abri.

— Elle t'a appris à bien t'exprimer, en tout cas », dit-il d'un ton admiratif tout en allumant une cigarette, comme s'il en avait besoin.

Liza aurait autant aimé qu'il s'abstienne. La caravane fut rapidement pleine de fumée, elle était tellement petite, et Liza se mit à tousser. Elle soupira légèrement avant de poursuivre.

« La télévision aurait détruit une partie de ses efforts. Il aurait suffi que je la regarde pour connaître le monde extérieur, et non seulement j'aurais voulu le voir mais j'aurais commencé à parler comme les autres gens et à apprendre des manières qu'elle jugeait mauvaises.

— Tu disais que le monde l'avait mal traitée. Comment ça ? Qu'est-ce qu'il lui avait fait ?

— Tu ne vas pas me croire, mais en réalité je n'en sais rien. C'est-à-dire, j'ignore les détails. Elle m'a eue sans être mariée, il y avait ça, pour commencer, et puis elle n'avait pas eu Shrove alors qu'elle s'attendait à l'avoir..., elle m'en a raconté davantage à ce sujet par la suite mais jamais elle ne m'a expliqué ce qui l'avait incitée à, disons, nous enterrer toutes les deux là-bas. Lorsqu'elle m'a fait sortir de ce petit salon en refermant la porte à clé derrière elle, je n'avais pas la moindre idée de ce qui la poussait à agir ainsi, et elle ne m'a rien dit. Je savais seulement que cela avait quelque chose à voir avec la boîte qui avait une vitre à l'avant.

— Tu disais qu'elle avait la clé. D'où la tenait-elle ? »

Cela avait été le plus étonnant. Mère avait cherché la clé des yeux et clappé en la voyant posée sur la vitrine remplie de poupées. Ensuite, elle avait tourné la clé dans la serrure et devant Liza, sans se soucier d'agir en sa présence, elle était montée sur une chaise et, de là, sur un buffet où étaient rangés la vaisselle et les couverts. Le sommet du meuble se trouvait au même niveau que la tête de Liza.

Au-dessus du buffet, le grand tableau accroché au mur était appelé, Liza devait l'apprendre par la suite, une nature morte. Celle-ci, œuvre d'un certain Johann-Baptist Drechsler, représentait un bouquet de roses humides de rosée, de fritillaires et d'ipomées. Le peintre avait ajouté une belle-dame posé sur un brin d'herbe ainsi qu'à l'angle supérieur droit, un papillon de nuit avec des ailes antérieures marron et des ailes postérieures jaunes qui avait un drôle de motif sur le dos. Le tableau avait un cadre doré de plus de dix centimètres d'épaisseur qui se détachait nettement du mur. Mère plaça la clé sur le rebord du cadre, à la hauteur de l'angle supérieur droit. Ce faisant, elle expliqua à Liza que le papillon de nuit était appelé « sphinx tête-de-mort » parce que le motif de son dos ressemblait à un crâne, aux os qui se trouvent à l'intérieur d'une tête humaine. Si cette explication était destinée à détourner l'attention de Liza de la clé et de la porte verrouillée, ce ne fut pas une réussite.

Liza savait qu'elle avait à peu près autant de chances d'arriver là-haut que de posséder un jour un chien. Mais elle voulait y arriver. Bientôt, cela devint même la chose qu'elle souhaitait le plus au monde. Elle y pensa énormément et finit par se dire que dans le petit livre qui était un jour arrivé par la poste et qu'elle avait réussi à examiner pendant cinq minutes avant que sa mère ne le lui arrache des mains pour le déchirer, dans ce petit livre, il y avait une image d'une boîte semblable à celle du salon verrouillé de Shrove House.

En hiver, elle était toujours enfermée à Shrove quand Mère allait faire les courses parce que la maison était chauffée. Parfois, c'était dans le petit salon, parfois dans la bibliothèque, ou alors dans une des chambres à coucher. Lorsque c'était dans le petit salon, elle passait généralement son temps à dévorer des yeux les poupées alignées dans la vitrine. Mère lui avait dit que ces poupées étaient des personnages historiques, nommant certaines d'entre elles : la reine Élisabeth Ire, la reine Marie d'Écosse, un homme qui s'appelait Beau Brummel et un autre, Louis XIV, et puis Florence Nightingale, Lord Horacio Nelson. Mais maintenant son regard était fixé sur le tableau de fleurs avec le papillon et le papillon de nuit qui avait un crâne sur le dos car elle savait que la clé était posée là-haut, sur l'arête du cadre, bien qu'elle ne pût la voir, même en étant juchée sur une chaise.

Son neuvième anniversaire arriva et passa. Il faisait terriblement froid, et le parc de Shrove était enfoui sous quinze centimètres de neige. Le dégel intervint, mais la neige à moitié fondue gela à nouveau, et des stalactites de glace s'accrochèrent à la maison, aux écuries et à la remise, au pavillon, au châtelet et à la vieille grange. Le givre transformait tous les arbres en pyramides, cascades et tours de dentelle argentée. Le chemin était bloqué par des congères, et Mère ne pouvait pas sortir pour aller prendre le car. Quand elle put enfin se rendre en ville, elle enferma Liza dans la bibliothèque.

Liza lut des livres, joua avec la mappemonde, regarda d'une fenêtre, puis de l'autre, les oiseaux dans la neige et finit par se retrouver au fond de la pièce où il régnait toujours une sorte de pénombre, c'était même l'endroit le plus sombre de cette maison lumineuse, et elle y vit, adossé au mur, un objet familier depuis longtemps mais qui lui était sorti de l'esprit, un escabeau de bibliothèque.

Il comportait huit marches, suffisamment pour permettre à une personne de petite taille d'accéder à l'étagère la plus élevée. Mais Liza était enfermée à clé dans la bibliothèque. Et puis elle était sûre que l'escabeau serait trop lourd pour elle, il avait l'air terriblement lourd, fabriqué avec un sinistre métal gris. Elle le toucha, y apposa les deux mains, empoignant les montants qui enserraient les marches. Elle entreprit de le soulever, s'attendant à la résistance du poids, mais il s'envola dans ses mains. L'escabeau était léger, presque aussi léger que s'il avait été en carton, un petit enfant aurait pu le soulever, elle-même pouvait le soulever d'une seule main.

Oui, mais elle était enfermée. Mère vint la rechercher peu après et elles repartirent vers le pavillon dans la neige.

Il neigea encore pendant la nuit, et elles passèrent la matinée du lendemain à creuser pour dégager autour de la maison et l'après-midi à confectionner des gâteaux de pain et de graisse de récupération pour les mangeoires des oiseaux. Deux semaines puis trois passèrent avant que Mère fût en mesure de retourner en ville. C'est peu après, en mars probablement, lorsque toute la neige avait disparu hormis quelques plaques à l'ombre, que le facteur leur apporta la lettre qui devait changer leur vie.

« Tobias à nouveau ? demanda Sean.

— Non, nous n'avons plus eu de nouvelles de lui. Enfin, Ève recevait son argent normalement, et Mme Tobias avait écrit une carte postale d'Aspen lorsqu'ils étaient allés skier en Amérique, mais nous ne reçûmes plus rien de lui. Non, cette lettre était envoyée par Bruno Drummond.

— L'artiste.

— Exactement. La Galerie Phœnix lui avait dit qu'Ève avait acheté un tableau. Il ne devait pas en vendre si souvent — enfin, je sais que ce n'était pas si fréquent que ça. Il disait dans sa lettre qu'il aurait voulu lui téléphoner mais qu'il n'avait pas trouvé son numéro dans l'annuaire. Rien d'étonnant, n'est-ce-pas, vu qu'elle ne voulait pas plus de téléphone que de télévision. Il expliquait que le tableau avait besoin d'être verni et qu'il s'en chargerait si elle le lui apportait. Il lui donnait son adresse et ajoutait qu'elle pouvait garer sa voiture devant chez lui sans problème !

« Bien entendu, elle ne lui répondit pas. Elle déclara que si le tableau avait besoin d'être verni, elle était parfaitement capable de le faire elle-même. Et elle était furieuse que la galerie lui ait communiqué son adresse. “Il n'y a donc rien de sacré ? répétait-elle sans cesse. N'a-t-on pas droit à sa tranquillité ?” »

En février, les leçons de latin commencèrent. « *Puella, puella, puellam, puellae, puellae, puella.* » Et « *Puella pulchra est* ».

« La petite fille est jolie », dit Mère, mais c'est son reflet qu'elle regardait dans le miroir.

Liza aimait beaucoup le latin parce que cela ressemblait à un puzzle compliqué. Mère déclara que cela allait lui élargir l'esprit et elle lui lut à voix haute des passages de la *Guerre des Gaules* de Jules César pour l'accoutumer à la musique de la langue.

En mars, Liza commença sa collection de fleurs sauvages séchées. Mère lui acheta un grand album pour les conserver. Elle plaçait la fleur séchée sur la page de gauche et la reproduisait à l'aquarelle sur la page de droite. La première qu'elle réalisa fut un perce-neige, suivie d'un pas-d'âne. Mère l'autorisa à emprunter à la bibliothèque de Shrove les *Fleurs sauvages* de Gilmour et Walters afin de pouvoir identifier les fleurs et de trouver leurs noms latins.

La chaleur réapparut progressivement et en avril, M. et Mme Tobias vinrent à Shrove accompagnés de quatre invités. Claire et Annabel, un homme que Liza n'avait jamais vu auparavant et la mère de M. Tobias, Lady Ellison.

« Caroline, dit Liza.

— Oui, répondit Mère, mais tu ne dois pas l'appeler ainsi. »

Telles que les choses se présentèrent, Liza n'eut pas l'occasion de l'appeler quoi que ce fût.

Avant leur arrivée, Mme (pas M.) Tobias avait écrit à Mère en lui reparlant de la nécessité de trouver une femme de ménage.

« Est-ce que tu imagines ce genre de personnes ici ? » Mère paraissait calme mais Liza voyait bien qu'au fond elle était en colère. « Elle arriverait en voiture, et nous aurions à supporter ce bruit, cette saleté. Il faudrait que je l'introduise dans la maison, je ne peux confier la clé à personne, et que je lui montre ce qu'il faut faire et, ce qui est aussi important, ce qu'il ne faut pas faire. Pourquoi est-ce que Victoria Tobias insiste tellement ? Pourquoi ne me laisse-t-elle pas simplement m'occuper de ça ? »

Liza n'avait aucune réponse à ça. Mère y pensa toute la journée, elle s'inquiéta à ce sujet, répétant qu'elle ne voulait pas d'autres intrus, que M. Frost suffisait déjà largement, sans parler du facteur, et du laitier, et de l'homme qui venait relever les compteurs et de celui qui mettait le chauffage central de Shrove en marche, cela n'avait pas de fin.

« Tu pourrais te charger du travail toi-même et prétendre que tu l'as fait faire par une femme de ménage. »

Mère avait d'abord dit qu'elle ne pouvait pas, puis, « Et l'argent, alors ? », et enfin : « Pourquoi pas ? Il n'y aurait rien de malhonnête à prendre l'argent, du moment que le travail est fait. » Ainsi, Mère inventa une femme de ménage, pour laquelle il fallut trouver un nom, avec l'aide de Liza. Certains des noms inventés par Liza les firent rire jusqu'à en pleurer. Elle les sortit du livre sur les fleurs sauvages, Rose-Cécilia Fragon, Mme Serapia, Fritillaire Lister... Mère déclara que le nom ne devait pas prêter à rire mais donner l'impression d'être réel, aussi la femme de ménage fut-elle baptisée Mme Cooper en fin de compte, Dorothy Cooper.

Mère écrivit à M. (pas Mme) Tobias pour dire qu'elle avait trouvé une femme de ménage nommée Dorothy Cooper qui viendrait une fois par semaine et que, s'il voulait bien lui envoyer l'argent, elle se chargerait de la payer. La semaine précédant Pâques, Mère se lança dans un formidable nettoyage de printemps à Shrove House. Pendant ce temps, installée dans la bibliothèque, Liza entreprit la lecture de *Jane Eyre*. À dire vrai, elle lut *Jane Eyre* pendant la plus grande partie du temps. Mais elle sortit également l'escabeau de la bibliothèque pour le transporter dans le petit salon. De lourds rideaux de velours gris ardoise pendaient aux hautes fenêtres de la pièce. Même si on les écartait en tirant sur les cordons, ils couvraient encore, de part et d'autre de chaque fenêtre, cinquante centimètres de mur gris et blanc. Liza adossa l'escabeau au mur, à droite de la fenêtre de droite. Le rideau le recouvrait parfaitement, on ne voyait absolument pas qu'il était là.

Heureusement qu'elle ne l'avait pas utilisé pour aller chercher la clé et ouvrir la porte, car Mère entra dans le petit salon après avoir terminé le ménage en haut, grimpa sur une chaise puis sur le buffet et tendit la main pour récupérer la clé sur le rebord du cadre. Liza se glissa discrètement hors de la bibliothèque et l'observa depuis l'embrasure de la porte du petit salon. Mère tourna la clé et pénétra dans la chambre mystérieuse en tirant l'aspirateur derrière elle.

Elle y resta une demi-heure. Liza ne cessa de trottiner entre la bibliothèque et la porte du petit salon pour l'épier. Lorsqu'elle entendit le ronronnement de l'aspirateur, elle s'approcha de la porte et déclara qu'elle avait faim. Pouvait-on rentrer à la maison pour déjeuner ?

La clé était dans la serrure de la porte de la chambre mystérieuse. Elle devait forcément y être, bien sûr qu'elle y était, puisque M., Mme Tobias et leurs amis étaient attendus. Liza et Mère déjeunèrent dans la cuisine de Shrove, et pendant tout ce temps Liza se dit que la clé y serait peut-être encore après leur départ.

Or la clé n'y était plus. Liza pensa que Mère avait dû retourner à Shrove et la remettre sur le cadre avant qu'elle soit levée. Liza avait à peine vu M. et Mme Tobias et leurs amis. Seulement la Mercedes, qui était passée à une ou deux reprises, avec l'autre voiture dans son sillage ; et une autre fois, elle avait entrevu Claire sur la pelouse de Shrove en compagnie d'une grande femme âgée en jupe de tweed, munies l'une et l'autre de cannes de golf. Était-ce donc Caroline ? Était-ce donc *cela*, Caroline aux épaules blanches et dodues, vêtue d'une robe couleur de rouge à lèvres ? Mais un soir, alors qu'elle était déjà couchée, elle entendit quelqu'un à la porte du pavillon. Il y eut un échange de chuchotements, la voix de Mère et une autre, masculine.

Elle était presque sûre, mais elle ne l'aurait pas juré, que l'autre voix était celle de M. Tobias. Ils se tenaient en bas, dans le salon, et parlaient. Liza se glissa hors de son lit pour écouter depuis le palier. Malheureusement, Mère dut l'entendre car elle s'approcha et cria à Liza de se recoucher immédiatement.

Le murmure se poursuivit pendant une éternité, puis elle entendit la porte d'entrée se refermer et Mère monter dans sa chambre. Elle ignorait pourquoi, mais cela ne l'aurait pas autrement étonnée si Mère avait pleuré ; eh bien, non, Mère était en train de parler toute seule, à voix haute. C'était bizarre et plutôt effrayant.

« C'est terminé, disait Mère. Tu dois te le mettre une

bonne fois dans la tête, c'est terminé. Il faut que tu prennes un nouveau départ. « Demain vers d'autres bois et vers des prés nouveaux [1] ».

Cela signifiait-il qu'elles allaient partir ?

« Demain vers d'autres bois et vers des prés nouveaux... », murmura Mère en refermant sa porte.

« Mais non, évidemment que nous ne partons pas, affirma Mère le lendemain matin. D'où peut te venir une idée pareille ? M. et Mme Tobias s'en vont, et Dieu sait quand ils reviendront. »

Liza vit les voitures descendre la grande allée de Shrove House. M. Tobias était au volant de la Mercedes avec Mme Tobias à côté de lui et Claire à l'arrière. Et une minute plus tard ce fut le tour de l'autre voiture conduite par l'homme, avec Caroline Ellison assise à son côté. Cette voiture-là s'arrêta devant le pavillon, et l'homme fit retentir son Klaxon. Si Liza ignorait ce que cela signifiait, Mère le savait très bien. Elle était furieuse. Je ne sortirai pas, je refuse d'être sonnée de la sorte, déclara-t-elle, folle de rage, on dirait la famille royale s'arrêtant devant la loge d'un quelconque gardien ; mais elle finit par y aller et parla à Lady Ellison.

Liza eut l'occasion de bien observer la mère de M. Tobias car celle-ci descendit de voiture. Elle était tellement grande qu'à côté d'elle Mère avait l'air d'une petite fille. Ou plutôt, à côté de Mère, Lady Ellison avait l'air d'une géante et paraissait plus laide que jamais. Liza trouva que ses mains ressemblaient à des serres de faucon qui auraient plongé dans le sang d'un petit animal sans défense.

Mère rentra à la maison en faisant d'horribles grimaces de rage et de dégoût que les voyageurs ne purent voir car elle leur tournait le dos. Les voitures étaient à peine hors de vue qu'elles filèrent toutes deux à Shrove House, où il y avait un affreux désordre à nettoyer. Mme Tobias pensait

---

1. *Tomorrow to fresh woods and pastures new.* Dernier vers de *Lycidas* de Milton. Trad. d'Émile Saillens (éd. Aubier Montaigne) qui précise que les Anglais citent volontiers ce vers à propos d'un changement de résidence. *(N.D.T.)*

sans aucun doute que Dorothy Cooper s'en chargerait. C'est alors que Liza trouva la chambre mystérieuse fermée à clé et la clé, du moins le supposait-elle, retournée sur son cadre.

On était en mai maintenant, et pourtant il ne faisait pas très chaud, bien que la nature fût magnifique à voir, ne cessait de répéter Mère. Les nouvelles feuilles étaient d'un vert éclatant et acide, et les fleurs crème et rouge des têtes-de-loup, déjà sorties, dégageaient une fragrance sucrée qui attirait des nuées d'abeilles. L'automne dernier, M. Frost avait planté des centaines de giroflées. Elles se répandaient maintenant, tel un drapé de velours multicolore, rouge et ambre, or et brun mordoré, sur une vaste étendue de terrain où elles ne laissaient pas poindre un seul brin d'herbe. Liza cueillit une véronique petit-chêne pour sa collection de fleurs sauvages, et Mère l'autorisa à prendre une, mais rien qu'une, primevère.

Elles déjeunèrent à la maison. L'après-midi était réservé au latin, à l'arithmétique et à la géographie. Liza était penchée sur des divisions à trois chiffres lorsque la sonnette de l'entrée retentit. Cela arrivait si rarement que cela faisait toujours un choc quand cela se produisait.

« Ce doit être M. Frost qui a besoin de quelque chose », suggéra Mère, bien que M. Frost eût rarement besoin de quoi que ce fût.

Elle ouvrit la porte. Un homme se tenait sur le seuil. Sa voiture, qui était orange comme un citronnier du Japon et avait l'air découpée dans du carton peint, était garée devant leur grille. C'était un homme assez jeune, avec des cheveux bouclés bruns qui descendaient jusqu'à ses épaules et d'énormes yeux bleus aux cils longs comme ceux d'une fille. Enfin, les siens ou ceux de Mère, en tout cas. De minuscules taches brunes dont Mère lui expliqua par la suite que c'étaient des taches de rousseur parsemaient son nez droit et court. Il avait des lèvres écarlates et de petites dents très blanches. Il était vêtu d'un jean et d'un blouson en denim sur une chemise à carreaux, et une pendeloque en or était accrochée à la chaîne qui pendait à son cou. Liza regarda avec fascination ses boucles d'oreilles, deux anneaux d'or à la même oreille. Il portait un sac taillé dans un tapis. On aurait dit qu'il avait été confectionné avec l'un des tapis persans de Shrove.

« Ah, bonjour ! dit-il. C'est vraiment le bout du monde, ici, pas vrai ? Je n'en reviens pas de vous avoir trouvée. Bon, je me présente. Mon nom est Bruno Drummond. »

9

LIZA SE COMPARAÎT à Schéhérazade qui chaque nuit contait à son amant une nouvelle histoire. Mais Sean ne lui trancherait pas la tête au petit matin, n'est-ce-pas, s'il arrivait qu'un soir la fatigue l'empêche de rassembler ses pensées ?

Sean demanda alors : « C'était qui, cette Schéramachin-truc ? » mais Liza était trop lasse pour répondre.

Ils étaient tous les deux épuisés d'avoir cueilli tant de pommes. La récolte était particulièrement abondante cette année. Ils en ramassaient de la première heure du jour au coucher du soleil, mais M. Vanner ne les laissait pas travailler davantage. Il avait dit qu'il devait embaucher d'autres ouvriers pour faire face à cette abondance, et ils avaient essayé de l'en dissuader, voulant gagner le plus d'argent possible, mais c'était peine perdue. Le troisième matin, un bataillon de femmes arriva à la rescousse, des ménagères du village qui se trouvait à moins de deux kilomètres de là.

Sean voulait en savoir davantage sur Bruno mais Liza était trop fatiguée pour lui raconter, trop fatiguée pour regarder le petit téléviseur en couleurs qu'elle avait fini par acheter avec ses cent livres sterling et une partie de l'argent gagné avec les pommes, trop épuisée pour quoi que ce fût en dehors de l'amour, et encore, ça, ils y arrivaient parce que cela se faisait au lit et qu'ils s'endormaient aussitôt après.

Les informations étaient une chose que Liza aurait rarement eu l'occasion de regarder, même si elle en avait eu envie. Il n'y a pas souvent de journal télévisé entre deux et cinq heures de l'après-midi. Elle savait maintenant que cela passait le matin et le soir, aussi le regardait-elle pendant le petit déjeuner et, maintenant que les villageoises étaient arrivées et qu'il n'était plus nécessaire de travailler aussi dur, à six heures et à neuf heures du soir. Elle guettait quelque chose concernant Ève. Mais il n'y eut jamais rien.

« C'est parce qu'ils l'ont fait passer devant le tribunal, expliqua Sean, et maintenant elle est en, comment ça s'appelle, en détention, c'est ça, en détention, et ni la télé ni les journaux ne peuvent rien raconter à son sujet jusqu'à ce qu'elle comparaisse à nouveau. »

C'était effectivement ce qu'Ève elle-même lui avait dit. Que Sean le sût éveilla l'admiration de Liza. En constatant que cela lui faisait plaisir, elle prit conscience d'une réalité qu'elle s'était mise à accepter : elle en savait beaucoup plus que lui dans la plupart des domaines en dehors des questions exclusivement pratiques. Bien entendu, il croyait en savoir plus qu'elle mais elle voyait bien que, dans l'ensemble, c'était faux. Quand il s'agissait de livres, de musique, de nature, de peinture et d'histoire, elle savait tout, et lui, rien, aussi fut-elle agréablement surprise de ses connaissances juridiques.

« Quand cela va-t-il arriver, Ève devant le tribunal ? lui demanda-t-elle.

— Pas avant des semaines, peut-être même des mois. »

Elle fut déçue.

« Où cela a-t-il lieu, cette détention ?

— En prison. »

Ce qu'elle en savait provenait de ses lectures romanesques, *La Petite Dorrit* et *Le Comte de Monte-Cristo*. Elle voyait des basses-fosses, des cachots avec une minuscule fenêtre à barreaux perchée tout en haut du mur.

« Qu'est-ce que ça peut te faire ? dit-il. Tu t'es enfuie, tu as échappé à tout ça, et heureusement.

— Je suis fatiguée, Sean. Il faut que je dorme. »

Elle se nicha dans ses bras, son corps nu lové contre le sien. Les nuits commençaient à être fraîches. Il pressa sa bouche sur la sienne et la pénétra doucement, comme si c'était naturellement l'étape suivante. Ils étaient ainsi, soudés ensemble, lorsqu'elle se réveilla au milieu de la nuit et fit bouger doucement son corps de façon à raviver son désir. Dans son sommeil, il lui dit qu'il l'aimait, et elle répondit : « Je t'aime aussi, Sean. »

Ce n'était pas le lendemain, le dernier jour de cueillette des coxs, mais le jour suivant. Kevin annonça qu'il prendrait la route avant la fin de la semaine. Pourquoi ne le suivaient-ils pas ? On avait passé une annonce demandant des ouvriers non qualifiés dans une usine d'emballages de plastique située à une quinzaine de kilomètres de là, sur une zone industrielle. Kevin pensait aller tenter sa chance.

Mais cela n'intéressait pas Sean. Il se leva tôt, fit sa toilette avec soin, enfila une chemise et un jean propres, et se rendit en ville pour briguer l'emploi au supermarché. Liza ne fut pas du tout surprise d'apprendre qu'il l'avait obtenu. Ils invitèrent Kevin à boire une ou deux bouteilles de vin avec eux. Kevin déclara que sa télé était minable comparée à la leur, que c'était vraiment magnifique, la façon dont les couleurs claquaient et la netteté de l'image sur un écran de cette dimension.

Liza fit ses adieux au chien. Elle le prit dans ses bras et il lui frotta le cou avec sa truffe froide. C'était une brave bête, sans aucune méchanceté. Le contact du crâne lisse et du pelage noir brillant sous ses lèvres lui rappela Heidi. Elle était encore indignée de la façon dont M. Tobias s'était tout simplement débarrassé de Heidi quand il avait épousé Victoria, la cédant à Matt comme si c'était un meuble dont il n'avait plus l'usage.

À l'époque, elle aimait bien M. Tobias, mais l'affection qu'elle lui portait avait été entamée par la manière dont il avait traité Heidi. Pour pouvoir l'admettre, elle avait imputé à Victoria les changements qui s'étaient opérés en lui, et à son avis Mère avait dû faire de même. C'était Victoria qui l'incitait à tirer sur des animaux et encore Victoria qui le tenait éloigné de Shrove.

Peut-être Victoria allait-elle mourir. Les chiens mouraient bien, pourquoi pas les gens ? C'est à cette époque environ qu'elle se mit à fantasmer sur ce que la vie pourrait être si M. Tobias épousait Ève et qu'elles allaient vivre toutes les deux à Shrove House. Comme les enfants que l'on voyait dans les livres, elle aurait non seulement une mère, mais un père aussi.

Sean devait commencer à travailler le lundi. Il leur faudrait trouver un autre emplacement pour la caravane mais, en attendant, il allait mettre à profit sa présence sur les terres de Vanner.

Souvent, lorsque Liza lui communiquait son savoir, il l'appelait le Prof. Cette fois, déclara-t-il, c'était son tour de lui enseigner quelque chose. Il allait lui apprendre à conduire.

Officiellement, elle ne pouvait pas avoir de permis avant dix-sept ans, c'est-à-dire en janvier prochain, mais elle avait le droit de conduire sur les chemins qui bordent les vergers car c'était un terrain privé. Ils cueillirent les pommes de la dernière rangée d'arbres le vendredi matin et touchèrent leur dernière paie. Ensuite, Sean l'installa au volant de la Dolomite et lui montra comment la faire démarrer et passer les vitesses. Ce n'était pas difficile.

« Comme un caneton qui va à l'eau », dit Sean, très satisfait.

Elle voulut conduire sur la route et les emmener là où ils étaient désormais censés stationner, mais Sean refusa. C'était trop risqué. Ils ne pouvaient pas s'offrir le luxe de payer des amendes. Liza obéit à contrecœur.

« J'imagine que je ne peux pas me permettre d'être repérée par la police.

— De toute manière, c'est contraire à la loi », déclara Sean, avec le plus grand sérieux.

Elle prit donc place à côté de lui, sur le siège du passager et se mit à manger des coxs. Elle avait rempli un carton de pommes qu'elle avait personnellement cueillies. Vanner était radin au point de désapprouver les employés qui ramassaient les pommes tombées par terre.

« Fais gaffe qu'il t'envoie pas les flics aux fesses », dit Sean. Mais il riait, et elle sut qu'il plaisantait. Puis, mine de rien, il enchaîna : « Ta maman, est-ce qu'elle a essayé de détourner Tobias de sa femme ?

— Pourquoi me demandes-tu ça, tout à coup ?

— C'est parce que je pensais aux flics et à la façon dont ils étaient venus la chercher, et puis, tu ne m'as pas dit s'il était revenu plus tard, après avoir reçu tous ces gens chez lui pour le week-end.

— Non, elle n'a jamais essayé. Enfin, pas à ma connaissance, du moins. Elle n'en a pas vraiment eu l'occasion, n'est-ce pas, avec lui qui était si loin, et puis nous n'avions ni téléphone ni voiture, nous étions piégées là-bas, d'une certaine façon.

— Mais ce n'était pas ce qu'elle voulait ?

— Oh si, c'était ce qu'elle voulait. Elle voulait être à Shrove, isolée, sans qu'on la dérange, mais ce qu'elle voulait le plus, c'était *posséder* Shrove. Je crois qu'elle y a renoncé lorsqu'il s'est marié. Enfin, elle y a momentanément renoncé. Ce fut très dur pour elle, elle y comptait depuis tellement longtemps, mais elle a dû y renoncer. Évidemment, j'ignore ce qui se passait réellement dans sa tête, je n'étais qu'une enfant, mais je crois qu'elle a regretté plusieurs choses, qu'elle nourrissait d'amers ressentiments.

— Tels que ?

— Je crois qu'elle s'en voulait de ne pas avoir agi différemment. Vois-tu, peut-être que si nous l'avions accompagné à Londres lorsqu'il l'avait proposé la première fois, ou si nous étions parties en voyage avec lui, il se serait plus rapproché d'elle, il aurait fini par découvrir qu'il ne pouvait pas vivre sans elle. Cela n'aurait peut-être pas duré plus d'un an ou deux, et ensuite nous serions tous rentrés ensemble à Shrove. Ils étaient absolument fous l'un de l'autre à l'époque, j'en suis certaine, ils étaient comme toi et moi.

— Ça, en tout cas, c'est vrai, dit Sean en souriant, visiblement content qu'elle l'ait admis.

— Mais elle ne voulait pas à cause de moi. Elle était décidée à m'élever à l'écart..., disons, de la contamination du monde extérieur. Je ne devais pas avoir l'occasion de souffrir comme elle avait souffert. Si elle avait suivi M. Tobias à Londres, elle aurait été obligée de m'envoyer à l'école là-bas, et j'aurais rencontré d'autres enfants, vu un tas de choses, j'imagine. On peut dire qu'elle me mettait en premier, à moins qu'elle n'ait simplement mis Shrove en premier. Pour ma part, j'aurais adoré vivre à Shrove House et avoir Jonathan Tobias comme père. Tu vas rire, mais je n'arrêtais pas de me dire, si j'habitais cette maison et qu'elle était à moi, je pourrais entrer dans cette chambre mystérieuse. »

Effectivement, Sean rit.

« Mais il en a épousé une autre, et la vie sentimentale de ta maman s'est arrêtée là.

— Oh, non, on peut dire au contraire qu'elle a commencé. C'est à ce moment-là que Bruno est arrivé. Maintenant que je suis adulte, je crois savoir ce qui lui a traversé la tête. Elle s'est dit, j'ai perdu Jonathan, mais je ne peux pas gaspiller ma vie à me lamenter là-dessus, alors autant ramasser tout de suite les pots cassés et prendre un nouvel amant. Elle avait à peine plus de trente ans, Sean, elle était jeune. Elle ne pouvait pas renoncer à tout.

— Que s'est-il passé pour la salle de bains ? Il en a fait installer une ?

— Finalement, oui. Mais pas avant plusieurs années. Ça lui sortait de la tête dès que Shrove n'était plus sous ses yeux. Il en avait réellement l'intention mais il a oublié, il était terriblement inconséquent. Quand je repense à tout ça maintenant, je crois vraiment que, lorsqu'il était loin de Shrove, il oubliait également Ève. Elle lui revenait à l'esprit une ou deux fois par an, et alors, il lui envoyait une carte postale.

L'emplacement qu'ils trouvèrent pour la caravane était un terrain vague situé à l'endroit où la piste cavalière devenait un chemin. Personne ne l'empruntait vraiment. Des cavaliers remarqueraient peut-être leur présence, mais plusieurs semaines pouvaient s'écouler avant que le propriétaire du terrain en fût informé. Sean, toujours respectueux de la loi, avait essayé de savoir qui il était, mais en vain. Le seul problème était l'absence de point d'eau en dehors du ruisseau qui rebondissait sur les rochers, en haut du chemin, en dessous du pont de pierre. On pouvait très bien boire cette eau, affirma Liza à Sean, qui semblait en douter. Ils n'avaient qu'à la faire bouillir, voilà tout. Et ils pouvaient faire leur toilette à la piscine municipale qui jouxtait le supermarché où il allait travailler. Elle avait un tas d'idées. Peut-être ignorait-elle beaucoup de choses du monde moderne, mais en tout cas elle savait se débrouiller.

Le jour où il commença son travail, elle resta seule. L'hiver approchait, et la température s'était rafraîchie. Ils chauffaient la caravane avec des bombonnes de gaz et un radiateur à huile, cela ne posait donc pas de problème, mais en revanche, c'était la première fois de sa vie qu'elle se trouvait inoccupée.

Il pleuvait et il faisait froid dehors ; elle sortit cependant et marcha le long du chemin municipal qui bordait le cours d'eau, franchit le pont à proximité du gué. Les feuilles tombaient à présent. En l'absence de vent, elles se détachaient doucement, tristement, des grosses branches. Elles flottaient jusqu'au sol pour ajouter une couche supplémentaire à la masse humide et glissante que foulaient les pieds. Des feuilles tapissaient également la surface du courant paresseux. Le ciel était gris, une continuité uniforme de nuages. Elle marcha pendant plusieurs kilomètres le long de sentiers boisés et de bords de prairies, les yeux rivés sur le clocher de l'église pour être sûre de ne pas se perdre au retour.

Elle traversa une ou deux routes mais ne rencontra personne, ni homme ni véhicule. Un cerf muntjac apparut sous les arbres, montra ses bois imposants et disparut dans les fougères. Des geais s'interpellèrent, donnant l'alarme à son approche. Elle ramassa toutes sortes de champignons mais eut peur de les faire cuire en dépit de sa bonne connaissance de la question, et abandonna donc derrière elle un sillage d'agarics et de lépiotes au fur et à mesure qu'elle avançait. Quand il fut environ midi, selon ses calculs tâtonnants mais généralement exacts, elle prit le chemin du retour.

Là, ne s'attendant pas à revoir Sean avant quatre bonnes heures, elle se trouva désemparée. Il ne lui était jamais arrivé auparavant de n'avoir rien à lire. Il n'y avait pas de papier dans la caravane, rien pour écrire, aucun moyen d'écouter de la musique, pas d'herbier sur lequel se pencher, ni aiguilles ni fil pour coudre. Elle finit par allumer la télévision. Un vieux film de Powell et Pressburger avec Wendy Hiller la laissa perplexe, comme l'avaient fait d'autres films du même genre lorsqu'elle avait accès au téléviseur de Shrove House. De tels individus avaient-ils vraiment existé, parlaient-ils ainsi, portaient-ils ce style de vêtements ? Ou était-ce aussi un conte de fées, comme Schéhérazade ?

En rentrant, Sean la trouva endormie. La télévision était restée allumée, ce qui le mit en colère : cela gaspillait de l'électricité. Le lendemain, elle l'accompagna en ville et se présenta à l'une des places qu'elle avait relevées sur les petites annonces.

Liza déclara qu'elle avait dix-huit ans. Elle n'avait pas de références parce qu'elle n'avait jamais travaillé avant, mais elle savait tenir une maison. Elle avait regardé Ève et plus tard l'avait aidée.

La maison d'Aspen Close ressemblait vaguement à celle où Bruno aurait aimé qu'ils vivent tous ensemble. Mais l'intérieur était différent. Elle n'avait jamais rien vu de comparable à cette grande pièce affreuse, si triste avec ses tapis et ses rideaux beiges, sans tableaux ni miroirs aux murs, et à première vue, sans livres non plus. Des fleurs qui ne pouvaient pas être vraies, pivoines blanches, delphiniums bleus et chrysanthèmes roses artificiels, occupaient des vases de céramique beige. Des napperons de dentelle vert clair couraient au milieu de la table et au-dessus d'un buffet.

Mme Spurdell était de la même couleur, à l'exception de ses cheveux blancs. Son gros corps était compressé dans une robe de lainage vert clair et en dessous, imagina Liza, il devait y avoir une espèce de cuirasse réductrice en caoutchouc qui rendait ses contours si lisses en même temps que segmentés et courbes. Semblable à une chenille grassouillette sur le point de se transformer en chrysalide. Elle avait aux pieds des chaussures à talons hauts d'un beige rutilant qui devaient martyriser ses chevilles dont on voyait la masse déborder sur les côtés.

Au commencement, Liza fut intimidée. Si Mme Spurdell avait été aimable et gentille, elle aurait peut-être trouvé les choses plus faciles, mais face à cette grosse vieille dame et à son expression réprobatrice elle se mit à parler sèchement, et peut-être avec trop de précision.

« Vous ne me paraissez pas être le genre de personne que je cherche, dut admettre Mme Spurdell. Honnêtement, vous me donnez plus l'impression d'être destinée à devenir étudiante que femme de ménage. »

Cela donna des idées à Liza, qui se garda bien de les exprimer. Elle dit : « Si vous m'acceptez, je ferai mon travail correctement. »

Mme Spurdell soupira.

« Vous feriez mieux de jeter un coup d'œil au reste de la maison. Ça va peut-être faire un peu trop pour vous.

— Je ne pense pas. »

Liza suivit cependant Mme Spurdell au premier étage. La vue de la taille et des hanches de la chenille, de ses grosses jambes flageolantes, lui donnèrent le fou rire, aussi dut-elle se concentrer sur des choses tristes. Ce qu'elle pouvait envisager de plus triste était Ève en prison. Ses pensées s'envolèrent donc vers Ève, et elle connut une seconde ou deux de peur intense.

La chambre à coucher de Mme Spurdell était entièrement rose. Un petit lapin blanc tout mousseux était assis au milieu du lit de satin rose. Une deuxième chambre était bleue, une troisième d'une espèce de couleur pêche. Liza se mit à espérer très fort qu'elle allait avoir la place car il y avait là énormément de choses qu'elle voulait regarder de plus près, pour les étudier et y réfléchir. Mme Spurdell l'emmena ensuite dans une pièce qu'elle appelait le bureau de M. Spurdell, et soudain Liza vit les livres. Il y en avait une pleine bibliothèque. Et sur le bureau il y avait une boîte remplie de papier blanc, ainsi que des crayons et des plumes dans un pot fait d'une espèce de pierre verte à veines blanches.

Elle vit d'autres livres dans une pièce lugubre que

Mme Spurdell appelait la salle à manger, une vingtaine de volumes sur une étagère. Liza commença à considérer la maison d'un autre œil. Elle n'était plus simplement grotesque et ridicule. C'était un lieu qui abritait des livres, du papier et des crayons.

« Je peux tenir cette maison propre, affirma-t-elle. Ce ne sera pas trop pour moi.

— Je vais vous prendre à l'essai. Vous paraissez bien jeune. »

Ce n'est rien, comparé à mon âge véritable, songea Liza. La somme que lui proposait Mme Spurdell lui parut bien modeste. Même pour elle, qui ignorait tant de choses, cela semblait très peu d'argent. Il fallait qu'elle rassemble son courage et qu'elle exprime sa pensée. À sa grande surprise, elle s'entendit dire d'un ton ferme à Mme Spurdell que deux livres et demie l'heure ne suffisaient pas, qu'elle voulait trois livres. Mme Spurdell répondit qu'il n'en était pas question, qu'elle refusait même de l'envisager, ce qui désarçonna Liza. Il n'y avait rien d'autre à faire que de partir, mais quand elle se leva sans soupçonner qu'il s'agissait là de marchandage, ignorant même ce qu'était le marchandage, Mme Spurdell lui dit d'attendre une minute, que c'était d'accord mais surtout de ne pas oublier que c'était à titre d'essai. Deux matinées et un après-midi par semaine, elle pouvait débuter la semaine prochaine. Demain, s'il vous plaît, dit Liza.

« Bonté divine, dit Mme Spurdell d'une voix qui impliquait que Liza allait échouer dans son entreprise, quel enthousiasme ! »

Liza passa le reste de la journée à traîner en ville, accomplissant toutes sortes d'exploits aventureux, entrant dans un pub et même dans un cinéma. Certaines de ces activités lui firent battre le cœur à tout rompre, mais elle prit le risque. Au pub, ils la servirent, non sans méfiance toutefois. Apparemment, elle pouvait passer pour avoir dix-huit ans. Le film qu'elle vit la choqua profondément mais l'électrifia également. Y avait-il de tels endroits ? Existait-il d'énormes villes dont les bâtiments de pierre étaient plus hauts que le plus haut des arbres, où les rues étaient d'étincelantes boucles juchées sur pilotis, où un million de voitures filaient à droite, à gauche, et se poursuivaient, et où les hommes se jetaient sur les femmes pour les violer ? Elle réagit avec calme lorsqu'un homme poussa un cri et mourut, son sang giclant sur le mur qui se trouvait derrière lui. Après tout, elle avait déjà vu cela pour de vrai.

Le reste, elle eut du mal à y croire. Elle décida à contrecœur que cela devait relever de cette catégorie de distractions qu'Ève avait mentionnée dans ses cours de littérature anglaise : la science-fiction. Elle se rappelait vaguement H. G. Wells et John Wyndham, dont elle avait entendu les noms mais n'avait jamais lu les œuvres.

Si elle avait pu approcher Ève, elle lui aurait demandé. Faute de quoi, elle demanda à Sean dans la voiture, sur le chemin du retour.

« C'est Miami.

— Qu'est-ce que tu entends par c'est “Miami” ? Qu'est-ce donc, Miami ? »

Il n'avait jamais été très porté sur les explications.

« C'est un endroit, n'est-ce-pas ? En Amérique. Tu l'as vu à la télé.

— Non. » Un jour, elle lui dirait pourquoi elle ne l'avait pas vu. « Tu y es déjà allé ?

— Moi ? Allons, ma chérie, tu sais bien que je n'y suis jamais allé.

— Alors, tu n'en sais rien. Ils auraient très bien pu tout reconstituer. Tout construire dans un... studio. Comme un jouet.

— Ceux qui tiraient avec leurs armes, ce n'étaient pas des jouets.

— Non, c'étaient des acteurs. Ils ne sont pas morts pour de vrai, ce n'était pas du sang véritable qui coulait, ce serait impossible, alors comment sais-tu que le reste n'était pas fabriqué aussi ? »

Il n'avait rien à répondre à ça. Il se contenta de répéter « Bien sûr que c'est un vrai endroit, tout le monde sait que c'est un vrai endroit. »

En montant avec lui dans la caravane, elle dit : « Si c'est

un vrai endroit, j'aimerais y aller, je voudrais voir par moi-même.

— J'imagine que ce serait drôlement chouette », dit Sean.

Parce que la vie est ainsi, on voit quelque chose de tout à fait nouveau en début de journée, ou alors on en entend parler, et puis la même information surgit plus tard dans un autre contexte, eh bien, on parlait de Miami à la télévision ce soir-là. Pas Miami, Los Angeles, dit Sean, mais, pour Liza, c'était absolument pareil. Ces endroits devaient donc exister pour de vrai, se dit-elle, de même que, dans une autre émission, le grand château qu'on appelait Carnavon, ou cet autre endroit, Oxford.

« Ève est allée là », dit-elle soudain, réagissant à une sonnerie qui retentit dans sa tête.

« Qu'est-ce qu'elle y faisait ?

— Elle allait à l'école. Ça s'appelle une université. Mme Spurdell croyait que j'y allais aussi. C'est ce qu'elle a dit.

— Ta maman est allée à l'université d'Oxford ? »

L'étonnement de Liza fut sincère.

« Pourquoi pas ?

— Allons, ma chérie, elle t'a raconté des bobards.

— Non, je ne crois pas. Mais elle a dû arrêter, je ne sais pas pourquoi, enfin, cela a un rapport avec ma naissance. »

Sean ne répondit rien mais elle eut l'impression qu'il l'aurait voulu, qu'il luttait contre lui-même pour ajouter quelque chose mais ne savait pas comment l'exprimer. Il finit par dire :

« Je ne veux pas te faire de la peine.

— Vas-y, tu ne risques pas.

— Eh bien, c'est que... sais-tu qui était ton père ? »

Liza secoua la tête.

« D'accord. Je m'excuse d'avoir demandé.

— Mais non, ça va très bien. C'est seulement qu'elle l'ignore. Ève ne sait pas qui c'est. »

Elle l'avait choqué, elle pouvait le voir. Il n'était troublé ni par les balles qui zébraient l'écran ni par le sang giclant dans toutes les directions, ni par les femmes violées ou les bombes qui nettoyaient une ville, mais qu'Ève ne connût pas l'identité du père de son enfant, cela le choquait au plus profond de son être. Il en resta privé de parole. Liza le prit dans ses bras et le serra contre elle.

« C'est du moins ce qu'elle a affirmé. » Elle essayait de le rassurer. « J'ai ma petite idée, cela dit. Je crois savoir qui c'était, malgré ce qu'elle racontait.

— Ce n'était pas ce Bruno ?

— Allons, Sean ! Elle n'a connu Bruno que quand j'avais sept ans. Veux-tu que je te parle de lui ?

— Si ça te fait plaisir, répondit-il, d'un ton maussade.

— D'accord. Eh bien, il est resté à la maison et a verni le tableau. Il avait apporté tout son matériel dans son sac. Je ne croyais pas qu'Ève le laisserait faire, et pourtant, si. Je ne croyais pas qu'elle lui parlerait, mais là aussi, je m'étais trompée. Elle lui demanda comment il en était venu à peindre Shrove House et il répondit qu'il avait vu la maison du train.

« Pas avec le soleil qui se couche derrière, ce n'est pas possible, rétorqua Mère. Vous deviez nécessairement regarder du côté de l'est.

— Oui, mais je pouvais deviner comme ce devait être beau de l'autre côté, dit-il, aussi suis-je venu ici un soir d'été pour commencer une esquisse. Je suis venu plusieurs soirs pendant l'été.

— Je ne vous ai pas vu », dit Ève, et lui, il répondit : « Je ne vous ai pas vue non plus, sinon, je serais revenu beaucoup plus vite. »

C'était comme si Sean n'avait pas écouté un mot depuis qu'elle lui avait avoué ignorer qui était son père. « Elle a dû se taper un type après l'autre, dit-il alors, un le soir et un autre le lendemain, et pourquoi pas deux dans la même journée. C'est vraiment écœurant. C'est un terrible... comment ça s'appelle ?... pour élever un enfant, surtout une fille.

— Environnement, précisa-t-elle. Et pourquoi surtout une fille ?

— Oh, allons, Liza. C'est pourtant évident.

— Pas pour moi », répondit-elle. Puis elle ajouta : « Tu ne veux donc pas connaître l'histoire de Bruno Drummond ? »

10

LA DEUXIÈME FOIS qu'il vint, celle qui comptait, fut le jour où elle vit le sphinx tête de mort. C'était en juin.

Il avait trente et un ans et habitait en ville, dans des chambres qu'il louait au-dessus de l'épicerie Mullins. Son père était mort mais sa mère était encore en vie, quelque part dans le Cheshire. Il avait eu une femme autrefois, mais elle l'avait quitté et vivait avec un dentiste dans un endroit appelé Gateshead. Liza, qui écoutait tout cela, demanda : « Qu'est-ce c'est, un dentiste ? »

Bruno Drummond lui jeta un regard du genre « ne te moque pas de moi » et dit qu'elle avait bien dû y aller une fois ou deux. Mère, cependant, précisa : « Une sorte de médecin qui s'occupe de vos dents. »

La raison de sa visite, expliqua-t-il, était son désir de peindre la vallée avec le train. Même s'il avait déjà commencé à peindre plus tôt, il se présenta au pavillon un peu après dix heures du matin et resta déjeuner. Le soir, il était toujours là. Il n'était pas assis sur une chaise, mais par terre. Il raconta l'histoire de sa vie.

« Je n'aurais jamais dû me marier, dit-il. Je ne crois pas au mariage, mais je m'étais laissé convaincre. Le mariage est vraiment la première étape du processus où l'on se fait avaler par la machine à tuer.

— Que voulez-vous dire, la machine à tuer ? demanda Mère.

— La société, l'esclavage, le conformisme, le malheureux bœuf qui piétine le maïs, tournant en rond à longueur de journée, et muselé avec ça, il y a des chances. Je suis un anarchiste. Maintenant, vous allez me dire, quel genre d'anarchiste est-ce là, qui se marie et accepte un emploi de fonctionnaire pour rembourser une hypothèque ? Pas vraiment de ceux qui défilent avec des pancartes. Pour ma défense, il faut dire que j'ai quitté la fonction publique après trois ans d'enfer.

— Vous avez réellement été fonctionnaire ?

— À un petit niveau. Bien entendu, j'avais fait les beaux-arts. À dire vrai, j'étais au Royal College. Quand je me suis marié, j'ai travaillé pour le bureau des pensions à la direction des services sociaux de Shrewsbury.

— Et maintenant, de quoi vivez-vous ?

— Je peins. C'est ce que j'ai toujours voulu faire mais ce n'est pas très lucratif. Alors, je peins aussi des maisons, enfin, des intérieurs, je veux dire. Je vais vous raconter comment ça a commencé. Quelqu'un, une femme, m'a demandé ce que je faisais dans la vie et je lui ai répondu, je peins, alors elle m'a dit : "Pourriez-vous venir chez moi pour peindre ma salle à manger ?" J'aurais aimé lui cracher à la figure, cette idiote. Mais je me suis dit, eh bien, pourquoi pas ? À cheval donné on ne regarde pas la bouche. Et depuis ce jour-là j'ai régulièrement peint des murs, plus ou moins régulièrement, je suis opposé à toute forme de régularité. Je ne paie pas d'impôts, je ne cotise pas à la Sécurité sociale. J'imagine qu'il y a quelqu'un, quelque part, qui suit mon dossier et continue à envoyer des demandes d'arriérés de cotisations à mon ancienne adresse. Mais ils ignorent où je suis, personne ne le sait en dehors de ma mère, même mon ex-femme l'ignore. C'est cela la liberté, et le prix que je paie pour l'avoir est relativement bas.

— Quel prix est-ce donc ? demanda Mère.

— Ne jamais avoir d'argent.

— Oui, c'est ça la liberté, dit Mère. Certains trouveraient le prix très élevé.

— Pas moi. Je suis différent. »

Ensuite, Bruno joua de la guitare et chanta cette chanson de Johnny Cash qui parle de quête de liberté sur la route et d'hommes refusant de faire ce qu'on leur dit. Liza voyait bien qu'il plaisait à Mère car elle le regardait de la même façon qu'elle avait parfois regardé M. Tobias. Peut-être aimait-elle sa voix et la manière dont il prononçait les mots, pas comme tout le monde. Liza se rappelait Hugh, l'homme à la barbe, ses joues et sa lèvre supérieure velues. Bruno donnait l'impression qu'aucun poil n'avait jamais poussé sur son doux visage de jeune fille, et que cela n'arriverait jamais.

Avec l'été, la solanacée qui grimpait au mur arrière de la maison montra ses fleurs bleues à la fenêtre de Liza. Mère l'appelait la pomme de terre en fleur parce qu'elle appartenait à la même famille que les pommes de terre et les tomates. En montant se coucher ce soir-là, Liza s'agenouilla sur son lit devant la fenêtre, et vit à quelques centimètres de ses yeux un sphinx tête de mort posé, complètement immobile et les ailes déployées, sur l'une des feuilles de solanacée.

Le livre sur les papillons lui avait enseigné que l'*Acherontia atropos* aime se nourrir de feuilles de pomme de terre. Il disait également que c'était un papillon qui visitait très rarement les îles Britanniques. Mais elle n'avait aucun doute à ce sujet, il ne s'agissait pas d'un sphinx du troène. Aucun autre papillon n'avait sur le dos une tête de mort aussi nettement dessinée, entre les ailes antérieures, une tête de mort d'un jaune pâle avec des orbites noires et un front bombé. C'était lui que Drechsler avait mis dans son tableau, celui qui se trouvait à Shrove et sur le cadre duquel était posée la clé.

Elle savait que Mère voudrait aussi le voir. Mère serait très mécontente, ou du moins fort déçue, si elle ne lui parlait pas de l'*Acherontia* qu'elle voyait à sa fenêtre. Elle descendit et ouvrit la porte. Bruno pinçait doucement les cordes de sa guitare, et ils avaient chacun un verre de vin rouge. Ils ne semblaient pas tellement occupés, et pourtant Mère dit à Liza qu'elle ne pouvait pas venir, qu'elle aurait dû être couchée et que, s'il s'agissait vraiment d'un sphinx tête de mort, il reviendrait certainement le lendemain.

Mais le lendemain matin il était parti, on ne le reverrait

jamais. Comme elle avait trouvé M. Tobias dans le lit de Mère juste après une soirée similaire, avec du vin, de la bonne nourriture et du bon temps, elle s'attendait à y voir Bruno le lendemain matin. Étant plus grande, à présent, elle s'approcha de la porte avec une certaine prudence et la poussa discrètement. Mère était seule et en allant à la fenêtre Liza constata que la petite voiture orange n'était plus là.

Cette journée écoulée, où pour la première fois Mère s'était montrée indifférente aux choses qui comptaient normalement pour elle, Liza la baptisa Jour du sphinx tête de mort.

Plus d'une semaine passa avant qu'elles revoient Bruno. Cela eut lieu le jour où Mère prit le car pour se rendre en ville. Elle emporta une liste dont la plupart des articles s'achetaient chez le marchand de fruits et légumes. Liza avait vu des dessins dans un livre d'enfant, quand elle était petite. L'épicier était le nom correct, avait précisé Mère.

« Puis-je venir aussi ? »

Mère secoua la tête.

« Très bien, mais je ne veux pas rester enfermée ici dans ma chambre, c'est trop ennuyeux.

— Tu peux aller à Shrove, si tu préfères, dans le petit salon ou la bibliothèque. À toi de choisir.

— Le petit salon. »

Parce que c'était une pièce beaucoup plus claire et que de ses fenêtres on voyait les trains passer, avait dû croire Mère. Ou parce que les fameux grands personnages de l'histoire se trouvaient là, dans leur vitrine. Peut-être, à dire vrai, était-elle en train de penser à Bruno Drummond et pas du tout à Liza.

Après le départ de Mère, ayant vu un train filer vers le sud et examiné une fois de plus la photo de mariage de M. Tobias en costume sombre et de Mme Tobias en capeline et robe mouchetée, elle tira le rideau latéralement pour dégager l'escabeau. Il se trouvait exactement là où elle l'avait laissé.

Elle le porta de l'autre côté de la pièce et l'installa tout près du tableau de fleurs avec le sphinx tête de mort. Elle prit bien soin d'appuyer à fond sur la dernière marche qui devait s'enclencher avec un déclic, garantissant la sécurité. Il était évidemment possible que la clé ne fût plus là. Mère était entrée plusieurs fois dans cette pièce depuis que Liza l'avait vue la déposer en haut du cadre, et c'était un miracle qu'elle n'ait pas découvert la cachette de l'escabeau. Maintenant, grimper là-haut et s'en assurer.

La clé y était. Liza redescendit les marches, tourna la clé et ouvrit la porte. Elle se planta devant la boîte munie d'une fenêtre et l'examina. Il y avait des boutons et des interrupteurs sous la fenêtre qui n'étaient pas sans ressembler à ceux du four électrique de Mère. Liza les tourna et les abaissa l'un après l'autre, mais rien ne se produisit.

Elle connaissait le fonctionnement de l'électricité. Leur vieux radiateur ne démarrait pas tant qu'il n'était pas branché dans la prise et qu'on n'avait pas appuyé sur l'interrupteur qui la commande. Ici, la fiche double était dans la prise mais celle-ci n'était pas en position « marche ». Elle abaissa l'interrupteur. Toujours rien. Recommençons à tourner systématiquement tous ces boutons et à actionner tous ces interrupteurs.

Rien ne se produisit lorsqu'elle tourna le gros bouton à l'avant du poste mais quand elle l'enfonça, un bourdonnement sortit de la boîte et à sa grande stupeur, un point lumineux apparut dans la fenêtre. La lumière augmenta en tremblotant, et une image prit forme peu à peu, grise, blanche et gris foncé, les couleurs des gravures accrochées aux murs du petit salon, mais une image tout de même.

Et pourtant ce n'était pas une image immobile comme les gravures, elle bougeait et changeait, comme la vie. Il y avait des gens, à peu près du même âge qu'elle, qui ne parlaient pas mais dansaient au son d'une musique. Liza avait déjà entendu cette musique, elle pouvait même dire ce que c'était, quelque chose qui s'appelait *Le Lac des cygnes* de Tchaïkovski.

Un instant, elle eut peur. Les gens bougeaient, dansaient, lançaient leurs jambes en l'air, très haut, ils étaient manifestement réels, et pourtant ils ne l'étaient pas. Elle avait d'abord reculé d'un pas, puis d'un autre, mais maintenant, elle se rapprochait. Les enfants continuaient à danser. Une petite fille vint au milieu de la scène et dansa seule, tournoyant sur place tout en gardant une jambe levée en arrière. Liza regarda l'arrière de la boîte. Ce n'était qu'une boîte noire, avec des arêtes, des trous et d'autres interrupteurs.

Une gravure blanche sur fond noir et gris apparut dans la fenêtre, puis un visage et enfin, ce qui était de loin le plus inquiétant, une voix. Les premières paroles que Liza entendit sortir d'un téléviseur, elle ne pourrait jamais se les rappeler. Elle était bien trop effrayée par l'idée même que quelqu'un se trouvait là et parlait. Elle en resta comme assommée.

Toutefois, cette sensation finit par passer. Elle eut peur, elle fut traumatisée, elle fut émerveillée, puis elle fut ravie, enchantée, et commença à y prendre plaisir. Elle s'assit en tailleur sur le parquet et regarda, grisée. Un vieux monsieur partait se promener dans la campagne avec son chien, un paysage tout à fait semblable à celui qu'elle connaissait. De temps en temps, le vieux monsieur s'arrêtait pour dire quelques mots, et son visage devenait tellement gros qu'elle pouvait voir toutes ses rides et ses moustaches blanches. Ensuite, il y eut une femme qui montrait à une autre comment exécuter une recette. Elles mélangèrent des ingrédients dans un bol, des œufs, du sucre, de la farine et du beurre, et à peine deux minutes plus tard la première femme ouvrit la porte du four et en sortit le gâteau déjà cuit, brun, brillant et tout gonflé. C'était magique. Pareil à ce que Liza avait lu dans les contes de fées.

Elle regarda pendant une heure. Après la cuisine, il y eut un chien qui menait des moutons dans les collines, puis un homme avec beaucoup de flacons de verre et de tubes et un tableau au mur, et elle ne comprit pas un seul mot. Elle alla vérifier l'heure dans le petit salon. Mère ne devait pas rentrer avant cinq heures, et il était seulement quatre heures dix. Liza se rassit par terre et regarda bouger des dessins semblables à ceux des livres illustrés, un chat, une souris et un ours dans les bois. Elle regarda un homme nommer les étoiles du ciel et un autre parler à un jeune garçon qui avait construit une locomotive. Si elle avait pu, elle aurait regardé la boîte toute la nuit. Mais si Mère revenait et la surprenait, elle n'aurait plus jamais l'occasion de le faire, car elle l'avait deviné, si la porte était fermée à clé, c'était bien parce que Mère ne voulait pas qu'elle la regarde.

Quand il fut cinq heures moins cinq, Liza éteignit le téléviseur à contrecœur en tirant vers elle le bouton qu'elle avait poussé et releva l'interrupteur de la prise. Puis elle tourna la clé dans la serrure et grimpa sur l'escabeau pour remettre la clé sur le rebord du cadre du tableau. Elle avait été bien inspirée de s'y prendre à temps. En reportant l'escabeau pour le cacher derrière le rideau, elle vit Mère qui remontait le chemin vers la maison, Bruno Drummond à ses côtés.

Ils étaient en avance parce qu'il avait raccompagné Mère en voiture. Liza ne lui accorda pas grande attention ce soir-là. Son esprit était accaparé par ce qu'elle avait vu dans, ou à travers, ou par l'intermédiaire de cette fenêtre dans la boîte. Elle se demandait ce que c'était, comment elle fonctionnait et s'il n'en existait qu'une seule au monde, celle de Shrove House, ou s'il y en avait d'autres ailleurs. Caroline en possédait-elle une en France, et Claire aussi, là où elle habitait ? Est-ce que Matt et Heidi, M. Frost et les ouvriers aussi ? Est-ce que *tout le monde* en avait une ?

Elle ne pouvait le demander à personne. Pourquoi était-ce une mauvaise chose qu'elle la regarde ? Cela risquait-il de la blesser ? De lui faire mal aux yeux, aux oreilles ? Elle ne sentait rien de particulier. C'était bizarre de penser que Mère ait été informée de ce sortilège mais n'en ait jamais rien dit, de penser que Bruno Drummond aussi, qu'il en avait probablement une chez lui, au-dessus du magasin de l'épicier.

Pourquoi n'en avaient-elles pas une à la maison ? Il n'y avait personne à qui elle pût le demander. Elle se montra si sage ce soir-là, proférant à peine un mot de tout le dîner — que Bruno partagea avec elles — que Mère lui demanda si elle se sentait bien.

Quand elle fut montée se coucher, elle les entendit sortir par la porte. Elle se leva et regarda par la fenêtre à laquelle

elle n'avait auparavant accès que juchée sur une chaise. Elle n'avait plus besoin de la chaise, maintenant. Ils se dirigeaient vers le châtelet. Mère tourna la clé dans la serrure, et ils franchirent la porte. Cela lui rappela les chiens et l'époque où ils y dormaient, et elle en conçut de la tristesse. Elle aurait cent fois préféré que Heidi et Rudi fussent là plutôt que Bruno Drummond. Sans savoir exactement pourquoi, elle ne l'aimait pas beaucoup.

Ils ne restèrent pas très longtemps dans le châtelet, et peu après elle entendit la voiture de Bruno s'éloigner. Mais dès le lendemain il était de retour avec ses tubes de peintures, ses toiles, ses pinceaux et un objet qu'il appelait un chevalet. Il installa le chevalet à la bordure de la noue et entreprit de peindre le pont. Liza resta à le regarder pendant que Mère faisait le ménage à Shrove.

Il n'aimait pas qu'elle reste ainsi près de lui, elle le sentait parfaitement, elle percevait des ondes de désapprobation froide qui couraient de lui à elle. Bruno avait l'air doux et aimable, il avait l'air gentil, mais elle devinait qu'il n'était pas vraiment comme ça. Les gens n'étaient pas toujours tels que le disait leur visage.

Puisque Mère la surveillait souvent de la fenêtre — « Je garde un œil sur toi » —, lui souriait et agitait le bras, Liza ne voyait pas pourquoi elle ne pourrait pas le regarder, lui, pendant qu'il mélangeait les couleurs issues de ces tubes si intéressants et étalait ensuite une épaisse couche de bleu et blanc sur la surface de la toile. Elle se rapprocha tellement qu'elle lui effleura presque le bras. Les ondes glacées étaient devenues très fortes.

Bruno enfonça son pinceau dans le mélange blanc bleuté, dessinant des cercles concentriques qui ressemblaient à des tourbillons, et demanda :

« Tu n'as donc rien pour jouer ?

— Je suis trop vieille pour jouer, dit Liza.

— Ça se discute. Tu ne dois pas avoir plus de neuf ans. Tu n'as même pas une poupée ? «

Sa voix ressemblait à celles qui sortaient de la boîte dans la pièce fermée à clé.

« Si tu ne veux pas que je te regarde, j'irai lire mon livre de français. »

Elle entra dans Shrove House mais au lieu de lire son livre monta au premier étage et alla dans la chambre vénitienne où il y avait un tableau qui, dans son esprit, pouvait ressembler à Bruno. Ou plutôt, c'était Bruno qui lui ressemblait. Elle avait raison. Le tableau représentait un saint en dévotion, agenouillé dans un désert rocheux, les mains jointes dans la prière, un halo doré suspendu au-dessus de sa tête. Liza s'assit sur le lit de gondolier et regarda le tableau. Bruno était tout à fait comme ce saint, jusqu'aux longs cheveux bruns soyeux, aux cils, aux lèvres serrées qui avaient un air de sainteté. Le regard pénétré du saint était fixé sur un point invisible au-dessus de sa tête, quelque part dans les nuages.

Bruno portait deux boucles à la même oreille alors que le saint n'en avait aucune. C'était la seule différence entre eux, pour ce qui était de leur aspect. Liza emporta son livre de contes de fées sur la terrasse côté jardin et se mit à lire au soleil.

Il était beaucoup plus gentil avec elle en présence de Mère. Elle ne tarda pas à le remarquer. Ils prirent le déjeuner ensemble, et il dit que c'était stupéfiant de la voir lire ces contes en français. « Comme si c'était sa langue maternelle, dit-il. Tu as là un vrai prodige, Mère. Qu'est-ce qu'ils en pensent, à l'école ? »

Mère fit mine de ne pas entendre la question et ne réagit pas quand Bruno l'appela « Mère ». Ils discutèrent de la possibilité d'installer l'atelier de Bruno dans le châtelet, et Mère expliqua ce qu'était un atelier. Liza n'était pas du tout sûre que la perspective d'avoir Bruno si près d'elles à longueur de journée lui faisait très plaisir.

« Le châtelet appartient à M. Tobias, déclara-t-elle.

— J'écrirai à M. Tobias pour lui demander si Bruno peut devenir son locataire », dit Mère.

Liza ne sut jamais si la réponse de M. Tobias fut positive ou négative, car c'est chez elles, dans le pavillon, que Bruno s'installa. Cela se produisit moins d'une semaine plus tard. Il emménagea dans leur maison et passa ses nuits dans la chambre de Mère.

Contrairement à Heather, il ne se plaignit jamais de l'absence de salle de bains. Se laver, proclamait-il, faisait bourgeois. Liza vérifia le mot dans le dictionnaire du Dr. Johnson, qui était l'unique dictionnaire de la bibliothèque de Shrove, mais il n'y avait rien entre « bourgade » et « bourgeon ». Elle subodorait toutefois que bourgeois devait être le contraire d'anarchiste.

Le châtelet bénéficiait de la lumière du nord, qui, selon Bruno, était bonne pour les peintres. Bonne ou mauvaise, peu importe, il n'y allait pas souvent, bien qu'il ait entassé son matériel dans la pièce, des piles et des piles de toiles et de cadres ainsi que des pinceaux, des pots et des chiffons sales. Et il ne se rendait jamais en ville pour peindre des maisons.

C'est à cette époque que Liza cessa d'aller dans la chambre de Mère le matin. Une fois, elle était entrée, non sans avoir préalablement frappé à la porte, et avait trouvé Bruno au-dessus de Mère, qui l'embrassait sur la bouche et cachait son visage de ses longues boucles brunes. Liza avait senti la chaleur lui monter au visage et brûler ses joues, sans savoir pourquoi. Elle avait déguerpi sur la pointe des pieds.

Sa vie avait changé. Elle ne serait plus jamais aussi heureuse que pendant ses premières années d'enfance. Un nuage était passé devant son soleil, l'occultant partiellement. Jusqu'à l'arrivée de Bruno, elle s'était parfois trouvée seule, et cela lui plaisait, mais maintenant elle savait vraiment ce qu'était la solitude.

Sa consolation était la télévision de Shrove House. C'est par Bruno qu'elle avait appris comment cela s'appelait. Non qu'elle lui ait dit ce qu'elle regardait là-bas dès que l'occasion se présentait. Ce fut lui qui demanda à Mère pourquoi elles n'en avaient pas.

« Je peux apporter celle qui est dans mon appartement », proposa-t-il. Le mot « appartement » désignait ses chambres au-dessus de l'épicerie.

Mère répondit, non-merci-beaucoup, elles s'en passaient

avec le plus grand plaisir. Il pouvait aller la regarder chez lui si c'était cela qu'il voulait.

« Tu sais très bien ce que je veux », dit-il en lui coulant un regard semblable à celui du saint perdu dans la contemplation des nuages.

Plus souvent seule, et bien souvent solitaire, Liza découvrit combien il lui était facile d'aller au manoir quand l'envie lui en prenait. Elle devint experte dans l'art de grimper pour prendre la clé et de cacher l'escabeau. Mais — pourquoi, elle n'en avait pas la moindre idée — Mère semblait répugner à l'enfermer où que ce soit depuis l'arrivée de Bruno. Elle pouvait circuler librement dans Shrove maintenant, et faire la navette avec l'escabeau entre la bibliothèque et le petit salon. À l'âge de dix ans, elle découvrit avec stupeur et délice qu'elle n'avait plus besoin de l'escabeau. Elle avait grandi. De même que Mère, elle pouvait atteindre la clé en montant sur une chaise et en grimpant sur le buffet.

Quand Mère s'asseyait auprès de Bruno qui peignait, Liza regardait la télévision. Les rares fois où Bruno emmenait sa mère en voiture, elle regardait la télévision. Et, par la télévision, elle commença à apprendre ce qui se passait dans le monde, de l'autre côté.

C'est Bruno qui lui avait mis dans la tête l'idée qu'il était temps pour elle de découvrir la réalité des choses.

Elle était assise à l'arrière de la petite voiture orange. Mère était sur le siège du passager, à côté de Bruno, et rien qu'à voir la raideur de ses épaules et de son cou, Liza pouvait dire qu'elle continuait à désapprouver ce genre de sortie. Elle s'était laissé convaincre par Bruno et Liza.

Bruno avait dit : « Je sais que je suis très égoïste, Mère. Tu vas peut-être me trouver d'une franchise brutale, mais c'est un fait que je veux t'emmener dans un tas d'endroits et que pour cela, nous devons prendre la petite avec nous. » Il appelait toujours Liza la petite, de même qu'il appelait toujours Mère « Mère », lorsqu'il était question de Liza. « Emmenons-la en ville pour commencer. Qu'elle fasse d'abord cette expérience, et ensuite nous pourrons sortir une journée entière. » La suite, il la chuchota à l'oreille de Mère, mais Liza surprit ses mots. « Il va sans dire que je préférerais infiniment être seul avec toi, si l'on avait le choix.

— Je ne peux pas passer mon temps en promenade, dit Mère. Je n'ai pas le temps. D'ailleurs, Il faut que Liza apprenne ses leçons.

— Cette petite devrait aller à l'école.

— Je te croyais anarchiste.

— Les anarchistes ne sont pas opposés à l'éducation. Ils sont même tout à fait partisans d'une bonne qualité d'éducation.

— Liza reçoit la meilleure qualité. Si on la mettait en présence d'autres enfants de son âge, elle arriverait loin devant eux, elle serait des années en avance sur eux, ce serait risible.

— Elle devrait aller à l'école pour des raisons sociales. Comment va-t-elle apprendre à communiquer avec d'autres gens ?

— Ma mère a communiqué avec d'autres gens et elle est morte pauvre et déçue par la vie dans une chambre que sa sœur lui louait chez elle. J'ai communiqué avec d'autres gens, et tu vois ce qui m'est arrivé. Je veux garder Liza pure, je veux que rien ne la touche, et surtout je la veux heureuse. "Une violette près d'une pierre moussue, à demi dissimulée aux regards." [1] »

Bruno fit une grimace.

« Je me demande ce que cette petite va devenir. Comment va-t-elle gagner sa vie ? Avec qui va-t-elle entretenir des relations ?

— Je gagne ma vie, rétorqua Mère. J'ai ce que tu appelles des relations, quel mot affreux. Elle sera moi, mais sans connaître la souffrance ni les préjudices. Elle sera moi telle que j'aurais pu être, heureuse et innocente et bonne, si l'on m'avait permis de rester ici.

---

1. *A violet by a mossy stone, half-hidden from the eye* : allusion à un vers de *Valley of Death*, poème célèbre de William Wordsworth (1770-1850). *(N.D.T.)*

— Cela mis à part, dit Bruno, qui aimait les discussions quand elles tournaient à son avantage, je persiste à penser qu'elle devrait nous accompagner en ville, Mère, pour son bien. »

Mère avait fini par accepter. Mais juste pour une fois. Elle irait une fois en ville.

Au début, rien de ce que vit Liza ne l'étonna. Il y avait l'allée, puis le pont, le village et enfin la grande route. Des voitures les dépassèrent, et une fois ils doublèrent un camion, particulièrement lent, à l'évidence, puisque la petite voiture en carton orange de Bruno ne pouvait pas rouler vite. La plupart des choses que Liza vit alors, elle les avait déjà vues à la télévision, quoique sans les couleurs. Mais en ville, ce fut autre chose, surtout parce qu'il y avait beaucoup de monde. La quantité de gens la stupéfia, et elle eut peur.

Bruno gara la voiture sur une aire de stationnement où il y en avait déjà des centaines. Liza n'arrivait pas à croire qu'il y eût autant de voitures sur terre. Elle avança en silence entre Mère et Bruno, et, à sa propre surprise, ayant à peine conscience d'agir ainsi, elle prit la main de Mère. Les gens envahissaient le trottoir, il y en avait partout, marchant d'un pas vif, musardant, bavardant entre eux, s'arrêtant pour parler, courant, traînant derrière eux des enfants en bas âge ou les poussant dans des fauteuils montés sur roulettes. Il fallait faire attention à ne pas les heurter. Certains fumaient des cigarettes, comme à la télévision, et on sentait leur odeur en les croisant. Beaucoup d'entre eux mangeaient des choses qu'ils sortaient de pochettes en papier.

Liza dévorait tout cela des yeux. Elle aurait aimé s'asseoir sur le petit mur, devant cette construction que Mère appelait une église, pour simplement regarder les gens. À ses yeux, la plupart d'entre eux étaient laids et maladroits dans leurs gestes, gros ou contrefaits, grotesques ou à demi sauvages. Ils attiraient son regard, mais comme l'auraient fait un crapaud ou une image terrifiante dans un livre, c'était la fascination de l'horreur.

« Que l'espèce humaine est magnifique ! » s'exclama

Mère sur ce ton particulier qu'elle adoptait pour citer un passage d'un livre. « Oh, le meilleur des mondes qui abrite de telles créatures ! » Et elle eut un rire désagréable, comme si elle ne croyait pas un mot de ce qu'elle venait de dire.

Pour ce qui est du meilleur des mondes, Liza trouva la majorité des magasins affreux et embêtants. Il y avait des vêtements dans une vitrine, des magazines dans une autre. Les fleurs de la fleuriste n'étaient pas aussi jolies que celles de Shrove. Les endroits qu'elle jugea les plus intéressants furent le magasin qui présentait dans sa vitrine quatre boîtes comme celle de la chambre condamnée du manoir, avec quatre écrans vides, et celui qui était rempli de livres, mais tout neufs, avec des images aux couleurs vives sur la couverture.

Elle voulut entrer dans ce magasin, mais sa Mère le lui interdit, pas plus qu'elle ne la laissa entrer dans celui qui vendait des journaux, alors que Bruno y fut envoyé avec mission d'acheter une cassette des concertos pour cor de Mozart. Ils achetèrent des fruits chez l'épicier, puis empruntèrent une porte latérale pour monter au premier étage, où Bruno vivait avant. Cela sentait tellement mauvais à l'intérieur, pareil que la cuisine de Shrove quand les Tobias et leurs invités étaient repartis, comme si on avait laissé pourrir quelque chose, que Liza se mit à tousser.

Mère ouvrit les fenêtres. Ils ramassèrent quelques affaires que Bruno fourra dans une valise, puis il prit sur le paillasson une pile de lettres arrivées pendant son absence. Pour un homme dont tout le monde ignorait l'adresse, il recevait beaucoup de courrier.

En regardant autour d'elle, Liza commençait à comprendre ce qu'avait voulu dire Mère lorsqu'elle accusait la plupart des endroits d'être affreux. Liza plissa le nez. L'appartement de Bruno était vraiment affreux, sale et inconfortable. Rien n'indiquait qu'il en ait pris soin, chaque pièce de mobilier était endommagée ou cassée, les fenêtres étaient noires de crasse, avec des mouches mortes écrasées contre les vitres. Et les livres gisaient par terre, entassés en désordre.

Elle fut contente de ressortir et le fit savoir, même si cela signifiait qu'il fallait de nouveau prendre garde à ne pas heurter les gens. Ils semblaient plus nombreux que jamais, et pour beaucoup, du même âge qu'elle ou un peu plus vieux. Ils étaient sortis de l'école, dit Bruno en jetant un regard lourd de sens à Mère. L'école finissait tous les jours à quinze heures trente.

Liza n'avait jamais vu d'enfants de sa vie. Enfin, sauf à la télévision, pour être exact. Elle n'avait jamais vu pour de vrai quelqu'un qui eût moins d'une vingtaine d'années. Elle ravala toutes ses pensées concernant la laideur du genre humain. Ceux-là n'étaient pas laids. Il y avait un garçon avec un visage noir et une fille qui pouvait très bien être indienne, avec des yeux sombres très enfoncés dans les orbites et une longue queue de cheval brune. Elle se demanda quel effet cela ferait de bavarder avec eux.

Puis un garçon qui marchait devant elle allongea la jambe et fit un croche-pied à son voisin qui trébucha et faillit tomber sur la chaussée devant une voiture qui arrivait. Une fille hurla, et une autre se mit à pousser des cris. Liza sentit qu'elle se recroquevillait contre Mère, se cramponnant davantage à sa main. Elle venait de comprendre ce qui lui tournait la tête : le bruit.

Une fois, elle avait augmenté le volume de la télévision par erreur. Le bruit était comparable à celui-ci, un vrombissement perpétuel et dépourvu de sens, ponctué de crissements de freins, de musique qui n'était pas de la vraie musique, s'élevant des fenêtres des voitures, le bip-bip du signal sonore pour piétons aux feux de croisement, le rugissement des moteurs qui démarraient. Une sirène se mit à hurler pendant qu'ils revenaient vers le parking. Bruno lui expliqua que c'était la sirène d'une voiture de police et que le bruit qu'elle faisait était supposé imiter le cri d'une femme.

« Allons, ce n'est pas possible, Bruno, dit Mère. Où diable as-tu été chercher cela ?

— C'est un fait. Tu peux demander à n'importe qui. Ils l'ont inventé aux États-Unis, et nous l'avons copié. On dit que c'est le bruit qui donne le plus la chair de poule aux gens, une femme en train de crier.

— Eh bien, ne parle pas de ça devant moi, s'il te plaît », dit Mère d'une voix si forte et stridente que l'un des vilains piétons se retourna pour la dévisager. « Je ne veux pas en entendre parler. Cela révèle le pire aspect de l'homme.

— Très bien, très bien, dit Bruno. Pardon d'avoir ouvert la bouche. Veuillez m'excuser d'être en vie. Madame daignera-t-elle accepter qu'on la raccompagne chez elle, ainsi que sa délicieuse et charmante progéniture ? »

Aussitôt installée dans la voiture, Liza s'endormit. Elle était à bout de force. Les gens, le bruit, la nouveauté de toute l'expérience, l'avaient épuisée. De retour à la maison, elle s'allongea sur le canapé et se rendormit, mais pas si profondément que ça puisqu'elle entendit Mère déclarer à Bruno qu'elle le lui avait bien dit, que Liza n'avait pas aimé cette sortie, que cela avait été trop pour elle, ce qui n'avait rien de surprenant. N'était-ce pas un horrible endroit, la perversion de ce qui avait été une bourgade campagnarde et devrait encore l'être, un lieu bruyant, sale et clinquant ?

« Elle ne réagirait pas ainsi si tu ne l'avais pas tenue à l'écart de tout comme tu l'as fait.

— Je réagis pareillement, et Dieu sait si je n'ai pas été tenue à l'écart.

— Tu sais ce qui va se passer, Mère, n'est-ce-pas ? Tu vas faire de cette gamine une psychotique. Ou peut-être une schizophrène, ou un de ces trucs-là.

— Parle de ce que tu connais, Bruno, pour une fois, d'accord ? »

Les observant derrière ses paupières à moitié closes, Liza crut qu'ils allaient à nouveau se disputer. Ils n'arrêtaient pas de se disputer. Or ils firent justement ce qui souvent empêchait leurs querelles, ou y mettaient fin. Leurs regards se croisèrent, ils se touchèrent et commencèrent à s'embrasser, ce genre de baisers qui échappent bientôt à votre contrôle, si bien qu'ils s'étreignirent et s'allongèrent l'un sur l'autre en poussant des grognements et des geignements. Liza se retourna de l'autre côté et ferma les yeux le plus fort qu'elle put.

Les jours suivants, elle ne se sentit pas bien, ce que Bruno appelait « patraque » et qui ne lui était pas du tout habituel. Elle se rappelait la ville et ses habitants, non avec désir ou nostalgie, mais avec répulsion. La paix de Shrove et de sa campagne lui paraissait exquise, plus encore que de coutume. Elle restait allongée dans l'herbe haute et le persil d'âne, observant la vie des insectes parmi les mystérieuses tiges vertes et les têtes de fleurs inclinées ; elle vit même une écaille du séneçon aux ailes rouge framboise escalader une tige de séneçon. Il n'y avait d'autre bruit que celui, de loin en loin, d'un bourdon volant au-dessus de sa tête.

Une semaine après leur escapade en ville, elle avait la varicelle.

11

« TU N'AVAIS donc eu aucune de ces maladies, la rougeole et tout ça ?

— On m'avait fait certains vaccins quand j'étais toute petite. J'ai attrapé la varicelle parce que je n'avais pas développé d'immunité naturelle. Je n'avais jamais été en contact avec d'autres gens.

— Est-ce que le docteur est venu ?

— Ève l'a appelé de Shrove House. Il a dit qu'il viendrait au cas où mon état s'aggraverait mais que, sinon, il n'y avait rien à faire que d'attendre que ça passe. Je n'allais pas trop mal. Ève ne voulait pas que je me gratte. Elle a dit que, si je me grattais le visage, elle m'attacherait les mains, alors je ne l'ai pas fait, sauf pour un gros bouton sur le front. »

Liza rejeta une boucle brune en arrière et lui montra le minuscule trou sur sa tempe gauche.

« Elle craignait que j'en attrape sur tout le corps.

— Je sais bien que tu n'as rien attrapé, dit Sean en lui coulant un long regard chargé de sous-entendus.

— Non, rien de ce genre. La seule chose qui s'est passée, c'est que j'ai donné un zona à Bruno.

— Tu as quoi ?

— Le virus ou je ne sais quoi, il provoque la varicelle chez les enfants et des zonas chez les adultes. C'est la même chose. Ève n'a rien attrapé, mais Bruno a attrapé un zona.

— Ma grand-mère en a eu un. Elle l'avait autour de la ceinture et elle crevait de trouille parce que, s'il fait le tour complet de ta taille, tu meurs. C'est ainsi. »

Liza en doutait mais ne le dit pas.

« Il l'a eu sur un côté du visage et en dessous de la nuque. Ça l'a rendu très malade, et il était vraiment affreux à voir avec tout ce rouge sur la face. Je croyais qu'il ne m'aimait pas parce que je lui avais transmis un zona, c'est ainsi que je raisonnais à neuf ans. Mais, s'il ne m'avait pas emmenée en ville avec eux, je n'aurais pas attrapé la varicelle et n'aurais pas pu lui passer le zona, alors c'était sa faute, après tout. Je voyais les choses comme ça. Bien sûr, je sais aujourd'hui que ce n'était pas du tout ça. J'étais dans ses pieds, j'étais un obstacle, je me dressais entre Ève et lui.

Maintenant qu'elle était quasi adulte et avait une vie sexuelle, Liza comprenait ce qui maintenait Ève et Bruno ensemble. Mais à l'époque elle ne le savait pas. Cela la troublait et la mettait de plus en plus mal à l'aise que deux êtres puissent autant se disputer, se comporter comme s'ils se haïssaient, et pourtant semblent avoir besoin de la présence de l'autre avec une telle avidité.

Elle avait également conscience d'autre chose, ce que Bruno voulait faire avec sa mère et qu'il ne pouvait faire que lorsque Liza n'était pas là. C'était lié au fait qu'ils s'embrassaient, se débattaient et que Bruno s'allongeait sur Mère. Liza connaissait depuis un certain temps les réalités de la reproduction humaine et animale, Ève avait veillé à l'instruire de ces questions, mais pour quelque obscure raison elle n'avait pas saisi le rapport avec ce que Bruno voulait faire avec Mère. Ni avec ce que Mère, quoique plus modérément, voulait faire avec Bruno. Liza ne comprenait pas, elle avait peur de comprendre. Tout ce qu'elle savait, c'est que Bruno voulait qu'elle soit le moins possible dans la maison et que Mère, dans une moindre mesure, était du même avis.

Sans dire où elle allait, elle montait à Shrove et regardait la télévision dans la pièce naguère fermée à clé. Elle la regardait toujours en fin de matinée et en début d'après-midi. Elle voyait de vieux films, des émissions sur la nature, des programmes scolaires et d'autres conçus pour l'université libre, des tables rondes et des jeux. Certaines émissions venaient d'Amérique. Elles lui apprirent que Bruno était un Anglais qui, pour une raison ou une autre, affectait un accent à moitié américain.

Lorsqu'il fut rétabli, la situation empira. C'était la fin de l'été, et il faisait vraiment beau. Il emmenait tous les jours Mère se balader en voiture. Liza aurait pu les accompagner, Mère le proposait maintenant avec autant d'enthousiasme qu'elle s'y était opposée avant, mais Liza ne voulait pas. Elle gardait de la journée en ville un souvenir horrifié, comme si l'expérience était irrémédiablement liée aux sirènes de la police, aux démangeaisons et à la varicelle. Aussi Mère et Bruno partaient-ils sans elle, et elle restait seule à la maison, se contentant la plupart du temps de demeurer assise sur le muret du pavillon ou allongée dans l'herbe, à se demander ce qui se passerait si Bruno imposait son point de vue et qu'elle était envoyée loin quelque part.

Plus d'une fois, il avait parlé de l'inscrire dans un endroit nommé internat. Mère s'était vantée d'avoir beaucoup d'argent lorsqu'elle avait acheté son tableau mais maintenant elle affirmait ne pas en avoir, or les internats coûtaient très cher. Liza mettait tous ses espoirs dans cette affirmation. Mère n'avait pas d'argent, Bruno non plus, et aucune perspective d'en avoir. Mais Bruno ne partirait jamais, elle en était persuadée, animée par le pessimisme d'une enfant de dix ans qui croit que les bonnes choses ne durent jamais et que les mauvaises sont éternelles. Il était une mauvaise chose qui ne changerait jamais, il était la troisième roue haïe de leur foyer, occupant néanmoins dans leur vie une place aussi permanente que le peuplier baumier et le train.

Deux événements se produisirent à l'automne. La mère de Bruno tomba malade, gravement malade, et Mère apprit en écoutant sa radio que les chemins de fer britanniques avaient l'intention de supprimer le train qui traversait la vallée.

Liza profita de la première sortie de Mme Spurdell pour prendre un bain. Il était dix heures du matin. La baignoire était d'une couleur beige qui rappelait la boue et le motif de la moquette à petits carreaux vert prairie et beige, mais l'eau était chaude. Le savon dégageait un parfum de pois de senteur. Ayant terminé, elle nettoya à fond la salle de bains, lavant tout le carrelage à grande eau.

Mme Spurdell répugnait manifestement à quitter la maison. Liza n'avait pas une vaste expérience des comportements humains et pourtant elle sentait bien que Mme Spurdell craignait, à son retour, de retrouver envolés la femme de ménage, le magnétoscope, le four à micro-ondes et l'argenterie. Elle faillit éclater de rire au nez de sa patronne lorsque celle-ci, entrant par la porte de service, la découvrit assise à la table de la cuisine, occupée à astiquer l'argenterie, justement. Ce fut à cette occasion que Liza se vit pour la première fois proposer une tasse de café dans la maison d'Aspen Close.

Lorsqu'elles étaient ensemble, Mme Spurdell parlait presque tout le temps. Sa conversation consistait essentiellement à étaler sa supériorité, celle de son mari et celle de ses filles adultes, à presque tout le monde, mais surtout à son employée de maison. Son ascendance se manifestait dans des domaines tels que l'élite sociale, l'intelligence, les succès mondains et l'argent, mais surtout les biens matériels. Les possessions de Mme Spurdell étaient plus onéreuses et de meilleure qualité que celles d'autrui, elles avaient coûté plus cher au départ et duraient plus longtemps. Cela valait, entre mille autres choses, pour sa bague de fiançailles — un gros paquet de diamants —, la fameuse argenterie du siècle dernier, les tapis Wilton, les rideaux de chez Colefax & Fowler et les fauteuils de Parker-Knoll. Liza dut retenir ces noms, regarder ces objets et apprendre à les examiner pour reconnaître les signes distinctifs de leur qualité. Elle fut exhortée à les manipuler avec un soin extrême, à l'exception de la bague de fiançailles qui ne quittait jamais l'annulaire de Mme Spurdell. Le doigt en question était tellement boursoufflé, de part et d'autre de la bague, que Liza doutait que celle-ci put jamais le quitter.

Ne pouvant faire l'objet d'une démonstration, le mari et les enfants furent abondamment commentés, photographies à l'appui. Après la première tasse de café, récompense pour ne pas avoir filé avec la précieuse marchandise, une pause rafraîchissement en milieu de matinée devint rituelle. Liza fut affranchie sur Jane, éducatrice bardée de diplômes, et Philippa, avocate mariée à un avocat qu'elle avait connu à la fac, aujourd'hui mère de jumeaux d'une telle beauté qu'elle était constamment sollicitée par des agences publicitaires qui rêvaient de les faire tourner dans des films, propositions qu'elle refusait avec indignation. Liza écoutait, relevant au passage les expressions inconnues d'elle.

M. Spurdell, expliqua sa femme, était un enseignant. Liza croyait qu'on disait des professeurs, c'est ainsi que Bruno et Sean les appelaient, mais Mme Spurdell insistait, son mari était un enseignant, et responsable de son département, de surcroît (mais qu'est-ce que cela pouvait bien vouloir dire ?).

« Dans un établissement privé, précisa-t-elle, pas dans une de ces écoles publiques, n'allez surtout pas imaginer une chose pareille. »

Liza, bien incapable d'imaginer quoi que ce fut en matière d'écoles, se contenta de sourire. Elle ne disait jamais grand-chose. Elle était en train d'apprendre.

« Il aurait pu devenir plusieurs fois proviseur, mais il n'a pas besoin des feux de la rampe. Bien entendu, nous avons de la fortune personnelle, sans quoi il aurait peut-être été contraint d'accepter une position plus élevée. »

Une nouvelle série de photos fit son apparition : Jane vêtue de la robe et coiffée du mortier des universitaires, Philippa et ses jumeaux. L'impression que leur mère éprouvait davantage de fierté — et d'affection — pour Philippa parce qu'elle avait un mari et des enfants se dégageait insidieusement de tout ça. Liza, elle, préférait Jane, qui ne portait pas de rouge à lèvres et ne souriait pas niaisement. Elle n'avait qu'une envie, afin de pouvoir prendre un autre bain, voir Mme Spurdell se lever et l'entendre annoncer qu'elle sortait. Ce n'était pas très facile de se débrouiller dans la caravane, et la piscine coûtait cher, en dehors du fait que vous gardiez une odeur de chlore sur le corps.

Enfin, Mme Spurdell rangea les photos et s'apprêta à sortir. Il faisait plus frais ce jour-là, et elle avait enfilé un autre manteau, coupé dans un tissu épais et velu, couleur de pierre, avec des revers et des manchettes de fourrure marron luisante. Liza apprit que ce manteau avait été acheté vingt ans plus tôt, « à l'époque où personne n'avait ces préjugés stupides contre la fourrure », et avait coûté la somme astronomique pour l'époque de soixante livres sterling. Elle dut palper la qualité du tissu et caresser la fourrure. « Il refuse simplement de s'user », dit Mme Spurdell avec un petit rire, ramassant ses cheveux blancs sous un foulard où le mot « Hermès » était écrit partout. Liza se demanda quelle relation un foulard de soie pouvait avoir avec le messager des dieux.

Elle ne prit pas de bain. En allant le faire couler, elle s'arrêta sur le seuil du bureau de M. Spurdell. Elle était priée de ne rien faire dans cette pièce en dehors de passer l'aspirateur par terre, car ses livres étaient sacrés, pas question de les épousseter, et les papiers posés sur sa table, interdiction de les toucher. Mais Liza était seule dans la maison, désormais, et Mme Spurdell ne saurait pas qu'elle y était entrée, pas plus qu'elle ne connaissait la destination d'une partie de son eau chaude.

À une ou deux reprises, elle avait jeté un coup d'œil aux rayonnages de livres tout en poussant l'aspirateur, mais sans les examiner à fond. Cette fois, elle s'y attarda. Ils étaient d'un genre très différent de ceux de la bibliothèque de Shrove. Pas de récits de voyage et d'exploration datant du XVIIIe siècle, pas de théologie, de philosophie ni d'histoire, pas d'essais des années 1800 et quelques, pas de poésie plus ancienne encore, pas de volumes de Darwin et de Charles Lyell, et aucun roman victorien. Les ouvrages de fiction que possédait M. Spurdell étaient des livres de poche.

Ces rayonnages abritaient une catégorie de livres que Liza n'avait jamais vus auparavant. Des comptes-rendus de la vie de certaines personnes, apparemment, et elle reconnut d'ailleurs les noms de plusieurs d'entre elles : Oscar Wilde, Tolstoï, Elizabeth Barrett Browning. Mais qui étaient Virginia Woolf et Orwell ? À part ça, il y avait des livres qui parlaient de la manière dont les écrivains écrivaient, ou du moins en eut-elle l'impression, l'un intitulé *The Common Pursuit* et l'autre *The Unquiet Grave* [1]. Liza s'assit derrière le bureau de M. Spurdell et entreprit de feuilleter ses livres, se demandant comment elle comprenait si peu de chose tout en souhaitant ardemment en comprendre plus.

Le temps passait vite lorsqu'elle était ainsi occupée. Il passait toujours vite lorsque Mme Spurdell était sortie, mais cette fois il parut s'envoler. Elle cessa de lire à contrecœur parce qu'il lui fallait au moins dix minutes pour regarder les papiers posés sur la table et que Mme Spurdell ne risquait pas d'être absente plus d'une heure et demie. Encore une chance qu'elle fût capable de faire le ménage en moitié moins de temps qu'il n'était prévu pour ça.

Les papiers étaient des dissertations. Ça, elle pouvait le dire à les voir. Un nom était inscrit en haut de chaque première page, celui de leur auteur, probablement. Elle n'eut pas besoin de pousser son investigation bien loin pour en déduire qu'il s'agissait du travail des élèves de M. Spurdell. Il avait parcouru les pages, un stylo rouge en main, corrigeant les fautes d'orthographe et apposant des commentaires acerbes. Certains firent rire Liza. Ce qui l'intéressa le plus, toutefois, fut la présence de morceaux de papier jaune qu'il avait collés sur chaque première page. C'étaient des petits carrés de papier d'un genre qu'elle n'avait jamais vu auparavant, avec une partie collante que l'on pouvait cependant décoller. Elle essaya avec précaution, et recolla avec soulagement.

Chaque carré jaune portait une mention différente, de la main de M. Spurdell. Sur l'un, on lisait « Devrait obtenir au minimum un A et un B », sur un autre, « Ne paraît pas fait pour l'université », et sur un troisième, « Oxbridge ? » Liza avait entendu parler d'Oxford et de Cambridge, mais jamais de cet endroit. Elle dut s'en tenir là, ce serait affreux

1. Le premier, un essai critique de F. R. Levis, le second, des aphorismes et réflexions de Cyril Connolly publiés en 1944 sous le pseudonyme de Palinurus. *(N.D.T.)*

de compromettre ses chances en se laissant surprendre par Mme Spurdell en train de fouiner. Ayant replacé les papiers exactement tels qu'elle les avait trouvés, elle empoigna l'aspirateur. Elle était en train de retirer des cheveux blancs du tapis de la chambre de maître lorsque la porte d'entrée s'ouvrit et se referma.

Quelques minutes plus tard, Mme Spurdell gravit pesamment l'escalier et entra dans la chambre pour suspendre le précieux manteau. Liza poursuivit son chemin, retourna dans le bureau pour passer l'aspirateur, rien de plus évidemment, tout en se demandant si elle allait oser emprunter un livre. S'il en manquait un, M. Spurdell s'en rendrait-il compte ? S'il disparaissait pendant deux jours seulement ? Elle aurait beaucoup aimé lire la vie d'Elizabeth Barrett Browning. Lorsqu'elle avait rencontré Sean pour la première fois, elle avait lu les *Sonnets de la Portugaise* et en avait appris plusieurs par cœur. (« Je t'aime de tant de manières. Laisse-moi les compter. ») Se glissant dans les souliers de M. Spurdell — il y en avait une paire, des pantoufles en fait, attendant côte à côte sous la table —, elle décida que oui, effectivement, il saurait qu'un de ses livres manquait. Si elle avait des livres, si seulement elle en avait.

Mme Spurdell lui régla son travail de la matinée. Elle s'en acquittait toujours avec mauvaise volonté et une extrême lenteur, sélectionnant dans la liasse de son sac les billets de cinq livres les plus vieux, les plus défraîchis, ne lui tendant jamais un billet de dix. Pour le solde, elle amassait de la petite monnaie, des pièces de dix et vingt, voire de deux pence. Cette fois-là, pire que jamais, elle donna à Liza pour sept livres de pièces de cinquante, dix et cinq pence, puis la fit attendre pendant qu'elle allait ailleurs à la recherche de cinq livres. Elle finit par revenir avec un billet usé et froissé qui avait été déchiré en deux et recollé avec du ruban adhésif.

Le libraire d'occasions l'accepta. Liza craignait le contraire en le lui tendant pour payer trois livres de poche défraîchis qu'elle avait dénichés parmi d'autres, dehors sur des tréteaux. La vraie librairie, la librairie convenable où l'on ne vendait que du neuf, était bien au-dessus de ses moyens.

Il était près de cinq heures trente, et le supermarché allait fermer. Elle longea High Street et traversa la grande place. La nuit allait bientôt tomber, les jours ne tarderaient pas à raccourcir, et l'on sentait déjà la fraîcheur du soir. Faisait-il froid en prison ? Elle pensa à Ève dans sa cellule, cela lui arrivait souvent, elle pensait à elle tous les jours mais n'en disait jamais rien à Sean.

Il l'attendait devant l'entrée principale, un sac plein de provisions à la main. Le supermarché incitait ses employés à acheter pour un prix très avantageux les produits qui avaient atteint leur date limite de vente. Liza et Sean se dirigèrent vers la voiture. Lui ayant annonçé ce qu'il rapportait pour le dîner, il voulut savoir ce qu'elle avait dans son sac. Elle lui montra *Middlemarch, étude de la vie de province* [1], la biographie de Mary Wollstonecraft et les *Vies* de John Aubrey, et lut aussitôt la désapprobation sur son visage.

« Nous n'avons pas les moyens de dépenser pour des livres.

— C'est mon argent, rétorqua-t-elle. Je l'ai gagné.

— Qu'est-ce que tu dirais, alors, si je te répondais la même chose quand tu me demandes de t'acheter à manger. »

Elle garda le silence. Il avait parlé sur un ton de reproche, comme un quinquagénaire. M. Spurdell devait parler ainsi, songea-t-elle.

« Tu as la télévision, ajouta-t-il. Je me demande pourquoi tu as besoin de livres en plus. »

Elle mangea ce qu'il avait apporté et, tandis qu'il regardait sa série télévisée favorite, se lança dans la lecture de *Middlemarch*. Beaucoup de jeunes filles de l'époque victorienne avaient dû être élevées de la même manière qu'elle, ne connaissant que leurs proches voisins, protégées de tout. Elle pouvait se comparer à Dorothea Brooke, à ceci près

1. Roman (1872) de Mary Ann Evans dite George Eliot, romancière, journaliste et poète. *(N.D.T.)*

que la société d'alors n'aurait pas permis à Dorothea d'avoir un Sean.

Après la fin de la série télévisée, elle sentit qu'il lui lançait des regards nerveux. Il faudrait pourtant qu'il s'y fasse, pensa-t-elle. Il faudrait qu'il s'habitue à la voir de plus en plus souvent plongée dans ses livres. Il lui revint soudain à l'esprit, alors que sa concentration faiblissait sous le regard de Sean, que Bruno était mécontent lorsque sa mère lisait. Il faisait plein de tentatives pour détourner son attention, marchant d'un bout à l'autre de la pièce et allant jusqu'à siffler. Parfois même, il s'asseyait près d'elle, lui prenait la main ou lui effleurait la joue. Liza se souvint que sa mère avait sursauté à une de ces occasions, qu'elle l'avait violemment repoussé en lui criant de la laisser tranquille.

Peu après cet épisode, Bruno était parti voir sa mère malade. Il était parti le jour où le train avait traversé la vallée pour la dernière fois.

Liza ignorait alors que ce serait le dernier train. Comment aurait-elle pu le savoir ? Elle n'avait jamais de journal sous les yeux et ne pouvait pas regarder la télévision à l'heure des nouvelles. C'était une belle journée chaude d'octobre il y avait six ans de cela, l'année précédant l'ouragan. Le temps des mûres était passé, et les fruits des pommiers sauvages étaient à point. Liza traversa des prairies, longea des haies pour cueillir des pommes sauvages dont elle ferait de la gelée. On mettait les pommes à bouillir puis on les passait à travers un linge attaché aux quatre pieds d'un tabouret renversé avant d'ajouter le sucre. Elle avait vu plusieurs fois Mère préparer la gelée de cette manière et pensait qu'il était temps d'essayer à son tour.

Avant d'avoir cueilli la première pomme, avant même d'avoir trouvé un arbre, elle vit les gens le long de la voie de chemin de fer. Croyant qu'elle rêvait, elle ferma les yeux et les rouvrit à nouveau. Jamais de sa vie elle n'avait vu autant de gens ensemble, sauf à la télévision, ce qui ne comptait pas. Ils devaient être plusieurs centaines. Ils étaient debout sur le talus, de part et d'autre de la voie ferrée, entre la limite des terres de Shrove et la petite gare appelée Ring Valley Halt, et chacun tenait une grande pancarte.

D'où elle se trouvait, Liza ne pouvait pas lire ce qui était écrit sur les pancartes. Oubliant pommiers sauvages et projets de gelée, elle fourra dans sa poche le sac en plastique qu'elle avait emporté et descendit en courant le chemin à travers champs qui menait à la rivière.

Sur certaines pancartes, on pouvait lire « Sauvez notre chemin de fer », sur d'autres, « BR = URSS » et « Dernier train vers le Chaos ». Dans le fond, un groupe de manifestants portait une longue banderole où il était écrit : « Le train nous manque ? British Rail s'en fout. » Liza sentit que quelque chose allait se produire, mais elle ignorait quoi. Cependant, la vue de tant de gens rassemblés la fascinait, ils étaient plus nombreux que le fameux jour où elle était allée en ville, plus encore que dans ce film qu'elle avait vu sur la Rome antique.

Timide par éducation plus que par nature, elle envisagea de se cacher dans les buissons pour regarder. Elle ne voulait parler à personne, s'entretenir avec des étrangers lui était difficile, elle en rencontrait tellement peu. L'automne avait été sec, si bien que la rivière était basse, un large ruban d'eau peu profonde en cet endroit, qui coulait chichement par-dessus les grosses pierres en projetant des éclaboussures. Tant qu'elle était sur cette rive-ci il n'y avait personne avec qui parler, et pourtant elle enleva ses bas et ses chaussures en moins de temps qu'il ne fallait pour y penser et commença à traverser la rivière.

Il était trop tard pour se dissimuler. Ils avaient tous l'air de la regarder. Avant qu'elle ait pu jouer les promeneuses égarées, une femme l'empoigna par le bras et, la confondant manifestement avec une autre, lui demanda où diable elle était passée, lui enjoignant de tenir immédiatement cette banderole.

Elle était similaire à celle de l'autre côté de la voie ferrée, et il fallait quatre personnes pour la tenir. Liza obtempéra, saisissant la banderole au-dessus des lettres BR. Il y avait un homme à sa gauche et un jeune garçon à sa droite. Tous les deux lui dirent bonjour, et le garçon lui demanda si elle habitait dans le coin. Dans une des petites maisons là-haut, répondit-elle, on ne peut pas la voir d'ici, mais c'est à moins de un kilomètre.

« T'es quasiment à ta porte, alors, dit l'homme. Tes parents doivent prendre souvent le train, pas vrai ? Enfin, je devrais plutôt dire, prenaient souvent le train...

— Tous les jours », précisa Liza.

Ce n'était pas la première fois qu'elle mentait. Elle mentait régulièrement à Mère quand il s'agissait de dire d'où elle venait, alors qu'en réalité elle était allée regarder la télévision.

« Ils partent du principe que tout le monde possède une voiture, dit l'homme. Est-ce que ton père en a une ?

La femme qui se trouvait à gauche de l'homme dit alors : « C'est du sexisme. Pourquoi ne pas lui demander si sa mère en a une ? Les femmes ont le droit de conduire dans notre pays, vous savez. On n'est pas en Arabie saoudite. »

Liza commençait à expliquer qu'ils n'avaient pas de voiture — celle de Bruno de comptait pas — et envisageait d'ajouter qu'elle n'avait pas de père non plus lorsque le sifflement du train retentit à l'autre extrémité du tunnel. Il sifflait toujours avant de s'engager sous le tunnel, ainsi qu'en en sortant, c'était une voie unique, et l'on craignait peut-être, quelque part, qu'un autre train aille à sa rencontre dans l'obscurité et vienne le percuter. Ce genre de risques n'était plus à craindre, dorénavant.

« Le tout dernier train, dit l'homme. Le dernier putain de train. »

Lorsqu'il sortit du tunnel en sifflant, certaines personnes présentes l'acclamèrent. Puis, sous les yeux incrédules de Liza, les quatre personnes qui portaient la banderole de l'autre côté et trois autres tenant des pancartes se mirent à dévaler le talus en direction de la voie ferrée. Les sept, quatre hommes et trois femmes, prirent position en travers de la ligne, sur le passage du train qui approchait, brandissant banderole et pancartes au-dessus de leurs têtes. On voyait maintenant le train au loin, venant vers eux. Et s'il ne s'arrêtait pas ? Et s'il continuait sur sa lancée, broyant les gens sous ses roues comme Liza l'avait vu à la télévision dans un film sur le Far West sauvage ? Elle se cramponna à la banderole, serrant les poings sur le tissu à en avoir les jointures blanches.

« Regarde-les donc ! s'écria la femme qui l'avait prise par le bras. Les sept mercenaires ! »

À l'approche du train, la foule se mit à chanter. Elle entonna *Nous l'emporterons*. Liza n'avait jamais entendu ce chant auparavant, mais la mélodie était simple et elle l'attrapa facilement, se joignant bientôt aux autres. « Un jour, nous l'emportero-o-o-ns. Au fond de mon cœur/ Je crois sincèrement/ Que nous l'emporterons. »

Le mécanicien de la locomotive les vit largement à temps. On l'entendit actionner les freins, un long gémissement rauque semblable au hurlement d'un chien. Le train ralentit et finit par s'arrêter à une bonne centaine de mètres de l'endroit où les sept mercenaires tenaient haut leur banderole et leurs pancartes. La foule entonna *Jérusalem*. Le mécanicien et un autre homme revêtu du même genre d'uniforme descendirent du train et s'avancèrent à la rencontre des manifestants pour parlementer avec eux. Toutes les portes et les fenêtres du train s'ouvrirent, et les têtes des passagers apparurent. Puis ils commencèrent à descendre de voiture à leur tour, se répandant le long de la voie ferrée.

Cela ressemblait de plus en plus à un western au moment de l'arrivée des Indiens ou des voleurs de Dodge City. Liza et ses collègues porte-banderoles se rapprochèrent de la ligne pour participer à la discussion, il y eut beaucoup de cris et de menaces, et il fallut empêcher un homme de frapper le mécanicien. Il n'était responsable de rien, en tout cas. Liza trouvait cela très injuste. Mais elle apprécia chaque minute de l'événement, rien ne lui avait fait autant plaisir depuis l'arrivée de Bruno. De fait, en y repensant par la suite, elle comprit que rien ne lui avait fait plaisir depuis l'arrivée de Bruno.

Elle resta parmi les manifestants pendant le déjeuner et bien au-delà dans l'après-midi. Ils lui donnèrent des sandwichs et des biscuits, croyant tous que ses parents étaient plus bas, près de la gare, et que d'une manière ou d'une autre elle s'était trouvée séparée d'eux. Les fonctionnaires du chemin de fer continuèrent à discuter. Les sept mercenaires ne bougèrent pas de leur position. Au bout d'un moment, des responsables de British Rail arrivèrent, on parla d'appeler la police, les manifestants s'assirent sur l'herbe du talus, et quelques personnes s'endormirent. Liza écouta une discussion sur la puissance nucléaire, la destruction de l'environnement et la trahison de la démocratie. Elle releva tous les mots, les stocka dans sa mémoire sans comprendre ce qu'ils signifiaient, jusqu'au moment où, commençant à s'ennuyer, elle s'éloigna.

Elle était encore pieds nus, ses chaussures attachées à sa ceinture, les chaussettes roulées à l'intérieur. À en juger par la position du soleil et la chaleur de l'air, il devait être au moins quinze heures trente. Elle s'assit dans l'herbe pour remettre ses chaussettes. Elle était en train de nouer ses lacets lorsqu'elle entendit le train démarrer et elle se retourna pour regarder.

Les manifestants avaient dû se laisser convaincre de quitter la voie ferrée — à moins qu'on ne les ait menacés. Le train prit progressivement de la vitesse, passa entre les rangées de manifestants vaincus et entra en gare. Liza le vit repartir pour disparaître finalement dans le virage qui se perdait dans les collines, le dernier train à tout jamais.

Elle rentra chez elle en passant par le jardin de Shrove, traversa la pelouse soyeuse que M. Frost avait tondue le matin même. Assise sur le mur devant la maison, Mère mangeait une pomme. La voiture orange n'était pas en vue.

« Où étais-tu passée ? Je me suis inquiétée en ne te voyant pas rentrer pour déjeuner. »

C'était plus facile de mentir, ces derniers temps, et moins risqué.

« J'ai emporté mon repas. J'avais préparé des sandwichs. »

Mère ne pouvait pas savoir ce qu'il en était. Elle était au lit avec Bruno. D'ailleurs, où était-il donc, celui-là ?

Avant qu'elle ait pu poser la question, Mère annonça : « Bruno est parti dans le Cheshire voir sa mère. Elle est très malade. »

Rien n'aurait pu satisfaire davantage Liza, rien n'aurait

pu lui faire plus plaisir, sinon d'apprendre qu'il ne reviendrait jamais.

« Il sera peut-être absent longtemps », ajouta Mère.

Elle emmena Liza vers la maison et, lorsqu'elles furent à l'intérieur, la porte refermée, elle la prit dans ses bras et lui dit : « Je suis désolée, Liza. Je t'ai délaissée, je n'ai pas été une bonne mère pour toi, ces derniers temps. Je ne peux pas t'expliquer pourquoi, mais un jour tu comprendras. Je te promets que les choses vont redevenir comme avant, maintenant que nous sommes de nouveau seules. Tu me pardonnes ? »

Mère ne s'était jamais excusée, auparavant. Elle n'en avait pas eu l'occasion avant l'arrivée de Bruno. Mais maintenant qu'il était parti, Liza était prête à lui pardonner n'importe quoi.

Cela avait été le Jour du dernier train.

Sean demanda avec brusquerie : « Est-ce qu'il t'a fait quelque chose, ce Bruno ?

— Me battre, tu veux dire ?

— Non, pas ça, répondit Sean, expliquant ce qu'il avait en tête. »

— Je n'ai jamais entendu parler de ça, affirma Liza. Il y a vraiment des hommes qui font des choses pareilles ?

— Certains, oui.

— Eh bien, pas lui. Je te l'ai dit, il me détestait. Il voulait être seul avec Ève et je faisais obstacle. Ça n'a pas toujours été ainsi, il m'aimait bien au début, il a peint ce portrait de moi, celui dont je t'ai parlé. Il n'arrêtait pas de peindre des portraits d'Ève, et puis un jour il a dit qu'il allait faire le mien. Je me suis assise sur une chaise dans le châtelet, et il m'a peinte. Il était très gentil à cette époque. J'ai dû rester immobile très longtemps, et il m'a apporté du jus d'airelle, je n'en avais jamais bu avant ça, et des biscuits avec du glaçage dessus qu'Ève ne me donnait jamais. Il achetait un tas de choses pour moi lorsqu'ils allaient faire les courses. Quand j'y repense, je crois qu'il essayait seulement de rentrer dans les bonnes grâces d'Ève.

— De quoi ?

— Rentrer dans ses bonnes grâces. Inciter Ève à l'aimer davantage. Ensuite, il a dû se rendre compte que ce n'était pas nécessaire, qu'elle l'aimait suffisamment comme ça. Et il a changé. Quand il était malade, quand il a compris qu'il ne pouvait pas la persuader de m'envoyer tous les jours à l'école, c'est là qu'il a changé. Je ne peux pas te dire à quel point j'ai été soulagée d'apprendre qu'il était parti. J'étais tellement contente. »

Sean éteignit la télévision. C'était une concession, Liza le sentit, aussi ferma-t-elle son livre. Il lui passa le bras autour du cou.

« Qui est cette femme dont tu m'as parlé, celle qui racontait des histoires à son mari ? »

Il n'avait pas oublié, pensa Liza avec satisfaction.

« Schéhérazade. C'était une Orientale, une Arabe, je suppose. Son mari était un roi qui avait l'habitude d'épouser des femmes qu'il faisait exécuter le matin suivant leur nuit de noces. On leur coupait la tête.

— Et pourquoi ?

— Je ne sais pas, je ne me souviens plus. Schéhérazade était bien décidée à garder la sienne sur ses épaules. Elle commença à lui raconter une histoire pendant leur nuit de noces, une histoire si longue qu'elle ne put la terminer. Il avait tellement envie de connaître le dénouement qu'il lui accorda la vie sauve jusqu'au surlendemain matin, pour lui laisser le temps de raconter la fin. Mais l'histoire n'eut pas de fin, ou bien Schéhérazade en commença une autre, et cela continua ainsi jusqu'au jour où, devenu complètement dépendant de ses histoires, il décida de ne pas la tuer. Finalement, il tomba amoureux d'elle, et ils vécurent très heureux ensemble.

— Et les autres, les pauvres épouses qu'il avait tuées ?

— Elles n'ont pas eu de chance, dit Liza. Mais je ne crois pas que cela ait beaucoup gêné Schéhérazade. Pourquoi me parlais-tu d'elle ?

— Je ne sais pas. J'avais envie que tu m'en dises un peu plus sur ce qui est arrivé. Tu as arrêté de me raconter ton histoire.

— J'ai de la chance d'être encore en vie, alors ? »

demanda Liza en riant. Mais Sean ne rit pas, lui. « Ce qui s'est passé ensuite, après le départ de Bruno, je veux dire, c'est que M. et Mme Tobias sont arrivés. C'était la première fois depuis près d'un an. M. Tobias voulait rencontrer Bruno, et Ève dut lui dire où il était parti. Voir ses tableaux serait peut-être suffisant, dit M. Tobias, aussi Ève l'emmena avec sa femme dans le châtelet, et la première chose qu'ils virent fut mon portrait.

« Évidemment, ils ont aussi vu les autres tableaux et Mme Tobias, Victoria, a dit qu'elle aimerait en acheter un. Elle voulait celui qui représentait Shrove au clair de lune. "Oh, je l'adore !" s'exclama-t-elle en battant des mains, et quand Ève annonça le prix, quatre cent livres, elle ne cilla même pas. M. Tobias — Jonathan, pourquoi est-ce que je continue à l'appeler ainsi, comme une gamine ? — a rédigé le chèque sur-le-champ et l'a remis à Ève.

— Elle n'a pas attendu pour demander à Bruno ?

— Elle devait savoir qu'il voulait les vendre, je suppose. Bref, elle n'a pas attendu. Elle était ravie de toucher de l'argent pour lui. Le lendemain, Jonathan alla chasser, et Victoria aussi. Il y avait un couple de perdrix qui avait l'habitude de se pavaner dans le voisinage, je m'étais prise d'affection pour elles, elles avaient des pattes rouges et un superbe motif sur le dos. Elle les a abattues toutes les deux. J'aurais voulu avoir un fusil pour l'abattre, elle. Quand ils eurent tué des oiseaux tout leur saoul, ils repartirent pour Londres, et, dès qu'ils eurent le dos tourné, Ève s'installa près de moi et me raconta toute l'histoire concernant le vieux M. Tobias, Caroline, sa propre mère et pourquoi elle n'avait pas eu Shrove pour elle toute seule. »

12

LES PARENTS D'ÈVE avaient commencé à travailler pour le vieux M. Tobias et sa femme lorsque Ève avait cinq ans, et Jonathan, neuf. Jonathan ne vivait pas à Shrove à l'époque, il venait pour les vacances avec ses parents, Caroline, devenue Lady Ellison, et son mari, Sir Nicholas Ellison. Puis Sir Nicholas quitta Caroline, qui retourna chez elle, dans sa famille.

Le père d'Ève était un Allemand nommé Rainer Beck, un prisonnier de guerre qui n'était pas retourné dans son pays à la fin des hostilités mais avait préféré rester en Angleterre, épousant Gracie, la fille du fermier chez qui il travaillait. Plusieurs lustres passèrent sans qu'ils aient d'enfants, et Gracie avait abandonné tout espoir, aussi tomba-t-elle des nues lorsqu'elle se retrouva enceinte au bout de dix ans de mariage. Elle mit au monde une fille qu'ils prénommèrent Eva, comme la mère de Rainer, qui habitait à Hildesheim.

Les ouvriers agricoles étaient la catégorie de travailleurs la plus mal payée et comme, depuis la mécanisation du matériel, l'on pouvait de toute manière exploiter une centaine d'hectares avec seulement deux hommes, on n'avait plus vraiment besoin d'eux. Un jour qu'elle attendait chez le dentiste, Gracie vit l'annonce pour une femme de ménage et un homme à tout faire dans le magazine *The Lady*. Ils postulèrent et furent embauchés. L'un des avantages de cet emploi était qu'il comportait la jouissance d'une maison.

Le vieux M. Tobias et sa femme eurent un entretien avec Gracie et lui proposèrent immédiatement la place. Ayant du mal à prononcer le nom de Rainer, ils l'appelèrent Ray.

Les Tobias aimaient bien que les gens changent de nom. Jonathan avait été baptisé Jonathan Tobias Ellison, mais il abandonna Ellison à la suggestion de son grand-père et devint Jonathan Tobias. Il était dans son internat chic pendant l'année scolaire mais venait à Shrove pour les vacances. C'est ainsi qu'il grandit avec Ève. Oui, c'était sa formule, ils avaient grandi ensemble. Ils étaient inséparables, chacun était le meilleur ami de l'autre.

La vieille Mme Tobias, gravement malade, mourut alors que Gracie et Rainer étaient à Shrove depuis un an, et peu après, Caroline partit avec un homme qu'elle avait rencontré pendant un séjour à la Barbade. Jonathan resta à Shrove. Il lui arrivait d'aller passer quelque temps avec son père, mais en général il était à Shrove, racontant à Ève qu'il l'épouserait quand il serait grand. Ils se marieraient et vivraient ensemble à Shrove toute leur vie, jusqu'à ce que la mort les sépare.

Ray n'était ni un jardinier ni un valet de chambre, c'était un homme à tout faire. M. Frost, qui était alors très jeune, venait du village à bicyclette — la même bicyclette, selon Ève — pour s'occuper du jardin. Il n'y avait pas assez d'ouvrage pour que Ray soit employé à plein temps. Un formidable coup de chance voulut qu'il trouvât du travail au village, comme poseur de briques chez un entrepreneur, le travail même pour lequel il avait été formé naguère en Allemagne. Ray s'affairait quelques heures par semaine à Shrove — nettoyer les vitres et les voitures, mais c'était Gracie le personnage important. Sans elle, Shrove serait tombé en morceaux. Avec l'aide, trois fois la semaine, de la fille de M. Frost, elle gardait Shrove impeccable et faisait toute la cuisine. Elle lavait et repassait le linge, commandait l'épicerie, confectionnait confitures et achards, servait de secrétaire à M. Tobias ainsi que, de plus en plus, d'infirmière. Elle était indispensable.

Ève fréquenta d'abord l'école du village, puis une école en ville où il fallait payer la scolarité. M. Tobias réglait la facture. Elle était très intelligente, plus intelligente que Jonathan, disait M. Tobias, et pourtant il adorait Jonathan. Gracie pensait qu'il devenait un peu gâteux, peut-être étaient-ce les premiers symptômes de la maladie d'Alzheimer, lorsqu'il disait qu'Ève pourrait très bien être admise à Oxford. La sœur de Gracie avait étudié neuf mois dans une école de secrétaires, et elle considérait cela comme le sommet de l'ambition universitaire.

M. Tobias n'avait pas la maladie d'Alzheimer mais un cancer qui évoluait très lentement. Il avait quatre-vingts ans, âge auquel les tumeurs malignes se développent avec lenteur. Il pouvait se lever, marcher un peu, se laisser conduire en voiture par Ray, et mener somme toute une vie à peu près normale. Mais il devait quelquefois aller à l'hôpital pour être soigné aux rayons et, lorsqu'il rentrait chez lui, il était malade pendant un certain temps. Il avait largement les moyens de s'offrir une infirmière privée mais ne voulait être soigné par personne d'autre que Gracie.

Les médecins de l'hôpital — on les appelait des oncologistes, expliqua Ève — disaient que de tous leurs malades atteints d'un cancer il était celui qui avait survécu le plus longtemps. Son cancer avait été détecté neuf ans plus tôt, et il vivait encore. De fait, ce n'est pas M. Tobias qui mourut le premier, mais Rainer Beck. La commission d'urbanisme avait autorisé quelques constructions au village, et l'employeur de Ray était en train d'édifier une maison pour combler un vide entre la rangée de cottages et la mairie. Ray était en train de poser des briques pour le mur de façade lorsqu'il pivota sur place et mourut d'une crise cardiaque, truelle en main.

« Il s'y cramponnait, et le ciment a durci, dit Liza. Le ciment a pris dans sa main, et ils ont dû l'ouvrir de force. Il a fallu lui briser les doigts. C'était ça ou l'enterrer avec cette truelle dans la main. »

Sean fit une grimace.

« Beurk ! je t'en prie !

— Je te dis seulement les choses telles qu'elles se sont passées.

— Tu n'es pas obligée de rentrer dans les détails. »

Après la mort de Ray, Gracie commença à s'inquiéter de son avenir. Une semaine plus tôt, elle pouvait compter sur le salaire de son mari, une semaine plus tard, plus rien. Et pour toujours. Elle n'avait pas de maison à elle mais en revanche elle avait une fille de seize ans à charge et un patron qui pouvait mourir à tout moment, la laissant sans emploi. Caroline faisait de temps à autre une apparition à Shrove, somptueusement vêtue, arrivant dans une grosse voiture neuve, toujours pas divorcée, encore mariée à Sir Nicholas et entretenue par lui, mais souvent escortée d'un gentleman de ses amis. Elle n'avait jamais aimé Gracie, désapprouvait l'amitié que son fils portait à « la fille de la bonne » et laissait clairement entendre qu'après la mort de son père Gracie ne resterait pas plus d'une semaine dans les lieux.

Gracie exposa ses inquiétudes à M. Tobias. Elle était encore assez jeune pour trouver un emploi si elle partait immédiatement. Sa sœur avait à Coventry une petite agence de voyages dont son associé venait de se retirer. Si Gracie venait travailler avec elle, apprenait le métier et prenait la place de l'associé, elle l'aiderait à contracter un emprunt pour l'achat d'un appartement. Mais il fallait agir maintenant, pas l'année prochaine ou dans cinq ans, lorsque Gracie aurait dépassé la cinquantaine.

Il se trouve qu'elle raconta tout cela à M. Tobias au moment où les médecins lui avaient découvert une nouvelle tumeur à la colonne vertébrale. Après son opération, il faudrait d'autres rayons, et il serait convalescent pendant plusieurs semaines. Il supplia Gracie de ne pas le laisser tomber. Caroline était à nouveau repartie. Non qu'elle fût de la moindre utilité dans la maison et par ailleurs elle était trop sensible pour faire office d'infirmière, affirmait-elle. Jonathan étudiait à Oxford. Si Gracie s'en allait, M. Tobias devrait recourir aux services d'infirmières privées et il en mourrait.

Gracie annonça à sa sœur qu'elle avait besoin d'un peu

plus de temps pour prendre sa décision. Entre-temps, M. Tobias entra à l'hôpital où l'on procéda à l'ablation de sa tumeur dans le dos. Il tomba gravement malade.

« Je suppose qu'elle souhaitait qu'il meure, dit Liza.

— Allons, Liza, le pauvre vieil homme. Il était complètement seul, et tout le monde se souciait comme d'une guigne de ce qui pouvait lui arriver. C'était vraiment normal qu'il ne veuille pas la voir partir.

— Elle devait penser à son avenir. Les gens riches comme lui ne font que se servir des gens comme ma grand-mère, a dit Ève. Cela aurait été différent s'il n'avait pas eu les moyens de s'offrir des infirmières.

— L'argent ne fait jamais le bonheur, déclara Sean avec un soupir.

— Qu'en sais-tu ? As-tu déjà connu des gens riches ? Moi, oui. Jonathan a toujours été riche, depuis que je le connais, et il a été heureux pendant plusieurs années. »

M. Tobias rentra à la maison, et Gracie prit soin de lui. Elle quitta le pavillon et vint s'installer à Shrove House avec Ève. Pendant les deux semaines où il ne put pas se lever, elle dut lui porter le bassin et changer le pansement de son dos, qui commençait à suppurer. Le médecin venait tous les jours et disait qu'elle était merveilleuse. À cette époque, Ève passa avec succès son baccalauréat. M. Tobias la convoqua dans sa chambre pour la féliciter et lui donner un billet de cinquante livres, « afin qu'elle s'achète des robes ».

« Que va-t-il advenir de moi ? demanda Gracie lorsqu'il fut rétabli et capable de se lever. Que vais-je devenir ? Ma sœur commence à s'impatienter. »

M. Tobias y avait réfléchi ; il lui fit part de la décision qu'il avait prise. Si elle lui promettait de rester auprès de lui jusqu'à sa mort, de prendre soin de lui et d'être la seule à le soigner — elle pourrait se faire aider dans la maison autant qu'elle le voudrait —, si elle faisait tout cela, il lui laisserait Shrove House dans son testament. Il savait qu'elle adorait la maison, combien elle appréciait ce magnifique endroit.

« C'est ma fille qui l'adore, répondit Gracie, tellement

ébranlée par ses propos que c'est la seule réponse qui lui vint à l'esprit. C'était Ève qui ne supportait pas la perspective de partir. Cela l'avait presque autant retenue d'accepter la proposition de sa sœur que la dépendance de M. Tobias à son égard. Si Ève travaillait tellement bien, avait de si bons résultats à l'école, était une jeune fille heureuse, c'était parce qu'elle adorait Shrove et son environnement, toute cette délicieuse vallée. Et aussi parce qu'elle était avec Jonathan dès qu'il revenait à la maison, pensa Gracie, sans toutefois l'exprimer à voix haute. Elle n'avait pas osé avouer à Ève qu'elles pourraient éventuellement quitter Shrove pour aller à Coventry.

« Eh bien, que pensez-vous de mon idée ? » M. Tobias s'attendait peut-être à davantage d'enthousiasme. Cela finit par venir. Gracie était sous le coup, elle n'arrivait pas à croire ce qu'il avait dit. Parlait-il sérieusement ? Et Caroline ? Est-ce que Shrove ne revenait pas de droit à Caroline ?

« Caroline déteste cet endroit, dit M. Tobias, confirmant ainsi ce que Gracie savait depuis longtemps. Elle n'a jamais eu qu'une idée, en partir. De plus, même si elle ne vit plus avec Nicholas depuis dix ans, il est encore fou d'elle. Il lui laissera tout ce qu'il possède, vous verrez. Il n'a pas une bonne santé, ce pauvre Nicholas, il ne durera pas autant que moi, et à sa mort Caroline sera riche. »

Il fallut cinq minutes à Gracie pour accepter. Oui, elle resterait. « Dans ce cas, vous pouvez téléphoner à mon notaire et lui demander de passer ici un jour de la semaine prochaine », dit M. Tobias.

Le nouveau testament fut rédigé. M. Frost et le médecin de M. Tobias le signèrent en qualité de témoins. En présence du testamentaire et de chacun, expliqua Ève. C'était la loi.

M. Tobias se rétablit rapidement après cela. La certitude que Gracie ne le quitterait pas le stimula comme un aiguillon, son état s'améliora. Il était debout, très précisément en train de faire un tour dans le jardin, lorsque Jonathan rentra à la maison pour les grandes vacances. La sœur de Gracie prit comme associée de l'agence de voyages une de ses amies qui avait été la secrétaire du directeur général d'une compagnie aérienne nationale.

N'ayant aucun secrets pour sa fille, Gracie lui parla du testament. Ève eut le sentiment que Shrove lui appartenait déjà. Elle avait toujours considéré M. Tobias comme son grand-père et se voyait aujourd'hui promettre Shrove comme si elle en était l'héritière naturelle. Sa mère avait raison de dire qu'elle adorait cet endroit. Tout ce qu'elle souhaitait dans la vie, à l'âge de dix-sept ans, c'était d'y vivre éternellement. Avec Jonathan, bien sûr. Jonathan pouvait venir habiter avec elle.

Ève passa ses examens d'entrée à l'université avec mention et fut admise à Oxford. Jonathan y était encore, bien qu'ayant déjà obtenu son diplôme, et ils se virent beaucoup là-bas.

« Qu'est-ce que ça signifie ? demanda Sean. Tu veux dire qu'ils couchaient ensemble ?

— Je suppose que oui. En fait, oui, j'en suis sûre. Ève ne l'a pas vraiment admis. Enfin, elle ne pouvait pas, à l'époque. Pas devant moi. Je n'avais que dix ans.

— Mais t'étais assez grande pour la voir au lit avec des types, l'un après l'autre. »

Liza haussa les épaules. Il n'y avait aucune réponse à ça. Ève et Jonathan avait dû être amants. Qu'est-ce qui pouvait les en empêcher ? D'ailleurs, Liza avait de très bonnes raisons d'en être persuadée. À Shrove, M. Tobias tenait le coup. Il avait de temps en temps des rechutes, et une fois il tomba en essayant de descendre les marches de la terrasse. Il se cassa le bras, et ils découvrirent à la radiographie qu'il avait un cancer des os. Gracie continua de le soigner à travers ces épreuves.

À la fin de sa première année d'université, Ève revint passer juillet, août et septembre à Shrove. Jonathan aussi. Ils ne se quittèrent pas. Mais quand Ève repartit à l'automne Jonathan ne l'accompagna pas. Il resta à Shrove, auprès de son grand-père dont tout le monde disait qu'il allait bientôt mourir. Comme les cassettes de livres lus n'existaient pas en ce temps-là, Jonathan passait plusieurs heures par jour à lui faire la lecture à voix haute.

Jonathan allait devenir « quelque chose dans la City ». C'est ce qu'avait dit Ève. Liza ne savait pas ce que cela signifiait, et Sean n'en avait qu'une très vague idée.

« Dans une banque, peut-être, hasarda-t-il. Ou chez un agent de change.

— Qu'est-ce que c'est ?

— Je ne sais pas au juste. C'est faire des trucs avec des actions.

— De toute manière, ça ne s'est pas passé comme ça. Il n'en a pas eu besoin parce que son père est mort, lui laissant tout ce qu'il possédait, sa fortune entière, c'est-à-dire des millions de livres sterling, enfin, un million ou deux, ainsi qu'une maison à Londres et une autre dans la région des lacs. Il devint ce qu'on appelle un *Name* à la Lloyd's, je ne sais pas ce que c'est au juste, mais ça n'était pas du travail. Caroline hérita de la maison en France et d'une pension à vie provenant d'une autre somme d'argent. Seulement, personne n'était au courant.

— Comment ça, personne n'était au courant ? »

Personne n'était au courant à Shrove. Gracie et M. Tobias savaient que Sir Nicholas Ellison était mort, évidemment, Gracie avait envoyé une couronne de la part de M. Tobias pour l'enterrement, mais ils croyaient que tous les biens étaient allés à Caroline. Ève savait, en revanche. Jonathan lui avait écrit à Oxford pour l'en informer, mais il ne lui vint pas à l'esprit de le dire à sa mère, cela ne l'intéressait pas vraiment, qui, de Jonathan ou de Caroline, allait hériter de l'argent, il fallait bien que ce fût l'un ou l'autre.

M. Tobias avait dû présumer que tout allait à Caroline. Après tout, il l'avait prédit. « Il y avait tellement d'argent, vois-tu, Liza, disait Ève. Ces gens-là ne connaissent même pas le montant de leur fortune. Les gens comme nous savent toujours combien ils possèdent à la livre près, voire aux cinquante pence près, mais les Tobias et les Ellison de ce monde, qu'ils aient deux ou trois millions, ou quelque chose entre les deux, ne font pas la différence. C'est réparti dans plusieurs endroits, ça se reproduit, ça s'accumule, et ils finissent par en perdre le compte. »

L'argent débordait de partout, par quantités, encore et encore plus, venant d'ici, de là. Peut-être M. Tobias n'y prêtait-il même pas attention, il ne s'en souciait pas, il n'y pensait même pas. Il était très malade, très vieux et très riche, et la dernière chose qu'il allait mettre au clair dans son esprit, c'était qui avait quoi, en termes d'argent.

Il se produisit alors quelque chose de totalement inattendu. Ève était à Oxford depuis deux ans. Jonathan partageait son temps entre les visites qu'il lui faisait et ses séjours auprès de son grand-père. À quatre-vingt-quatre ans, M. Tobias était extrêmement faible et avait besoin de soins constants, mais ses jours n'étaient pas en danger. C'était l'automne. Gracie, qui avait été en bonne santé toute sa vie, manifesta soudain des symptômes alarmants. On lui fit des analyses, et les médecins lui annoncèrent qu'elle avait un cancer de l'utérus. Elle fut hospitalisée d'urgence pour subir une hystérectomie.

Il ne restait plus qu'à recourir aux infirmières, une de jour et une de nuit. Jonathan ne pouvait assurer le service du bassin et faire la toilette du malade dans son lit. Elles étaient présentes vingt-quatre heures sur vingt-quatre, un roulement incessant d'infirmières qui se succédaient. Jonathan restait assis auprès de son grand-père, écrivait des lettres à Ève, tirait des faisans. Ce qui s'est passé alors, pendant que Gracie était à l'hôpital, apparut clairement après la mort de M. Tobias.

Celui-ci avait très mal supporté que Gracie le quitte. Lui faire comprendre qu'elle n'avait pas eu le choix semblait impossible. C'était pourtant sa vie à elle qui était en danger. Peut-être aurait-elle dû lui expliquer plus en détail ce qui lui arrivait. Mais elle avait peur. Pour une fois, elle ne pensait qu'à elle.

Quant à lui, c'était comme s'il refusait d'admettre que quelqu'un d'autre pouvait avoir une maladie grave. Il lui parla sur le ton d'un père déçu, que sa fille a trahi en ayant un comportement immoral ou criminel. Il faisait sans cesse allusion à « la fois où vous m'avez abandonné ».

Gracie reprit son poste auprès de lui. Les infirmières mercenaires disparurent. Jonathan partit rejoindre sa mère en France. On avait recommandé à Gracie de ne rien porter de lourd pendant six mois, or M. Tobias, bien que vieux et maigre, pesait un bon poids. Lorsqu'elle ne parvenait pas à le soulever dans son lit pour le redresser sur ses oreillers, il grommelait et lui faisait des reproches.

Ève rentra à la maison pour Noël et retourna à Oxford en janvier. Il était question qu'elle obtienne une mention.

« Qu'est-ce que c'est que ça ? demanda Sean.

— Le meilleur diplôme possible. C'est comme remporter le premier prix. »

Au printemps, M. Tobias était trop malade pour rester chez lui. On le transporta dans une clinique où il tomba dans le coma. Il survécut quelques semaines et mourut en mai. Gracie fut triste, d'une certaine façon, mais il s'était montré tellement désagréable les derniers mois qu'elle n'éprouvait plus la même affection pour lui. Elle savait que Shrove lui appartenait, désormais. À son réveil, le lendemain de la mort de M. Tobias, elle sortit et apposa les mains sur le mur de brique, répétant : « Tu es à moi, tu es à moi. » Puis elle pensa qu'il fallait mieux appeler le notaire pour savoir quand elle pourrait prendre légalement possession des lieux.

Le notaire lui annonça que son client avait tout laissé à Jonathan Tobias Ellison, connu sous le nom de Jonathan Tobias. Enfin, pas exactement tout. Il y avait pour elle un legs d'un millier de livres.

« Il avait rédigé un nouveau testament pendant qu'elle était à l'hôpital », expliqua Liza. Il a demandé à Jonathan de convoquer le notaire, et des infirmières ont servi de témoin. Elles ont signé en présence l'une de l'autre et du testamentaire.

— Tu veux dire que c'est Jonathan qui a tout arrangé.

— Ève affirme que non. Selon elle, il aurait dit à son grand-père qu'il n'avait pas besoin de Shrove, qu'il avait déjà ce que son père lui avait laissé. Mais M. Tobias n'a pas compris, ou n'a pas voulu comprendre. Il a dit à Jonathan qu'il n'allait pas laisser la propriété à “cette femme qui m'a laissé tomber”.

— Qu'a fait ta grand-mère ?

— Que pouvait-elle faire ? Ève n'y attachait pas trop d'importance, pas à l'époque. Cela ne changerait rien, en fin de compte, puisqu'elle devait épouser Jonathan. »

Jonathan demanda à Gracie de rester dans le pavillon. Il se pouvait qu'il vienne habiter Shrove un jour, mais pas dans l'immédiat. Tout ce qu'elle aurait à faire serait de surveiller la maison, comme une sorte de gardienne. Pas de soins, pas de cuisine, ce serait comme si Shrove lui appartenait, à peu de chose près. Gracie ne voulut pas, elle était trop humiliée. Quant à Ève, cela la mit en rage. Où iraitelle en vacances, en attendant d'épouser Jonathan ? Gracie se montra intraitable. Elle partit pour Coventry où elle loua la chambre d'amis de sa sœur.

On approchait de la fin. Ève sortit du tableau quelque temps, et, lorsqu'elle réapparut, ce fut sans diplôme, ne parlons même pas de mention, mais avec un bébé.

« Moi, dit Liza.

— C'est tout ce que tu sais ?

— Elle m'a dit qu'elle me raconterait tout quand je serai plus grande. »

Ève savait que Jonathan partait pour l'Amérique du Sud. Il avait déjà commencé à voyager dans un tas d'endroits, « juste pour voir comment c'était ». « Viens aussi », lui disait-il, mais bien entendu, elle ne pouvait pas aller au Brésil, au Pérou ou Dieu sait où encore, alors que le trimestre commençait à l'université. Ils se disputèrent un peu à ce sujet et ne se virent pas pendant deux semaines, mais le jour où il devait prendre son avion pour Rio, Ève l'accompagna à Heathrow et assista à son départ.

Il devait rentrer au bout de trois mois, au bout de six mois, mais il ne revenait pas, il restait indéfiniment. Ève dut quitter Oxford parce qu'elle allait avoir un bébé. Pendant ce temps, Gracie était en train de mourir dans un hôpital de Coventry. L'hystérectomie n'avait pas été pratiquée assez tôt.

Après sa mort, Ève et Liza restèrent chez la tante d'Ève. Celle-ci n'avait pas caché qu'elle ne voulait pas d'une nièce et d'une petite-nièce à la maison, elle détestait les bébés, mais elle tenait à faire son devoir. Ève avait du mal à joindre les deux bouts. De plus, elle allait mal sur le plan psychologique, elle n'avait jamais surmonté ce qui s'était produit avant la naissance de Liza, et pourtant elle n'avait pas voulu avorter. Cela ne lui était jamais venu à l'esprit, il fallait que Liza le sache.

« C'est une chose charmante à raconter à une gamine de dix ans, dit Sean.

— D'accord, je sais ce que tu penses d'elle. Tu n'es pas obligé d'en rajouter. »

Heather prit contact avec Ève et lui proposa de venir habiter chez elle. Ève était tellement malheureuse avec sa tante qu'elle accepta, bien que l'appartement de Heather à Birmingham fût minuscule, avec une seule chambre. Elles y vécurent toutes les trois du mieux qu'elles purent. Heather trouva à Ève un poste d'enseignante dans une école privée qui n'exigeait pas de personnel diplômé. Elle plaça Liza en nourrice mais ce n'était pas une solution satisfaisante. Lorsqu'elle allait la rechercher l'après-midi, elle trouvait les six enfants confiés à la garde de la nourrice ficelés dans des poussettes, en rang devant la télévision.

« Ainsi, j'avais déjà vu la télévision avant, quand j'avais un an, mais je ne m'en souvenais pas. »

Le résultat fut qu'Ève décida de ne jamais laisser sa fille la regarder. Et cela déclencha toute une série d'idées sur la manière d'élever sa fille. Si seulement elle avait eu un endroit où vivre, mais il n'y en avait qu'un au monde dont elle voulût réellement.

Jonathan ignorait où elle était. Elle avait changé deux fois de travail et trois fois de nourrice quand il retrouva sa trace. Liza avait trois ans, et Ève avait successivement essayé de distribuer des magazines gratuits dans la rue et de travailler comme secrétaire tout en apprenant à taper à la machine. Liza avait fait une chute chez la nourrice et s'était entaillé le front. En arrivant à Shrove, Jonathan avait trouvé une lettre mentionnant l'adresse de la tante et, jugeant que cela valait la peine d'essayer, était allé la chercher. Un soir, il sonna à la porte de l'appartement de Heather.

Lorsqu'il lui annonça qu'il avait une proposition à lui

faire, elle crut dans un moment d'aberration qu'il allait la demander en mariage, même maintenant, après tout ce qui était arrivé. Il se montra amical quoique réservé. Accepterait-elle d'habiter le pavillon de Shrove et de surveiller la propriété en échange ? Ce fut l'expression qu'il employa, « surveiller » la propriété. Il lui verserait un salaire, et il apparut que ce n'était pas une petite somme.

Elle accepta. De fait, elle n'avait pas le choix.

« Cela l'a ramenée ici, vois-tu. Cela lui a permis de retrouver le seul endroit au monde où elle avait envie d'être, même si dans le pavillon elle était plutôt comme les péris aux portes du paradis.

— Les quoi ?

— Les péris étaient des créatures surnaturelles de la mythologie perse. On les appelait aussi Pairikâs. C'étaient des démons, mais ils cachaient leur malfaisance sous des apparences charmeuses. Bien entendu, ils ne pouvaient pas entrer au paradis.

— Bien entendu, répéta Sean, d'un air sarcastique.

— Cela s'est passé ainsi, tu vois. C'est ainsi que nous sommes allées vivre là-bas et que tout a commencé. »

13

BRUNO ÉTAIT PARTI, et la vie avait repris son cours antérieur. Les leçons recommencèrent. C'était une chance que Liza aimât apprendre, car en son absence elle avait rarement l'occasion de monter à Shrove pour regarder la télévision. Mère lui enseignait sans répit. Parfois, sa manière de lui transmettre son savoir confinait à la férocité, tant elle y mettait d'intensité.

L'hiver arriva, avec son cortège de journées sans soleil et de nuits prolongées. Chaque matin, elles allaient se promener ensemble, mais cela ne durait que une heure, et le reste du temps était consacré aux livres d'étude de Liza. Certaines fois, Mère insistait pour qu'elles parlent seulement français, aussi le petit déjeuner, le déjeuner et le dîner, étaient-ils pris en français, et elles discutaient des autres sujets en français. Mère fit passer à Liza un examen en anglais, histoire et latin. Liza apprit des pages entières de poèmes par cœur et le soir elle lisait des pièces de théâtre à voix haute avec Mère, celle-ci prenant les rôles masculins, et Liza les rôles féminins. Elle lut *Peter Pan*, *Au bout de l'arc-en-ciel* de Clifford Mills et *L'Oiseau bleu* de Maeterlinck.

Le nom de Bruno n'était jamais mentionné. S'il envoyait des lettres à Mère, elle n'en dit jamais rien. Maintenant, qu'elle était plus grande, Liza se levait moins tôt le matin et Mère était toujours debout avant elle, aussi Liza ne pouvait pas savoir si des lettres étaient arrivées. Elle savait que

Heather écrivait parfois, ses lettres traînaient un peu partout. Les Tobias envoyèrent une carte de Noël, ainsi que Heather et la tante. Est-ce que nous allions leur en envoyer aussi ? voulut savoir Liza. Mère répondit non, certainement pas. C'est absurde de célébrer Noël si vous ne croyez pas dans le Dieu des chrétiens, ou quelque autre dieu, mais elle fit à Liza une leçon sur la religion chrétienne, tout comme sur le judaïsme, l'islam et le bouddhisme.

Un jour, peu avant le onzième anniversaire de Liza, alors qu'elle fouillait dans le secrétaire de Mère à la recherche d'un bloc de papier interligné, elle tomba sur une lettre écrite de la main de Bruno. Elle reconnut immédiatement son écriture. Sans qu'on le lui ait jamais dit, elle savait que c'était mal de lire la correspondance d'autrui. Cela devait lui venir de tous ces livres victoriens de haute tenue morale qu'elle avait lus dans la bibliothèque de Shrove, entre autres les œuvres de Charlotte M. Yonge et de Frances Hodgson Burnett. Ce qui ne l'empêcha pas de la lire.

Mère était montée à l'étage. Elle l'entendait marcher au-dessus de sa tête. Liza lut l'adresse, un endroit qui s'appelait Cheadle, la date, qui remontait à la semaine précédente, et la première page de la lettre. Cela commençait par « Ma chère, si jolie Ève ». Liza plissa le nez mais poursuivit sa lecture. « Tu me manques énormément. J'aimerais pouvoir te téléphoner, c'est ridicule de ne pas pouvoir s'appeler de nos jours, à notre âge. *S'il te plaît*, appelle-moi. Tu peux téléphoner en PCV, si tu crains que J. T. fasse toute une histoire. Maintenant que maman est morte, je ne suis plus pauvre, tu te rends compte ? Il n'y en a plus pour très longtemps, maintenant, il faut juste que je m'occupe de toutes ces questions matérielles, c'est vraiment incontournable, je n'ai qu'à serrer les dents et tenir le coup. Le simple fait d'entendre ta voix serait... »

Ayant reconnu les pas de Mère dans l'escalier, elle dut s'interrompre, n'osant pas tourner la page. Cette histoire de PCV était incompréhensible, mais en revanche elle avait très bien saisi le sens de « Il n'y en a plus pour très longtemps, maintenant. » Il allait revenir. Elle se demanda un instant comment la mort faisait qu'il n'était plus pauvre, puis, se rappelant l'histoire de Shrove et du vieux M. Tobias, elle comprit.

L'hiver était rude. Il neigea un peu avant Noël, mais la première chute importante survint au début du mois de janvier. La neige formait sur la route d'épaisses couches qui masquaient la limite entre la chaussée et le talus d'herbe, s'amoncelaient au point de cacher le fossé et recouvraient les haies d'une chape blanche. Quand elle fondit enfin un peu, il y eut une nouvelle gelée, plus rigoureuse encore, si bien que la neige fondue, qui retombait en gouttes et en ruisselets, se transforma en glaçons effilés comme des aiguilles et tranchants comme des couteaux.

Les stalactictes de glace pendaient à la gouttière du pavillon comme la cantonnière frangée d'un dais. Une pellicule glacée recouvrait la neige épaisse. Cela faisait deux jours qu'aucune voiture n'avait pu remonter l'allée. La municipalité, expliqua Mère, n'avait pas jugé bon d'envoyer un chasse-neige, vu qu'elles étaient les seules habitantes des lieux et n'avaient pas de voiture.

Le facteur ne passait plus, au grand plaisir de Liza car cela signifiait pas de lettres de Bruno. Tant que l'allée était bloquée, Bruno ne pouvait pas venir. La petite voiture orange ne se fraierait jamais un chemin là où la camionnette de la poste n'avait pu avancer. Et la neige tombait, inlassablement, ajoutant chaque jour une nouvelle couche à l'épais tapis de blancheur crissante qui recouvrait tout.

Elles nourrirent les oiseaux. Elles avaient une planche pour les miettes de pain et deux mangeoires en treillage métallique qu'elles remplissaient de noix, et elles accrochaient des morceaux de lard à une ficelle. Un matin, Liza vit un pivert sur l'une des mangeoires métalliques, et un grimpereau des bois pendu par la queue, qui picoraient des noix. Se souvenant d'avoir vu Jonathan prendre des photos, elle dit qu'elle aurait bien aimé avoir un appareil photographique. Mère répondit non, ton esprit est le meilleur appareil d'enregistrement, laisse ta mémoire le photographier.

Elle dit alors que l'oiseau ressemblait à un *trochilus*. Liza chercha donc *trochilus* dans l'encyclopédie et crut comprendre ce que sa mère avait voulu dire, car le nom de l'oiseau venait du grec *trokhilos*, qui désigne un petit oiseau égyptien également appelé « oiseau crocodile » parce qu'il peut impunément entrer dans la gueule d'un crocodile et lui curer les dents. Le *trochilus*, ou pluvier d'Égypte, crie pour avertir les crocodiles d'un danger imminent.

Liza adorait la neige. Elle était trop grande pour faire des bonshommes de neige, mais elle en faisait quand même. Elle se construisit un igloo. Lorsqu'il fut terminé, elle s'installa à l'intérieur et mangea un pique-nique constitué de sandwichs au *Marmite* et de gâteaux secs, se félicitant de la présence de cette neige qui tenait Bruno à distance, souhaitant de toutes ses forces qu'elle continue de tomber et s'accumule, lourde et impénétrable, sur le chemin jusqu'en mars, voire avril. Mère lui avait parlé d'un hiver très rigoureux lorsqu'elle était petite, avant même qu'elle ait accompagné Gracie et Ray à Shrove, lorsque la neige avait commencé à tomber en janvier et continué pendant sept semaines, et que toutes les canalisations avaient gelé. C'était un mauvais hiver mais dans son for intérieur Liza estimait que c'était un « bon » hiver.

Mère avait un rhume qu'elle avait dû attraper en ville lors de sa dernière sortie, avant l'arrivée de la neige. La toux la tenait éveillée la nuit, aussi s'allongeait-elle pour se reposer l'après-midi, ce qui permettait à Liza de monter à Shrove pour une heure ou deux de télévision. Les vieux films, les émissions scolaires et les jeux lui avaient manqué. Elle commençait également à comprendre, d'une manière vague et confuse, que le petit écran rectangulaire était sa propre fenêtre sur un monde dont elle savait fort peu de chose par ailleurs.

La deuxième fois, elle vit le chasse-neige au moment où elle franchissait le portail du pavillon. Il était en train de dégager le chemin. La grosse pelle soulevait des monceaux de neige, parsemée de gravillons incrustés comme dans un clafoutis aux groseilles, la repoussant en monticules sur les bords. Liza eut la certitude que cela allait ouvrir la route à Bruno. Ce fut comme si, assis dans sa petite voiture orange, il attendait de l'autre côté du pont que le chasse-neige arrive et lui ouvre un chemin fluide.

Lorsqu'elle rentra à la maison, toutefois, il n'y avait ni voiture ni Bruno. Elle aurait dû demander à Mère, elle le savait, elle aurait dû dire à Mère : « Est-ce que Bruno va revenir ? » mais elle ne parvenait pas à s'y résoudre. Elle avait trop peur d'entendre « oui » et une date précise. Mieux valait douter que savoir à coup sûr.

La neige fondit, et il n'était toujours pas là. Il n'en restait plus que des petits tas subsistant à l'ombre, dans les endroits les plus froids, des plaques en forme de cartes de géographie posées sur l'herbe verte. Le rhume de Mère disparut en même temps que la neige, aussi n'y eut-il plus de télévision, mais une recrudescence de leçons. En février, par une journée étrangement chaude, Liza alla voir dans les bois si les renoncules étaient sorties, et à son retour il y avait une voiture garée devant le pavillon, une voiture marron foncé d'une forme et d'une marque inconnues d'elle. Il n'y avait pas de lettre de l'alphabet au début, mais à la fin du numéro d'immatriculation. Ça non plus, elle ne l'avait jamais vu. La voiture était une Lancia.

Les Tobias, pensa-t-elle aussitôt, ayant depuis belle lurette laissé tomber le respectueux M. et Mme. Ils avaient tout le temps des voitures neuves. Elle s'avança d'un pas traînant vers la maison, s'apprêtant à dire froidement bonjour avant de monter dans sa chambre. Le souvenir des perdrix était vivace dans sa mémoire, ainsi que l'histoire de Gracie et du grand-père.

Elle s'avança si doucement qu'elle vit Bruno avant qu'il ne la voie. Il était assis sur le canapé à côté de Mère, lui enserrant les deux mains, la regardant dans le fond des yeux. Liza se figea sur place. Il n'avait pas changé, à ceci près que ses longs cheveux soyeux et ondulés étaient plus longs encore et que ses taches de rousseur s'étaient estompées. Il portait toujours son jean et son blouson de cuir, et les deux boucles au lobe de la même oreille.

Peut-être y avait-il une part de vérité dans cette théorie qu'elle avait lue, selon laquelle on peut sentir physiquement le regard de quelqu'un sur soi. Toujours est-il qu'elle n'avait pas bougé, pas fait le moindre bruit, et pourtant Bruno leva brusquement la tête, et leurs regards se croisèrent. Pendant un instant, une toute petite fraction de temps, il laissa paraître sur son visage une telle expression de haine et d'hostilité qu'un frisson glacé traversa le dos de Liza. Elle n'avait jamais rencontré pareil regard auparavant, mais elle sut le déchiffrer sur-le-champ. Bruno la détestait.

L'affreuse expression avait presque aussitôt disparu, remplacée par un air vide et résigné. Mère tourna aussi la tête, lâchant les mains de Bruno. Elle dit :

« Mon Dieu, Liza, tu es silencieuse comme une petite souris. »

Bruno dit :

« Salut, Liza, comment ça va ? »

Il parlait d'une façon particulière. Ni comme un Anglais ni comme un Américain — elle en avait entendu beaucoup à la télévision —, mais comme s'il vivait à mi-chemin entre les deux pays, ce qui était impossible vu que cela serait en plein océan Atlantique. Elle remarqua que sa mère avait rougi. Mère ne lui avait pas annoncé l'arrivée de Bruno. Elle devait pourtant être au courant. Pourquoi ne lui en avait-elle rien dit ?

« Qu'est-ce que tu penses de ma nouvelle bagnole ?

— Il parle de sa voiture, précisa Mère.

— Elle est OK, répondit Liza, recourant à une expression entendue à la télévision qui provoqua un froncement de sourcils chez Mère. J'aimais bien l'orange.

— L'orange, comme tu l'appelles, est allée là où vont toutes les vieilles voitures en mauvais état, chez le casseur.

— Où vont les voitures en bon état, Bruno ? demanda Mère.

— Elles vont chez des gens comme moi, ma douce. Celle qui est dehors fait partie de ce que j'appelle les voitures en bon état. C'était celle de ma mère, elle l'est toujours, d'ailleurs, car je n'ai pas fait établir de nouveaux papiers. Elle l'avait depuis dix ans et elle a roulé à peine plus de dix milles kilomètres avec. »

Mère riait. Liza songea, elle ne m'a rien dit parce qu'elle sait que je le déteste. Sait-elle qu'il me déteste aussi ? Je me le demande. En cet instant précis, le respect que sa mère lui inspirait fut entamé, mais elle ne l'aimait pas moins pour autant. Ce fut ce soir-là qu'elle lui demanda, dès qu'elle eut l'occasion de lui parler en tête à tête, si elle pouvait l'appeler Ève.

— Pourquoi ?

— Tout le monde le fait. »

Si Mère estima que « tout le monde » représentait une population plutôt limitée, dans le cas de Liza, elle n'en dit rien.

« Tu peux, si ça te fait plaisir », répondit-elle, mais on sentait, à son ton, qu'elle n'était pas très contente.

Liza avait eu tort de croire que Bruno n'avait pas changé. Elle aurait fini par se rendre compte du changement même si Ève ne l'avait relevé, si Ève ne lui avait dit, pendant le dîner : « Tu ne faisais pas attention à l'argent, avant, cela te laissait indifférent. »

Bruno avait parlé de toutes les choses qu'« ils » allaient pouvoir faire maintenant que la maison de sa mère était à vendre.

« Tu ferais mieux d'attendre qu'elle soit vendue pour de bon, conseilla Ève de ce ton cassant qu'elle adoptait parfois.

— C'est pratiquement fait, dit Bruno, reprenant son accent nasillard “à mi-chemin”. J'ai trouvé un acquéreur qui semble plus impatient encore d'acheter que je ne le suis de vendre. »

C'était en pleine période faste, il y a cinq ans et demi. Ève dit qu'à sa connaissance, on pouvait vendre à peu près n'importe quoi en ce moment, remarque que Bruno prit plutôt mal. Il se mit à vanter les charmes de la maison maternelle, affirmant qu'ils auraient été ravis, elle et lui, d'y habiter si seulement cela n'avait pas été dans le Nord.

« Tu peux faire ce genre de projet sans moi, dit Ève. Je vis ici et j'y vivrai jusqu'à mon dernier jour. »

Il n'avait plus rien d'un anarchiste. Il avait oublié que l'argent et la propriété sont sans importance. Avoir une grande maison à vendre, une voiture convenable à sa disposition et quelques milliers de livres sterling en banque lui était monté à la tête.

« Je n'avais même pas de banque, quand j'étais ici la dernière fois, Ève.

— Va-t-on continuer à parler d'argent longtemps ? » demanda Ève.

Elle était tellement désagréable avec lui, insultante même, que Liza s'attendait vraiment à le voir partir et aller passer la nuit ailleurs. Mais le son de la guitare continua de résonner doucement au rez-de-chaussée, Bruno chanta comme Johnny Cash, puis Merle Haggard, et elle ne fut pas particulièrement étonnée, des heures plus tard, quand le bruit de leurs pas dans l'escalier la réveilla et qu'elle les entendit entrer dans la chambre d'Ève.

Le seul aspect positif du retour de Bruno fut d'avoir à nouveau les après-midi libres pour regarder la télévision. Non que les leçons cessèrent, mais elles redevinrent très espacées. Bruno était presque constamment là, et se moquait des méthodes pédagogiques d'Ève, lui reprochant de ne pas être une enseignante qualifiée, répétant sans arrêt que la « petite » devrait être à l'école.

« Et pourquoi donc ? finit par dire Mère.

— Allons, Mère. Elle n'a pas une scolarité normale.

— Ne m'appelle pas Mère, tu n'as que deux ans de moins que moi. Combien as-tu rencontré d'enfants de onze ans qui sachent lire, écrire et parler le français, traduire du latin à livre ouvert, réciter par cœur le *Lycidas* de Milton et résumer convenablement quatre pièces, sinon plus, de Shakespeare ?

— Elle ne sait rien en sciences et en mathématiques.

— Bien sûr que non. Elle n'a que onze ans.

— C'est l'âge où l'on est censé commencer ces matières, l'aurais-tu oublié ?

— Tu peux lui apprendre, alors. Tu n'arrêtes pas de dire que tu étais bon en maths.

— Je ne suis pas un prof, dit Bruno. Contrairement à toi, je connais mes limites. Elle a besoin de vrais professeurs. Je parie que cette petite ne sait même pas faire une simple addition. Je ne parle pas d'algèbre, de logarithmes ou toutes ces choses-là, je parle, disons, de longues divisions. Allons,

Liza, tu as une feuille de papier. Divise huit cent vingt-quatre par quarante-deux. »

Ève lui arracha la feuille des mains.

« Personne n'a besoin de diviser huit cent vingt-quatre par quarante-deux, de nos jours. Même moi, je suis au courant, arriérée que je suis. On a des calculettes pour ces choses-là, maintenant.

— Les calculettes ne peuvent pas résoudre les problèmes d'algèbre. »

Et cela continua ainsi. Liza savait très bien — même si Ève ne semblait pas le deviner — que Bruno voulait l'envoyer à l'école uniquement pour se débarrasser d'elle, pour qu'elle dégage le terrain. Qu'elle apprît l'algèbre ou la biologie lui était bien égal, il ne voulait simplement pas qu'elle soit là quand il y était. Elle comprenait maintenant, parce que Bruno le lui avait dit, qu'Ève contrevenait à la loi en ne l'envoyant pas à l'école. Bruno en faisait toute une histoire, répétant sans arrêt qu'Ève enfreignait la loi, alors que lui-même était en infraction puisqu'il n'avait pas effectué le transfert de carte grise de sa voiture.

Malgré tous les défauts qu'il lui trouvait, Bruno voulait être avec Ève, il voulait qu'elle reste avec lui. Lorsqu'il aurait vendu la maison maternelle, il en achèterait une autre pour y vivre avec elle. Cela pourrait être près de Shrove, mais en ville, par exemple, ou dans un des petits villages qui se trouvaient de l'autre côté de la vallée. Il aimait bien ce coin, il serait content d'y vivre, sachant combien Ève l'aimait.

« Je croyais que tu voulais être libre, dit Ève. Tu répétais toujours que tu aimais tant la liberté, que tu ne voulais pas d'attaches.

— J'ai changé. Devenir propriétaire change un homme. On commence à comprendre le sens de la responsabilité.

— Oh, vraiment, Bruno, et ensuite, tu vas me demander de t'épouser !

— Je ne peux pas. Je suis déjà marié, tu le sais très bien. Mais je veux vivre avec toi jusqu'à la fin de mes jours.

— Vraiment ? Je ne sais pas ce que je veux faire jusqu'à la fin de ma vie, sinon rester ici.

— Mais c'est ce que je suis en train de dire. Nous resterons ici. Tu *peux* rester ici. Tu ne seras qu'à quelques kilomètres d'ici.

— Quand je dis ici, c'est *ici.* Dans ces lieux mêmes. Tu ferais mieux de te résoudre à cette idée, Bruno. Tu peux acheter une maison si ça te plaît, je viendrai même te rendre visite de temps en temps si tu m'invites, mais je ne bougerai pas d'ici. »

Bruno ne faisait jamais allusion à la présence de Liza dans la maison qu'il allait acheter. Elle aurait voulu demander à Ève ce qui allait réellement se passer. Parlait-elle sérieusement lorsqu'elle affirmait qu'elle ne partirait jamais d'ici, à aucun prix ? Sa réponse était-elle définitive, quand elle refusait d'habiter la maison de Bruno ? Et Liza ? Ève allait-elle céder aux instances de Bruno et envoyer Liza à l'école ? Liza brûlait d'envie de demander la vérité à Ève, elle avait terriblement besoin de savoir, mais elle n'était jamais seule avec sa mère, Bruno était toujours là.

En mars, quand il commença à faire plus chaud, il fit avec Ève plusieurs balades dans la voiture marron dont la carte grise était toujours au nom de sa mère. Ève essaya de décider Liza à les accompagner, mais Liza ne voulait pas en entendre parler. Elle en profitait pour monter à Shrove et regarder la télévision. Bruno avait dit, ce que niait Ève, qu'ils partaient à la recherche de maisons à vendre.

« Si je venais vivre avec toi ? demanda Ève, un soir où ils étaient assis tous les trois devant le feu, dans le pavillon. Si je venais, bien qu'il n'en soit pas question, mais admettons, de quoi vivrions-nous ? Y as-tu réfléchi ? Ce que ta mère t'a laissé ne va pas durer éternellement. Cela ne tiendra pas longtemps. Tant que tu vis ici, je t'entretiens, ai-je besoin de te le rappeler ? Mais, si je partais, je n'aurais plus d'argent. Je suis payée pour rester à Shrove, l'aurais-tu oublié ?

— Je suis peintre. Si cela ne me rapporte pas grand-chose, c'est parce que je refuse les compromis, tu le sais bien. Mais les perspectives s'améliorent. Tu connais le dicton : "L'argent va à l'argent." Ces gens, les Tobias, ils m'ont acheté un tableau, pas vrai ? Ou bien nous pourrions monter une affaire, toi et moi, faire de la décoration d'intérieurs, par exemple. » Une phrase qu'elle avait prononcée plus tôt parut le frapper pour la première fois. « Qu'entends-tu par bien qu'il n'en soit pas question ? Pourquoi est-tu venue visiter toutes ces maisons avec moi, s'il n'en est pas question ?

— Je te l'ai dit, je te l'ai répété des centaines de fois. Tu veux acheter une maison, fais-le si tu en as envie, je t'accompagnerai, je la regarderai, mais je n'y vivrai pas. Je vis ici, dans cette maison, à Shrove. Est-ce assez clair ? »

Ils avaient cette conversation tous les soirs, ou à peu près la même, jusqu'au moment où Liza n'écoutait plus. Elle lisait un livre ou montait se coucher pendant qu'ils continuaient à discuter. Puis vint un soir où les choses prirent une tournure différente. Cela avait été une mauvaise journée, où une certaine chose désagréable et inquiétante s'était produite, tout à fait imprévisible.

Le temps était idéal, une des ces journées d'avril qui aurait pu être de juin, mais en plus clair et plus frais. Bruno était en train de peindre quelque part. Cela signifiait que Liza pouvait prendre son cours de latin sans risque d'être dérangée, dérangement qui pouvait se manifester par un commentaire sarcastique ou par la simple présence de Bruno, silencieux, menaçant, levant de temps à autre les yeux au ciel.

Si Liza avait été capable de l'exprimer avec des mots, elle aurait dit que Bruno les dominait, les contrôlait, imposait la cadence ou donnait le *la*. Mais elle ne connaissait aucune de ces expressions, elle savait seulement que là où Ève avait régné, il devenait de plus en plus le maître. Ève lui répondait sèchement, ou avec mépris, mais elle lui résistait de moins en moins. Elle avait progressivement arrêté de donner des leçons à Liza à cause de la désapprobation qu'il manifestait.

La leçon de latin eut lieu parce qu'il n'était pas là. Elles durent le faire en cachette, comme si c'était quelque chose de mal ou d'illégal. La leçon de français se passa dehors, dans le jardin. Et cela, soupçonna Liza, parce que s'il rentrait plus tôt que prévu il penserait qu'elles étaient allées faire un tour, il ne les chercherait pas sous le cerisier.

Les cerisiers étaient partout en fleur, et les bois entièrement blancs. Pas seulement mouchetés comme c'est le cas lorsque les prunelliers fleurissent en mars, mais d'un blanc immaculé, absolu, comme un nuage tombé du ciel. La leçon terminée, Liza et Ève allèrent les regarder car, à en croire Ève qui cita un poète, on ne pouvait les voir en fleur qu'une fois l'an, ce qui signifiait qu'à son âge cela ne lui arriverait probablement encore qu'une quarantaine de fois. Elles allèrent au fond des bois, près du pont, puis dans leur bois privé, et ensuite Ève rentra à la maison, au cas où Bruno y serait déjà.

Liza vagabonda à sa guise. Elle traversa le pont et s'engagea le long de l'ancienne voie ferrée, inutilisée depuis maintenant six mois mais dont les rails et les traverses étaient toujours là. Il suffisait de la suivre tout droit et de franchir les quatre cents mètres du tunnel pour ressortir, de l'autre côté, dans une vallée et se retrouver finalement en ville, puis dans une autre ville et enfin dans la grande ville. Peut-être le ferait-elle, pas aujourd'hui, mais un jour.

Il était six heures du soir mais le soleil ne se couchait pas encore. La chaleur avait subsisté, et il n'y avait pas un souffle de vent. Elle suivit la voie ferrée dans l'autre sens, vers la gare de Ring Valley Halt. Avaient-ils enlevé le nom de la gare ? Et qu'était-il advenu du bâtiment de brique rouge, avec sa marquise et sa frise tarabiscotée, ses bacs et ses caisses remplis de fleurs, qui avait servi de logis au chef de gare ?

Elle ne vit Bruno que lorsqu'elle se trouva à quelques mètres de lui, trop tard pour l'éviter ou se cacher. De loin, la gare ne semblait pas avoir changé mais en se rapprochant elle nota que les rideaux du premier étage avaient disparu et que la porte marquée « privé » était grande ouverte. Des mauvaises herbes avaient remplacé les fleurs dans les bacs des fenêtres et les plates-bandes qui décoraient les deux quais. Là où, l'année précédente, il y avait des jonquilles et des muscaris, poussaient maintenant des pissenlits. Liza sauta sur le quai et franchit la porte marquée « sortie », entra dans la salle où les voyageurs achetaient autrefois leur billet, la traversa et, ne soupçonnant rien, ressortit par la porte principale sur le chemin sablonneux par lequel on arrivait à la gare.

Bruno était assis devant elle, non pas sur son tabouret pliant mais sur le petit mur, face à son chevalet. Il tenait en suspens un pinceau chargé de jaune vif, les yeux fixés sur elle.

Bien entendu, ce qu'il regardait fixement était l'entrée de la gare par laquelle elle venait juste de sortir. Elle s'approcha, elle alla droit vers lui parce que toute retraite était impossible. Il peignait ce qui était visible à travers l'embrasure de cette porte, la voie ferrée vide, le quai à l'abandon, la peinture qui s'écaillait sur la frise tarabiscotée de la marquise, les faces de tournesol des pissenlits.

Quand Ève n'était pas là, il ne s'embarrassait pas de « salut » et autres « comment ça va ? ». Il leva les yeux au ciel, comme il le faisait souvent lorsqu'il la voyait. Elle se sentit désemparée, prise d'une frayeur soudaine qui n'avait pas de raison d'être. Pouvait-elle simplement passer son chemin ? Était-il possible de l'ignorer, de remonter le sentier sablonneux et de sortir de son champ visuel ?

Le pinceau s'approcha de la toile, la toucha, peignit les pétales de pissenlit. Sa boîte de tubes, le tas de chiffons tachés de peinture, le pot rempli de pinceaux poisseux, étaient posés sur le mur, à côté de lui. Il écarta le pinceau de la toile et entreprit de l'essuyer avec un chiffon qui était, elle le reconnut, un morceau de tissu provenant d'une vieille jupe d'Ève, une jupe qu'elle avait portée des années auparavant, lorsqu'elles étaient arrivées pour la première fois à Shrove.

Il lui parla d'abord sur le ton badin de la conversation. « Tu es assez grande, maintenant, pour comprendre ce qu'on te fait. Elle te refuse ton droit de naissance, enfin, le droit auquel prétendent tous les enfants des pays civilisés. Nous ne parlons pas du tiers-monde. Nous sommes en Angleterre, dans les années 1980, au cas où elle ne l'aurait pas remarqué. »

Liza ne répondit rien.

« Elle fait de toi une infirme. C'est comme si elle t'avait amputée d'une jambe ou d'un bras. Par ailleurs, elle t'a enterrée. Tu n'es pas morte, mais tu es enterrée vivante quand même. Dans un des endroits les plus reculés d'Angleterre. Elle t'a coupée du monde. Tu es à peine en meilleure position que ces pauvres créatures qui sont abandonnées à leur naissance et élevées par des ours ou des loups.

— Romulus et Remus, dit Liza.

— C'est exactement ça, tu as parfaitement compris. Tu sais toutes ces choses, toutes ces conneries sans aucune utilité, mais je parierais que tu ignores le nom du président des États-Unis. »

Liza haussa les épaules, le même geste qu'Ève.

« Tu ressembles tellement à ta mère que tu pourrais être son clone, pas sa fille. C'est peut-être le cas, hein ? Simplement, tu ne sais pas ce qu'est un clone, et tu ne sais pas davantage ce qu'est H_2O ou π, ou n'importe quoi en dehors de Shakespeare ou de ce foutu Virgile. »

Le mot résonna pour la première fois à ses oreilles. Le plus drôle, toutefois, est qu'elle sentit aussitôt qu'il n'aurait pas dû l'employer, que ce mot n'aurait pas dû être prononcé devant elle. Le rouge lui monta au cou, gagna son visage qui devint tout chaud.

« Je vais te dire une dernière chose et après, tu pourras rentrer la retrouver à la maison et raconter des histoires de sortie d'école. C'est une bonne blague, n'est-ce-pas ? De sortie d'école, exactement. Je vais te dire une dernière chose et la voici. Si tu ne te fais pas tout de suite envoyer à l'école, ou au pire dans les six mois qui viennent, si tu ne le fais pas, tu n'auras aucune chance dans la vie, tu seras perdue à jamais. Tout ce que tu as appris n'aura servi à rien. Elle a beau dire que l'éducation n'a pas de but, que ce n'est pas *pour* quelque chose, elle a beau citer ces connards d'Aristote, Platon et je ne sais qui, et affirmer que c'est pour tourner le regard de l'âme vers la lumière ou je ne sais quelle ânerie de ce genre, essaie donc de raconter ça quand tu voudras entrer à la fac ou trouver un emploi, essaie donc, sans le moindre diplôme, pas même ton brevet.

Qu'est-ce que ça peut leur foutre, que tu parles français et connaisses Romulus et Remus, je te le demande ?

— Je te déteste, dit Liza d'une voix douce.

— La belle affaire. Ça ne m'étonne pas. Je t'ai dit ça dans ton intérêt, tu le comprendras peut-être un jour. Quand il sera trop tard. Ce que tu peux faire de mieux est de rentrer à la maison lui dire que tu veux aller à l'école. Le dernier trimestre commence la semaine prochaine. Va, et dis-le-lui. »

Ainsi, Liza partit. Elle marcha pour commencer, puis se mit à courir quand elle fut sûre qu'il ne pouvait pas la voir. Elle tremblait intérieurement, et ce qu'elle appelait son cœur paraissait avoir gonflé au point d'être trop gros pour sa poitrine, comme s'il allait éclater.

Si elle avait rencontré Ève à ce moment-là, alors qu'elle courait le long du sentier pédestre, le long de la haie d'érables sycomores, si Ève était partie à sa recherche et qu'elles s'étaient rencontrées, elle se serait jetée dans les bras de sa mère et lui aurait tout répété. Mais elle n'en fit rien car Ève était à la maison, en train de préparer le dîner. Quand elle était arrivée à la hauteur du pavillon, Liza avait ralenti pour reprendre son souffle, elle s'était ressaisie.

Une affreuse certitude s'était imposée à elle : quoi qu'elle répétât à Ève, cela ne changerait rien. Ève était curieusement sous l'influence de Bruno, d'une manière qui dépassait l'entendement de Liza. C'était un peu comme si elle n'aimait pas plus Bruno que Liza ne l'aimait, mais qu'elle voulait néanmoins l'avoir auprès d'elle, et être aimée de lui. Même si elle était désagréable avec lui, elle n'en désirait pas moins qu'il la regarde de cette manière particulière qu'il avait, comme si elle était un ange dans les cieux.

Elle allait jusqu'à s'habiller différemment pour lui plaire, avec ses cheveux tombant librement sur ses épaules, son collier de jade au cou, toute décorée de foulards, de ceintures et de chaînes qu'il lui avait achetés au cours de leurs promenades. Ils produisaient tous les deux un cliquetis de chaînes et de perles quand ils se déplaçaient, avec leurs cheveux hirsutes, leurs pieds nus ou chaussés de bottes. Il parlait avec son accent du milieu de l'Atlantique, et Ève, pourtant si précise et si pédante, reprenait parfois ses expressions. Pourquoi Liza avait-elle cependant la certitude qu'Ève ne demanderait jamais à Bruno de partir mais que, s'il partait, cela lui ferait autant plaisir qu'à elle ?

Liza cria à Ève qu'elle était rentrée et monta dans sa chambre, où elle s'examina sans complaisance dans le miroir. Elle ne l'avait jamais remarqué auparavant mais elle voyait bien maintenant qu'il avait au moins eu raison sur un point : elle ressemblait à Ève, elle était exactement la réplique d'Ève en plus jeune, les mêmes traits, le même teint hâlé, les mêmes yeux bruns et clairs comme de l'eau, et les mêmes cheveux brun foncé avec des reflets dorés, bouclés exactement de la même façon, d'une longueur identique.

En repensant aux têtes en forme de tournesol des pissenlits et à la peinture jaune vif à l'extrémité du pinceau, elle envisagea d'appeler ce jour-là le Jour des pissenlits, mais la manie de baptiser les journées spéciales commençait alors à lui passer, et d'ailleurs cela ne lui arriverait plus qu'une fois.

Quelques instants plus tard, elle entendit Bruno rentrer. Son arrivée fut suivie d'un silence de plomb. Elle espéra que quelque chose allait se produire, sans savoir au juste quoi. Peut-être espérait-elle qu'Ève sentirait sa détresse et en devinerait la raison, bien qu'elle ne lui eût rien dit. Elle devinerait et remettrait tout en ordre, comme elle le faisait toujours quand Liza était malheureuse. Que Bruno fût réprimandé à cause d'elle, réellement tancé, était une chose qu'elle rêvait de voir. Elle pourrait supporter Bruno s'il changeait, s'il était rendu plus gentil.

Veillant à ne pas faire plus de bruit qu'eux, elle descendit l'escalier sur la pointe des pieds.

Ils étaient tous les deux sur le canapé, enlacés, imbriqués l'un dans l'autre, se dévorant littéralement, si étroitement collés l'un à l'autre que cela devait faire mal. À la vue de ce spectacle, le sentiment d'isolement, voire de rejet, qu'elle éprouvait prit des proportions avoisinant la panique. Elle laissa échapper un bruit, ce fut plus fort qu'elle, un gémissement de douleur. Mais ils étaient trop préoccupés d'eux-mêmes pour l'entendre.

Du moins, Mère l'était. Les yeux bleus angéliques de Bruno apparurent au-dessus de la pommette de Mère. Ils fixèrent Liza froidement, sans ciller. Le pire, c'est qu'ils continuèrent de la dévisager pendant que la bouche de Bruno aspirait celle de Mère, et qu'il s'agrippait à son dos et le martelait de ses poings.

Liza tourna les talons et s'enfuit en courant. Elle se souvint des contes de fées d'Andrew Lang qu'elle lisait autrefois, et décida que Bruno avait jeté un mauvais sort à Mère.

14

« LES MAUVAIS SORTS, dit Sean d'un ton condescendant, ça n'existe plus de nos jours.

— Celui-là, si.

— Qu'est-ce que tu as fait, après ? Tu as fabriqué une poupée en cire et tu as planté des aiguilles dedans ? »

Elle ne comprit pas.

« Je n'ai rien eu besoin de faire. C'est lui qui a tout fait. J'aurais pu lui dire que dans l'esprit d'Ève il y avait des choses qui comptaient plus que lui. Enfin, deux choses.

— Shrove et toi.

— Shrove en tout cas. Je comptais aussi, mais pas autant. » Elle hésita. « Je me demande à quel point je compte maintenant, Sean, c'est plus fort que moi. Je sais qu'elle est en prison mais comme elle disait, ce n'est pas un cachot, ce n'est pas la tour de Londres. On devrait la laisser prendre contact avec moi — enfin, essayer — tu ne penses pas ? Elle ignore où je me trouve, elle me croit avec Heather, mais elle ne peut pas l'avoir vérifié, ou alors, elle saurait que je n'y suis pas. Et dans ce cas, est-ce qu'ils ne vont pas lancer la police à ma recherche ?

— Tu ne peux pas demander les deux, chérie. Tu ne peux pas et vouloir qu'ils te cherchent, et ne pas vouloir.

— Non, tu as raison. Mais je persiste à croire qu'elle m'aimait lorsque j'étais petite, qu'elle a voulu me remodeler comme elle l'entendait, mais que son intérêt est retombé lorsque j'ai commencé à grandir. Je pouvais le *sentir*, qu'elle s'intéressait moins à moi.

— Mais je suis là, maintenant.

— Je sais. Bon, je continue l'histoire de Bruno, et comment j'ai conjuré le mauvais sort, d'accord ? Il devait être vraiment très stupide pour la menacer sans voir que cela ne marcherait pas. Je m'en rends compte aujourd'hui, mais à l'époque je n'ai rien compris, j'étais trop jeune. Je croyais qu'elle allait m'envoyer quelque part pour que je débarrasse le plancher, et je savais que, si cela arrivait, j'en mourrais. »

Bruno continua de harceler Ève pour qu'elle vienne vivre avec lui dans cette maison qu'il projetait d'acheter. Il avait trouvé un endroit qui lui plaisait mais il ne voulait pas faire d'offre au vendeur tant qu'il n'avait pas la parole d'Ève. Celle de sa mère avait été vendue et ce qu'il en avait obtenu dépassait ses espérances, comme cela arrivait souvent à la fin des années 1980. L'endroit qu'il avait déniché était une grande maison construite une cinquantaine d'années plus tôt à la lisière du village, là où Ève allait prendre le car pour la ville.

Même Liza dut la voir. Ils l'emmenèrent en voiture. Elle la trouva très laide avec ses bandes de bois foncé sur le crépi jaune, à la façon des maisons qu'elle avait vues sur des images datant du règne d'Elizabeth Ière, son toit rouge et ses fenêtres constituées de centaines de petites vitres en forme de losange.

Le jardin était immense — Bruno n'arrêtait pas de répéter qu'il plairait à Ève —, bordé sur trois côtés de gigantesques haies d'une sorte de cyprès dont Liza connaissait le nom latin, *leylandii*. L'arbre le plus laid du monde, avait un jour dit Ève. Ils traversèrent le village en voiture, et Ève désigna l'endroit où Rainer Beck était tombé raide mort en construisant un mur de brique. Quelqu'un d'autre avait dû finir d'édifier la maison entre la rangée de cottages et la mairie, car elle se dressait avec un air d'ancienneté, comme si elle y était depuis une centaine d'années.

Juste avant d'arriver, à la lisière de la ville, ils s'arrêtèrent dans un supermarché qui ressemblait un peu à la nouvelle maison de Bruno mais en quinze fois plus grand et sans étage. Y entrer fut une nouvelle expérience pour Liza, et elle trouva cela grisant. Elle longea lentement les rayons, comptant les différents jus de fruits et conserves de légumes. Il y avait plus d'une centaine de variétés de biscuits, des dizaines d'aliments qu'elle ne pouvait pas identifier, dont elle n'aurait même pas pu deviner que c'était des aliments. Les savons, les atomiseurs et les démaquillants la fascinèrent littéralement. Elle y aurait volontiers passé le reste de la journée mais Ève, qui paraissait nerveuse, la força à partir dès qu'elles eurent acheté les fruits et les céréales dont elles avaient besoin. Liza était exposée au genre de choses que justement Ève redoutait le plus.

Ce fut ce soir-là, quand ils recommencèrent à se disputer au sujet de la maison, alors que Liza, blottie dans un fauteuil, lisait *Kim* dans l'édition rouge et or de la bibliothèque de Shrove, que Bruno déclara soudain : « M. Jonathan Tobias, ton seigneur et maître, saurait-il, par hasard, que cette petite ne va pas à l'école ? Qu'elle n'y est jamais allée ? »

La question détourna l'attention de Liza de Kim Rishti Ke et de l'Œil de Beauté. Elle leva la tête. Car à la vérité Jonathan l'ignorait. Même elle, elle le savait, ou du moins le devinait. Elle était toujours à la maison lorsque les Tobias venaient, évidemment, mais ils ne venaient pas souvent, et cela coïncidait toujours avec des vacances scolaires ou un milieu de trimestre. Et s'il était arrivé à Jonathan Tobias de demander à Ève comment sa fille travaillait à l'école il ne faisait aucun doute qu'elle lui avait menti. Liza ne l'avait pas réellement entendue mentir, mais cela ne l'aurait pas autrement surprise.

« Il l'ignore, n'est-ce-pas ?

— Cela ne le regarde pas, déclara Ève.

— Cela regarde tous les citoyens. Ça m'étonnerait, s'il le savait, qu'il te laisse vivre ici. Et il ne s'agit pas seulement de ça, ne pas aller à l'école, il y a le reste. La tenir ici à l'écart, ne pas employer de femme de ménage parce que tu ne veux pas d'autres regards inquisiteurs, garder pour toi l'argent destiné à payer cette employée fantôme, sans parler de laisser la petite courir en liberté dans Shrove House et prendre ce qu'elle veut dans la bibliothèque. Regarde-la en ce moment. Ce doit être une édition originale qu'elle a dans les mains. Une édition originale entre les mains d'une gamine de onze ans qui n'est jamais allée à l'école !

— Je ne l'ai pas tenue suffisamment à l'écart, dit Ève posément. Et je ne me suis pas tenue à l'écart comme je m'étais promis de le faire. J'ai été faible et stupide. La plus grosse erreur que j'aie commise était de t'accueillir ici.

— Va te coucher, dit Bruno à Liza. Il est presque neuf heures et tu n'as rien à faire ici.

— Ne t'avise pas de lui parler sur ce ton ! s'écria Ève, se levant et lui faisant face. Liza est ici chez elle, elle peut y vivre comme elle l'entend. Penses-tu vraiment qu'il suffit de me menacer pour me décider à venir vivre avec toi dans cette horreur en faux Tudor ? N'as-tu pas la moindre idée de ce qu'est la psychologie humaine ? »

Il cilla sous l'éclair de son regard.

« Je croyais que la maison te plaisait, dit-il d'un ton boudeur. Je le croyais vraiment. Tu n'as jamais dit que c'était une horreur.

— Et toi qui traitais les propriétaires de bourgeois ! Ah, l'argent est vraiment la source de tous les maux, s'il est capable de changer les gens comme il t'a changé ! »

Liza se leva, ramassa son livre et annonça qu'elle montait se coucher. Mais elle s'arrêta à mi-escalier pour écouter la suite. Ils étaient repartis de plus belle. Avait-elle envie d'écouter ce qu'ils se disaient, ou non ? Elle n'en était pas tellement sûre. S'il réussissait à convaincre Ève qu'il allait tout dire aux Tobias, n'allait-elle pas devoir céder ? Ne serait-elle pas contrainte d'envoyer Liza à l'école et d'aller vivre avec lui, même si elle avait dit qu'on ne pouvait pas emporter sa décision avec des menaces ? Est-ce que cette école ressemblerait à celle de *Jane Eyre* ?

Elle redescendit à pas de loup et écouta.

« Je n'ai pas besoin de parler à Tobias. Je n'ai qu'à prendre contact avec les services scolaires du comté. Non, Ève (Bruno ne l'appelait plus "Mère"), ce n'est ni du mépris ni de la vengeance, c'est mon devoir. N'importe qui estimerait que c'est son devoir. »

Ève dit alors d'une voix cajoleuse, sur un ton que Liza ne lui connaissait pas : « Et si j'acceptais, c'est-à-dire si je venais vivre avec toi dans cette maison, est-ce que tu garderais le silence là-dessus ?

— Plus ou moins. Je finirai par te faire admettre que tu as mal agi, du moins je l'espère. Mais je n'interviendrai pas, enfin, pas tout de suite.

— Je pense que tu as raison de dire qu'ils la mettraient en placement dans un centre de protection de l'enfance. Je crois aussi que je perdrais probablement cette maison et mon emploi. Sans cet endroit, je me demande vraiment ce que nous deviendrions. »

Liza se rapprocha de la porte.

« Ce n'est pas la peine d'être aussi sarcastique.

— Je ne suis pas sarcastique, je dis ce que je pense. Je parle des choses avec franchise, voilà tout. Sans cet endroit, je ne sais pas ce que nous deviendrions. Il n'y a nulle part où je pourrais emmener Liza et l'élever.

— Il existe un endroit. Une vraie maison. Une maison beaucoup mieux que ce misérable gourbi archaïque. Un gourbi sans salle de bains ! »

Liza entendit le petit rire d'Ève.

« Et tu te disais anarchiste ! Tu étais un libre esprit !

— Très bien. Moi aussi, je peux parler avec franchise. As-tu jamais entendu parler d'un anarchiste qui aurait de l'argent ou d'un libre esprit avec un compte bancaire créditeur ? Ne vois-tu pas que tout va aller mieux, Ève ? Pourquoi ne pas te faire une raison, jouer le jeu jusqu'au bout, venir habiter avec moi et abandonner ce projet de vie insensé ? Laisser la petite aller à l'école et mener une vie normale, comme les autres enfants. Je suis tout à fait en mesure de payer les frais d'internat, tu sais, une bonne école privée mixte. Elle pourrait rentrer à la maison les week-ends. »

Soudain, ce fut le silence. Liza retint son souffle. La porte s'ouvrit brusquement, et Liza vit le visage contorsionné de Mère que Bruno ne devait surtout pas voir, les pupilles dilatées et la lèvre supérieure retroussée, les narines pincées comme celles d'un chat.

« Va te coucher immédiatement ! Comment oses-tu écouter aux portes ! Effectivement, ce serait peut-être une bonne chose de t'envoyer en pension, j'ai peut-être eu tort pendant toutes ces années. Je ne t'ai pas seulement protégée, je t'ai gâtée. Va au lit, maintenant. »

Il lui arrivait rarement de pleurer mais cette nuit-là Liza pleura jusqu'au moment où elle s'endormit, puis elle se réveilla en entendant Ève et Bruno qui montaient se coucher en se chuchotant des mots tendres, réconciliés, toute colère oubliée, satisfaits l'un de l'autre.

Des années plus tard, trois ou quatre en tout cas, elle retourna voir la maison que Bruno avait voulu acheter.

Elle se trouvait de l'autre côté de la vallée, à environ trois kilomètres par la grande route ou à vol d'oiseau, aussi Liza y alla-t-elle à pied, traversant la rivière en pataugeant à l'endroit le moins profond, puis franchissant la voie ferrée désaffectée. Les rails et les traverses avaient été enlevés, et la voie était maintenant une piste couverte d'herbe entre deux talus débordant de genêts et de fleurs sauvages. En gravissant la pente, elle se retourna, et son regard s'attarda sur la gare où elle avait eu tellement peur, lorsqu'elle avait surpris Bruno en train de peindre. Le tableau peint par Bruno ce jour-là avait beaucoup plu à Ève, qui l'avait accroché dans leur salon. Chaque fois que Liza regardait les fleurs de pissenlit à l'arrière-plan, cela lui rappelait le jaune soleil sur son pinceau suspendu en l'air, tandis qu'il lui crachait ces mots désagréables à la figure.

Elle gravit la colline, suivit le sentier et s'engagea à travers champs, dans ces terres qui étaient encore propriété privée et où personne ne s'aventurait jamais en dehors des moutons qui y paissaient. C'était un embryon de village, avec seulement une église, une salle de réunions, une pelouse communale entourée de quelques vieilles maisons et quatre autres, récemment construites le long d'une route en forme de demi-lune. Les gens qui avaient acheté ce qu'elle appelait la maison de Bruno bien qu'elle n'ait jamais été à lui, qu'il n'ait jamais fait d'offre, avaient abattu tous les cyprès et peint les murs en rose. Un portique pour enfants se dressait au milieu de la pelouse. Un gros chien jaune affligé d'une queue en plumeau et d'interminables oreilles dormait à l'intérieur d'un enclos bordé de grillage.

Elle avait failli vivre là. Pas forcément, après tout, peut-être n'en avait-il jamais été vraiment question. Elle resta assise quelques instants sur la pelouse, puis s'allongea au soleil, le visage enfoui dans l'herbe parfumée qui la chatouillait. En se relevant, elle palpa du bout des doigts les sillons semblables à des rides que l'herbe avait creusés dans ses joues.

Cette fois, elle s'en retourna par les bois, pour changer, bien que le chemin fût plus long. Il y avait encore dans ces parages des endroits où d'immenses arbres étaient tombés sans qu'on en ait planté de nouveaux depuis. Des protubérances rocheuses surgissaient partout dans ce paysage de collines, au milieu des arbres aussi bien que dans les étendues de bruyères. C'était une roche d'un gris extrêmement pâle qui paraissait blanche par endroits, ressemblant à des os gisant parmi les feuilles brunes des bouleaux et les sombres racines contorsionnées des arbres. Vous croyiez voir un crâne mais en approchant de plus près, vous vous aperceviez qu'il s'agissait simplement d'un rocher en forme de bol, de même que les bandes blanches entrevues à travers les ronciers étaient de la craie et non quelque fémur ou humérus usé par les intempéries.

« Est-ce qu'elle lui a cédé, finalement ? demanda Sean.

— Je ne sais pas. Je ne sais pas ce qui s'est passé au juste. Je n'ai jamais revu Bruno. »

Sean haussa les sourcils.

« Quoi ! Tu veux dire qu'après cette nuit-là tu ne l'as jamais revu ?

— Je ne me levais pas très tôt, je te l'ai déjà dit. Quand je suis descendue vers neuf heures le lendemain matin, Ève m'a dit qu'il était allé peindre. On était en plein été, tu sais, et souvent la meilleure lumière pour peindre était celle du petit matin. Il partait souvent aux premières heures. Maintenant qu'il n'avait plus besoin de travailler pour vivre, il peignait tout le temps. Ève me donnait mes leçons. Nous avions pris l'habitude d'étudier lorsqu'il était sorti. Je ne m'en souviens pas très bien, mais je crois que nous avons eu une leçon de français ce matin-là, puis une leçon d'histoire. Oui, c'était de l'histoire, je me rappelle précisément qu'Ève voulait me faire lire la *Révolution française* de Carlyle et que je n'y arrivais pas, c'était trop difficile pour moi, trop de mots compliqués.

— Qui l'eût cru ? persifla Sean.

— Elle était en colère. Elle me gronda et me traita de minable parce que je ne me donnais pas plus de mal que ça. Ce que tu dois comprendre, c'est qu'elle me grondait rarement, et jamais pour ce genre de choses en tout cas. Mais ce matin-là elle était nerveuse et irritable. Quand midi sonna, elle déclara qu'elle allait me préparer un pique-nique, qu'il faisait beaucoup trop beau pour rester enfermée, que je devais prendre l'air. Cela aussi était inhabituel, car elle m'accompagnait toujours lorsqu'il y avait un pique-nique, or cette fois-là elle ne vint pas. Tu te demandes sans doute comment je me rappelle tous ces détails, mais il se trouve que j'ai beaucoup pensé à cette journée depuis lors, je l'ai retournée maintes fois dans ma tête. »

La voiture de Bruno était garée dehors, devant la maison, là où il avait coutume de la laisser. Dans l'esprit de Liza, cela signifiait qu'il ne pouvait pas être bien loin. Car il prenait toujours la voiture lorsqu'il décidait d'aller peindre à plus de un kilomètre de la maison. Son pique-nique sous le bras, elle se dirigea vers Shrove en scrutant les alentours. Elle n'avait aucunement l'intention de tomber sur lui par accident, comme cette autre fois où elle s'était aventurée en toute confiance dans la gare. Mais il n'était nulle part en vue, il avait dû prendre la direction du nord, en traversant leur bois ou en descendant le chemin qui menait au pont de la rivière.

Le soleil tapait trop fort pour qu'on puisse marcher ou s'asseoir à découvert, et les mouches tourbillonnaient sous les arbres. Elle entra dans Shrove House, traversa les pièces silencieuses qui étaient aussi fraîches en été qu'elles étaient chaudes en hiver, remit *Kim* en place sur son étagère et prit *Stalky & Cie*. Pendant les quatre heures suivantes, elle regarda la télévision.

À cette époque, il lui fallait toujours, lorsqu'elle s'était absentée longtemps, prendre son courage à deux mains avant de rentrer à la maison et d'affronter Bruno. Au lieu de s'atténuer, cette appréhension avait empiré au fur et à mesure qu'elle le connaissait mieux. En rentrant ce jour-là, elle réfléchit au terrible avenir qui l'attendait, rempli de journées où il faudrait rencontrer Bruno, être avec Bruno, à moins — et elle se demandait ce qui serait le pire — qu'elle ne fût envoyée dans l'école choisie par Bruno. Et même dans ce cas elle serait obligée de le voir puisqu'elle passerait les fins de semaine et les vacances dans « l'horreur Tudor », loin de Shrove.

À son retour, la voiture n'était plus là. Elle sentit son cœur bondir de joie dans sa poitrine, puis retomber aussitôt. Bien sûr, cela voulait seulement dire qu'il était parti faire un tour avec Ève et qu'ils reviendraient pour le dîner. Le moral à zéro, elle entra dans la maison. Ève était là, seule, préparant un poulet à rôtir, mélangeant la farce et mettant les abats à bouillir.

« Où est-il allé ? » Elle ne l'appelait plus par son nom, désormais, quand elle parlait de lui.

Le visage d'Ève ne révéla rien, ni joie ni tristesse. Il était dépourvu de toute expression, ses grands yeux bruns ne reflétaient que du vide.

« Il est parti. Parti pour de bon. Il nous a quittées. »

Sur le moment, Liza éprouva un bonheur infini, elle sentit le soulagement, la joie, déborder en elle. Cependant, un sens inné de la décence l'empêcha de pousser un cri de triomphe, de manifester ouvertement sa satisfaction. Elle ne dit rien et se contenta de regarder Ève. Sa mère posa la cuiller qu'elle tenait, se rinça les mains sous le robinet, les essuya et enlaça Liza, la serrant fort contre elle.

Ce soir-là, elles lurent Shakespeare ensemble. Liza prit le rôle de Macbeth, et Ève, celui de Lady Macbeth. Comme Ève l'avait pressenti, le sens de la scène où Lady Macbeth presse son mari d'assassiner le vieux roi échappa en grande partie à Liza. Cependant, Ève ne s'énerva pas lorsqu'elle prononça mal certaines phrases ou mit un accent incorrect sur certains mots. Elles écoutèrent ensuite une cassette de la *Symphonie concertante* de Mozart, puis eurent une conversation en français, autant de choses qu'elles n'avaient pas pu faire en présence de Bruno.

Liza était tellement heureuse qu'elle aurait dû dormir à poings fermés cette nuit-là, et pourtant ce ne fut pas le cas. Elle crut entendre toutes sortes de bruits, des planches qui craquaient, des chutes sourdes et quelque chose de lourd que l'on traînait en bas de l'escalier. Ce pouvait aussi bien n'être qu'un rêve, comment savoir ? Par exemple, rien ne lui permettait de croire qu'Ève n'était pas montée se coucher avant quatre ou cinq heures du matin ; elle avait seulement l'impression, ou l'intuition, que cela s'était passé ainsi. Ce n'était pas comme si elle s'était trouvée dans l'autre chambre et avait tout vu. La voiture qu'elle avait cru entendre à un moment donné était probablement passée beaucoup plus loin qu'elle ne l'avait imaginé, à une centaine de mètres plus bas dans le chemin, sans franchir la grille devant le pavillon.

Le lendemain matin, elle ne dit mot de tout cela car il n'était pas dans leurs habitudes, à Ève et à elle, de se raconter leurs rêves. Rien n'était plus embêtant, disait parfois Ève, que les rêves des autres. Mais plus tard dans la matinée, tandis que sa mère, dans le rôle de Mme Cooper, faisait le ménage à Shrove, Liza pénétra dans le châtelet que Bruno avait utilisé comme atelier.

Son chevalet était là, ainsi que ses deux boîtes de peinture et la quantité incroyable d'autres tubes de couleurs dont les noms la fascinaient tant, bien qu'elle se fût gardée d'exprimer son intérêt devant lui. Rouge garance, vert émeraude clair, blanc de titane, ombre brûlée. Comme c'était curieux de sa part, d'être parti sans son matériel de peinture. Plus étrange encore, il n'avait pas nettoyé ses pinceaux, à qui il reprochait pourtant d'être si chers, mais les avait laissé tremper dans trois centimètres de térébenthine au fond d'un pot à confitures. Des tableaux achevés, d'autres à moitié seulement, des toiles vierges étaient appuyés au mur. Le portrait de Liza se trouvait parmi eux.

Ce fut bien longtemps après qu'elle établit le lien entre les chiffons à peinture du châtelet et le départ de Bruno. Sur le moment, lors de cette visite matinale, elle ne vit rien d'autre que des chiffons entassés, une plus grande quantité de chiffons que d'habitude qui occupaient presque la moitié de la surface de sol. Des vieilles jupes d'Ève déchirées en lanières, un drap dans lequel elle avait dormi jusqu'au jour où son orteil était passé au travers, une serviette de toilette en lambeaux.

Un autre élément bizarre concernant les chiffons à pinceaux, qu'elle ne releva pas spécialement ce jour-là mais qui s'inscrivit dans sa mémoire, était la couleur de la peinture dont ils étaient tachés. Le bord de l'un d'eux avait une traînée de vert de vessie, un autre paraissait avoir été trempé dans du bleu de Prusse, mais dans l'ensemble, ils étaient tachés d'un rouge brunâtre — pas seulement tachés, imbibés de ce rouge.

Liza décida de trouver quelle était cette couleur. Ni carmin, ni laque de Chine, ni vermillon, pas assez éclatant pour cela. Trop foncé pour le rouge garance, insuffisamment sombre ou éteint pour le brun Van Dyck. Alors, ocre rouge ? Terre de Sienne brûlée ? L'un et l'autre étaient possibles, mais cela n'expliquait pas pourquoi Bruno l'avait utilisée en si grande quantité.

Est-ce que ce désordre et la pile de châssis laissaient présager son retour ? Elle alla vérifier si ses vêtements étaient toujours dans l'armoire d'Ève, le blouson de cuir, les chemises à carreaux, le sweat-shirt orné de cette inscription mystérieuse, « University of California, Berkeley ». Il n'y avait plus rien. Il lui arrivait parfois de laisser ses boucles d'oreilles en or sur la coiffeuse d'Ève, mais elles avaient disparu en même temps que lui. L'horrible éventualité que, malgré son départ, il fût encore capable de raconter des histoires sur Ève aux Tobias ou aux services de scolarité coupa net son euphorie, la faisant retomber dans les abîmes de l'angoisse.

Il fallait qu'elle demande pour être sûre.

« Il n'ira rien raconter à personne, affirma Ève. Tu peux me croire. Je te le promets. »

Le facteur apporta une lettre adressée à Bruno, qu'Ève ouvrit. Il lui avait demandé de le faire, dit-elle. L'enveloppe contenait un message de l'agent immobilier qui aurait volontiers téléphoné, écrivait-il, mais il semblait que M. Drummond et Mme Beck ne figuraient pas dans l'annuaire. M. Drummond avait-il toujours l'intention de faire une proposition pour Les Conifères ? Dieu sait pourquoi, ce nom fit beaucoup rire Ève.

Elle écrivit une lettre à l'agent immobilier mais Liza ne vit pas sa réponse. Elles allèrent la poster ensemble, remontant le chemin jusqu'à la grande route où il y avait une vieille boîte postale marquée aux initiales VR pour Victoria Regina, ce qui impliquait qu'elle se trouvait là depuis une centaine d'années.

C'était au mois de juillet, et Liza avait onze ans et demi. Le beau temps ne dura pas très longtemps, il se mit à pleuvoir et à faire froid. Ève et Liza restèrent à l'intérieur et reprirent les leçons à un rythme qu'elles n'avaient pas connu depuis des mois. Liza pouvait maintenant rédiger une dissertation en français et réciter par cœur l'*Ode à une urne grecque* de Keats.

L'humidité fut telle que les Tobias ne descendirent pas à Shrove comme ils l'avaient annoncé, et en août Jonathan Tobias vint seul. Liza remarqua qu'il avait quelques cheveux gris. Il passa plus de temps chez elles qu'il ne l'avait fait ces dernières années, sans doute parce que Victoria n'était pas là. Liza ne put s'empêcher de surprendre certains propos qu'il échangea avec Ève, car Jonathan semblait croire que l'on devient complètement sourd lorsqu'on est en train de lire.

Victoria, expliqua-t-il, était partie en Grèce avec des amis. Pour Liza, la Grèce était un pays couvert de temples de pierre grise avec des colonnades et des statues de marbre, un pays où les dieux vivaient dans les rivières et les arbres. Que Victoria et ses amis pussent y trouver des plages pour se dorer au soleil et des grands hôtels où séjourner s'accordait mal à sa vision des choses. Dans leur esprit, expliqua Jonathan, c'était pourtant la grande supériorité de la Grèce sur Shrove ou Ullswater.

Parfois, ayant remarqué qu'elle levait les yeux de son livre, il se rapprochait d'Ève et se mettait à lui parler tout bas, pschi-pschi-pschi, le même genre de chuchotement que Heather, elle s'en souvenait. Ève hochait la tête, prenait un air compatissant et lui murmurait quelque chose en retour. Jonathan semblait croire que Bruno n'était que momentanément absent, et cela perturbait Liza, donnant à son départ un air moins définitif.

« Je ne peux pas m'empêcher de t'envier, Ève », déclara Jonathan un après-midi.

L'été était revenu, et ils prenaient tous les trois le thé dans le jardin, sous le cerisier. En mûrissant, les cerises sauvages viraient au jaune et au rouge, et une floraison écarlate avait envahi les haricots d'Espagne plantés par Ève. Les fleurs de courgettes ressemblaient à des lys jaunes, et les groseilles à maquereau étaient comme des perles carminées, mais des perles velues.

« Qui, moi ? demanda Ève. Tu m'envies, moi ?

— Tu as trouvé quelqu'un avec qui tu peux être heureuse. Tu as une liaison qui te donne satisfaction. »

Liza s'attendait à ce qu'Ève nie, ou même à ce qu'elle lui demande de ne pas dire « liaison ». Elle n'en fit rien. Elle lança à Jonathan un regard en coulisse des plus mystérieux, les paupières à moitié closes.

« Je ne veux pas que tu m'envies, dit-elle. Je préférerais que tu sois jaloux. »

Il y eut un moment de silence, et Jonathan dit enfin :

« De lui ?

— Pourquoi pas. À ton avis, qu'ai-je éprouvé pour Victoria ? »

Ève se leva alors et remporta le plateau du thé dans la maison. Au lieu de la suivre, Jonathan resta assis dans l'herbe, l'air morose. Il cueillit une pâquerette et se mit à en arracher les pétales. Liza trouvait qu'il commençait à faire vieux. Il avait perdu sa fraîcheur, et des rides apparaissaient sur son front. Ses yeux, autrefois d'un cobalt perçant, étaient glauques comme un bol de porcelaine bleue contenant de l'eau sale.

Elle s'attendait aussi à ce qu'il reste pour le dîner, peut-être même pour la nuit. Elle le trouverait le lendemain dans le lit à côté d'Ève, à l'ancienne place de Bruno. Mais Jonathan ne dîna pas avec elles. À sept heures, il était parti. Le lendemain, Ève semblait particulièrement heureuse et satisfaite, jugea Liza, déduisant que cela était lié à l'apparition de Jonathan, venu à neuf heures du matin leur dire au revoir avant de repartir pour Londres.

Sean demanda : « Tu parles d'événements qui sont arrivés il y a cinq ans, c'est ça ? »

Liza acquiesça de la tête. Ils étaient maintenant au lit, blottis l'un contre l'autre pour mieux se réchauffer sous les deux couvertures molletonnées. Sean avait acheté la deuxième au rabais dans un magasin qui soldait pour cessation d'activité. La nuit, il faisait un froid de loup dans la caravane, mais s'ils laissaient le radiateur allumé, la condensation dégoulinait sur les parois au petit matin et leurs oreillers étaient tout humides. Liza, sa tête appuyée contre l'épaule de Sean, qui la tenait étroitement enlacée, pensait à ces semaines chaudes de l'été quand l'air était sec et les fenêtres de sa chambre grandes ouvertes la nuit, et aux leçons quotidiennes dans le jardin, à Ève qui disait : « Tu vois, si tu fréquentais une de ces écoles prétendument convenables, tu serais en vacances maintenant et tu n'apprendrais rien, tu serais juste livrée à toi-même. »

— Est-ce que ce n'était pas au moment du gros orage ? Celui qu'ils ont appelé un ouragan ? Je m'en souviens parce que j'allais juste avoir seize ans, je venais d'avoir mon premier emploi, et il fallait que je me lève tous les matins à cinq heures. J'étais dans la cuisine, à la maison, en train de me faire une tasse de thé, quand le chêne d'à côté a explosé et est passé à travers le toit. Notre cuisine n'était en fait qu'un appentis, et le toit s'est brisé comme une coquille d'œuf. Heureusement que j'ai réagi vite, j'ai filé juste à temps. Ça devait être en septembre.

— C'était en octobre. Le 15 octobre.

— Quelle mémoire ! J'imagine que vous avez dû avoir un tas d'arbres par terre, à Shrove. C'est bien comme ça que tu t'en souviens ? »

Le Jour de l'ouragan, le dernier jour auquel elle ait donné un nom.

« Il ne faut pas que tu me presses, Sean. Je vais bientôt y arriver. Nous avons beaucoup souffert de l'ouragan à Shrove, c'est un des endroits qui a été le plus touché, et tu verras pourquoi je m'en souviens si bien, la date exacte et tout. Mais il s'est produit autre chose avant ça. »

Les communs de Shrove étaient rarement utilisés. Il y avait eu des écuries, et il y avait encore une remise. Les écuries étaient construites dans le même style que la maison, des petites briques rouges avec des joints blancs, un fronton au-dessus du bâtiment principal dominé par une tourelle avec une horloge à cadran bleu et aiguilles en or. La rose des vents, au-dessus de la tourelle, était un renard en pleine course, avec sa queue déployée.

M. Frost garait ses tondeuses, la grosse qu'il pilotait comme une voiture et la petite avec laquelle il contournait les plates-bandes, dans la partie des écuries qui se trouvait à gauche de la remise. D'autres outils de jardinage étaient rangés là, ainsi qu'une échelle et un aspirateur industriel. À la connaissance de Liza, personne n'avait jamais remisé de voitures dans les écuries. Peut-être l'avait-on fait du temps du vieux M. Tobias, mais Jonathan, lui, laissait toujours la sienne dans la cour, devant les écuries, et les invités faisaient de même. En réalité, les écuries n'étaient d'aucune utilité, personne n'y allait jamais, et si elles étaient encore debout, avait dit un jour Jonathan en présence de Liza, c'était seulement parce qu'elles étaient jolies et aussi parce qu'elles étaient classées. Cela signifiait qu'elles avaient une valeur historique et qu'on ne pourrait jamais les détruire.

Liza n'y était jamais entrée mais une fois elle avait vu M. Frost sortir de la section voisine de la remise, juché sur le petit tracteur qui tirait la tondeuse. C'est en dernier ressort qu'elle alla les inspecter.

Il y avait plusieurs années qu'elle n'avait plus besoin de

l'escabeau de la bibliothèque pour accéder au cadre du tableau où était cachée la clé de la chambre de la télévision. À près de douze ans, elle avait presque atteint la taille d'Ève et la dépasserait certainement à l'âge adulte. Toujours est-il que, depuis longtemps, Ève ne prenait plus la peine de cacher la clé, ni même de la retirer de la serrure. Elle devait penser que Liza était maintenant trop grande pour se laisser séduire par les charmes de la télévision, trop mûre pour se laisser intriguer par des portes fermées à clé, ou encore parfaitement conditionnée par la discipline de sa vie de recluse. Ces derniers temps, elle passait même l'aspirateur dans cette pièce en présence de Liza, sans s'étonner que sa fille ne pose aucune question sur la boîte munie d'un écran.

Lorsque Liza eut besoin de l'escabeau et ne le trouva pas, c'était pour une tout autre utilisation, sa destination d'origine. De fait, *Les Confessions d'un mangeur d'opium anglais* se trouvaient sur l'étagère supérieure, hors de portée. Même Jonathan, qui mesurait pourtant près d'un mètre quatre-vingt-dix, n'aurait pu les atteindre. Tout en sachant que cela faisait plus de deux ans qu'elle avait rapatrié l'escabeau dans la bibliothèque, où elle l'avait utilisé à plusieurs reprises depuis lors, elle n'en alla pas moins regarder derrière les vastes rideaux du petit salon.

De retour dans la bibliothèque, elle vit pourquoi on l'avait remis à sa place initiale. Le nouvel escabeau se dressait dans un coin sombre, à l'opposé des fenêtres. Il était en bois cette fois, sans doute du chêne foncé, difficile à distinguer sur le plancher de chêne, là où le tapis s'arrêtait. Ce n'était pas du tout une échelle mais plutôt un morceau d'escalier formé de trois paliers. Jonathan avait dû l'apporter quand il était venu en août. Liza constata, sans même avoir besoin de le déplacer, que, même en grimpant jusqu'à la dernière marche, elle ne pourrait atteindre l'étagère du haut.

Elle se lança à la recherche de l'escabeau disparu. Ève avait dit qu'elle était encore trop jeune pour lire Thomas de Quincey, qu'elle ne comprendrait pas *Les Confessions*, qu'elle aurait bien le temps de les lire plus tard. Et d'ailleurs Liza n'en avait pas tellement eu envie en entrant pour la première fois dans la bibliothèque. Puis elle avait été intriguée par le titre, qui semblait avoir un rapport avec ces drogues dont elle entendait parler à la télévision. Et maintenant elle voulait absolument le lire. Elle en avait envie parce qu'elle ne pouvait pas l'avoir, elle ne pouvait pas l'attraper, elle le voyait là-haut, avec sa reliure bleu délavé dont le dos était parsemé de petites fleurs d'un or éteint, élégamment posé là où personne ne l'avait touché depuis des années, un siècle peut-être.

Il n'y avait aucune raison que l'escabeau se trouvât dans une des chambres, mais elle n'en alla pas moins vérifier partout. Elle découvrit des vêtements qui devaient appartenir à Victoria dans la penderie de la chambre qui lui avait toujours semblé la plus belle, une vaste pièce lumineuse avec une vue qui allait jusqu'à la rivière, par-delà les noues. Une jupe et un jean y étaient rangés, ainsi que la blouse de soie verte qu'elle portait le jour où Liza l'avait vue pour la première fois. Il y avait également une chemise de nuit en coton blanc ornée de broderies et une robe de chambre assortie. Il semblait que Victoria dormait dans cette chambre, et Jonathan, dans celle, plus grande, qui donnait sur la façade de la maison. L'escabeau n'y était pas, et pas davantage dans l'un des placards, pas plus qu'il ne se trouvait au rez-de-chaussée, dans l'une des pièces adjacentes à la cuisine, salle des bottes, souille, lingerie, garde-manger et réserve.

Liza sortit et se dirigea vers les écuries. Elle entendait la tondeuse de M. Frost ronronner sur la partie de la pelouse qui s'étendait derrière les buissons. Les écuries n'étaient jamais fermées à clé. Les portes n'avaient pas de serrures mais un cadenas réunissait les poignées des deux battants de la remise. Pour une raison inexplicable, elle n'examina pas la partie d'où venait la tondeuse, ce qui était d'autant plus curieux que c'était l'endroit le plus logique, vu qu'à l'exception de celle où l'on rangeait les outils, les écuries étaient toutes vides. Ne pouvant pas ouvrir la double porte de la remise, elle se contenta de regarder par un interstice. C'étaient de très vieilles portes, dont deux des planches étaient mal assemblées. Par la fente, elle put tout juste identifier une voiture à l'intérieur.

L'escabeau de la bibliothèque était appuyé contre un mur, entre la place du tracteur et la petite tondeuse. Liza l'emporta dans la maison, le monta dans la bibliothèque et gravit les échelons pour prendre *Les Confessions d'un mangeur d'opium anglais*. C'est alors, en redescendant le livre à la main, qu'elle fut frappée de plein fouet par ce que signifiait la présence d'une voiture dans la remise où il n'y en avait jamais eu.

M. Frost était maintenant sous ses yeux, tondant la grande pelouse du haut de son tracteur, les mains gantées et les oreilles protégées. Il ne la vit pas. Elle remit l'escabeau en place puis, se ravisant, le ressortit et alla le poser devant la double porte cadenassée. Deux petites fenêtres étaient percées juste en dessous du fronton.

Liza gravit les échelons. Cela la mena juste assez haut pour voir par-dessus le rebord de la fenêtre. La voiture trônait au milieu de la remise, seule dans un espace vide. De son poste d'observation, elle ne pouvait pas lire la marque du véhicule, mais elle vit la plaque d'immatriculation qui comportait une lettre à la fin, et non au début du numéro. Il y avait juste assez de lumière pour identifier sa couleur, marron foncé, la terre de Sienne calcinée de la palette de Bruno. Bruno était parti, et pourtant c'était bien là sa voiture, la Lancia qui avait appartenu à sa mère pendant dix ans mais n'avait roulé que dix mille kilomètres.

Elle tourna la tête en entendant la tondeuse se rapprocher. M. Frost descendit de son tracteur pour ouvrir l'écurie. Il ne parlait jamais beaucoup, ce n'était pas le genre d'adulte à demander ce qu'elle était en train de faire.

« Prenez garde à ne pas tomber », dit-il seulement.

En rentrant chez elle avec son livre, elle avait repensé à la nuit suivant le départ de Bruno, quand elle avait si mal dormi et fait tellement de rêves qu'elle n'aurait su distinguer, à son réveil, la part du rêve et de la réalité. La voiture qu'elle avait entendue était celle de Bruno. Elle avait entendu la voiture de Bruno qu'Ève avait conduite jusqu'aux écuries pour la cacher dans la remise.

Sean dormait.

Liza se demanda depuis combien de temps, à quel moment de son récit il avait cessé d'écouter. Schéhérazade. Est-ce que le roi, ou le sultan, ou je ne sais qui, s'endormait aussi lorsqu'elle lui racontait des histoires ? Était-ce donc pour cela qu'elle ne parvenait jamais à les terminer ? Parce que son époux s'endormait avant la fin ?

Sean ronflait légèrement. Elle le repoussa sur le flanc de sorte qu'il lui tourne le dos. Elle se posait une autre question : le sultan et Schéhérazade faisaient-ils l'amour avant qu'elle ne commence son récit, ou pendant, ou quoi ? Ils devaient pourtant le faire, c'était bien pour cela qu'il épousait toutes ces femmes, non ? Il n'y avait pas la moindre allusion à ce problème dans le livre qu'elle avait lu. C'était normal, pensa-t-elle, les gens devaient couper des passages dans les versions destinées aux enfants. Même pour les enfants qui avaient vu tout ce qu'elle avait vu.

Dans l'obscurité, personne ne pouvait la voir, elle sourit en pensant à la pruderie de Sean. Elle ne lui avait pas parlé de l'odeur que dégageaient les chiffons tachés, ni, voulant le ménager, des empreintes de doigts couleur de peinture écarlate qui apparaissaient sur le sol du châtelet. Là-haut dans les poutres de la voûte, une araignée avait capturé un sphinx tête de mort dans sa toile poussiéreuse. Sean n'aurait pas aimé entendre cela non plus, le papillon précieux mort depuis longtemps, prisonnier des fils alors que le crâne dessiné sur son dos reluisait encore faiblement.

15

UN TERRAIN D'AVIATION abandonné, non loin de l'endroit où ils avaient garé la caravane, leur fournit l'espace rêvé pour les leçons de conduite de Liza. Sean occupant la place du mort — c'étaient ses propres mots —, elle roula d'un bout à l'autre sur les pistes désaffectées et apprit à faire demi-tour en passant la marche arrière sans caler sur l'esplanade devant le hangar délabré.

« Tu l'auras du premier coup », prédit Sean.

Au début du mois de novembre, Liza se mit à penser de plus en plus souvent à Ève et à son procès, qui devait être pour bientôt. Elle regrettait maintenant de ne pas en avoir appris davantage sur les crimes, la justice et les tribunaux lorsqu'elle en avait eu l'occasion. Ève, elle, aurait su quoi répondre, elle lui aurait tout expliqué.

Ainsi, le procès aurait-il lieu ici, dans la ville d'où partait le train autrefois ? Ou bien allait-il se tenir loin de là, à Londres, dans cet endroit qui, lui semblait-il, s'appelait Newgate ? Je dois aller à Londres un de ces jours, se dit-elle, c'est ridicule de n'être jamais allée à Londres, même Sean y est allé. Elle aurait dû commencer à acheter des journaux, mais elle ne savait lequel choisir. Elle en avait suffisamment vu, jusque-là, pour savoir que les plus petits, ceux qui avaient de gros titres, ne s'intéresseraient qu'aux aspects les plus spectaculaires ou graveleux du procès, tandis que les plus grands, ceux qui reproduisaient des portraits d'hommes politiques, pouvaient aussi bien ne pas en parler du tout. La télévision risquait de montrer quelque chose un seul soir, celui justement où Sean regarderait un match de foot.

La vie n'était pas facile dans la caravane. Si l'on voulait avoir chaud, il fallait supporter l'humidité. Sean récupéra une bâche qu'un paysan avait utilisée pour protéger une meule de foin des fortes pluies et l'étendit sur le toit de la roulotte. Cela améliora la situation, question humidité, mais plongea l'intérieur dans l'obscurité. Ils devaient puiser dans le ruisseau et faire bouillir toute l'eau qu'ils consommaient. Il n'était pas question de laver sur place leurs vêtements ni leurs draps, qu'ils devaient porter à l'unique laverie automatique encore en service à dix kilomètres à la ronde. Pour faire leur toilette, ils essayaient de se débrouiller avec cinq centimètres d'eau au fond d'un bol.

Liza était devenue experte dans l'art de prendre des bains en douce chez Mme Spurdell, chez qui elle emportait une serviette de toilette. Il lui arrivait même assez souvent d'en prendre un lorsque sa patronne était dans la maison ; elle attendait simplement qu'elle fût suspendue au téléphone — Mme Spurdell pouvait passer des heures à bavarder avec sa fille ou ses amies — et s'offrait deux minutes dans la baignoire avant de nettoyer la salle de bains. Malgré cela, Mme Spurdell avait émis à une ou deux reprises quelques remarques acides sur la quantité d'eau qu'elle avait cru entendre s'écouler par la bonde.

Il était impossible de prendre un bain pendant les congés du milieu de trimestre, puisque M. Spurdell restait à la maison. Le risque était trop grand. Son bureau se trouvait au premier étage, juste à côté de la salle de bains, et quand il n'y était pas, on pouvait s'attendre d'une minute à l'autre à ce qu'il y aille. Ce jour-là, un lundi de la fin du mois d'octobre, elle arriva à Aspen Close avec la ferme intention de prendre un bain. Mme Spurdell devait s'absenter une heure pour aller chez le coiffeur, Liza l'avait entendue prendre rendez-vous au téléphone. Aussi, quelle ne fut pas sa consternation lorsqu'elle apprit que M. Spurdell était là, se remettant apparemment de la grippe qui l'avait frappé de plein fouet le vendredi précédent, alors qu'il lisait, à en croire sa femme, *La Reine des fées* de Spenser avec sa classe de terminale.

S'il était encore alité, rien n'autorisait Liza à croire qu'il fût endormi. Mme Spurdell dit qu'il se lèverait probablement plus tard et descendrait en robe de chambre. Au cas où elle ne serait pas rentrée de chez le coiffeur, Liza n'aurait qu'à lui préparer une tasse de thé. Sur ce, Mme Spurdell enfila son Burberry tout neuf et se coiffa de son capuchon de pluie en plastique transparent, non parce qu'il pleuvait, certes pas, mais afin d'être sûre de l'avoir sous la main au retour, pour protéger sa mise en plis.

Liza en conclut qu'il lui faudrait recourir à la solution qu'elle avait déjà conseillée à Sean. N'y connaissant strictement rien en matière d'hôtels, elle n'en supposait pas moins qu'on devait y trouver une grande quantité de salles de bains. Le Duke's Head, par exemple, devant lequel elle passait en se rendant à Aspen Close, devait avoir plus de salles de bains que n'importe quelle maison particulière. Puisque Sean ne voulait pas payer à la piscine ou aux douches municipales, pourquoi n'entrait-il pas tout naturellement au Duke's Head comme s'il était un client de l'hôtel ? Il suffisait de monter au premier étage et de trouver une salle de bains pour se laver. Qui allait s'en rendre compte ? Il fallait penser à emporter une serviette, évidemment, il n'avait qu'à la glisser sous son blouson et prévoir une pochette en plastique pour après, quand elle serait humide.

Mais c'était voler de l'eau chaude, s'écria Sean, c'était malhonnête. Il était sincèrement choqué. Reste sale, dans ce cas, rétorqua Liza. Pour sa part, elle n'y regarderait pas à deux fois, et même, c'est probablement ce qu'elle ferait en quittant son travail, avant d'aller le retrouver. Seulement le projet se révélait irréalisable car elle avait oublié d'emporter une serviette. Cette pensée la mit de méchante humeur, et elle entra d'un pas rageur dans le bureau en traînant l'aspirateur derrière elle.

Depuis son dernier passage dans la pièce, M. Spurdell avait acheté deux nouveaux livres. Que Mme Spurdell ait un nouveau Burberry, aille chez le coiffeur ou consomme de l'eau chaude à volonté, que M. Spurdell conduise une

BMW quasi neuve, Liza s'en moquait éperdument, mais elle était jalouse de leurs livres. Elle leur en voulait de posséder des livres et vouait en conséquence une haine particulière à M. Spurdell, même si, à bien des égards, il avait l'air plus gentil que sa femme. Elle le rencontrait parfois le vendredi après-midi, lorsqu'il rentrait chez lui juste avant qu'elle ne parte. Les deux nouvelles acquisitions étaient une biographie de Dickens et une sélection de nouvelles de Saki.

Que n'aurait-elle donné pour lire la biographie de Dickens ! Mais elle n'en aurait jamais les moyens, même le jour où le livre sortirait en collection de poche. Bientôt, elle cessa de penser à M. Spurdell, elle oublia même de guetter le bruit de ses pas. Assise au bureau, elle tenait *La Vie de Dickens* dans sa couverture marron et or, et lisait l'introduction lorsqu'il entra tout doucement dans la pièce. C'est seulement parce qu'il émit une petite toux sèche qu'elle prit conscience de sa présence. Elle se leva d'un bond, serrant le livre entre ses mains.

C'était un homme de petite taille, aussi mince que Mme Spurdell était grosse. Liza pensait souvent qu'ils ressemblaient à Jack Sprat [1] et à sa femme, lui qui ne pouvait pas manger de graisse, et elle, rien de maigre. Il lui semblait très âgé, c'était un vieux monsieur qui aurait dû être à la retraite, ses bajoues se fondaient dans un cou ratatiné, son crâne était chauve hormis une couronne blanche. Il portait une robe de chambre de lainage marron par-dessus sont pyjama rayé, et sa cordelière était ajustée par un nœud bien net.

Le sourire bienveillant qu'il lui adressa la remplit de soulagement. Elle ne serait pas obligée de retourner sur-le-champ auprès de Sean pour lui annoncer qu'elle avait été congédiée. Le soulagement laissa place à l'indignation lorsqu'il lui dit, sans cesser de sourire mais en s'excusant du ton que l'on prend pour s'adresser à un enfant ignorant,

1. Allusion à une comptine traditionnelle dont les personnages forment un couple à la Dubout : « Jack Sprat mange maigre et sa femme gras, mais à eux deux, ils nettoient tous les plats ! » *(N.D.T.)*

qu'il était dommage que ce livre contînt si peu d'illustrations.

« Je ne veux pas d'illustrations », déclara Liza, sachant aussitôt qu'elle avait parlé sèchement.

Les deux sourcils blancs, telles des moustaches, se soulevèrent.

« Quel âge avez-vous ? » demanda-t-il.

Elle lui dit la vérité et se rappela, trop tard, qu'elle avait menti à sa femme sur ce point.

« Je vais avoir dix-sept ans.

— Oui, c'est bien ce que je pensais. Certaines de mes élèves ont le même âge que vous, mais elles préfèrent qu'on les appelle des étudiantes. »

Il tendit la main pour récupérer le livre, et elle le lui donna.

« Merci, je ne l'ai pas encore lu. »

Sans savoir le moins du monde d'où lui venait cette certitude, elle imagina que les professeurs parlaient ainsi. D'un ton autoritaire, directif, ils pourvoyaient des informations. Et justement, alors que cette pensée lui venait, il l'informa : « Dickens était un grand écrivain anglais, le plus grand de tous, selon d'aucuns. Avez-vous lu certains de ses livres à l'école ?

— Je ne vais pas à l'école, répondit-elle, ajoutant aussitôt, plus maintenant. Je n'y vais plus. »

Que croyait-il donc ? Qu'elle séchait des heures d'école pour venir travailler pour sa femme ? « Mais j'ai lu Dickens. J'ai lu *La Maison d'Apre-Vent*, *David Copperfield*, *Oliver Twist*, *Nicolas Nickelby* et *Un conte de deux villes*. »

L'évidente stupéfaction de M. Spurdell lui fit grandement plaisir. Elle pensait qu'il allait lui demander pourquoi elle avait quitté l'école si jeune, elle s'attendait à tout mais certainement pas à ce que, désignant les nombreux volumes de Dickens qu'il possédait en édition de poche, il lui demande si elle avait lu *L'Ami commun*.

« Je vous ai dit lesquels j'avais lus, répondit-elle, mais d'un ton aimable cette fois.

— Eh bien, vous êtes une étonnante jeune personne. Pas

tout à fait ce que l'on croirait à première vue, n'est-ce-pas ? »

Il ne croit pas si bien dire, pensa Liza. Changeant de sujet, elle lui demanda s'il aimerait une tasse de thé. Il accepta, et elle le précéda dans l'escalier.

L'eau ne bouillait pas encore quand Mme Spurdell rentra et se lança, au bénéfice de son mari, dans une interminable histoire : sa coiffeuse avait vu le nom de leur fille dans un magazine, où elle avait écrit une lettre au rédacteur en chef concernant la législation familiale. La coiffeuse, « qui était une fille tout à fait intelligente, vu son milieu », avait découpé la lettre mais oublié de l'apporter. Elle l'apporterait la prochaine fois. Philippa était tellement modeste qu'elle ne leur en avait rien dit. Elle n'en avait pas parlé à son père, des fois ?

Liza remonta à l'étage pendant ce temps. Elle finit le ménage du bureau, retapa le lit que M. Spurdell venait de quitter et passa l'aspirateur sur la moquette. Puis ce fut l'heure de partir. Mme Spurdell étant en train de la payer, cherchant un billet de cinq livres au fond d'un pot placé sur le rebord de la fenêtre et affirmant avoir confondu deux pièces de dix et cinquante pence, lorsque son mari réapparut dans la cuisine et tendit à Liza *L'Ami commun* et *Le Magasin d'antiquités*.

« J'aimerais que vous me les rendiez un jour, mais cela ne presse pas.

— Tu ferais mieux d'inscire ton nom sur le revers de la jaquette, mon chéri, dit Mme Spurdell en riant d'un air entendu. Tu te souviens de cette habitude qu'avait Jane d'écrire à l'intérieur de ses livres *« Ce livre a été volé à Jane Spurdell »* ?

C'était d'une extrême grossièreté, mais Liza s'en moquait. Avoir quelque chose de nouveau à lire, quelle aubaine ! Elle avait fait traîner en longueur la *Vie de Mary Wollstonecraft* pour qu'elle dure plus longtemps, ce qui était une façon de lire bien irritante. Que M. Spurdell lui prête *L'Ami commun* était une intéressante coïncidence, car c'était justement le livre qu'elle avait essayé de lire après avoir laissé tomber *Les Confessions d'un mangeur d'opium anglais*. Ève avait eu raison sur ce point, elle n'était pas assez mûre pour ce texte, à l'époque, et pour *L'Ami commun* non plus, tandis que maintenant elle était prête.

Elle avait commençé à le lire le soir même, après avoir découvert la voiture de Bruno dans la remise de Shrove. Curieusement, elle n'avait jamais envisagé de raconter à Ève ce qu'elle avait trouvé ou de lui demander pourquoi la voiture était là. Elle pensait le savoir et en même temps elle n'en était pas si sûre. Cela pouvait seulement signifier que Bruno allait revenir, qu'il était parti sans sa voiture pour une raison quelconque et qu'Ève la gardait en son absence. Il n'était pas parti pour de bon. Ève avait pourtant affirmé le contraire, mais Liza ne lui faisait plus entièrement confiance.

Après s'être concentrée sur le texte pendant une heure entière, elle laissa tomber De Quincey et tenta de lire *L'Ami commun.* Elle devait être fatiguée car elle ne fut pas capable de poursuivre au-delà de la première page. Elle resta longtemps éveillée dans son lit à gamberger sur la voiture et ce qui avait bien pu arriver à Bruno. Personne n'avait jamais su où il se trouvait en dehors de sa mère, et voici qu'elle était morte. Sa femme n'en savait rien, pas plus que l'ami de celle-ci, le dentiste. L'agent immobilier l'avait su, mais Ève lui avait écrit.

Cette nuit-là, Liza rêva que Bruno était toujours avec elles mais qu'il s'apprêtait à partir. Ses cheveux bruns soyeux étaient retenus par un ruban sur sa nuque, et l'on voyait très bien les deux anneaux dorés à son oreille. Et son visage semblait plus angélique que jamais, comparable à celui d'un saint dans un tableau, en contradiction manifeste avec les propos grossiers qui émanaient parfois de sa bouche de chérubin. Elle ne le vit pas partir dans son rêve mais Ève lui dit qu'il était parti, et ensuite elle entendit le coup de fusil. Elle entendit des déflagrations derrière elle en se promenant dans les bois. Mais tout cela se passait dans le rêve, pas dans la réalité. De fait, la nuit où Ève lui avait annoncé le départ de Bruno, Liza n'avait pas entendu de coup de fusil, elle avait seulement entendu que l'on traînait un objet lourd en bas de l'escalier, et qu'une voiture s'éloignait.

Où se trouvait la voiture dans la journée ? Bruno n'avait pas pu partir dedans, ou alors elle n'aurait pas été là, de sorte qu'Ève puisse la conduire à Shrove la nuit venue. Mais elle n'était pas là, elle ne se trouvait pas dehors quand Liza était rentrée à la maison. Alors, Ève l'avait-elle cachée quelque part ? Liza prit conscience qu'Ève aurait pu la cacher n'importe où, derrière le taillis de bouleaux ou sous les branches pendantes d'une haie, elle aurait aussi bien pu la dissimuler à quelques mètres de leur maison sans que Liza puisse la voir.

Comme il regardait un match de football retransmis de quelque part en Allemagne, Sean n'essaya pas de l'empêcher de lire pendant un bon moment. Il ne s'attendait pas plus à ce qu'elle regarde le football qu'elle ne s'attendait à le voir lire Dickens. Ils buvaient du vin, une bouteille proposée en promotion par le supermarché, l'affaire de la semaine.

La pluie giflait la bâche qui recouvrait la caravane. Un vent hurlant la projetait en folles rafales contre les parties non protégées des fenêtres, si violemment que l'on craignait de les voir voler en éclats. La caravane tanguait et frémissait.

Liza et Sean étaient assis l'un contre l'autre, les jambes enveloppées d'une de leurs couvertures molletonnées. Pendant que Liza lisait la vie d'Eugène Wrayburn, Sean regardait l'équipe allemande enfoncer celle des Anglais. Il éteignit le téléviseur en poussant un soupir, enlaça Liza et entreprit de la coiffer. C'était là une initiative habile, car il savait le plaisir sensuel que cela lui procurait. Elle s'étira comme un chat et tendit le cou alors que le peigne se faufilait doucement dans le rideau soyeux de sa sombre chevelure.

Il lui demanda d'une voix douce :

« Que lui était-il arrivé ? À Bruno, je veux dire. »

Liza referma son livre.

« Je ne sais pas. Enfin, je l'ignorais à l'époque. Je l'ai su plus tard. » Elle réfléchit. « Tu vas devoir attendre que j'en arrive à l'ouragan.

— Si tu veux. Mais les Tobias, alors ? Ils se sont séparés, n'est-ce-pas ?

— Pas avant l'année suivante. Mais je n'ai jamais revu Victoria. Jonathan a écrit à Ève pour lui dire qu'il vivait à Ullswater et que Victoria habitait la maison de Londres. Peu après, Victoria l'a quitté pour de bon. Je crois qu'elle est partie avec quelqu'un.

— Et ta maman s'est mise à reprendre espoir.

— Oui, mais elle était loin du compte. Je ne sais pas comment elle a réagi au divorce, qui est intervenu deux ans plus tard. Elle ne m'en a jamais rien dit. En fait, je crois qu'elle comprenait qu'elle avait mal joué ses cartes dès le début.

— Elle aurait dû se faire désirer davantage, dit Sean.

— Ou moins. Si elle l'avait accompagné dans tous ces endroits où il lui proposait d'aller, même à Londres de temps en temps, eh bien, je pense qu'il ne se serait pas intéressé à Victoria. Ève était beaucoup plus jolie et plus intelligente que Victoria, il la connaissait depuis toujours, elle avait tous les avantages. Sinon qu'elle ne voulait jamais quitter Shrove, pas même pour un week-end. » Elle leva les yeux vers lui. « Est-ce que j'aurais dû me faire désirer davantage, Sean ? J'ai été facile, n'est-ce pas ? Je me suis tout simplement jetée dans tes bras.

— Oh, toi ! dit-il en riant et, posant le peigne, il la serra contre lui. Tu étais l'innocence même, tu ignorais tout.

— Vraiment ? Veux-tu que je te parle de l'ouragan ?

— Attends une seconde, je vais remplir ton verre. Et il y a une chose que je veux savoir d'abord. Est-ce que personne n'est venu demander après Bruno ?

— Qui pouvait s'en soucier ? Si sa mère avait encore été en vie, ç'aurait été différent. S'il avait dit qu'il voulait acheter cette maison. S'il était allé voir un notaire ou je ne sais quoi, comme l'on doit faire quand on achète une maison. Si la vente de la maison de sa mère n'avait pas été complètement réglée et qu'il en attendait encore de l'argent.

S'il avait toujours occupé ces chambres au-dessus de l'épicerie... Mais en l'état des choses personne ne savait où il vivait et personne n'avait besoin de prendre contact avec lui.

— Cela donne des frissons dans le dos, quand on y pense.

— Quand je suis retournée au châtelet, toutes ses affaires avaient disparu, les tableaux, les châssis, les tubes de peinture et le tas de chiffons. Il n'y avait plus rien et les lieux avaient été récurés à fond. Jusqu'au plafond. Elle avait même nettoyé le plafond et enlevé la toile d'araignée avec son papillon captif.

— Ces vieux chiffons, qu'est-ce qu'il y avait dessus, à ton avis ? murmura Sean d'une voix hésitante. Jamais tu n'as cru que c'était de la peinture, pas vrai ?

— À l'époque, si. Maintenant, je pense que c'était du sang. »

Sean resta silencieux, le visage grave. Au bout de quelques secondes, il dit :

« Allons, parle-moi de l'ouragan.

— Il y a une autre chose qui vient avant. Ce portrait de moi que Bruno avait peint, il s'est retrouvé sur le mur du salon. Je suis descendue un matin et je l'ai vu là. Ève avait enlevé le coucher de soleil sur Shrove et accroché mon portrait à la place.

— Pourquoi avait-elle fait ça ?

— Je n'en sais rien. Cela ne me ressemblait pas du tout mais je suppose qu'elle devait l'aimer. Maintenant, j'en viens à l'ouragan. »

Comme pour l'encourager, le vent projeta une nouvelle rafale de pluie contre la fenêtre qui se trouvait derrière eux. La caravane fit un bruit de casseroles. Il n'avait pas plu cette autre nuit, la Nuit de l'orage, de l'ouragan, de la Grande Tempête. Cela avait été un orage sec, une tempête aride venue de l'Atlantique en traînant du sel derrière elle. Le lendemain, il y avait des dépôts de sel sur les fenêtres de Shrove, des stalactites sèches, blanches comme de la gelée, que le vent avait arrachées à la mer.

« Le pire, expliqua-t-elle, c'est que tous les arbres

avaient encore leurs feuilles. Si les branches avaient été nues, le vent n'aurait pas pu renverser les arbres. Mais les feuilles étaient encore là, elles ne tombent guère avant novembre, et avec elles, la cime des arbres était comme de grandes voiles.

— Est-ce que vous étiez dans le pavillon à ce moment-là, ta maman et toi ?

— Quand n'y étions-nous pas ? Nous n'allions jamais nulle part. »

Elle aurait aussi bien dormi pendant l'ouragan, malgré le bruit assourdissant. À onze ans, elle avait un sommeil si profond qu'un bombardement n'aurait pu le troubler. C'est Ève qui l'avait réveillée. Ève, qui pourtant n'avait peur de rien, avait peur ce soir-là. Elle la réveilla pour avoir de la compagnie, pour ne pas être seule alors que le monde alentour était déchiré en morceaux.

C'était juste après quatre heures du matin, il faisait noir comme au fond d'un puits, et le vent remontait la vallée en rugissant tel un train invisible, un train fantôme. Jamais le vrai train qui traversait autrefois la vallée n'avait produit pareil vacarme. L'électricité fonctionnait encore lorsqu'elle descendit l'escalier en se frottant les yeux et regardant autour d'elle, mais la lumière s'éteignit quand elle entra dans le salon. Dehors, quelque part dans la tourmente, le vent avait eu raison des lignes électriques.

« Qu'est-ce qu'il y a ? Que se passe-t-il ? »

Ève répondit qu'elle l'ignorait, qu'elle n'avait jamais entendu un vent pareil. Pas dans ce pays en tout cas. Nous n'avions pas d'ouragans.

« Ce n'est peut-être pas un ouragan, suggéra Liza. C'est peut-être la fin du monde. L'apocalypse. Ou une bombe nucléaire. Quelqu'un a lâché une bombe nucléaire. »

Tout en posant des bougies dans des pots à confiture, Ève demanda comment Liza pouvait savoir ces choses-là. Comment pouvait-elle connaître l'apocalypse ? Qui lui avait parlé des bombes nucléaires ? La télévision, pensa Liza, mais elle ne répondit pas.

« Bien sûr que ce n'est pas une bombe », dit Ève.

Les flammes des bougies vacillèrent quand les vitres

tremblèrent. Le vent réussit, Dieu sait comment, à pénétrer jusque dans le salon. Les rideaux gonflèrent, puis s'aplatirent contre les fenêtres. Ève essaya d'allumer la radio, et se souvint qu'elle était également alimentée par l'électricité. Pour la même raison, elle ne pouvait pas préparer de thé. La réserve de bonbonnes de gaz la plus proche se trouvait à plus de sept kilomètres. Liza pensa qu'elles étaient vraiment isolées de tout, il n'y avait pas de voisins à moins de trois kilomètres, dans ce village où Bruno avait failli acheter une maison. C'était comme d'être abandonné sur une île cernée par des flots déchaînés.

Elle regarda par la fenêtre et sentit la vitre vibrer contre son visage. Il ne faisait pas encore assez jour pour voir grand-chose au-delà des vrilles de la vigne vierge qui recouvrait la maison jusqu'à la chute des feuilles. Celles-ci flottaient dans le vent comme des cheveux soulevés par un séchoir, tirant un rideau noir en travers de la fenêtre. Un fracas considérable, dont l'origine semblait assez proche, la fit bondir au milieu de la pièce.

« Éloigne-toi », dit Ève.

Trois tuiles tombèrent du toit, l'une après l'autre, produisant chacune un craquement sec en allant s'écraser sur les dalles. Le vent était à la fois régulier et sporadique. Il ne cessait de souffler avec une vigueur régulière mais arrivait aussi en bourrasques tonnantes qui s'engouffraient dans les arbres, entre les troncs et les ramures feuillues, déchirant les buissons, et chaque rafale culminait dans un hurlement et un ultime craquement. La terre tremblait, et le sol se soulevait.

« Les arbres », dit Ève. Et, derechef : « Les arbres... »

Elle était livide. Elle leva les mains pour se couvrir les oreilles puis les abaissa et se mit à les serrer nerveusement l'une contre l'autre, à les tordre même. Horrifiée, Liza la regarda tourner en rond dans le salon. Cela était en train d'arriver à Shrove, Shrove qui comptait pour elle plus que n'importe quoi au monde, et au-delà. Il s'agissait des arbres de Shrove, et chaque nouveau craquement, qu'il fût proche ou distant, la faisait tressaillir. Une fois, elle porta même sa main à sa bouche, comme pour s'empêcher de crier.

Vers six heures, le jour commença à se lever. L'aube s'était annoncée à l'est par une barre jaune en travers de l'horizon. Liza se glissa dans la cuisine pour regarder, sachant qu'Ève ne la laisserait pas remonter dans sa chambre. Le vent ne faiblit aucunement avec cette discrète apparition de la lumière mais sembla y puiser une nouvelle vie, grondant et ruant et tournoyant en émettant un sifflement perçant. Une branche solitaire, encore couverte de feuilles, tourbillonna en l'air avant de s'écraser par terre. Les murs de la maison frémirent. Les fenêtres tremblèrent. Liza regarda l'obscurité reculer dans le ciel, la barre livide s'effaçer, le gris blanchir, et vit apparaître très haut une masse de nuages coagulés qui se bousculaient.

Le cerisier gisait en travers du jardin, ses branches et son épaisse ramure recouvrant la pelouse, les plates-bandes de fleurs, le jardin potager d'Ève, et ses racines pointant vers le ciel comme des doigts filiformes de couleur brun foncé. Pendant qu'elle regardait, le vent hurlant, invisible machinerie, frappa la cendre qui délimitait le bord de la pelouse, et l'arbre géant frissonna. Il parut rester en suspens un instant, se tordit dans un ultime tressaillement et bascula hors de la vue de Liza, laissant soudain un espace blanc là où, depuis sa naissance, se dressait cette borne puissante et solide, couronnée de feuilles. Elle sursauta, le souffle coupé, et leva la main vers ses lèvres.

« Détourne-toi, dit Ève. Ne regarde pas. »

La tempête ne commença à s'apaiser que dans l'après-midi. Ève avait essayé de sortir avant, mais la force du vent l'en avait dissuadée. Des branches brisées, des brindilles, des feuilles mortes, recouvraient le jardin de devant et l'allée. L'un des battants de la grille de Shrove avait été arraché de ses gonds et refermé brutalement, des vrilles de solanum étaient restées prisonnières de ses spirales de fer.

Liza n'avait jamais vu sa mère dans un tel état de détresse tragique. Elle paraissait beaucoup plus affectée que le jour où elle avait appris le mariage de Jonathan. Elle était bien plus que malheureuse, elle était éperdue de douleur.

Elle fondit en larmes à la vue du cerisier déraciné et se mit à crier que ce n'était pas vrai, que ce ne pouvait pas être vrai.

« Je ne peux pas le croire, je ne peux pas le croire. Que se passe-t-il ? Qu'est-il arrivé à notre climat ? C'est de la folie. »

On ne pouvait pas voir grand-chose de leur maison. Le peuplier baumier était toujours debout, bien qu'ayant perdu une de ses branches maîtresses, mais des arbres abattus leur bouchaient la vue de toutes parts. C'était comme si le pavillon de garde avait été cerné par une barrière de troncs et de branches sciés, comme si le vent, soudain doué d'une détermination mauvaise, l'avait élevée pour les isoler du monde. Elles se trouvaient au cœur d'une forteresse de bois taillée par le vent. Liza comprit qu'elles devraient franchir des troncs et se frayer un chemin parmi des branches feuillues pour atteindre la grille d'entrée. Finalement, elles émergèrent ensemble à trois heures de l'après-midi après avoir escaladé l'énorme branche du peuplier baumier qui leur barrait la route.

Liza se sentait toute petite et bien seule, mais elle se croyait trop grande pour prendre la main d'Ève, et ce fut Ève qui eut l'initiative du geste. Main dans la main, elles s'avancèrent en trébuchant vers la grande grille de Shrove. Le parc s'étendait, dévasté, à droite et à gauche, arbres et buissons détruits qui reposaient en tas là où ils avaient été frappés, un désastre qui semblait dû à la main de l'homme, murmura Ève, comme dans certaines photos de champs de bataille qu'elle avait vues. Des souches d'arbres se dressaient, avec des morceaux de troncs effilés pointant vers le ciel. Un nid d'oiseau, impressionnante construction d'épaisses brindilles et de roseaux entrelacés arraché à quelque cime, gisait sur leur chemin.

« Le paradis dévasté », dit Ève.

Deux des grands cèdres avaient été abattus. Les tilleuls étaient à terre, de très vieux arbres pour la plupart. Seuls les bouleaux, plus minces et plus souples, avaient survécu, ainsi que les petits charmes en forme de pyramide. Le vent en s'acharnant sur le parc avait épargné la maison, qui les dévisageait calmement de toutes ses vitres intactes, sous son toit indemne. La seule différence, c'est qu'une vasque de pierre, tombée de son socle, avait roulé au pied des marches.

Un soleil pâle, faible et aqueux, bien qu'il n'y ait pas eu une goutte de pluie, luisait telle une flaque argentée parmi les nuages qui dérivaient doucement. Derrière les jardins, au-delà des noues, d'un gâchis de saules abattus et d'esquilles de peupliers, du ruban scintillant de la rivière, des trous apparaissaient aux flancs boisés des hautes collines comme si des ciseaux avaient découpé des morceaux de l'étoffe tissée par les arbres.

L'air était imprégné de l'odeur de sève dégagée par les feuilles arrachées et de sel provenant de la mer lointaine. Tout était silencieux, même les oiseaux, à l'exception d'un pluvier qui poussait son cri surnaturel en volant au-dessus de leurs têtes.

« Ève était dans un état terrible, expliqua Liza à Sean. On aurait dit qu'elle portait le deuil de quelqu'un. Enfin, c'est l'idée que je me fais de quelqu'un en deuil. Tu sais, dans les livres, on parle toujours de gens qui s'arrachent les cheveux de douleur. Elle était presque comme ça. Je l'ai trouvée assise dans le salon, les mains cramponnées à sa chevelure. Elle pleurait et gémissait en se balançant de droite et de gauche comme si la douleur la tenaillait. Je ne savais pas quoi faire, jamais je ne l'avais vue ainsi.

« Aurait-elle moins souffert, si ce n'étaient pas les arbres, mais moi qui avais été détruite ? C'est à ce moment-là que j'ai commencé à soupçonner que pour elle Shrove comptait davantage que moi. Cela m'a terrifiée. Je ne savais plus comment réagir.

« Je n'avais personne à qui demander conseil, vois-tu. Absolument personne. C'est-à-dire, le laitier est passé, mais il n'était d'aucun secours. Maintenant que le train ne traversait plus la vallée, il n'était plus capable de parler que du temps, et le temps, j'en avais soupé jusqu'à la fin de mes jours. M. Frost est venu voir s'il pouvait faire quelque chose. Je lui ai dit, vous pourriez lui trouver un médecin, et il a dû penser que j'avais perdu la tête. “Qu'est-ce qu'elle a qui ne va pas ?" m'a-t-il demandé, et je n'ai pas su quoi lui répondre. Je savais qu'il allait la prendre pour une folle, et moi aussi. Aucun téléphone ne marchait, a-t-il dit, et il faudrait attendre une semaine pour que l'électricité revienne. Je me retrouvais seule avec elle, sans savoir que faire. Je n'avais que onze ans.

« Le lendemain, elle a un peu recouvré son calme. Elle s'est allongée sur le divan. Nous ne pouvions rien cuire mais il y avait du pain, du fromage et des fruits. Je suis montée à Shrove, où j'ai trouvé une boîte contenant douze bougies. J'ai aussi trouvé une plaque de cuisson Calor qui marchait au gaz, sur laquelle on pouvait faire bouillir de l'eau et un œuf à la coque, mais ça prenait des heures. Elle s'est assoupie dans l'après-midi, et je suis allée dans les bois, la partie que nous appelions notre bois.

« Je ne sais pas pourquoi j'y suis allée, en fait. Cela ne m'avait pas perturbée autant qu'elle, mais j'avais vu suffisamment d'arbres abattus et de destruction jusqu'à la fin de mes jours. Pourtant, j'y suis allée. Peut-être me disais-je que si la tempête n'avait pas causé trop de dégâts par là-bas, si l'endroit avait été épargné pour quelque raison, j'aurais quelque chose à lui dire qui pourrait lui remonter le moral.

« Mais après, j'ai regretté d'y être allée. J'aurais cent fois préféré être restée auprès d'elle. Cela m'a donné tellement de souci.

— Que veux-tu dire ? demanda Sean.

— Tu vas voir. C'est à cause de ce que j'y ai trouvé. Quoique cela n'ait pas eu beaucoup d'importance, au bout du compte. »

Dès qu'elle s'approcha du bois, ou du moins de ce qui en restait, elle sut que ses espoirs avaient été vains. À une certaine distance, on ne pouvait pas voir ce qu'il y avait derrière la circonférence que dessinaient les arbres. Lorsqu'elles avaient remonté l'allée avec Ève, la veille, elles n'avaient rien pu voir parce que les chênes et les châtaigniers du pourtour étaient restés debout. La tempête avait creusé son chemin comme un tourbillon à travers ces arbres et, une fois à l'intérieur, s'était déchaînée tel un animal pris de folie, pivotant sur elle-même comme une toupie en dessinant des cercles et détruisant tout ce qui était vulnérable sur son passage.

Pas absolument tout, put-elle constater en s'approchant précautionneusement entre les chênes. Certains arbres jeunes étaient encore debout. Ici et là, un géant avait résisté à l'assaut tandis que la chute définitive de quelques autres de taille adulte, qui étaient bizarrement inclinés, n'était que partie remise. Dans l'intervalle, un spectacle de désolation s'offrait à ses yeux.

Les feuilles étaient encore vertes sur les branches et les rameaux fracassés. Immobiles, elles donnaient l'impression de pousser sur des brindilles qui sortaient des branches d'un tronc solidement enraciné. Un océan de feuilles s'ouvrait devant elle. Il n'y avait plus de vent maintenant, juste une légère brise, une plaisanterie de la nature qui jouait avec le désastre, faisant palpiter toutes les feuilles, feuilles échancrées de chêne et pointues de cerisier, pentadactyles de châtaigner et ovales de hêtre. C'était un océan frémissant de feuilles vert foncé d'où surgissaient parfois, de-ci, de-là, une racine retournée pareille à une nageoire de poisson ou un tronc brisé évoquant la cheminée d'un paquebot naufragé. Cela lui rappela la mer après une tempête telle qu'elle l'avait vue sur un tableau de la bibliothèque de Shrove, car la vraie mer, elle ne l'avait jamais vue.

Elle resta un moment à contempler ce spectacle puis s'engagea dans l'océan de verdure. Et dès qu'elle y fut plongée l'image cessa d'opérer, la comparaison était erronée. Il ne s'agissait nullement d'écarter les flots mais de se frayer un chemin en terrain difficile. Là où auparavant s'ouvraient des sentiers et des clairières, ce n'était plus que bois brisé et ronciers arrachés, souches invisibles pour la faire trébucher et tronçons éparpillés pour lui bloquer la route.

Si quelqu'un lui avait prédit la veille qu'elle aurait du mal à retrouver son chemin dans le bois, elle n'en aurait rien cru. C'était pourtant le cas. Tout était devenu différent. Le vent avait semé sa désolation et transformé en étendue sauvage, quasi impénétrable, ce qui était encore hier matin des rangées d'arbres, déployant dans les profondeurs les ailes d'une mystérieuse ombre verte. Tout n'était plus que ruines maintenant, et curieusement identiques. Était-ce ici, par exemple, que se dressait le grand hêtre solitaire dont les branches formaient une arche si considérable qu'elle projetait une ombre circulaire de cinquante mètres de rayon sous laquelle ni plantes ni herbes ne pouvaient croître ? Et était-ce ici que poussaient les mélèzes, conifères aptères en hiver mais d'un vert éclatant au printemps, avec la venue de leurs nouvelles aiguilles ? Elle n'aurait su le dire, mais lorsqu'elle découvrit le hêtre, abattu et désarticulé, son vaste tronc gris comme un phoque humide, ses racines exhumées maculées de terre et de pierres, lorsqu'elle vit tout cela, elle se sentit prête à pleurer comme Ève.

Continuant à avancer péniblement en escaladant des troncs renversés et écartant des rideaux d'épais feuillage, elle poursuivit son chemin au hasard, ignorant même ce qu'elle venait chercher. Un endroit où rien ne serait arrivé ? Une partie du bois miraculeusement épargnée ?

Il n'y avait qu'un endroit. Mais c'était uniquement parce qu'il n'y avait eu aucun arbre dans cette clairière. Elle voyait à peu près où elle se trouvait maintenant, au cœur du bois dévasté, en son centre où naguère un anneau de cerisiers et d'érables entourait un espace où poussait de l'herbe. Il lui était arrivé de pique-niquer sur la souche d'arbre qui se dressait au milieu de l'herbe.

Elle s'avança et alla s'asseoir sur la large souche, plate et humide. Elle regarda autour d'elle, prenant enfin conscience du silence. Pas un chant d'oiseau. Avant, il y avait toujours des oiseaux dans le bois, mais ils avaient pris la fuite devant la tourmente.

Les érables et les cerisiers étaient presque tous tombés mais il en restait encore quelques-uns debout, les plus vieux, et les plus gros, dangereusement penchés. Elle se demanda si l'on pourrait sauver ces arbres à moitié abattus, s'il y avait un moyen de les redresser et de les tutoriser. Qui allait s'en occuper ? Qui allait s'en soucier ? Elle se leva et s'avança près du vieux cerisier tout de guingois, passa la main sur son tronc. Il semblait ferme, solide comme s'il avait été bien droit, en pleine croissance.

Il ne lui restait plus qu'à rebrousser chemin, à essayer de retrouver sa route dans ce fouillis de branches brisées. Elle se pencha pour passer sous une branche basse d'érable, baissa les yeux et eut un sursaut, recula d'un bond et se cogna la tête. Elle sentit à peine la douleur. La respiration bloquée, elle appuya sa paume contre sa bouche, bien qu'elle ne fût pas du genre à crier.

Presque à ses pieds, de fait, à ses pieds avant qu'elle ne recule d'un pas ou deux, gisait un long paquet de toile de jute. Elle voyait bien que c'était de la toile de jute, de la qualité qui sert pour les sacs de pommes de terre, avait dit Ève, et dont il y avait une pile à Shrove, mais remplis de terre et de gravier. Et ce n'était pas seulement un sac mais un paquet, qui contenait quelque chose. Un morceau de ficelle devenu tout noir était attaché autour de l'ouverture et un autre autour du fond.

Non, pas l'ouverture et le fond, se dit Liza, mais la tête et les pieds. Elle se rapprocha, plus intimidée qu'effrayée. À première vue, cela l'avait fait sursauter et reculer, tandis que maintenant elle était curieuse. Quoi que ce fût, l'orage l'avait arraché à la terre en déracinant un arbre, l'avait soulevé et fait remonter de l'endroit où il était enterré.

Enterré... C'est alors qu'elle prit conscience de l'odeur. Une odeur qu'elle n'avait jamais sentie auparavant. Le plus étrange, c'est qu'elle sut immédiatement qu'il s'agissait de quelque chose de pourri, qui se décomposait et lui rappelait — oui, elle savait quoi — l'époque, il y avait si longtemps, où Heidi et Rudi étaient avec elles. L'un des chiens avait enterré un os couvert de viande et plus tard, peut-être quelques semaines après, Ève l'avait déterré en jardinant. Puant, plein de vers, d'un vert de jade, une très belle couleur en vérité.

Elle s'agenouilla et retint instinctivement sa respiration. Il y avait une déchirure en haut du sac de toile, juste au-dessus de la ficelle. Elle l'effilocha pour agrandir le trou. La toile s'ouvrit brusquement, libérant une vague de cheveux bruns, doux et soyeux. La toile épaisse et glissante se déchira entre ses mains, les cheveux se répandirent sur ses doigts, elle les toucha. Elle s'éloigna en titubant et alla vomir sur les branches brisées.

16

« C'ÉTAIT BRUNO ? » demanda Sean.
Elle acquiesça de la tête.

« Pauvre petite. Un enfant peut tout à fait ne jamais se remettre de què'que chose comme ça. »

Elle aurait bien aimé qu'il ne dise pas « què'que » mais il n'y avait rien à faire.

« Eh bien, je m'en suis remise. J'ai surmonté l'épreuve. Je n'en ai même pas rêvé. C'est bizarre, tu sais, mais on ne peut pas s'empêcher de vomir. Ce n'est pas ta tête qui commande, c'est ton corps qui réagit. J'étais curieuse, je voulais vraiment savoir, on pourrait même dire que cela m'intéressait, si tu veux. Je savais que c'étaient les cheveux de Bruno, je savais que c'était le cadavre de Bruno qui était là-dedans, et je n'aimais pas Bruno, je l'avai haï, j'étais contente qu'il soit mort, et pourtant j'ai vomi. C'est vraiment étrange, non ? »

Sean ne comprit pas.

« Tu devais être dans tous tes états. Tu ne savais pas ce que tu faisais. »

Inutile d'insister. Elle n'essaya même pas.

« Je ne savais pas quoi faire après. La seule solution, c'était de rentrer à la maison et de laisser cette chose-là jusqu'à ce que quelqu'un la trouve.

— Attends, tirons ça au clair, dit Sean. Elle l'avait tué, n'est-ce pas ? Décidément, c'est un vrai cas, ta mère, pas vrai ? Elle l'a tué comme elle avait tué le type sur lequel les chiens s'étaient jetés ?

— Oh oui, elle l'a bel et bien tué. Comment, je l'ignore. Je ne lui en ai jamais parlé. Je n'avais que onze ans mais je savais parfaitement qu'elle l'avait tué et — enfin, tu me comprends, il ne semblait pas qu'il y ait grand-chose à dire. »

Il ne comprenait pas, elle le voyait bien.

« De toute façon, elle était en état de choc, déprimée. Une vraie dépression, profonde, qui a duré longtemps. Je n'allais pas lui parler de ça, de quelque chose qui l'aurait également inquiétée.

— Il y avait bien quelqu'un à qui tu pouvais en parler. Tobias, par exemple, ou ce vieux type, Frost, c'est ça son nom ? Personne ne se serait attendu à ce que tu ailles trouver la police, pas à ton âge, mais on peut espérer qu'ils l'auraient fait à ta place. Tu n'y as jamais pensé ? »

Il faisait sombre dans la caravane. Elle le dévisagea dans la pénombre et déchiffra son air perplexe.

« C'est ma *Mère* », dit-elle doucement. Il ne répondit pas, et lorsqu'elle expliqua comment tout avait fini par très bien se passer, que le corps avait été recouvert une fois de plus, il réagit à peine. « Elle l'a tué parce qu'il menaçait tout, dit Liza. Il allait la séparer de moi et nous forcer à quitter Shrove.

— D'accord, d'accord, pas la peine de t'exciter. » Là, Sean hésita. « Comment l'a-t-elle tué ?

— Je ne sais pas. Je n'ai pas entendu de coups de feu le jour de sa disparition mais aussi je n'aurais pas pu les entendre de là où j'étais. Tu te rappelles le sang sur les chiffons, dans le châtelet ? Je pense qu'elle a pu se servir d'un couteau. »

Sean avait légèrement pâli.

« Tu n'avais pas peur d'habiter avec elle ? Je veux dire, elle aurait pu s'en prendre à toi.

— Oh, non ! dit Liza en riant. J'étais comme l'oiseau qui vit à l'intérieur de la gueule du crocodile, j'étais plus en sécurité que n'importe qui.

— J'aurais préféré que tu ne me dises rien, au sujet du

sac de toile et des cheveux. Je ne vais pas pouvoir m'endormir.

— Moi, si », dit Liza, et elle s'endormit presque aussitôt, un bras enlaçant la taille de Sean, le front appuyé contre ses omoplates. S'il resta éveillé, hanté par ce qu'elle venait de lui raconter, elle n'en sut rien.

Par prudence, elle fit aussi peu de bruit que possible le lendemain matin. Elle mit de l'eau à bouillir pour le thé et se lava le visage en silence. Peut-être était-il imprudent de lui confier tant de détails. Elle lui en avait un peu trop dit la veille au soir. Elle ferait plus attention, désormais. Elle n'avait pas du tout aimé la remarque qu'il avait faite au sujet de la police. Ève avait été arrêtée et avait sans aucun doute comparu devant un juge, elle était détenue quelque part, mais il y avait certainement beaucoup de choses qu'ils ignoraient encore et n'avaient pas besoin de savoir.

Ce n'était pas un jour où elle travaillait chez Mme Spurdell mais elle déclara tout de même : « Je t'accompagne en ville. » Ce furent pour ainsi dire les premiers mots qu'elle prononça ce matin-là. Elle emporta le double des clés de la voiture.

Pour la première fois, elle l'accompagna jusqu'au bout, dans le parking du supermarché, et nota où il avait garé la voiture. Il entra dans le magasin tandis que Liza, qui avait acheté deux serviettes de bain chez Marks & Spencer, pénétra d'un air détaché dans le hall du Duke's Head où elle ne rencontra personne, pas plus que dans l'escalier.

Il n'y avait pas de savon dans la salle de bains. Elle aurait dû y penser, mais comment pouvait-elle deviner ? Elle n'en prit pas moins un bain et savoura le plaisir de pouvoir rester longtemps dans l'eau chaude sans la hantise d'un retour inopiné de Mme Spurdell. Puis elle s'essuya avec les deux serviettes moelleuses. En ressortant, un homme en costume et cravate lui demanda s'il pouvait l'aider. Liza déclara qu'elle cherchait Mme Cooper. Elle ne connaissait pas beaucoup de noms, ayant rencontré si peu de gens jusque-là, et devait généralement recourir à ceux qu'elle trouvait dans des livres ou, comme dans ce cas précis, au nom de la femme de ménage fictive d'Ève.

« Est-elle cliente de l'hôtel ? »

Liza dit qu'elle devait arriver le jour même ou le lendemain. L'homme consulta son registre et lui répondit qu'elle avait dû se tromper mais il ne jeta pas le moindre regard soupçonneux sur le sac de Marks & Spencer qui contenait les serviettes humides. Il n'avait pas du tout l'air en colère ou désireux de la voir partir, et à le voir parler de l'inexistante Mme Cooper et élucubrer sur l'hôtel où elle aurait bien pu descendre (à moins qu'un des employés du Duke's ne se soit trompé), Liza comprit qu'il la regardait et lui parlait avec admiration. Pour reprendre l'expression de Sean, elle avait un ticket avec lui.

Elle n'avait connu ce genre d'expérience qu'avec Sean et l'avait accepté sans imaginer que d'autres garçons pouvaient éprouver la même chose. Elle commençait maintenant à l'admettre, le désir que Sean éprouvait pour elle n'était pas une bizarrerie de sa part mais un sentiment que d'autres pouvaient partager. Elle prenait conscience de son pouvoir.

« N'hésitez pas à revenir, nous pourrons peut-être vous aider », lui dit l'homme quand elle partit.

De retour au parking du supermarché, elle entra dans la voiture et mit le moteur en marche. Elle fit le tour de la ville et apprit toute seule des choses que Sean n'avait pu lui enseigner sur le terrain d'aviation. Le démarrage en côte, par exemple, ou comment s'arrêter en urgence. Il aurait été furieux s'il l'avait su, car elle ne possédait ni permis ni assurance, mais cela n'avait aucune importance puisqu'elle n'allait pas le lui dire.

Elle dut attendre le car près de une heure, et ensuite, entre l'arrêt et la caravane, elle dut faire un kilomètre et demi à pied sous la pluie.

Les jours qui avaient suivi la découverte du cadavre de Bruno restaient très présents dans sa mémoire. Ce furent de sombres journées, il n'y avait pas d'électricité, et elles allumaient des feux de bois pour se tenir chaud. Comme

Ève ne faisait à peu près rien d'autre que de rester assise à contempler le mur ou se réfugier dans son lit, Liza entreprit de dégager comme elle put le jardin de façade, enlevant toutes les branches sauf les plus grosses et les plus lourdes. Elle montait tous les jours seule à Shrove et en rapportait des objets utiles, allume-feu et veilleuses pour la nuit, bouillottes de grès, aliments en conserve, sucre et café. C'était du vol, se disait-elle maintenant, bien qu'elle n'en ait pas eu conscience sur le moment.

Un après-midi, elle y alla pour regarder la télévision. Elle n'avait pas établi de lien entre la télévision et l'électricité mais elle le comprit en essayant d'allumer le poste et que rien ne se produisit. Il lui vint à l'esprit d'essayer le téléphone, bien qu'elle n'ait jamais téléphoné de sa vie, mais lui aussi semblait mort, et elle eut beau appuyer sur tous les boutons, cela n'y changea rien.

Ève et elle n'avaient pas la moindre idée de ce qui pouvait se passer ailleurs dans le monde. C'était justement, elle le comprenait maintenant, ce qu'Ève avait toujours voulu, être isolée, coupée de tout ce qui existait en dehors de Shrove. Mais elle ne l'avait tout de même pas souhaité à ce point. Liza pensa soudain à la radio de la voiture de Bruno. Elle ne devait pas être alimentée par l'électricité mais, d'une manière ou d'une autre, par la voiture même, peut-être par le moteur.

La radio de Bruno leur apprendrait ce que l'ouragan avait fait, si le monde entier était détruit, si l'électricité était complètement coupée, si toutes les lignes téléphoniques étaient hors d'usage. Mais ce n'était pas la peine d'y songer. Elle ne saurait pas mettre le moteur en marche, ni allumer la radio, et même si elle en avait été capable, la voiture était enfermée dans la remise, et la clé, cachée quelque part.

Le lendemain, cela devint sans importance car les agents de l'électricité vinrent rétablir les lignes. Leur camionnette passa devant le pavillon en tressautant sur les branches cassées et les feuilles mortes. En sortant un peu plus tard, elle tomba sur eux. Ils étaient juchés en haut des grands poteaux et retendaient des câbles. L'un d'eux, s'imaginant probablement qu'elle venait de Shrove, lui annonça que l'antenne de télévision était cassée. L'orage l'avait arrachée du toit, et elle était suspendue à l'une des cheminées.

Liza ne savait pas de quoi il parlait. Elle n'avait jamais entendu parler d'antenne de télévision. Pour elle, la chose compliquée en fils métalliques qui ressemblait à l'une des grilles de leur four n'était qu'un objet comme on en voit sur les toits, une espèce de girouette. Après le départ des hommes et le retour de la lumière et du chauffage, elle monta à Shrove pour regarder la télévision.

Cette fois-ci, elle réussit à l'allumer mais l'image n'était pas bonne. Elle bougeait à la surface de l'écran, roulant sur place comme si quelqu'un tournait une manivelle à l'intérieur, des lignes apparaissaient en travers puis l'écran ressemblait à un morceau d'étoffe grise au tissage lâche. Les visages des gens n'apparaissaient pas nettement, et on avait l'impression, à entendre leurs voix, qu'ils avaient tous attrapé un rhume.

Liza mit un certain temps à établir la relation entre l'échec de la télévision et la grille de four démantelée sur le toit. Elle croyait que le poste était simplement cassé. Il était vieux et ne marchait plus. Elle se sentit complètement impuissante, sachant qu'elle ne pouvait rien faire sans en parler d'abord à Ève. Ses après-midi étaient perdus. Jonathan ne regardait jamais la télévision, ce poste avait appartenu à son grand-père, et il n'en achèterait certainement pas d'autre, pas plus qu'il ne ferait réparer l'antenne.

Elle reprit tristement le chemin du pavillon. En regardant Ève qui parlait à peine et faisait machinalement les gestes nécessaires pour préparer le dîner tout en ayant la tête ailleurs, Liza décida que sa mère n'avait pas plus de raisons d'être malheureuse qu'elle. Car elle avait perdu tout autant qu'Ève, elle avait perdu son unique amie.

Liza avait beaucoup grandi pendant les semaines qui suivirent l'ouragan. C'était comme si elle avait vieilli de trois ou quatre ans. Elle avait appris un certain nombre de choses que, normalement, on devait ignorer à onze ans, elle en était sûre. Par exemple, comment rester seule avec une femme quasi folle de douleur et de chagrin tout en sachant — car elle l'avait déjà perçu à l'époque — que d'une certaine façon ce n'était pas bien d'attacher autant d'importance à une seule chose, un endroit, des terres, une maison. Certes, la télévision lui tenait autant à cœur mais elle n'était qu'une enfant alors qu'Ève était adulte. Sa mère ne lui en inspirait que plus de pitié. Elle devait s'occuper d'elle, être gentille, ne pas la perturber, l'encourager à faire la seule chose qui lui changeât les idées : donner des leçons, transmettre le savoir. Parfois, juste pour que sa mère cesse de penser à la destruction et aux dégâts, Liza travaillait à ses leçons dès le petit matin jusque tard dans la soirée.

Autre chose contribua à la faire mûrir rapidement, le souci qu'elle se faisait au sujet du corps de Bruno. Si Ève l'avait enterré, c'est avant tout parce qu'elle voulait le dissimuler, parce qu'elle aurait de graves ennuis s'il était découvert. Liza avait une vague idée du genre d'ennuis pour avoir lu les romanciers de l'époque victorienne. *Oliver Twist* était son livre de chevet, ainsi que *The Woman in white* [1]. Est-ce que l'on pendait encore les meurtriers ? Elle ne pouvait pas poser la question à Eve. Et d'ailleurs que signifiait « pendre » ? Quelle partie de votre corps pendait-on ? Elle en savait beaucoup plus sur la décollation. Pour avoir lu des livres sur la Révolution française, Marie d'Écosse et les femmes d'Henri VIII, elle était très calée sur la façon dont on décapitait les gens.

Ève serait-elle pendue ? Elle avait vraiment une très grande peur lorsqu'elle y pensait, elle redevenait une petite fille, plus proche de cinq ans que de onze, elle craignait que de vilains messieurs viennent chercher sa maman et l'emmènent loin. Elle avait envie de réagir comme Ève face aux arbres ravagés, se cacher et prétendre que rien n'était arrivé. De surcroît, en posant des questions à Ève sur la pendaison, elle risquait de lui donner l'impression qu'elle avait une autre raison de s'inquiéter. Liza ne demandait donc rien. Du matin au soir, elle étudiait avec Ève la littérature anglaise, l'histoire et le latin.

Jusqu'au jour où Ève ne se leva pas du tout. Elle resta

---

1. L'un des premiers romans de détectives, écrit par Wilkie Collins en 1860. *(N.D.T.)*

couchée dans son lit, le visage tourné contre le mur. Liza sortit pour la première fois depuis plusieurs jours. C'était le dernier jour d'octobre, le 31, la fête de Halloween, et la matinée était sèche, grise et venteuse.

Le bois dévasté offrait un aspect différent, maintenant que les feuilles étaient mortes. Elles n'avaient pas tourné au brun comme celles des arbres restés en vie, mais avaient séché alors qu'elles étaient encore vertes, s'étaient recourbées et ratatinées. Les feuilles mortes craquaient sous ses pas alors qu'elle se frayait un chemin à travers le naufrage. Un faisan poussa son cri de crécelle des profondeurs du bois, et elle entendit des colombes roucouler au-dessus de sa tête dans les rares arbres encore debout. Les oiseaux étaient de retour.

Elle se sentit le cœur au bord des lèvres (comme elle l'avait lu quelque part), à moins qu'elle ne fût de nouveau sur le point de vomir, en approchant de la clairière où se dressait la souche plate si douce au toucher. Mais elle n'avait pas à craindre de vomir, cette fois, ni de sentir l'odeur d'os rongés par les vers, car le paquet avait disparu.

Pendant un court instant, elle fut prise d'une panique absolue et n'eut qu'une envie, s'enfuir en courant droit devant elle. Quelqu'un était venu, avait trouvé Bruno et l'avait emporté. Puis elle comprit ce qui s'était passé. Le corps dans le sac était toujours là, il était quelque part là-dessous, à l'intérieur. Le cerisier qui penchait tellement l'avait caché en tombant. Le cerisier qu'elle avait pris entre ses mains pour tester sa stabilité n'était en fait pas du tout solide, il était tombé au premier coup de vent, et son large tronc s'était abattu sur le sac, le faisant replonger dans sa tombe.

Liza examina les lieux avec soin. Il n'y avait pas la moindre trace du paquet si l'on ne savait pas quoi chercher, si l'on ne décelait pas un coin du sac qui émergeait à peine, là où la branche la plus basse sortait du tronc du cerisier. Elle essaya de le repousser en dessous mais il n'y avait pas moyen, alors elle traîna des grosses branches jusque-là et alla chercher des brassées de brindilles qu'elle empila pour cacher ce qui restait de Bruno.

Personne ne pouvait le trouver maintenant, à moins que quelqu'un ne vienne nettoyer le bois. Elle n'y avait pas pensé sur le moment, elle avait simplement été soulagée de le croire dissimulé pour toujours, mais à peine quelques jours plus tard, un groupe d'ouvriers arriva en camion avec des scies et des haches. Jonathan était également venu. Les hommes commencèrent par nettoyer le jardin du pavillon puis ils s'attaquèrent aux arbres abattus et endommagés du parc de Shrove.

Cela alerta considérablement Liza. Elle était certaine qu'ils iraient ensuite dans le bois pour remettre de l'ordre parmi les bûches et les arbres tombés. Cela l'inquiéta pendant une journée entière, jusqu'à ce que Jonathan, qui resta assis des heures auprès d'Ève à soupirer et à, se lamenter avec elle de ce que l'ouragan avait fait, remarque en passant que le « petit » bois serait le dernier endroit à être nettoyé. Cela ne se ferait peut-être pas avant deux ans.

Ève se leva et se ressaisit pour l'arrivée de Jonathan. Elle se lava les cheveux et les roula en tresse sur sa nuque, mit son haut noir moulant et sa jupe pourpre, sourit et se fit belle à son intention.

En arrivant, il fit quelque chose que Liza ne l'avait pas vu faire depuis des années : il prit Ève dans ses bras et l'embrassa. Lorsque Ève l'envoya rédiger sa composition d'histoire dans sa chambre — qu'elle qualifia de « devoir à la maison », comme s'ils ne l'étaient pas tous —, Liza sortit et écouta à la porte. Elle entendit Ève affirmer à Jonathan que c'étaient les vacances du milieu de trimestre. C'était peut-être la vérité. Dans ce cas, ce qu'elle disait n'était pas entièrement un mensonge. Bien sûr, cela dépendait de l'idée que l'on se faisait du mot « mensonge ». C'en était un si l'on considérait mentir comme tromper quelqu'un. Et Ève avait certainement l'intention de tromper Jonathan en lui faisant croire que Liza allait à l'école.

Ils parlèrent longtemps des dégâts causés par l'ouragan. Ils connaissaient tous deux un tas de statistiques établissant que cet ouragan avait été le premier qu'ait connu l'Angleterre depuis plusieurs siècles et que des millions d'arbres avaient été détruits. Ils évoquèrent la grande tempête de

1703. Tout ça était bien embêtant. Ayant entendu que le bois où se trouvait le corps de Bruno serait dégagé en dernier, Liza décida de monter dans sa chambre et de commencer son devoir sur l'ascension de Napoléon Bonaparte. C'est alors que Jonathan changea de sujet et annonça inopinément à Ève que Victoria l'avait quitté pour aller vivre à Caracas avec son amant. Il n'y avait aucun espoir de réconciliation, c'était ce que le tribunal appelait une « rupture irréversible ».

Au moment où Ève allait répondre quelque chose qui aurait pu s'avérer intéressant pour Liza, on frappa lourdement à la porte d'entrée.

Ève dit d'une voix théâtrale : « Mais qui diable cela peut-il être ? »

La personne qui frappait à la porte n'était qu'un des ouvriers venu demander à Jonathan ce qu'il fallait faire d'un des arbres que la tempête avait fendu en deux, l'abattre ou le laisser tel quel. Liza monta au premier et, ne sachant si Caracas était la capitale du Venezuela ou de l'Équateur, vérifia dans son atlas.

Jonathan resta moins de une semaine. Liza était presque sûre qu'il avait passé une nuit dans la chambre d'Eve. C'était une impression qu'elle avait, rien de plus car elle ne les avait pas vraiment entendus monter se coucher ensemble et avait dormi profondément cette nuit-là. Et en descendant le matin elle n'avait pas trouvé trace de lui. Mais elle était plus grande et commençait à percevoir ce genre de choses.

En janvier, elle eut douze ans.

Quand Liza retourna chez Mme Spurdell, c'était pour une séance de ménage d'après-midi, aussi jugea-t-elle le moment venu de se coiffer comme le faisait Ève dans les grandes occasions, avec une tresse épaisse nouée sur la nuque. Elle trouva que cela la vieillissait de quelques années. Elle emporta les livres empruntés.

M. Spurdell rentrait rarement avant son départ et pourtant il le fit ce jour-là, et il était à peine de retour depuis dix minutes qu'une femme arriva dans une voiture rouge. Liza, qui nettoyait les vitres de la chambre, la vit remonter l'allée jusqu'à la porte d'entrée. C'était une grande femme, d'une beauté assez masculine, avec des cheveux bruns retenus en catogan. Elle portait un tailleur avec pantalon, en tissu gris foncé à fines rayures blanches, et un chemisier de soie rouge. Ce qu'il y avait de plus agréable en elle était son expression chaleureuse et intelligente, qui laissait penser qu'elle était incapable de dire quelque chose de bête ou de désagréable.

Liza s'attendait à ce que la sonnette retentisse mais elle entendit la porte s'ouvrir. En ayant conclu qu'elle devait avoir sa clé, elle devina qui c'était. Jane, celle qui écrivait à l'intérieur de ses livres qu'ils lui avaient été volés. Mais elle était bien plus jeune lorsqu'elle faisait cela, évidemment. Jane, la fille qui avait quelque chose à voir avec l'éducation. Elle commençait à découvrir une ressemblance avec la photographie.

Comment un pauvre petit bonhomme ratatiné comme M. Spurdell et cette grosse créature à cheveux blancs qu'était sa femme pouvaient-ils avoir une fille aussi bien que ça ? C'était un grand mystère. Elle termina les vitres et descendit au rez-de-chaussée. Personne ne prit la peine de la présenter, ce qui ne l'étonna guère. M. et Mme Spurdell poursuivirent leur conversation comme si elle n'existait pas, n'était rien d'autre qu'un robot astucieusement programmé pour balayer par terre et épousseter les meubles.

Liza annonça à Mme Spurdell qu'elle avait terminé. Y avait-il autre chose qu'elle souhaitait lui demander ? Mme Spurdell répondit non, plus rien, et la toisa comme la femme d'un seigneur féodal l'aurait fait avec un serf, aussi Liza alla-t-elle dans la cuisine où elle s'assit derrière la table en attendant d'être payée.

M. Spurdell apparut quelques instants plus tard. Il vit, posés sur la table, les livres qu'elle avait rapportés et commença à l'interroger sur leur contenu. Qui était Mlle Gradgrind ? Que voulait dire Dickens, en parlant du nez à la Coriolan de Mme Sparsit ? De quoi M. Boffin faisait-il collection ? Qui était Silas Wegg ? Lisa en fut étonnée mais ne perdit pas contenance. Ève l'avait amplement habituée à ce genre d'interrogatoire. Elle était en train de répondre avec l'enthousiasme d'un érudit qui connaît son sujet à fond lorsque la belle femme qui avait un rapport avec l'éducation entra dans la cuisine.

Elle haussa les sourcils et adressa un clin d'œil à Liza.

« Allons, papa, qu'est-ce qui te prend ? Tu lui fais passer un examen ? Tu as de la chance qu'elle soit trop bien élevée pour te répondre ce que tu peux en faire, de ton examen. » Elle tendit la main à Liza et se présenta : « Jane Spurdell. Il faut excuser mon père. Il ne quitte jamais complètement l'école.

— Ça ne fait rien », répondit Liza. Réfléchissant à toute allure, elle donna le nom de Sean. Les parents Spurdell ne lui avaient jamais demandé son nom de famille. « Liza Holford. »

M. Spurdell n'avait pas dit son dernier mot.

« Cette jeune personne est un drôle de cas, Jane. Je l'ai surprise en train de lire mon Dickens. Je la soupçonne d'être en année sabbatique ou alors elle fait notre ménage dans le cadre de quelque recherche. Mais dans quel but je me le demande. Allons-nous essayer de découvrir son secret ?

— Tu peux parler pour toi, papa, dit Jane Spurdell, laisse-moi en dehors de ça. Son secret la regarde, à condition qu'elle en ait un. » Elle sourit à Liza de façon vraiment amicale. « Je dois dire, j'aime beaucoup votre coiffure. Est-ce vraiment difficile à faire ? »

Liza était en train d'expliquer que ce n'était pas tant difficile que long, il fallait prévoir une demi-heure, lorsque Mme Spurdell fit son entrée, son porte-monnaie dans la main gauche et une poignée de monnaie dans l'autre. Liza vit tout de suite qu'elle n'était vraiment pas contente de la surprendre à bavarder d'égale à égale avec sa fille.

« Vous auriez peut-être dû devenir coiffeuse, dit-elle d'un ton parfaitement déplaisant. J'aimerais en finir avec le règlement de vos heures de travail quand vous aurez terminé votre démonstration. »

Jane Spurdell parut avoir honte de sa mère, et il y avait de quoi, songea Liza, et sembla encore plus gênée quand elle lui demanda de lui prêter deux pièces de une livre pour arrondir le total à douze. M. Spurdell était remonté à l'étage pendant ce temps mais au moment où elle quittait la maison, il réapparut dans le hall avec *La Petite Dorrit* et *La Foire aux vanités* en édition de poche. Liza se garda de dire qu'elle avait déjà lu *La Petite Dorrit*. Elle eut du mal à retenir son fou rire en voyant l'expression de Mme Spurdell quand Jane lui dit au revoir, insistant sur le plaisir qu'elle avait eu à faire sa connaissance.

Dans la voiture, sur le chemin du retour, Liza fut tentée de parler de Jane à Sean, de lui dire combien elle était jolie et sympathique. Pourtant, elle se tut. Sans vraiment savoir pourquoi, elle sentit que cela ne lui plairait pas. Il avait détesté l'école, traitant les profs soit d'obsédés de pouvoir, soit de bande de snobs. Il allait penser qu'une femme ne devient éducatrice que si elle est incapable de se trouver un homme.

Aussi, comme il paraissait curieux d'en savoir davantage, parla-t-elle de Shrove l'année qui suivit l'ouragan. C'était étonnant qu'il aimât les histoires à ce point. Comment s'en sortirait-il, avec une petite amie incapable de lui en raconter ? Mais bien entendu il n'en aurait jamais d'autre puisqu'ils resteraient toujours, toujours ensemble.

« Ma télé avait été cassée par l'ouragan — enfin, je la considérais comme la mienne —, et je savais que je n'en aurais jamais d'autre. À défaut, j'étudiais sans arrêt, et Ève se rétablit peu à peu. Nous avons eu un très bel été cette année-là, le plus beau de tous. Ce fut le début d'une série de très beaux étés.

— L'effet de serre », dit Sean.

Cela l'étonna qu'il fût au courant, puis elle se reprocha sa réaction.

« Peut-être bien, admit-elle. Je ne saurais dire. Selon Eve, il y avait eu des étés comme cela au début du siècle, avant la Première Guerre mondiale.

— Comment le savait-elle ? Elle était trop jeune pour avoir connu ça. »

Liza haussa les épaules à la manière d'Ève.

« Le laitier disait : "Il fait assez chaud pour vous ?" Il le répétait tous les jours, il avait dû entendre ça quelque part. La chaleur n'arrêtait pas les hommes. Ils travaillaient d'arrache-pied à Shrove, nettoyant tout ce gâchis, et finalement, cela n'avait pas trop mauvais aspect. Ils avaient même replanté quelques arbres dans le parc et au bord de la rivière. Même Ève finit par admettre que le résultat était moins affreux qu'elle ne s'y attendait. M. Frost déclara que chaque nuage avait un cerne argenté, et maintenant que ces gros vieux arbres étaient partis, il était possible de voir des paysages qu'on n'avait jamais vus. Je crois que c'est la phrase la plus longue que je l'aie entendu prononcer.

« Jonathan est beaucoup venu à Shrove cette année-là. Le plus drôle, c'est qu'il n'a pas eu l'air de remarquer que j'étais tout le temps à la maison. Je veux dire, en mai, juin et juillet, alors que tous les enfants de mon âge étaient à l'école. De même qu'il n'a pas paru s'étonner que Mme Cooper ne fasse jamais le ménage à Shrove quand il s'y trouvait, bien qu'il y soit resté une fois pendant près de deux semaines. J'imagine qu'il avait été habitué toute sa vie à être servi, qu'il trouvait normal que le service fût assuré, le ménage, la cuisine et la lessive. Il prenait ses repas avec nous, ou bien Ève les lui montait à Shrove. Elle rapportait son linge sale aussi, lavait et repassait ses affaires et les lui rendait.

« Je ne l'ai jamais entendu dire merci, ni la moindre remarque, mais il le faisait peut-être quand je n'étais pas là. Je crois qu'elle a passé plusieurs nuits à Shrove avec lui, à cette époque et bien d'autres fois par la suite. Quand c'était le cas, elle quittait le pavillon après que je me fus endormie et revenait très tôt le matin. Tout avait repris son cours d'avant le mariage avec Victoria, ou du moins le croyait-elle. Elle espérait que tout était comme avant.

« Ils ont parlé de son mariage pendant des heures. Ils oubliaient même ma présence, je n'avais pas besoin d'écouter à la porte. Elle n'arrêtait pas de lui poser des questions sur Victoria et le divorce, mais lui, je ne l'ai jamais entendu parler de Bruno. Et pendant tout ce temps la voiture de Bruno était dans ses écuries, et le cadavre de Bruno, enterré dans ses bois. En train de pourrir dans ses bois, rongé par les vers.

— Liza, dit Sean d'un ton sévère. Je t'en prie.

— Pardon. Que tu es délicat, tout de même ! Je ne pense pas que cela intéressait Jonathan, il s'en moquait. Il ne s'intéressait qu'à Jonathan Tobias, et les gens ne comptaient pour lui que dans la mesure où ils étaient utiles à Jonathan Tobias. Peut-être sommes-nous tous comme ça. Pas vrai ?

— Je te ferais passer avant tout, ça, je le sais.

— Vraiment ? C'est gentil. Je n'arrêtais pas de penser à l'histoire qu'elle m'avait racontée sur le vieux M. Tobias et ma grand-mère, et comment Ève croyait alors qu'elle allait épouser Jonathan. Puisqu'elle allait se marier avec Jonathan, ce n'était pas grave si sa mère n'héritait pas de Shrove. Elle avait tenu ce genre de raisonnement quand j'étais toute petite et maintenant qu'il était venu passer trois semaines, cela recommençait comme avant.

« Elle pensait qu'il allait l'épouser après son divorce. Cela faisait dix-sept ans qu'elle essayait de l'avoir. »

17

Lorsque l'on raconte à quelqu'un une histoire à épisodes, on ne lui annonce jamais que maintenant, on arrive à un passage où il ne s'est pas produit grand-chose. Cela empêche l'auditeur de s'intéresser au dénouement. Liza le savait par intuition et se retint de le dire à Sean. Et pourtant rien de particulier ne se produisit pendant ses douzième et treizième années. Ève lui avait impitoyablement fait travailler l'anglais, l'histoire et les langues. Elle lui avait appris à coudre et à tricoter, avait défait de vieux chandails pour que, réutilisant la laine, elle puisse en tricoter de nouveaux. Elles avaient écouté de la musique ensemble, mais il n'y avait eu ni dessin ni peinture, peut-être parce que cela rappelait Bruno. La télévision manquait à Liza, qui fut bien triste le jour où les ramasseurs d'ordures de la municipalité vinrent et balancèrent le vieux téléviseur à l'arrière de leur camion.

Sinon, rien de bien remarquable n'arriva. Personne ne vint nettoyer le bois. Les ouvriers de British Rail enlevèrent les rails et les traverses là où passait autrefois la ligne de chemin de fer mais ils ne comblèrent pas le tunnel dont l'entrée béait désormais comme l'ouverture d'une cave.

La voiture de Bruno resta enfermée dans la remise. Toutes les cinq ou six semaines environ, Liza allait s'assurer qu'elle y était toujours. De temps en temps, elle vérifiait aussi la présence de l'anneau en or dans le coffret à bijoux d'Ève. Il y était bien, il n'en bougeait jamais. Et lorsque

Ève ne portait pas de boucles d'oreilles, il y en avait trois paires dans le coffret.

Jonathan venait et repartait. Il ne parlait de Victoria que pour se plaindre de la quantité d'argent qu'elle voudrait lui soutirer après le divorce. D'argent et de propriétés. Elle voulait la maison d'Ullswater et l'obtiendrait probablement. Il leur envoya une carte postale du Zimbabwe et, à l'automne, arriva à Shrove accompagné de deux personnes que Liza n'avait jamais vues, un dénommé David Cosby et sa femme Frances. Ils étaient venus chasser.

« David est le cousin de Jonathan », dit Ève.

Liza savait ce qu'était un cousin, elle avait lu des choses à ce sujet dans les romans victoriens.

« Il ne peut pas être son cousin, objecta-t-elle. Puisque Caroline n'avait pas de frères et sœurs, et le père de Jonathan non plus.

— David est son cousin issu de germain. C'est le fils du neveu du vieux M. Tobias. Il adore Shrove, il l'aime presque autant que moi, je sais qu'il adorerait en être propriétaire.

— Puisqu'il l'aime tellement, pourquoi n'est-il jamais venu ?

— Il a vécu douze ans en Afrique, mais maintenant il est rentré pour de bon. »

Le visage de David Cosby était d'un brun aussi foncé et brillant que les lambris de la bibliothèque de Shrove, alors que celui de sa femme était jaune et tout ridé. Les conséquences du soleil africain, pensa Liza, qui venait de terminer *Les Mines du roi Salomon*. Ils restèrent deux semaines. Cette fois, la position d'Ève ne fut pas tout à fait la même. Liza le remarqua sans pouvoir vraiment dire en quoi consistait la différence. Peut-être cela tenait-il à ce que les trois occupants de Shrove, à la différence de Victoria et de ses amis, ne traitaient absolument pas Ève comme une domestique. Elle alla dîner trois fois avec eux — Jonathan faisait venir des traiteurs pour préparer les perdrix qu'il avait tuées — et laissa la vaisselle sale. Mme Cooper la laverait le lendemain matin.

Le plus drôle, évidemment, est que Mme Cooper n'existait pas. Aussi, dès qu'ils étaient sortis avec leurs fusils ou partis en voiture, Ève se précipitait à Shrove afin de jouer le rôle de la femme de ménage fantôme. C'était une drôle d'organisation, et cela mettait Liza mal à l'aise.

Ève devint d'ailleurs assez bizarre au cours de ces années sans événements marquants. À moins qu'elle ne l'ait toujours été mais que Liza, tant qu'elle n'était qu'une enfant, n'ait rien remarqué. Tandis que maintenant, même si Liza connaissait encore très peu de gens, c'était néanmoins beaucoup plus qu'avant. Elle était en mesure de comparer. Elle pouvait commencer à mettre en question la façon dont elles avaient vécu au pavillon, surtout elle. Pourquoi Ève ne voulait-elle jamais rencontrer personne, aller nulle part ? Existait-il d'autres gens qui étaient attachés à un lieu avec autant de passion qu'elle l'était à Shrove ? Quel était le motif de toutes ces leçons, sans arrêt, samedis et dimanches compris ? Pourquoi Ève passait-elle des heures d'affilée, jour après jour, à lui enseigner des choses, et elle à les apprendre ? Ève avait cessé d'aller en ville. Elle avait trouvé un épicier qui la livrait une fois par semaine, et ce qu'il ne pouvait lui apporter, le laitier s'en chargeait. Lorsqu'elle s'y rendait, au mieux une fois tous les deux ou trois mois, c'était afin d'acheter les livres d'étude de Liza et pour une autre raison, beaucoup plus mystérieuse : retirer de l'argent à la banque. Jonathan y expédiait maintenant ses chèques par la poste, et ensuite Ève allait y chercher l'argent, qu'elle cachait à la maison.

Un jour où Ève était rentrée de son unique visite en ville de tout l'hiver, Liza la vit se diriger vers le châtelet avec un petit paquet de papier marron. Ève, autant qu'elle sût, n'avait jamais possédé de sac à main. Liza connaissait l'existence des sacs à main pour avoir remarqué ceux de Victoria, Claire et Frances Cosby. Elle vit Ève entrer dans le châtelet avec son paquet et en ressortir les mains vides.

Plus tard, profitant d'un moment où Ève était montée jouer les Mme Cooper à Shrove, Liza fouilla le châtelet dans ses moindres recoins. Il lui parut tout à fait vide. Rien n'indiquait plus maintenant qu'il ait jamais été occupé par qui que ce fût, homme ou chien. Il ne lui fallut pas longtemps pour découvrir la brique descellée et par conséquent, la boîte de fer et l'argent.

La boîte contenait des dizaines de billets de banque, de cinq, dix, vingt et même cinquante livres sterling. Elle n'essaya pas de les compter mais vit qu'il y en avait plusieurs centaines. D'ailleurs, elle n'avait qu'une vague idée de la valeur de l'argent. Elle aurait pu dire ce que l'on pouvait avoir pour cinq livres du temps d'Anthony Trollope, pas aujourd'hui, mais elle soupçonnait que ce devait être beaucoup moins. Ève ne lui avait jamais donné la moindre idée de la quantité d'argent que Jonathan lui versait. Liza savait seulement que la somme arrivait sous forme de chèque. Ève envoyait ces chèques à la banque, rapportait l'argent et le cachait là, dans le mur.

N'était-ce pas le rôle d'une banque, de garder votre argent ? Liza n'en était pas sûre. Peut-être les autres gens agissaient-ils ainsi. Peut-être que personne ne faisait confiance aux banques.

Mais après cela Liza se surprit souvent en train d'épier sa mère, d'observer son comportement, s'inquiétant de savoir ce qu'elle allait faire ensuite. Elle l'épia de même qu'à une époque elle avait écouté aux portes. Il n'y avait plus de raison d'écouter parce que Ève ne parlait plus à personne d'autre qu'à Liza et à Jonathan, les rares fois où il était là. Elle essayait de la prendre par surprise, lorsqu'elle ne savait pas qu'elle était surveillée. Liza montait se coucher tôt puis redescendait sur la pointe des pieds et l'observait en cachette depuis le bas de l'escalier. Mais elle ne la vit jamais faire autre chose que ce à quoi elle pouvait s'attendre, lire, écouter de la musique ou corriger les compositions et les rédactions de Liza.

Liza avait quatorze ans quand elle commença à se demander, que va-t-il m'arriver lorsque je serai adulte ? Vais-je passer toute ma vie ici auprès d'Ève ? Que ferons-nous lorsqu'elle m'aura enseigné tout ce qu'il y a à apprendre en anglais, en histoire, en français et en latin ? Que ferai-je de tout ce savoir ?

« Être moi, avait dit Ève, moi telle que j'aurais pu être si j'étais restée ici, heureuse, innocente et bonne. »

Avait-elle envie d'être Ève ? Voulait-elle être tout ça ?

Ce printemps-là, alors que Jonathan s'était installé seul à Shrove, les bûcherons revinrent pour nettoyer le « petit » bois.

« Cela faisait près de trois ans que Bruno était mort. Je voulais savoir combien de temps un corps prenait pour devenir un squelette mais je ne savais comment me renseigner. Il n'y avait aucun ouvrage médical à Shrove, rien sur la médecine légale. Car, vois-tu, je me disais que, s'il n'était plus qu'un tas d'ossements, ils ne feraient peut-être pas très attention le jour où ils l'exhumeraient. J'espérais que le sac de toile se serait décomposé et que Bruno ne serait plus que... eh bien, des os éparpillés.

— Cela me tue, dit Sean, cette façon que tu as d'en parler. Une jolie fille comme toi, ça fait bizarre. Tu es toujours pareille, quand tu parles de la mort et de choses qui donnent envie de vomir, tu en parles comme si c'était normal. »

Elle lui sourit.

« Je suppose que, pour moi, c'est normal. Les cadavres ne me dérangent pas. Je sais que j'ai eu la nausée lorsque les cheveux de Bruno mc sont restés dans la main mais ce n'était pas moi, c'était une sorte de réflexe. Je suis sûre que même les médecins réagissent ainsi, à leurs débuts.

— Tu aurais pu être médecin, tu sais ?

— Je pourrais encore. Mais là n'est pas la question. Il y a peut-être des gens à qui l'on a appris à avoir peur de la mort, du sang et de tout ça quand ils étaient enfants. Je veux dire qu'ils sont conditionnés, mais moi, je ne l'ai jamais été. N'oublie pas qu'Ève m'a enseigné tout ce qu'elle savait en matière d'études mais qu'il doit y avoir un millier de choses que j'ignore et qui sont connues d'enfants qui mènent une vie normale et vont à l'école. Il ne doit pas y avoir beaucoup de gens, ajouta-t-elle avec une certaine fierté, qui ont lu *L'Énéide* de Virgile dans le texte et assisté à deux meurtres avant même d'avoir seize ans. »

Il eut un léger mouvement de recul. L'expression qui traversa son visage la fit sourire.

« Ne t'inquiète pas, Sean. On ne peut rien y changer, les

choses sont ainsi. Je suis différente des autres filles et d'une certaine façon j'espère le rester.

— Tu m'as, maintenant. »

C'était une chose qu'il aimait dire, et lorsqu'il la disait il lui prenait toujours la main.

« Oui, je t'ai, maintenant. Bref, comme je te le disais, les hommes ont commencé à s'activer dans le bois, et j'étais très inquiète. Je me demande si Ève l'était aussi. Elle était toujours quelque part avec Jonathan lorsqu'elle ne me donnait pas de leçons. Mais ils ne trouvèrent jamais rien. Jonathan leur avait donné instruction de laisser certaines branches par terre et de ne pas abattre tous les arbres morts afin de conserver l'habitat des bêtes sauvages. Le cerisier fut l'un des rescapés. Un coup de hasard ou de chance, appelle ça comme tu voudras.

— De chance ? s'étonna Sean.

— De chance pour Ève, tu ne trouves pas ? Je crois qu'elle attendait de voir ce qui allait se passer. Quand elle fut sûre que tout allait bien de ce côté-là, elle demanda à Jonathan de recharger la batterie de la voiture de Bruno.

— Elle a quoi ? »

Il n'y avait pas vraiment de risque. Jonathan n'avait pas soupçonné un instant que Bruno était mort. À ses yeux, Bruno était juste un jeune homme vigoureux qui avait vécu un certain temps avec Ève, s'était lassé d'elle, à moins que ce ne fût l'inverse, et était reparti. Il est vrai qu'il avait laissé sa voiture en partant, mais Ève avait fourni à Jonathan toutes sortes de bonnes raisons pour cela : la voiture appartenait à sa mère, elle était vieille, là où il allait il ne saurait pas où la garer. Jonathan fut sans aucun doute enchanté d'apprendre que la voiture allait finir par disparaître, que Bruno allait venir la chercher et que les écuries de Shrove en seraient enfin débarrassées. Recharger la batterie avec des câbles branchés sur celle de sa propre voiture n'était pas cher payer pour ça. Liza n'était pas sûre qu'il en ait été ainsi, avoua-t-elle à Sean, mais cela lui semblait une bonne explication.

Ève ne dit pas un mot à Liza au sujet de Bruno. C'est Liza qui l'entendit annoncer à Jonathan que Bruno allait revenir chercher sa voiture le lendemain, comme par hasard le jour où Jonathan devait rentrer à Londres.

« Je me demandais ce qu'elle allait faire, comment elle allait gérer la situation. J'ai même fait semblant de partir en promenade dans l'après-midi pour lui donner une chance de déplacer la voiture. Elle l'a effectivement prise et est partie avec, mais seulement pour aller en ville. Elle est revenue une heure plus tard avec le coffre rempli d'épicerie et l'a laissée garée devant la maison.

« Qu'a-t-elle dit lorsque tu lui as demandé quand Bruno allait revenir ?

— Je ne le lui ai pas demandé, dit Liza. Elle s'y attendait, mais je ne l'ai pas fait. Sachant où était Bruno, je savais aussi qu'il ne pouvait pas revenir. Je savais que son cadavre était là-bas dans le bois, enseveli sous les feuilles que j'avais empilées par-dessus. Nous n'en avons absolument pas parlé. Il y avait la voiture de Bruno dont elle se servait — dont nous nous servions, elle m'a accompagnée au village une fois, et en ville aussi, pour voir le médecin quand j'ai eu une éruption de boutons —, mais elle n'a jamais mentionné le nom de Bruno et moi non plus. Et puis un jour la voiture n'était plus là.

— Qu'est-ce que tu veux dire ?

— Elle s'en est débarrassée. Je ne sais ni où ni comment. Mais elle a dû le faire. Elle a dû la conduire quelque part pendant la nuit. Je n'ai pas la moindre idée de ce qu'elle est devenue, je ne connais rien à ce genre de choses, j'ignore comment on se débarrasse d'une voiture.

— Il suffit de la garer quelque part, je suppose. Avec un peu de chance, quelqu'un l'aura volée, dit Sean. Si la police a fini par la retrouver, ils ont essayé d'identifier le propriétaire, ça doit être facile, ça se fait en quelques secondes avec l'ordinateur.

— La propriétaire était morte, dit Liza d'un air songeur. Je ne parle pas de Bruno mais de sa mère. La voiture était toujours à son nom, c'est lui qui l'avait dit.

— À mon avis, ils n'allaient pas se fatiguer à rechercher la personne qui l'avait récupérée, et quand bien même ils ne pouvaient pas remonter jusqu'à lui, n'est-ce pas ? Et ils n'allaient pas battre la campagne pour le retrouver, pas un homme de son âge. Ils ont dû se dire qu'il était parti à l'étranger. Ta maman a été drôlement intelligente.

— Oh oui, très ! En tout cas, s'ils l'ont recherché, ils ne sont jamais venus nous voir. Nous n'avons jamais vu de policier avant celui qui est venu pour Hugh le barbu. Et quand M. Frost est mort, c'est une ambulance qui est venue, pas la police. »

Mme Spurdell accueillit Liza en lui annonçant que sa fille Jane venait d'être nommée directrice de l'inspection académique pour l'enseignement secondaire. Elle dégoulinait de fierté. Dans la mesure où Liza ne voyait pas très bien à quoi correspondait cette nomination, elle ne put que sourire et hocher la tête. Mme Spurdell ajouta que c'était un poste impliquant la responsabilité d'une équipe et que le budget relevait de Soulbury, précision qui eut pour seul effet d'accroître la perplexité de Liza.

L'avant-veille, Mme Spurdell — qui ne cessait d'annoncer ses projets à l'avance — n'avait parlé d'aucune expédition caritative. Elle déclara toutefois qu'elle était sur le point de sortir pour aller rendre visite à une amie hospitalisée. Liza soupçonnait que cette visite était liée aux grandes nouvelles qu'elle brûlait d'annoncer. Elle se demanda à quel point l'amie en question était malade lorsqu'elle vit sa patronne récupérer quelques grappes de raisin anémiées dans le réfrigérateur et les transférer dans un sac de plastique dans l'intention de les lui apporter en cadeau.

Dès que Mme Spurdell eut le dos tourné, Liza prit un bain. Puis elle se rendit dans le bureau de M. Spurdell pour voir s'il avait de nouveaux livres et passa une excellente demi-heure à lire une nouvelle de John Mortimer. Cela parlait de tribunaux, d'avocats et de juges et lui ouvrit la porte d'un monde totalement inconnu. Cela lui fit également penser à Ève et elle se demanda quand on parlerait d'elle dans la presse. Dans combien de temps son procès allait-il commencer ?

Pour éviter d'acheter un journal, elle parcourait toujours celui de M. Spurdell en vitesse. Comme d'habitude, il n'y avait rien. Il était temps de se mettre au ménage, mais, avant de commencer, elle chercha Jane Spurdell dans l'annuaire téléphonique. C'était la première fois de sa vie qu'elle avait recours à l'annuaire mais cela ne lui sembla pas bien difficile. Elle était citée deux fois, non pas sous « Mlle » mais sous « Dr J. A. Spurdell ». Liza n'était pas près d'oublier son adresse. Par une curieuse coïncidence — était-ce un bon présage ? —, le numéro était celui de l'année de sa naissance et l'adresse, étonnamment familière : 76, Shrove Road.

Elle ne l'oublierait pas, mais pourquoi avait-elle voulu l'avoir ? Peut-être était-ce simplement parce que Jane Spurdell lui avait plu, parce qu'elle l'avait préférée à toutes les autres femmes qu'elle connaissait, à l'exception d'Ève. Bien entendu, ce n'était pas difficile, vu que les autres femmes étaient Heather et Victoria, Frances Cosby et Mme Spurdell. Quand quelqu'un vous plaît, décida Liza, on veut en savoir le plus possible sur son compte.

Mme Spurdell la fit attendre, fourrageant dans ses nombreux sacs à main à la recherche de cinquante pence. Cela la mit en retard, et Sean l'attendait déjà sur le trottoir lorsqu'elle arriva au supermarché. Il avait des nouvelles à lui annoncer, il était tout excité, mais il ne voulut rien lui dire avant d'être en voiture, sur le chemin du retour.

« Ils veulent que je suive un stage de formation.

— Qui est-ce, “ils” ?

— Le supermarché. C'est un stage de formation en gestion. Ils sont contents de moi, de la façon dont je travaille, et j'arrive toujours à l'heure et le reste. Ça aura lieu en Écosse, c'est un stage de six mois, et, avec un peu de chance, si tout va bien, je passerai à ce qu'ils appellent la phase deux. »

Liza ne savait pas quoi dire. Ne comprenant pas vraiment, elle se contentait d'écouter.

« Je ne t'ai jamais raconté tout ça, ma chérie, je ne t'ai jamais beaucoup parlé de moi. Mais je me suis toujours considéré comme moins que rien, si tu vois ce que je veux dire — un pas-grand-chose, pour parler franchement. J'étais nul à l'école et j'en suis parti le lendemain de mes seize ans. Ça faisait déjà plusieurs mois que je séchais les cours. Personne ne m'a jamais suggéré de passer le brevet des collèges, ç'aurait été le fou rire. Je ne me suis jamais vu en train de faire autre chose que du travail non qualifié, et c'est effectivement ce que j'ai fait. Et puis maman a trouvé un nouveau jules. Comme ils ne voulaient pas de moi, je suis parti. Bon, je crois que je t'ai déjà raconté tout ça. J'ai pris la voiture et la caravane, et je me suis lancé sur la route. Si ce n'était que moi, j'aurais vécu comme ça, de petits boulots, jusqu'à l'âge de la retraite. Et maintenant voilà qu'il y a cette occasion qui se présente. Ça m'a complètement secoué. Ça m'a donné à réfléchir, tu comprends. »

Elle fut émue parce qu'elle ne s'imaginait pas qu'il pouvait s'exprimer aussi bien. Il était tellement beau. Cela compterait beaucoup pour elle si sa façon de penser et de parler était aussi belle que son physique.

« Qu'est-ce que tu vas faire ? demanda-t-elle lentement.

— Je ne sais pas exactement ce que je vais faire. Je t'ai dit que ça m'avait donné à réfléchir. Quant à ce que je pourrais faire — eh bien, j'espère que je pourrai être gérant un jour. J'aurai mon propre magasin, peut-être un de ces grands supermarchés tout neufs, sur un beau terrain.

— Nous en avons visité un, Ève, Bruno et moi. »

Il eut un mouvement d'impatience comme s'il voulait balayer l'information.

« Oui, tu me l'as dit. Je vais avoir beaucoup de choses à apprendre. Je commencerai par être assistant du gérant. Ça va prendre du temps. Mais je suis jeune, ma chérie, et j'ai envie de bien faire. »

Elle serait volontiers partie pour l'Écosse. Maintenant qu'elle avait commencé à voyager, elle y prenait goût et se voyait très bien passant d'un endroit à l'autre pendant les années à venir.

« Tu vas y aller, alors ?

— Je leur ai dit que j'aimerais bien réfléchir. J'ai demandé qu'on me laisse deux jours. »

La caravane était froide et humide. C'était généralement le cas lorsqu'ils rentraient le soir. Liza alluma les brûleurs et ouvrit la porte du four, puis mit le radiateur à huile en marche. La condensation se forma très vite, et l'eau commença à dégouliner le long des vitres, formant des flaques. Cela ne la dérangeait pas vraiment, confia-t-elle à Sean, il suffisait de ne pas regarder. Tant qu'elle avait du poisson pané et des frites ou des plats tout préparés à manger, des livres à lire et un lit chaud où Sean était prêt à faire l'amour avec elle, peu lui importait. Maintenant qu'elle l'avait et savait qu'elle pouvait la regarder quand elle en avait envie, elle allumait rarement la télévision. Il y avait du bon dans le fait d'avoir été élevée sans luxe, sans abondance de biens matériels. À l'encontre d'Ève, elle n'avait jamais voulu que Shrove lui appartienne ou pensé qu'un jour le manoir serait à elle.

Par une sinistre soirée comme celle-ci, elle avait entendu Jonathan, qui était d'humeur sombre, annoncer à sa mère qu'il avait fait son testament et laissait Shrove à David Cosby.

« Ça doit rester dans la famille, déclara-t-il sur le ton d'un personnage de roman victorien.

— Il a dix ans de plus que toi, dit Ève.

— Eh bien, son fils pourra l'avoir, alors. Ils adorent tous cet endroit. Une chose est sûre, Victoria n'en voudra pas, elle ne demandera pas cette maison dans le jugement de divorce, elle la déteste. »

Âgée de quatorze ans, plus grande qu'Ève et ayant déjà l'apparence d'une jeune femme, Liza commençait à comprendre les choses comme une femme. Elle se demandait maintenant comment Jonathan, qui connaissait Ève depuis l'enfance et avait été très proche d'elle, son amant à certaines périodes et probablement de nouveau en ce moment même, pouvait avoir une perception aussi nulle des sentiments qu'elle éprouvait pour Shrove. Il était capable d'en parler avec détachement à Ève, qui l'aimait plus que quiconque, plus que sa propre fille, se disait parfois Liza. Il était capable de lui en parler comme s'il s'agissait juste d'une propriété, d'un lopin de terre, voire d'un souci. Et il pouvait envisager de le laisser à un cousin qu'il n'avait pas vu depuis douze ans sans qu'apparemment l'idée l'effleure de le laisser à Ève, comme son grand-père avait promis de le laisser à la mère d'Ève.

Liza le soupçonnait aussi de ne pas tellement aimer Shrove. On était arrivé en octobre et c'était la deuxième fois seulement qu'il y venait cette année. Sa véritable vie était ailleurs, à faire des choses dont Ève et elle ignoraient tout. Et il ne savait rien de ce qu'elles faisaient. Il ne leur posait jamais de questions. C'était comme si Shrove était un objet emballé dans une boîte quand il en était éloigné, Liza et Ève des marionnettes que l'on emballait en même temps.

Il revint le lendemain au pavillon pour dire à Ève que son jugement de divorce avait été définitivement prononcé et que Victoria l'avait « complètement lessivé ». Il était libre désormais. Liza l'entendit demander à Ève si elle avait eu des nouvelles de Bruno récemment. Elle répondit que non, et qu'elle n'en aurait plus, que tout était terminé entre eux et qu'elle était libre comme l'air. Elle était aussi libre que lui.

Liza écoutait, tapie derrière la porte. Ève et Jonathan étaient assis dans la pénombre du crépuscule, lampes éteintes. Elle entendit sa mère dire qu'elle était libre, puis ce fut le silence. Le lendemain matin, Jonathan partit pour Londres et de là pour la France, où sa mère était en train de mourir.

Au bout de une semaine environ, une carte postale illustrée d'une cathédrale française leur annonça que Caroline Ellison était morte. Ève déclara avec un sourire assez déplaisant qu'une illustration à caractère religieux avait dû lui paraître plus adéquate, pour annoncer un décès, qu'une image représentant des montagnes ou des arbres. Jonathan n'avait pas l'air accablé de chagrin, mais c'était difficile à dire à partir d'une simple carte postale. Elle était sûre qu'il allait revenir, maintenant, mais ce ne fut pas le cas. Six mois plus tard, elles reçurent de lui une carte postée à Penang.

Mais avant cela, avant le début de l'hiver, Liza découvrit M. Frost couché par terre près de son tracteur, mort.

Personne ne savait son âge. Ève pensait qu'il était très

vieux parce que sa fille n'avait que quelques années de moins que sa propre mère, qui aurait eu soixante-dix ans à ce jour. Il n'avait rien fait d'autre, ces dernières années, que de rester assis sur son tracteur et parcourir les pelouses. C'était Ève qui arrachait les mauvaises herbes et jetait l'herbe coupée sur le compost.

On était en novembre, un mois de novembre particulièrement sec et ensoleillé, quand Liza le découvrit. Il avait fini la dernière tonte avant l'hiver. Elle était en train de revenir de la rivière en empruntant le raccourci par le jardin de Shrove. Le bruit de la tondeuse s'était arrêté dix minutes plus tôt, et elle s'était dit qu'il devait avoir terminé sa journée. Mais le tracteur était toujours là, au milieu de la pelouse ensoleillée, avec les feuilles jaunies des tilleuls et des châtaigners qui tombaient sur l'herbe, le siège de cuir noir et la carosserie rouge du tracteur, et le corps du vieil homme couché juste à côté.

D'abord, elle ne sut pas qu'il était mort. Elle était immensément curieuse. En effleurant le front du vieil homme, sa main rencontra la froideur du marbre. Elle voyait bien que ses yeux bleus comme des veines étaient sans vie, qu'ils ne dégageaient plus aucune lumière, qu'aucun souffle ne sortait de sa mâchoire pendante, que sa poitrine ne bougeait plus. Il n'avait plus l'air d'une personne mais plutôt d'une des statues de la terrasse, une silhouette désarticulée de pierre froide incolore.

Une idée bizarre lui vint : Ève allait l'enterrer. Elle sut aussitôt que c'était absurde, mais elle l'avait pensé. Elle courut jusqu'à leur maison et revint accompagnée d'Ève, puis elles allèrent téléphoner à Shrove pour demander une ambulance. Elles ne savaient pas quoi faire d'autre, tout en sachant qu'il était mort.

M. Frost était mort de vieillesse. Son cœur s'était arrêté, littéralement arrêté, de vieillesse. Et maintenant qui allait s'occuper du jardin de Shrove ?

Personne, au cœur sombre de l'hiver. Il n'y avait rien à faire lorsque la neige arrivait et que la gelée s'installait. Le jour où Liza eut quinze ans, la neige tomba si dru et pendant si longtemps qu'elles durent creuser devant la porte pour sortir de la maison.

Mais la neige ne dure jamais bien longtemps en Angleterre. En février, des bouquets de perce-neige surgirent là où elle était tombée, et en mars l'herbe commença à pousser, il y avait des chatons sur les noisetiers, et les prunelliers étaient en fleur. Liza étudiait avec sa mère le matin et l'après-midi, Ève montait sur le tracteur pour couper l'herbe de Shrove. Les grandes bandes de pelouse étaient faciles à tondre, il ne s'agissait guère que de s'asseoir sur le siège et de tourner le volant, mais le problème était qu'il fallait aussi couper les bords et des endroits d'accès difficile entre les arbres nouvellement plantés. Après le coucher du soleil et presque jusqu'à la tombée de la nuit, Ève était à genoux et arrachait les mauvaises herbes.

Liza ne lui demanda jamais pourquoi. Elle avait cessé de poser des questions à sa mère après la disparition de Bruno. Ce n'était pas une décision délibérée de sa part mais une voix intérieure lui ordonnait de garder le silence. Demander était dangereux, demander ne pouvait que faire du mal, provoquer des mensonges, causer de la gêne. Ne rien demander. Aussi ne posa-t-elle jamais certaines questions : pourquoi continuer à faire croire à Jonathan que Mme Cooper existait ? Quel mal cela peut-il nous faire, à toi ou à moi, si une femme vient ici s'occuper du ménage ? Qu'as-tu fait de la voiture de Bruno ? Et maintenant, elle se gardait de demander : Pourquoi te charges-tu de ces travaux dans le jardin ? Pourquoi ne cherches-tu pas quelqu'un pour remplacer M. Frost ?

Non seulement elle gardait le silence sur tout cela mais elle soutenait Ève dans ses subterfuges, cela lui paraissait naturel, c'était normal. Depuis longtemps déjà, lorsqu'une personne de rencontre — c'était si rare — lui demandait comment cela marchait à l'école, si elle était en vacances, elle répondait, cela marche très bien et, oui, elle était en vacances. Jonathan lui avait une fois demandé, au moment de partir, si Mme Cooper devait venir le lendemain, et Liza avait répondu oui tout en sachant que c'était Ève qui irait faire le ménage de Shrove House. Elle alla jusqu'à répéter à Ève qu'il le lui avait demandé. N'était-elle pas le pluvier d'Égypte qui avertit son hôte d'un danger imminent ?

Ève accomplissait désormais les tâches qui incombaient précédemment à M. Frost. Liza se demandait même si Jonathan avait été averti de la mort de M. Frost. Ève gardait peut-être pour elle les chèques qu'il lui envoyait pour payer le vieil homme. Elle avait maintenant l'entière responsabilité de l'entretien de Shrove House, de ses jardins et de ses terres, aidée seulement de Liza. Liza détestait jardiner mais elle pouvait difficilement rester là à regarder Ève faire tout le travail, aussi taillait-elle les haies avec de longues cisailles et poussait-elle la petite tondeuse de-ci, de-là, s'ennuyant à mourir, à en hurler.

Puis, vers le milieu de l'été, Ève trouva un homme pour s'occuper du parc. C'était un été extrêmement chaud, le plus chaud depuis la naissance de Liza à l'exception de celui où elle avait six mois. L'herbe cessa de pousser et le soleil la brûla tant qu'il fallut arroser au lieu de tondre. Ève était quelquefois tellement fatiguée, à force de transporter des arrosoirs et de tirer le long tuyau partout, qu'elle s'endormait sur le canapé en fin de journée et que Liza devait préparer leur dîner. Les mauvaises herbes continuaient de venir. Rien n'empêchait les orties et la petite bardane de pousser.

Ève dit : « Il faut que je continue à l'entretenir. Je dois prendre soin des jeunes arbres. C'est tellement beau, je ne peux laisser tout ça à l'abandon. Il n'y a pas de plus bel endroit en Angleterre. Je ne peux supporter l'idée que tout tombe en ruine. »

Ses mains étaient tachées, pleines de crevasses, ses doigts incrustés de terre, ses ongles brisés. L'exposition au soleil avait bruni son visage mais son nez pelait. Liza voyait des fils blancs dans sa chevelure brune, qui n'avaient rien à voir avec le soleil mais peut-être avec la vie dure. Maintenant qu'elle grandissait, Liza s'apercevait qu'Ève s'était volontairement imposé une vie dure, qu'elle s'était créé toutes sortes de difficultés là où elle aurait pu connaître la facilité et l'agrément. Mais elle ne demandait jamais pourquoi.

Or elle demanda, pourquoi lui ? lorsque le vieil homme se présenta à la grille, disant qu'il avait appris au village que l'on avait peut-être besoin de quelqu'un pour aider à Shrove. Par qui l'avait-il appris ? Le facteur, peut-être, ou le laitier. Ève dirait certainement à Jonathan que c'était par Mme Cooper. Il n'était pas aussi vieux que M. Frost, il n'avait même pas de cheveux blancs, mais son visage était creusé de rides et très usé. Il avait une bosse dans le dos qui donnait un petit frisson à Liza quand elle le voyait. Elle avait toujours connu la beauté, ou du moins la normalité. Le dos du vieil homme était courbé comme si sa colonne vertébrale avait été pliée, de la même manière que l'on plie une branche de saule en arc. Il avait des bras costauds et de très grandes mains.

Ève répondit que oui, il pouvait venir deux fois par semaine. Elle le dit de mauvaise grâce, l'air réticent, et Liza comprit qu'elle aurait préféré garder Shrove pour elle seule. Ce n'était pas tellement la question de tenir à l'écart des gens susceptibles de cancaner ou de colporter des racontars sur l'endroit, du moins n'était-ce *plus* ça. Elle voulait posséder Shrove en exclusivité. Elle ne se décidait à embaucher Gib — c'était le seul nom qu'elles lui connaissaient — que parce qu'elle était épuisée, son dos la faisait souffrir et elle avait besoin de se reposer, elle ne pouvait plus s'en sortir seule.

« Mais pourquoi lui ? demanda Liza.

— Il vit seul, il n'est pas très intelligent, il ne va pas essayer de prendre les choses en main. Il ne peut pas très bien parler, tu as remarqué ? »

Gib avait un défaut d'élocution qui le rendait difficile à comprendre. Il aimait conduire le tracteur et travaillait dur. S'il n'était pas capable de distinguer une plante cultivée d'une herbe sauvage, il faisait pourtant de son mieux, taillant les haies et laissant fièrement au milieu d'une bande de terre soigneusement retournée un beau specimen de pissenlit dont Ève assurait qu'il l'avait nourri avec amour. Elle inspectait les lieux après son passage et arrachait les mauvaises herbes qu'il avait ainsi entretenues.

Jonathan vint en août, alors que Gib était encore à son

service, et parla en long et en large des vacances qu'il comptait prendre en Colombie britannique et dans les montagnes Rocheuses. Il était célibataire pour l'instant et, depuis son divorce, n'avait amené aucune femme à Shrove, à l'exception de l'épouse de son cousin, Frances Cosby. Mais il ne proposa pas à Ève de l'emmener au Canada. À une ou deux occasions, Liza eut l'impression qu'il était au bord de le faire, mais il ne lui demanda rien. Peut-être se souvenait-il des rebuffades qu'il avait essuyées des années plus tôt, quand Liza était petite, à moins qu'il ait pensé qu'elle ne pouvait pas laisser Liza toute seule, et encore moins l'emmener puisque, évidemment, elle allait à l'école.

Ève y serait-elle allée s'il le lui avait proposé ? Se seraient-ils arrangés au sujet de Liza, décidant qu'elle pouvait manquer l'école ? En voyant l'expression triste, farouche, de sa mère après le départ de Jonathan, Liza pensa que cette fois elle aurait accepté.

Il ne lui demanda rien mais il fit construire la salle de bains, enfin. Dix ans avaient passé depuis la première fois où il l'avait promis, mais quand Liza le fit remarquer à Ève celle-ci haussa les épaules en disant qu'il fallait être reconnaissant pour les petits bienfaits.

Jonathan était allé se laver les mains dans la salle de bains, à ce détail près qu'elle n'existait pas. Il n'y avait que l'évier de la cuisine. Peut-être ne jouait-il pas la comédie en s'écriant qu'il croyait avoir commandé une salle de bains des années plus tôt, il en était certain, il était persuadé que Victoria avait tout arrangé. Peut-être le croyait-il vraiment. Ève se contenta de sourire et déclara qu'elle avait oublié cette promesse. Mais les ouvriers débarquèrent avant qu'il ne quitte Shrove, construisirent un appentis à l'arrière du pavillon et le transformèrent en salle de bains.

L'un de ces ouvriers était Matt. Ève et Liza s'étaient toujours demandé quel était son métier. Maintenant, elles savaient. Il était maçon, comme Rainer Beck. L'autre ouvrier était un de ses parents, un jeune homme blond dont les cheveux étaient teints en rose à l'avant. Il faisait tellement chaud que Liza s'allongeait au soleil dans le jardin du fond après s'être baignée dans la rivière. Elle portait un maillot de bain noir qui avait appartenu à Ève. En la voyant, Matt émit un sifflement sur deux notes dont le sens lui échappa complètement. Elle n'y prêta aucune attention. Elle ne prêta attention à aucun des deux hommes car ils n'étaient beaux ni l'un ni l'autre, et elle savait déjà qu'elle préférait les gens beaux.

Le sifflement fut réitéré, et Ève sortit pour lui dire de se rhabiller ou de rentrer à la maison. Elle lui expliqua que Matt et son cousin la trouvaient attirante, maintenant qu'elle grandissait, et que c'était leur façon, vile et vulgaire, de l'exprimer.

Liza digéra l'information et y réfléchit longtemps. Elle se demandait pourquoi il n'y avait rien de vil et vulgaire dans la façon dont Jonathan avait émis un son similaire le jour où Ève s'était préparée pour lui, vêtue d'une jupe noire et écarlate et d'un maillot noir de la braderie du village. Peut-être était-ce acceptable parce que ensuite, il avait ri et embrassé Ève.

Gib tomba malade. Le facteur qui transmit le message à Ève affirma que cela lui arrivait souvent. Il n'était pas très solide et ne gardait jamais longtemps ses emplois, même s'il essayait de faire de son mieux. Cela arriva en automne, et au moins l'herbe n'avait plus besoin d'être tondue. La pluie tomba enfin, jour après jour, jusqu'à ce que la rivière déborde de son lit et inonde les basses terres, si bien que les arbres se retrouvèrent immergés jusqu'à mi-tronc.

Liza et sa mère furent bien solitaires durant ces derniers mois de sa seizième année. Gib ne revint pas. Il n'y avait d'ailleurs pas grand-chose à faire dans le jardin. Le chauffagiste vint remplir la cuve à mazout pendant qu'elles étaient en promenade, si bien qu'elles ne le rencontrèrent pas, et le facteur prit l'habitude de leur porter leur maigre courrier avant qu'elles fussent levées. Quant au laitier, il disparut et fut remplacé par un rouquin qui n'arrêtait pas de siffloter. Il raconta à Ève que *leur* laitier était allé dans un asile parce que les responsables de la laiterie, ayant pris conscience de son âge mental, avaient décidé qu'il ne pouvait plus travailler pour eux.

Jonathan était à l'autre bout du monde, à Hawaii, comme

elles l'apprirent par une carte qui n'avait rien de religieux, vu qu'elle montrait une jeune fille surfant sur des vagues blanches. Elles reçurent aussi une carte de Heather, qui passait ses vacances en Cornouailles, et une autre pour Noël, indiquant qu'elle avait emménagé à Londres et donnant sa nouvelle adresse.

Avec l'arrivée du printemps, Ève commença à s'activer dans le jardin. Elle ne se rendait pour ainsi dire plus en ville mais il fallait quand même y aller de temps en temps. Par exemple pour acheter son premier jean à Liza, qui la tannait depuis des siècles pour en avoir un. En sortant du magasin, elle vit une petite annonce dans la vitrine du marchand de journaux d'à côté.

Elle disait : « Homme fort cherche décoration d'intérieur et d'extérieur, nettoyage de sites, jardinage et divers travaux d'entretien. » Il y avait un numéro de boîte postale, ce qui signifiait, expliqua Ève, qu'il venait chercher ses réponses au magasin. Liza n'y pensa plus vraiment par la suite, Ève n'ayant pas été en mesure d'indiquer un numéro de téléphone dans sa réponse et ayant affirmé que cela ne donnerait rien, plus personne n'écrivait de lettres de nos jours.

Il avait pourtant dû écrire, et sa lettre était arrivée au petit matin, pendant que Liza était encore au lit, car Ève annonça un jour qu'elle pensait avoir trouvé un jardinier, et espérait-elle, pas un septuagénaire cette fois. Elle ne pouvait pas deviner à quel point il était jeune.

« Il s'appelle Sean Holford, dit-elle. Il vient se présenter mardi. »

18

LA VUE DE la photo de sa mère dans le journal fut un choc, pis que de voir ce que faisaient les chiens, bien pis que de découvrir Bruno. Elle attendait sa paie, assise dans la cuisine de Mme Spurdell, savourant son odeur de savon et de propreté. Elle avait réussi à prendre un bain et était en train de rassembler son courage pour demander à M. Spurdell si elle pouvait lui emprunter son exemplaire des *Idylles du roi* de Tennyson, qui n'était pas une édition de poche, lorsqu'il entra dans la pièce, un journal à la main.

Il ne dit rien mais la regarda et, quand sa femme apparut, fouillant deux sacs à la fois à la recherche de petite monnaie, il lui montra le journal. Tous deux dévisagèrent Liza. M. Spurdell s'écria : « N'y a-t-il pas là une incroyable ressemblance ? »

Mme Spurdell ne répondit rien. Elle avait l'air plutôt mécontente, comme c'était toujours le cas lorsque l'attention se portait, même brièvement, sur Liza. M. Spurdell hocha la tête comme s'il n'en croyait pas ses yeux et tendit le journal à Liza en désignant une photo de l'index.

Le cœur de Liza se mit à battre à toute allure. C'était une photo d'Ève. Elle la regarda intensément. Ève paraissait beaucoup plus jeune, la photo avait dû être prise quelques années plus tôt. En regardant mieux, cela lui revint. C'était Jonathan qui l'avait prise, un soir d'été. Liza et Ève avaient ramené les chiens à Shrove, et Jonathan, descendant les marches, les avait photographiées. Elle aurait dû y figurer mais, trop timide, elle était allée se cacher derrière un arbre.

Cette photo avait été prise le Jour du rossignol. Comment elle pouvait se retrouver dans un journal, c'était un mystère total.

« Vous êtes son portrait tout craché, ma chère, dit M. Spurdell. Cela m'a frappé dès que je l'ai vue. Amusant, non ? Je me suis dit, il faut que je descende en vitesse pour montrer ça à Liza avant son départ. Non que j'aille croire qu'elle sera enchantée de ressembler à une meurtrière, bien sûr ! »

Ils ne savaient donc pas, ils n'avaient rien deviné. Liza se força à sourire en levant les yeux et rencontra le regard de M. Spurdell.

« Personnellement, je ne vois pas la ressemblance, dit Mme Spurdell. Cette créature-là, dans le journal, est d'une beauté saisissante, criminelle ou pas. Si l'on ne savait rien, on pourrait la prendre pour une star de cinéma. »

Liza eut envie de hurler de rire, mais elle savait que c'était de l'hystérie pure, que cela n'avait rien à voir avec la drôlerie. Elle essaya de lire ce qui était écrit dans le journal mais les caractères dansaient et rebondissaient en tous sens. Elle parvint à déchiffrer le titre : « La meurtrière présumée a enterré le corps d'un homme. » Il fallait absolument qu'elle récupère ce journal.

M. Spurdell tendait déjà la main pour le reprendre.

« Je suppose qu'officiellement on ne devrait pas la traiter de meurtrière ou de criminelle. Son procès n'est pas terminé, elle n'a pas encore été déclarée coupable. Puis-je avoir mon journal, ma chère ? »

Même s'il devait trouver cela bizarre, il fallait qu'elle l'ait. Consciente de sa voix rauque, elle demanda :

« Pourrais-je..., est-ce que vous pensez que je peux le garder ? »

Il eut ce rire indulgent, condescendant, qu'elle trouvait parfois, comment dire, lourd de paternalisme et de supériorité.

« Et comment ferai-je mes mots croisés ? »

Mme Spurdell résolut le problème en arrachant le journal

de la main de Liza et y enfonçant, pour une fois sous la forme d'un seul billet et de deux pièces les douze livres correspondant à ses quatre heures de ménage. Liza se leva et partit sans dire un mot de plus, pas même au revoir. *Les Idylles du roi* lui étaient complètement sorties de la tête.

Il ne restait pas de quotidiens du matin chez le marchand de journaux le plus proche. Le suivant était fermé. Un jour, à Aspen Close, elle avait entendu M. Spurdell parler du quotidien du soir qui avait cessé de paraître quelques mois plus tôt. Lorsqu'elle retrouva Sean, elle avait quasi perdu la tête, et lui raconta tout dans un flot de paroles complètement incohérentes.

Sean se comportait toujours bien en cas de crise. Il aimait la réconforter, garder son calme, étaler sa force virile. Il aimait la sentir faible et vulnérable. Demain, ils achèteraient des journaux, ils les achèteraient tous. M. Spurdell n'avait-il pas dit que le procès n'était pas terminé ? Il devait continuer aujourd'hui. Ils allaient regarder la télévision, toutes les informations télévisées possibles.

En rentrant chez eux, il lui prépara du thé. Il la serra contre lui et lui dit de ne pas s'inquiéter, qu'il était avec elle, qu'il se chargerait de s'inquiéter pour elle, il fallait qu'elle s'en remette à lui, et il se mit à l'embrasser et à la caresser. Ce qui eut pour conséquence évidente qu'ils firent l'amour et restèrent une heure au lit, et ratèrent donc les informations de six heures.

À neuf heures, on ne parla pas d'Ève, et à dix heures non plus. Sean, qui avait vu des centaines d'émissions télévisées et de cassettes vidéo sur des affaires de meurtres et d'enquêtes policières, dit que c'était peut-être parce que le cas n'était pas assez spectaculaire. La victime du meurtre n'était ni un enfant ni une jeune fille, il n'y avait rien eu qui ait attiré l'attention du public lorsque cela s'était produit.

« J'aimerais simplement en savoir plus, dit Liza, qui s'était beaucoup calmée. J'aimerais connaître la loi.

— Tu ne peux pas tout savoir.

— J'aimerais être avocate. Un jour, je serai avocate. »

Sean rit.

« Continue de rêver, ma chérie. La dernière fois, tu voulais être médecin. »

Quand ils partirent en ville le lendemain matin, Liza était dans un état d'anticipation fébrile. Ce n'était pas un de ses jours de service à Aspen Close, aussi avait-elle le choix entre rester seule à errer sur la place du marché et dépenser au cinéma un argent durement gagné, ou rentrer en car. Mais elle ne pouvait attendre le retour de Sean le soir pour lire les journaux.

Ils en achetèrent trois, prétendument de la presse de qualité, mais ils relataient l'histoire à peu près de la même façon. Cette fois, il n'y avait pas de photo d'Ève. Le premier, que Liza lut avidement dans la voiture, titrait : « Le meurtre du pavillon était prémédité, affirme le procureur général. »

Le compte-rendu, extrêmement long, remplissait près d'une demi-page. Malgré tous ses efforts, Liza ne put aller au-delà des deux premiers paragraphes.

« Je n'y comprends rien, Sean. Je ne sais pas ce que cela veut dire. Ils racontent qu'elle est accusée du meurtre de Trevor Hugues. Qui est Trevor Hugues ? Je n'ai jamais entendu parler de lui.

— Tu ferais mieux de tout lire. Lis les trois. Écoute, ma chérie, il faut que j'y aille maintenant, sinon je vais être en retard. Et ce ne serait pas indiqué, dans le contexte actuel. Tu peux rester ici, dans la voiture. Personne ne te verra. »

Elle lut donc les comptes-rendus de tous les journaux dans le parking souterrain du supermarché. Aucun d'eux ne parlait des meurtres commis par Ève dont Liza connaissait l'existence. Ils ne citaient que le meurtre d'un représentant de commerce de trente et un ans nommé Trevor Hugues, qui était porté disparu depuis douze ans. Il semblait qu'après s'être disputé avec sa femme, au lieu de partir en vacances avec elle comme prévu il fut parti seul de son côté.

Mme Eileen Hugues affirmait avoir reconnu son mari grâce à sa montre et à son alliance, à l'intérieur de laquelle leurs deux noms étaient gravés. Un dentiste l'avait identifié en examinant ses dents. Liza s'interrogea : comment arrivaient-ils à pareil résultat ? Si elle posait la question à Sean, il lui demanderait si elle voulait également devenir dentiste et lui conseillerait de continuer à rêver.

Ils avaient trouvé des balles de fusil enterrées à côté de l'homme. Où ça dans le bois ? Mais il n'y avait que le corps de Bruno, là-bas. Et voilà qu'ils racontaient que cet homme y était également enterré. Apparemment, Ève n'avait rien dit devant le tribunal, et personne n'avait parlé en son nom. Le procès continue, disait-on à la fin de l'article.

Liza était désorientée. Elle voulait désespérément en savoir davantage et aurait souhaité pouvoir en parler à quelqu'un, mais la seule personne qui lui venait à l'esprit était M. Spurdell. En lisant les articles de journaux, elle avait craint de tomber sur son propre nom mais, heureusement, il n'était cité nulle part. Allaient-ils le citer le lendemain ?

Elle passa une journée interminable à errer dans la ville, sans que pour autant son anxiété la quitte. Le directeur de l'hôtel qui paraissait tant l'admirer étant absent, ce n'était même pas drôle de prendre un bain clandestin au Duke's Head. Elle acheta trois bouquins de poche, dépensant les deux tiers des vingt-quatre livres qu'elle avait gagnées cette semaine-là. Sean allait être furieux. Il s'attendait certainement à ce qu'elle soit satisfaite si l'on envoyait sa mère en prison pour plusieurs années. Combien d'années au juste, d'ailleurs ? Heureusement qu'ils ne pendaient plus les gens.

L'après-midi, après avoir pris un hamburger et une glace au Mc Donald's, elle alla voir *Howard's End* au cinéma. Pourquoi n'avait-elle jamais lu de roman de E. M. Forster ? Parce qu'il était né trop tard pour avoir sa place dans la bibliothèque de Shrove, pensa-t-elle non sans amertume. La semaine prochaine, elle achèterait *La Route des Indes*, elle était sûre que c'était de lui, et tout ce qu'il avait écrit d'autre. Il lui fallut faire preuve d'une volonté considérable pour quitter le cinéma après le film plutôt que de rester à sa place et assister une deuxième fois à la séance.

Sean l'attendait. Il était sûr que le procès allait passer à la télévision ce soir-là. Ils l'allumèrent à six heures, puis à neuf et à dix heures, mais il n'y avait rien.

Liza dit :

« J'ai réfléchi. Je sais qui était Trevor Hugues. C'était l'homme à la barbe. Ils disent dans le journal qu'il a disparu il y a douze ans, or cela s'est passé il y a douze ans. J'avais quatre ans. Je pensais que le policier qui est venu l'avait appelé Hugh. Tu te souviens, je t'ai dit Hugh. Mais ce n'était pas ça, c'était Trevor Hugues.

— L'homme que les chiens ont attaqué. Celui sur qui elle a tiré.

— Ils ont dû fouiller le pavillon et trouver l'alliance avec les initiales et la date gravées à l'intérieur. Mais pourquoi lui ?

— C'est un mystère. Comme tu dis, pourquoi lui ? Pourquoi pas les autres ?

— Je ne sais pas. Je ne sais rien. Je me sens tellement ignorante. » Liza passa les mains dans ses cheveux et le regarda d'un air révolté. « Nous ne pouvons pas aller trouver la police. Il n'y a personne à qui nous puissions demander. Ça me dépasse, ça me rend folle. »

Sean ne dit rien en voyant les nouveaux livres. Elle comprit qu'elle ne pouvait pas toujours prévoir ses réactions. Il était doux, gentil avec elle. Pensant aux hommes rencontrés dans tous les livres qu'elle avait lus jusqu'ici, elle se souvint de Trevor Hugues, Bruno et Jonathan, et se dit qu'elle avait de la chance d'avoir Sean. Elle se le répéta une ou deux fois pour s'en convaincre, c'était une chance d'avoir Sean.

Pas mal de temps passa entre le moment où Ève dit le nom du nouveau jardinier à Jonathan et celui où Liza le rencontra. Elle le vit quand il vint travailler pour la première fois mais ne se laissa pas voir. C'était au milieu du mois de mars, et il faisait froid. Elle rentrait d'une longue promenade vagabonde, ses bottes s'enfonçant dans le terrain marécageux qui surplombe la rivière. Elle avait entrepris de plus en plus de promenades de ce genre cet hiver-là, souffrant chaque jour davantage de la frustration d'être seule, de la monotonie de sa vie, de ne jamais voir d'autre visage que celui d'Ève. Les leçons étaient de plus en plus répétitives, et elle sentait qu'Ève lui avait transmis presque tout son savoir. Il ne lui restait maintenant qu'à écrire d'autres compositions sur Shakespeare, étudier d'autres textes en prose du XVIIIe siècle, traduire encore du Maupassant et lire d'autres auteurs latins dans le texte. Elle avait lu tous les livres de la bibliothèque de Shrove qu'elle aurait jamais envie de lire. La télévision, l'expérience que cela avait été, pourquoi elle avait tant aimé la regarder, n'étaient plus qu'un lointain souvenir.

Le reste de sa vie allait-il s'écouler ainsi ? Sean lui avait demandé par la suite pourquoi elle ne s'était pas enfuie. Il n'avait pris la mesure ni de l'étendue de ses connaissances ni de la profondeur de son ignorance. Avant de le rencontrer, Liza se serait évanouie de peur à la seule perspective de s'enfuir. Jamais elle n'avait pris le car ni le train, acheté quelque chose toute seule — à peine mis les pieds — dans un magasin, donné un coup de téléphone et, encore plus important, eu la moindre relation avec quelqu'un de son âge.

Aussi entreprenait-elle de longues promenades qui la menaient parfois jusqu'à des villages isolés, où elle contemplait une vitrine de magasin ou le panneau d'annonces sous le porche d'une église, lisait les horaires de car ou se postait à la sortie de l'école pour regarder les enfants sortir. Elle apprenait toute seule à connaître le monde qu'Ève lui avait caché. Un jour, anticipant la question de Sean, elle avait même dit, je pourrais m'enfuir. Mais ces mots qui n'avaient jamais été proférés ailleurs que dans son esprit l'avaient terrifiée. Elle se voyait seule en pleine nuit dans une rue déserte, n'ayant aucun endroit où aller, ne sachant où trouver de quoi se nourrir et dormir. Elle s'imaginait non pas en train de s'enfuir mais rentrant à la maison en courant, se jetant misérablement dans les bras d'Ève.

Mais qu'allait-il advenir d'elle ? Elle envisageait souvent l'avenir, et sous les couleurs les plus noires. Elle se voyait vieille, âgée de trente ans ou plus, à côté d'Ève devenue une vraiment vieille femme, poursuivant toutes les deux leur existence de la même façon, rien n'ayant changé sinon les jeunes arbres qui auraient poussé, avec de gros troncs et des frondaisons majestueuses. Deviendrait-elle la jardinière de Shrove quand Ève serait trop vieille pour continuer le travail ? Succéderait-elle à Mme Cooper ? On l'enverrait en ville avec les paniers à provisions et la liste des courses, elle franchirait le pont et irait attendre le car.

Elle se vit traversant la place du marché, évitant avec frayeur les adolescents qui se bousculaient, se déversaient comme l'eau pétillante d'une bouteille que l'on vient d'ouvrir. Descendant sur la chaussée pour les éviter, les yeux baissés comme une religieuse qu'elle avait vue sur un tableau. Craignant de parler à quiconque en dehors des commerçants, et encore, seulement pour demander dans un souffle ce dont elle avait besoin.

Plongée dans ces pensées, elle arriva d'humeur désenchantée au milieu des arbres nouvellement plantés et vit quelqu'un dans le jardin de Shrove. Il se trouvait à bonne distance, et, sur le moment, elle crut qu'il s'agissait de Jonathan. Mais Jonathan n'aurait jamais été tailler la haie d'ifs. Jonathan ne faisait jamais rien, pas plus arracher une mauvaise herbe que détacher une tête de rose fanée.

L'homme en question s'affairait sur la haie avec de grandes cisailles. Ce devait être le nouveau jardinier. Elle était encore trop loin de lui pour bien le voir mais elle pouvait dire, à une centaine de mètres, qu'il était jeune. Non pas jeune comme Jonathan ou Bruno mais réellement jeune, plus ou moins du même âge qu'elle. Alors qu'elle n'avait jamais pensé à se cacher de M. Frost ou de Gib, elle fut soudain prise d'une certitude absolue : cet homme ne devait pas la voir. Il ne devait pas la voir s'approcher de lui tout naturellement.

Ce n'était pas difficile d'échapper à son regard, il suffisait de rester sous le couvert des arbres et, une fois arrivée au jardin, de marcher droit sur la maison. Elle ne se demanda pas pourquoi elle se comportait ainsi, car elle n'aurait pu répondre.

Elle s'approcha furtivement, prenant garde à ne pas marcher sur des brindilles ou, une fois dans l'allée, laisser ses pas crisser sur le gravier. Il n'était plus éloigné d'elle, maintenant, que par la longueur du salon du pavillon. Elle l'observa à travers les branches et les feuilles tristement effilées des conifères. Il avait terminé la haie et soulevait des brassées de branches coupées pour les verser dans une brouette. C'était un grand jeune homme qui se tenait très droit, un garçon quasiment, avec de larges épaules et des hanches minces. Ses cheveux étaient noir de jais. Elle y pensa en ces termes parce que c'était ainsi que les poètes l'auraient décrit. Son visage était tourné de l'autre côté. Elle pensa hurler de dépit si elle ne pouvait pas le voir. En même temps, elle savait qu'elle ne ferait pas le moindre bruit, quoi qu'il fît, où qu'il allât.

Avait-elle fait du bruit ? Pas qu'elle sût, à moins que sa respiration ne fût devenue bruyante. Il avait dû se produire quelque chose pour que, se détournant de la brouette qu'il était sur le point d'emmener, il se tourne dans sa direction.

Il ne pouvait pas la voir. Elle en était sûre. Mais il était d'une beauté saisissante. Son visage était d'une teinte olive clair, mais avec des pommettes roses, et ses yeux d'un bleu foncé brillant. Elle vit un nez et des lèvres parfaites, et pensa aux vedettes des vieux films qu'elle avait vus, aux gravures de statues dans les livres anciens et aux portraits du Titien.

Il avait des mains longues et brunes. Avant, elle admirait les mains de Jonathan, mais plus maintenant. Cet homme avait des étoiles dans les yeux, et son regard indiquait qu'il rêvait de choses merveilleuses. Les dieux qu'elle avait rencontrés dans ses lectures vivaient dans des bosquets comme celui-ci, à demi dissimulés par des feuilles.

Ne pouvant la voir et n'entendant plus rien, il haussa légèrement les épaules et commença à s'éloigner en poussant la brouette. Il aurait dû tenir une lance et conduire un chariot ailé, mais tout ce qu'il avait, c'était des cisailles et une brouette. Liza n'y voyait pas d'inconvénient. Cela ne la gênait pas qu'il s'en aille, et d'ailleurs elle ne voulait pas qu'il revienne. Curieusement, elle n'aurait pas pu en supporter davantage pour l'instant. Une énergie inattendue l'envahit, et elle se mit à courir vers la maison, où elle arriva hors d'haleine pour se jeter sur le canapé.

D'une voix aussi détachée que possible, elle demanda à Ève :

« Quels sont les jours du nouveau jardinier ?

— Le lundi, le mercredi et le vendredi. Pourquoi ?

— Rien. Je me demandais juste. »

L'après-midi, elle monta à Shrove et se mit en quête d'un tableau susceptible de lui ressembler. Elle avait agi ainsi à l'arrivée de Bruno, mais c'était différent. C'était pour satisfaire sa curiosité, alors que, maintenant, c'était un acte d'adoration. À l'étage, il y avait à côté du tableau de Sodome et Gomorrhe un portrait de jeune homme en soie noire et dentelles argentées. Ève le qualifiait de « peinture à trois sous, du XVIIIe sans intérêt », mais il avait toujours plu à Liza, qui le regardait maintenant avec émerveillement. La vue de leur nouveau jardinier en élégant costume d'époque la fit frissonner, mais c'était de plaisir.

Le lendemain étant un vendredi, elle guetta l'arrivée de sa voiture depuis la fenêtre de la chambre d'Ève. C'était une grosse guimbarde bleu foncé avec des plaques de rouille sur la carosserie, mais, si elle n'avait pas su qu'une voiture devait avoir un conducteur, elle aurait cru que celle-ci avançait de sa propre volonté. Comme il plut toute la journée du lundi, il ne vint pas, et elle dut attendre le mercredi pour l'entrevoir à nouveau. Sa voiture était garée sur le gravier près de la remise. Elle rentra dans la maison et alla au premier étage dans la chambre qui avait une belle vue, celle que Victoria avait utilisée et où elle avait laissé des vêtements dans la penderie. Elle sursauta en le voyant par la fenêtre, juste au-dessous d'elle.

Des clématites grimpaient dans le jardin devant la façade de Shrove House. Juché sur l'escabeau, celui qui servait autrefois dans la bibliothèque, il était en train d'attacher les tiges grimpantes à la treille. S'il avait tourné et légèrement relevé la tête à ce moment précis, il aurait pu la voir. Mais elle aurait beau faire du bruit aujourd'hui, cela n'attirerait pas son attention car il était coiffé d'écouteurs et portait un baladeur fixé à la ceinture de son pantalon.

Pendant la semaine qui venait de s'écouler, elle s'était parfois demandé s'il était plus beau dans son souvenir que dans la réalité. Elle constatait maintenant qu'il l'était encore plus. Mais pourquoi y accordait-elle autant d'importance ?

Tout cela la troublait terriblement. Était-ce seulement parce qu'il était la première personne de son âge qu'elle connaissait ? Mais en fait elle ne le connaissait pas.

Il leva soudain les yeux et la vit. Elle se figea, transie de timidité, de honte presque, et sentit le sang affluer à son visage et lui brûler les joues. Il la salua en levant la main et sourit. Elle recula aussitôt et sortit de la chambre en courant. Un miroir à cadre doré était accroché à mi-hauteur de l'escalier. Elle fit alors une chose qu'elle n'avait jamais faite auparavant. Elle s'arrêta sur une marche et regarda son reflet.

Elle se trouva — eh bien, très jolie. Mieux que ça, peut-être. De jolis yeux, grands et sombres, une bouche pleine, une belle peau, Ève le répétait souvent, et une quantité de longs cheveux bruns. Mais — est-ce que les autres filles étaient pareilles ? Il ne fallait pas être si naïve. Elle avait vu d'autres jeunes filles en ville, mais, après tout, comment pouvait-elle juger ? Les images qu'elle avait vues dans le vieux poste de télévision n'étaient plus qu'un vague souvenir. Et puis, après tout, quelle importance ? Elle continua à s'observer comme si elle était confrontée à un grand mystère.

Pendant quelques instants, cinq minutes peut-être, elle avait oublié le garçon juché sur l'escabeau. Elle communia avec elle-même dans un élan narcissique, étudiant son visage lisse et ses douces lèvres roses, son corps mince et sa poitrine ronde. De quoi aurait-elle l'air, dans une robe semblable à celle de Caroline ? Soie rouge et grand décolleté. Elle faillit en rire. Elle portait un blue-jean, un chandail noir à col roulé et la vieille parka marron d'Ève.

Sachant qu'il était dans le jardin du fond, elle sortit sans inquiétude par la porte de la façade. Elle ne regarda même pas par la fenêtre avant de s'aventurer dehors, elle sortit, tout simplement. Et tomba sur lui, qui observait l'hortensia grimpant accroché à la façade de Shrove House sur toute sa longueur.

Elle s'immobilisa en le dévisageant, ne sachant quoi faire, incapable de trouver le moindre mot à lui dire. Il lui sourit.

« Salut. »

Quelque chose immobilisait sa langue.

« Vous habitez ici ? »

Il fallait qu'elle parle. Cette fois, elle ne rougit pas. Au contraire, elle était devenue toute pâle.

« Je vous ai vue à la fenêtre, alors j'ai pensé que vous viviez peut-être ici. Pourtant, la dame m'a dit que la maison était inhabitée. En tout cas, vous n'êtes pas un fantôme. »

Normalement, cela aurait dû la faire rire, mais elle en fut incapable. Elle retrouva sa langue, mais pas son aplomb.

« C'est ma mère qui vous a dit ça. Nous habitons le pavillon.

— Dans ce trou à rats, là-bas ? C'est un endroit à vous donner la chair de poule. »

Ève l'aurait détesté pour la « chair de poule ». Le trou à rats échappa complètement à son entendement.

« Il faut que j'y aille, réussit-elle à dire. Je suis en retard.

— À bientôt, alors. »

Elle n'osa pas courir. Devinant qu'il la regardait, elle descendit l'allée posément, traversa le parc avec la certitude qu'il la suivait des yeux. Mais quand elle se retourna il avait disparu. Sa voiture arriva à sa hauteur avant qu'elle ait eu le temps de réagir, et il la salua d'un grand signe de la main. Elle était trop bouleversée pour répondre.

De retour chez elle, elle lut *Roméo et Juliette* : « Voyez, comme elle pose sur sa main sa joue !/Oh ! si j'étais le gant sur cette main/ Que je puisse toucher cette joue[1] ! » Son avenir, la solitude et la monotonie, les bizarreries d'Ève, tout fut oublié en un instant. Ne disposant d'aucun critère, d'aucun élément de comparaison, elle avait recours à la poésie.

En parlant à Ève, elle n'avait qu'une envie, prononcer son nom, mais elle n'osait pas. Quand elle y parvint, elle aurait voulu continuer à parler de lui éternellement, et pourtant elle ne savait rien de lui.

« Où habite Sean ?

1. Acte II, sc. II. Trad. Pierre-Jean Jouve et Sacha Pitoëff. Bibliothèque de La Pléiade, Gallimard. *(N.D.T.)*

— Quelque part dans une caravane. Mais en quoi cela peut-il t'intéresser ?

— Je voulais aussi savoir où vivait Gib. » Ce qui était la vérité. Laisser Ève croire que, connaissant si peu de gens, elle leur portait beaucoup plus d'intérêt que si elle avait mené une vie différente.

« Et où Sean a-t-il garé sa caravane ? »

Cette fois, elle n'aurait pas vraiment dû prononcer son nom, mais elle le fit tout de même.

« Comment le saurais-je ? Ah, si ! Il m'a dit que c'était près de l'ancienne gare. Est-ce que tu lui as parlé ? »

Liza la regarda droit dans les yeux et répondit : « Non. »

C'était l'endroit où elle avait eu tellement peur. Elle avait traversé la gare en toute insouciance, satisfaite de cette belle journée et du soleil éclatant, et avait vu Bruno assis parmi son matériel de peinture, un pinceau imprégné de jaune vif dans sa main levée. Sa haine déployée sans fard l'avait effrayée.

« Tu ne m'as jamais expliqué pourquoi tu es venue ce jour-là, dit Sean. C'était il y a sept mois, tu sais. Nous nous connaissons depuis sept mois. Qu'est-ce qui t'a fait venir ?

— Je voulais voir où tu vivais. Quand on éprouve ce que j'éprouvais, on veut tout savoir de la personne en question, où elle vit, ce qu'elle boit et mange, ce qu'elle aime faire, comment elle est lorsqu'elle est seule. Tu veux la voir dans un contexte différent. » Elle réfléchit un instant. « Dans tous les contextes possibles. Tu veux savoir comment elle réagit sous la pluie, ce qu'elle fait lorsque le soleil brille. Comment elle se coiffe, remplit une bouilloire, se lave les mains, boit un verre d'eau. Tu veux voir comment elle procède à tous les gestes de la vie quotidienne. »

Sean hochait la tête avec gravité.

« C'est vrai, c'est tout à fait ça. Tu es vraiment intelligente, ma chérie, on dirait que tu sais tout. »

Cela agaça Liza. Elle l'écarta de la main.

« Je n'avais pas l'intention de te voir, et je ne voulais certainement pas que tu me voies. Je voulais seulement voir où tu vivais et, disons, repartir en tapinois.

— Mais je t'ai vue et je suis sorti ».

Elle dit alors, sur un ton pensif, comme si elle parlait à quelqu'un d'autre, à un autre couple :

« Ça a été le coup de foudre.

— Exactement, c'était ça.

— Je n'ai pas été difficile à avoir. Je n'ai pas joué les mijaurées. Je suis entrée dans la caravane avec toi et, quand tu m'as demandé si j'avais quelqu'un, je n'ai pas compris ce que tu voulais dire. J'ai répondu que j'avais ma mère. Tu as recommencé différemment, tu m'a demandé si je fréquentais quelqu'un. C'était peine perdue. Alors, il a fallu que tu me demandes si j'avais un petit ami. Ensuite, tu as proposé qu'on aille se promener, et j'ai su que c'était bien parce que les personnages de tous les romans victoriens que j'avais lus disaient la même chose.

— Et la suite, comme on dit, appartient à l'histoire.

— Il faut que tu achètes les journaux aujourd'hui. Je n'irai en ville que cet après-midi. Je vais demander à M. Spurdell de m'expliquer. Enfin, m'expliquer pourquoi Trevor Hugues.

— Et qu'est-ce que tu vas faire s'il pige ?

— S'il devine, tu veux dire ? Il ne devinera rien. »

Lorsqu'elle eut terminé son travail, veillant à être bien dans les temps, elle longea le couloir et alla frapper à la porte du bureau de M. Spurdell. Il était rentré une demi-heure plus tôt et était monté directement.

Il avait chaussé ses lunettes demi-lunes cerclées d'or qui lui donnaient l'air plus vieux et plus professoral que jamais.

« Si vous n'avez pas encore fait mon bureau, ce n'est plus la peine maintenant », lui dit-il. Qu'il n'ait rien remarqué la mit en colère. Elle avait apporté un soin particulier au ménage de cette pièce, époussetant les livres un à un et les remettant scrupuleusement en ordre.

« Puis-je vous demander quelque chose ?

— Tout dépend de ce que c'est. De quoi s'agit-il ? »

Elle alla droit au but.

« Si quelqu'un a assassiné trois personnes, A, B et C, et que la police est au courant pour C, pourquoi est-ce qu'elle

— enfin elle ou il — va être seulement accusée d'avoir assassiné A ?

— Seriez-vous en train de lire un roman policier, par hasard ? »

Mieux valait répondre oui, même si elle ne voyait pas très bien de quoi il parlait.

« Oui. »

Il adorait donner des explications, répondre à des questions. C'est parce qu'elle le savait très bien qu'elle avait eu la certitude qu'il ne soupçonnerait rien. D'ailleurs, il s'intéressait beaucoup plus au fait de lui répondre qu'à sa personne.

« Il est probable que, même si la police est au courant pour C, ils ne peuvent pas prouver qu'il ou elle l'a tué. Et c'est sans doute également vrai pour B. Il ou elle est accusé/e du meurtre de A parce qu'ils sont sûrs de pouvoir apporter des preuves qui tiendront devant un tribunal. Là, est-ce que cela va vous aider à trouver le coupable ?

— Mais pourquoi ne pas accuser — inculper — cette personne des meurtres de B *et* de C ?

— Eh non, ils ne procèdent pas ainsi. Voyez-vous, si votre présumé meurtrier, étant déclaré non coupable par un jury, était acquitté, la police ressortirait le meurtre de C — ou de B, en l'occurrence — et redéclencherait un nouveau procès pour ce deuxième chef. S'ils l'inculpaient pour les deux meurtres dans le même procès et qu'il était acquitté, la police aurait perdu tout espoir de le voir puni pour ses crimes. »

Il parlait toujours de « il » et de « lui », comme si les femmes ne faisaient jamais rien.

« Je vois, dit Liza, ajoutant : Où serait-il — elle — en attendant d'être traduit devant le tribunal ? »

Il se mit alors à parler d'une loi du Code pénal de 1991, une mesure qui concernait le prononcé de la sentence et comment l'on gardait les gens en prison, et il en arrivait au fait que la loi était juste en train d'être appliquée — « Maintenant au moment où je vous parle, Liza » —, quand le téléphone se mit à sonner. Elle tourna les talons pour sortir mais il lui fit signe de rester tout en décrochant le récepteur.

« Bonjour, ma chère Jane », l'entendit-elle dire, « que puis-je pour toi ? »

La conversation fut assez brève. Elle se dit qu'elle aurait bien aimé transmettre un message à Jane Spurdell, quelque chose comme son meilleur souvenir, mais bien entendu, c'était impossible. Ayant raccroché, M. Spurdell lui dit :

« J'ai pensé que vous aimeriez peut-être m'emprunter un autre livre. Quelque chose qui vaille la peine », ajouta-t-il, d'un ton sévère.

C'était probablement une allusion à ce qu'il la croyait en train de lire en ce moment. Elle sauta sur l'occasion.

« Pour combien de temps envoie-t-on les meurtriers en prison ? »

Depuis qu'elle pratiquait les journaux, elle avait eu l'impression de lire que l'on emprisonnait les gens assez peu de temps pour un meurtre.

« C'est-à-dire, est-ce que cela varie selon la façon dont le crime a été commis, et pourquoi ?

— Lorsque quelqu'un a été reconnu coupable de meurtre dans ce pays, la peine requise est l'emprisonnement à vie. »

Elle sentit un frisson glacé la traverser.

« Est-ce toujours le cas ? » demanda-t-elle, et il pensa qu'elle ignorait le sens du mot « requis ».

« Cela signifie que c'est obligatoire. Quelque chose de requis est quelque chose qui doit être. Il n'existe pas plusieurs degrés de meurtre dans notre pays, contrairement aux États-Unis. S'il s'agissait d'un homicide involontaire, en revanche, la peine prononcée pourrait être assez légère. »

Ce mot ne signifiait rien pour elle. Mais il allait trouver cela bizarre, si elle continuait à lui poser des questions. Il avait sorti de ses rayonnages deux romans de Thomas Hardy en édition de poche. Ne les ayant pas lus, elle le remerçia et redescendit pour toucher son argent.

19

CE JOUR-LÀ, Ève avait été appelée à la barre des témoins. Liza lut avec stupéfaction qu'elle reconnaissait avoir tué Trevor Hugues. Toutefois, elle plaidait non coupable. Cela avait peut-être un sens si son avocat essayait de faire abandonner l'accusation de meurtre pour ce mot utilisé par M. Spurdell : homicide involontaire. Sean avait l'air de connaître tout ça.

Il y avait dans le journal une photo de Trevor Hugues, l'homme sans visage dont les traits disparaissaient sous son épaisse barbe blonde. Ève disait qu'elle l'avait tué parce qu'il essayait de la violer. Elle était complètement isolée dans cette maison, il n'y avait pas un seul voisin à moins d'un kilomètre et demi. Elle lui avait échappé, avait couru jusqu'à la maison pour prendre son fusil et avait tiré sur lui pour se défendre.

Le procureur l'avait soumise à un interrogatoire serré. On pouvait imaginer qu'il y avait beaucoup plus à dire que ce que racontait le journal. Il lui demanda pourquoi elle gardait un fusil chargé chez elle. Pourquoi ne s'était-elle pas enfermée à l'intérieur et n'avait-elle pas téléphoné pour demander de l'aide ? Quand elle répondit qu'elle n'avait pas le téléphone, il fit tout un plat d'une femme suffisamment inquiète pour garder un fusil chargé à portée de main mais qui n'avait pas de téléphone. Ayant constaté qu'il était mort, pourquoi n'avait-elle pas demandé du secours depuis

Shrove House, où il y avait un téléphone ? Pourquoi avait-elle caché cette mort en enterrant le corps de la victime ?

Avant qu'elle comparaisse, on avait entendu le témoignage d'un homme nommé Matthew Edwards. Le journal ne rendait pas compte des événements dans l'ordre mais les présentait sous la forme la plus sensationnelle. Liza mit un certain temps avant de comprendre qu'il s'agissait de Matt, et la lecture de ce qu'il avait dit la ramena en arrière, à ce petit matin, il y avait si longtemps de cela, où, regardant par la fenêtre, elle l'avait vu libérer les chiens enfermés dans le châtelet.

À la barre des témoins, il parla de la terre fraîchement retournée qu'il avait remarquée et des chiens qui reniflaient, courant en tous sens, et rapporta qu'Ève n'avait pas su quoi répondre lorsqu'il lui avait demandé s'ils avaient enterré des os. Liza se rappelait tout. Ève n'avait pas répondu, elle lui avait juste demandé s'il savait l'heure qu'il était, puis elle la lui avait indiquée d'une voix glaciale, six heures trente du matin.

Le procès devait se terminer le lendemain, disait le journal. Ce qui voulait dire aujourd'hui, ce jour même. Cela devait être fini, maintenant. L'avocat de la défense évoqua dans sa plaidoirie la dure existence d'Eva Beck. Elle avait plus de raisons de redouter un viol que la plupart des autres femmes parce qu'elle en avait déjà subi un.

Liza s'arrêta de lire. Elle sentait son cœur battre à tout rompre dans sa poitrine. Elle avait inconsciemment posé la main sur le journal comme s'il n'y avait personne derrière elle, comme si Sean n'était pas en train de lire par-dessus son épaule.

« Il faut que tu lises jusqu'au bout, ma chérie, lui dit-il gentiment.

— Je sais.

— Tu veux que je le lise pour toi ? Que je le lise d'abord et qu'ensuite je te le lise ?«

Elle secoua la tête et se força à écarter la main du journal. Les mots incontournables avaient l'air plus foncés que le reste de l'article, le papier plus blanc.

À l'âge de vingt et un ans, alors qu'elle regagnait Oxford

après avoir accompagné à Heathrow un ami qui partait pour Rio, Eva Beck avait été prise en autostop par un chauffeur de camion. Deux autres hommes se trouvaient à bord. Le chauffeur s'arrêta sur une aire de stationnement où les trois hommes la violèrent. À la suite de cela, elle avait été gravement malade et avait dû suivre une psychothérapie prolongée. Le viol avait fait d'elle une recluse volontaire qui n'attendait rien d'autre de la vie que d'être laissée tranquille et de remplir ses fonctions de gardienne de Shrove House.

Ayant évité la compagnie d'autrui, elle était à peu près inconnue des habitants du village voisin. Elle avait vécu avec sa fille, aujourd'hui adulte, qui avait quitté la maison depuis lors.

Sa lecture terminée, Liza resta immobile, sans dire mot. Toutes ses questions avaient désormais une réponse. Elle sentait le regard de Sean sur elle. Il lui mit la main sur l'épaule puis, voyant qu'elle ne le repoussait pas, il l'enlaça.

Au bout de quelques secondes, elle dit calmement : « À partir de douze ans environ, c'est-à-dire dès que j'ai pu avoir une idée sur la question, j'ai fermement cru que Jonathan Tobias était mon père. Cela ne me plaisait pas beaucoup parce que je ne l'aimais plus vraiment, mais du moins cela signifiait que j'avais un père.

— Mais c'était encore possible.

— Non, elle ne m'a jamais raconté tout ça, ce qui est écrit dans le journal, mais elle m'a dit en revanche qu'elle n'avait pas vu Jonathan pendant deux semaines avant de l'accompagner à Heathrow pour son départ en Amérique du Sud. L'un des hommes du camion devait être mon père. Il y a quelque part trois hommes, ils peuvent aussi bien se trouver ici, en ville, qu'être au volant du camion que nous avons croisé sur la route, et l'un d'eux est mon père. » Elle le regarda, puis détourna les yeux. « J'imagine que je finirai par m'y habituer. »

Sean ne savait pas quoi dire, elle le voyait bien. Elle fit un effort. « Pour l'essentiel, c'est faux, ce qu'ils ont raconté. Elle a tué des gens parce qu'ils mettaient en péril sa vie à Shrove. Elle les a tués parce qu'ils essayaient de l'empêcher d'avoir ce qu'elle voulait. Personne n'a parlé de son amour pour Shrove. Quant à moi, je suis seulement la fille aujourd'hui adulte qui a quitté la maison depuis lors. »

Il la prit dans ses bras.

Adulte. Sean lui avait posé la question. Pas la première fois, quand ils s'étaient rencontrés à la caravane, ni la seconde, mais assez vite. Elle était allée se promener avec lui, comme promis, racontant à Ève qu'elle passait la soirée à la bibliothèque de Shrove parce que certains livres qu'elle voulait regarder étaient trop lourds pour être rapportés à la maison. Après la promenade, ils étaient retournés chez lui. Il avait bu une bière, elle, un Coca.

C'est alors qu'elle avait commencé à lui expliquer comment elle avait vécu dans l'isolement, ne rencontrant pour ainsi dire personne, dans le petit univers clos de Shrove.

« Quel âge as-tu ? lui avait-il demandé, admettant qu'elle paraissait un an ou deux de plus que son âge mais craignant néanmoins qu'elle lui avoue seulement quinze ans.

La première fois, il ne l'avait même pas embrassée. Deux soirs plus tard, il faisait trop chaud pour aller se promener bien loin, un crépuscule humide et pesant, ils s'étaient jetés dans le pré aux hautes herbes près de la haie d'érables. Elle avait regardé son visage, à dix centimètres du sien, à travers les frêles tiges claires. L'air embaumait le foin et la sécheresse. Les étamines duveteuses éparpillaient un pollen brun et poussiéreux dans ses cheveux. Il écarta les brins d'herbe, posa sa bouche sur la sienne et l'embrassa.

Elle ne put se retenir, elle n'avait aucun contrôle sur elle-même. Ses bras étaient autour de son cou, ses mains cramponnées à ses cheveux, elle lui rendait son baiser avec passion, mettant dans ces baisers tout ce qu'elle avait lu sur le désir et la passion. C'est lui qui les freina, qui se leva d'un bond et la redressa, lui demandant si elle était sûre, savait-elle ce qu'elle faisait, s'ils allaient jusqu'au bout, elle devait être sûre d'elle.

Elle n'était pas en état d'y penser. Quand elle essaya de

penser, tout ce qui se produisit fut qu'elle vit des images de Sean et sentit ses baisers, devint chaude et faible et humide d'une manière inattendue, qu'aucune lecture ou information ne lui avait permis d'anticiper. Elle essaya de penser calmement, de se raisonner, mais son esprit devint un écran rempli d'images de Sean, de Sean et d'elle, son corps se mit à frissonner de désir, et elle ne fut pas plus avancée sur la question de savoir si elle était sûre ou si elle savait ce qu'elle faisait qu'elle ne l'avait été dans l'herbe. Cela se résumait à ceci : la prochaine fois qu'elle le verrait, elle ferait tout ce qu'il voudrait, n'importe quoi, et tout ce qu'elle voudrait, mais si elle ne le revoyait jamais, elle en mourrait.

Elle relut *Roméo et Juliette*, mais cela ne paraissait plus concerner ce qu'elle éprouvait. Le lundi soir, comme il pleuvait, ils se retrouvèrent dans la caravane et firent aussitôt l'amour, se jetant l'un sur l'autre dans une extase joyeuse qui leur coupa le souffle.

Cela lui paraissait si loin, maintenant.

Sean alluma la télévision, et ils regardèrent les informations. Pour la première fois à leur connaissance, on y parlait d'Ève. Ils durent attendre la fin, ou presque. La dernière information concernait certaines tentatives pour mettre fin aux corridas en Espagne, mais avant cela le présentateur annonça d'un ton laconique qu'Eva Beck, la meurtrière de l'affaire du pavillon, avait été déclarée coupable et condamnée à la réclusion à perpétuité.

Sean la tint enlacée toute la nuit, la serrant contre lui chaque fois qu'elle se réveillait en gémissant. Mais il ne comprenait pas pour autant ce qu'elle ressentait. Elle n'avait plus d'identité. Ève l'ayant reniée — même si c'était pour une bonne raison —, elle avait cessé d'être quelqu'un et après les révélations concernant le passé d'Ève elle se retrouvait pire qu'orpheline de père.

Aucun mot n'aurait su décrire ses sentiments. N'ayant rien à dire à Sean, elle parla de choses banales, de ce qu'ils allaient manger pour le dîner, des provisions qu'il devait rapporter du magasin. Cela le soulageait manifestement de ne pas avoir à parler d'Ève, du procès ou de la nouvelle fragilité de Liza, et elle en fut peinée, vexée même. À une ou deux reprises, au cours de leur nuit agitée, il lui avait dit qu'elle devait oublier « tout ça ».

Au moment où il allait partir, elle le surprit en annonçant qu'elle venait aussi.

« Ce n'est pas ton jour chez la Spurdell, pourtant ? »

Elle secoua la tête. Il devait croire qu'elle allait en ville pour ne pas avoir à passer la journée seule dans la caravane. Elle s'assit à côté de lui dans la voiture, appréciant la belle journée, quel magnifique soleil pour un début de décembre. Dans à peine plus de un mois, elle aurait dix-sept ans. Il ignorait la date de son anniversaire mais il aurait pu la deviner. Ils n'avaient pas beaucoup parlé, la première fois. Ils avaient surtout fait l'amour, goûté le repos qui s'ensuit, et recommencé.

Toujours soucieux de ne pas être en retard de une minute, il se hâta vers le magasin. Les clés de la voiture étaient dans sa poche, mais Liza avait apporté un double. Il y avait au fond de la boîte à gants une carte routière qu'il n'utilisait jamais — il avait un excellent sens de l'orientation. L'ayant étudiée, elle la laissa ouverte sur le siège du passager.

Ils ne pouvaient pas lui faire grand-chose s'ils l'arrêtaient en train de conduire sans permis ni assurance. Dans l'état d'esprit où elle se trouvait ce jour-là, peu de chose pouvaient l'atteindre. Peu lui importait maintenant qu'on l'attrape et découvre qui elle était car elle n'était personne, elle n'avait pas d'identité. Elle était juste la fille, aujourd'hui adulte, qui avait quitté la maison depuis lors.

Elle dépassa l'emplacement où la caravane était garée et s'engagea sur la grande route. Le monde paraissait complètement différent en cet endroit, et elle avait cette impression depuis trois mois déjà. Pourtant, elle n'était qu'à une trentaine de kilomètres de sa destination. En roulant, elle vit un garage et jeta un coup d'œil à la jauge d'essence. Tout allait bien. Le réservoir était quasi plein. Elle se demanda ce qu'elle allait éprouver en arrivant au pont, quand elle verrait la rivière et les noues au-delà, la maison qui semblait flotter au-dessus des terres plates baignées de brouillard blanc, lorsqu'elle retrouverait le domaine, le seul endroit qu'elle connût, encore quatre-vingt-dix jours plus tôt.

Le moment venu, elle ne sursauta pas. Une brise vive soufflait, il n'y avait pas de brouillard. Le soleil hivernal brillait comme du métal. Shrove House ne s'était jamais dévoilé à ses yeux avec un tel éclat. Arrivée à la moitié du pont, à sept cents mètres de la maison, elle distingua le motif, sombre comme une gravure, que les clématites dessinaient en grimpant sur les murs du fond, ainsi que les traits des visages de pierre des femmes dans les niches.

Le soleil se reflétait vivement sur la fenêtre par laquelle elle avait observé Sean la deuxième fois qu'elle l'avait vu. Elle remonta l'allée. Quelqu'un avait taillé les haies, rabattant impitoyablement les grandes aubépines. Le pavillon du gardien surgit brusquement à ses yeux, comme c'était toujours le cas au-delà du virage. Il n'avait pas changé, pas plus que le portail de Shrove, à cette différence près que pour la première fois à sa connaissance, les deux grilles étaient fermées. Les battants qui, sauf le lendemain de la tempête, étaient toujours restés ouverts comme les volets d'une fenêtre, avaient été refermés avec soin, si bien que le parc n'apparaissait qu'à travers les motifs compliqués de fer forgé et les lettres enjolivées de « Shrove House ».

Elle remonta le chemin du jardin jusqu'au pavillon. Elle inséra dans la serrure la clé dont elle ne s'était jamais séparée et ouvrit la porte d'entrée. Il régnait un froid glacial à l'intérieur, et cela sentait l'humidité. Une puanteur comparable aux creux entre les racines des arbres, là où les champignons moisissaient.

La cuisine était plongée dans la pénombre car le store était baissé. Elle le releva légèrement et regarda dehors, puis tira la cordelette. Le store s'enroula autour de son support avec un craquement sec, et ce qu'elle vit la frappa de plein fouet. Le jardin du fond, autrefois si net avec les planches de légumes et les plates-bandes de fleurs cultivées par Ève, avec le nouvel arbre planté pour remplacer le cerisier abattu et la petite pelouse, n'était plus qu'un chaos de mauvaises herbes éparses. Il ne s'agissait pas d'herbes qui se seraient frayé un chemin entre des plantes mal soignées, mais d'herbes qui avaient poussé sur de la terre fraîchement remuée. Le jardin tout entier avait été retourné avec des bêches.

Tout d'abord, elle ne comprit pas ce qui s'était passé. Quelqu'un avait-il momentanément occupé la maison et travaillé la terre avant de s'en aller ? Serait-ce un nouveau jardinier, particulièrement zélé, qui aurait repris les choses en main puis serait reparti ?

Alors, elle se souvint de ce que le journal avait dit : Ève aurait enterré le corps de Trevor Hugues. Elle avait dû le faire dans ce coin, là où Matt avait remarqué que les chiens reniflaient la terre. La police avait creusé partout, cherchant peut-être autre chose, un charnier par exemple. Leurs bêches avaient donné au jardin cet aspect sauvage. Elle pensa aux innombrables fois où elles s'étaient assises sous le cerisier, à tout le travail accompli par Ève, biner, planter, récolter. Mais cela ne lui fit presque aucun effet. Cela ne l'affectait pas plus que de marcher dans un cimetière.

Elle rabaissa le store et reporta son attention sur l'intérieur du pavillon. S'étant absentée pendant si longtemps, elle voyait maintenant ces pièces avec de nouveaux yeux, des yeux suffisamment éduqués par le changement pour en remarquer l'étrangeté : les plafonds voûtés, les fenêtres gothiques, les boiseries sombres. Il lui semblait maintenant étonnant qu'elle ait pu vivre là toute sa vie, ou du moins aussi loin qu'elle pouvait se rappeler.

Cette pièce, le salon, n'était pas dans l'état où elle l'avait quittée. Elle ne pouvait évidemment pas dire combien de temps après elle Ève était partie. Mais jamais elle ne l'aurait laissée ainsi, avec les tableaux de travers, les bibelots de la cheminée disposés n'importe comment, le tapis devant l'âtre curieusement décalé. Liza se dit soudain qu'elle ignorait à qui appartenait le mobilier. Était-ce celui d'Ève ou faisait-il partie de la maison ? Était-il déjà là quand elles étaient arrivées pour la première fois ? Le canapé n'avait jamais été placé ainsi, repoussé bêtement contre le mur. Quelqu'un avait fouillé cette pièce. La police l'avait fouillée. Elle avait vu ce genre de choses dans une série policière à la télévision.

Il manquait quelque chose dans la pièce. Un tableau. Un rectangle clair, sur le mur, indiquait l'endroit où il était accroché avant. C'était le portrait que Bruno avait fait d'elle.

Elle ne l'avait jamais trouvé très ressemblant. Les couleurs étaient trop vives, et les traits, trop épais. Mais il plaisait à Ève. Peut-être l'avait-on autorisée à l'emporter. Elle l'avait, maintenant, et allait pouvoir le garder pendant toutes ces années. C'était une idée réconfortante.

Est-ce que la police avait également fouillé le châtelet ?

La porte cloutée verte n'était pas fermée à clé. S'ils avaient fouillé le châtelet, ils auraient certainement donné un tour de clé en ressortant, non ? Liza dégagea la brique qui se trouvait au pied du mur, entre les deux fenêtres en ogive, et trouva la boîte de fer. L'argent y était toujours. Elle prit la boîte et son contenu.

De retour dans la maison, elle monta à l'étage et entra dans la chambre d'Ève, désespérément vide. Le coffret à bijoux était bien à sa place dans le tiroir, mais il n'y avait plus rien à l'intérieur. Pas d'alliance en or, évidemment, elle s'y attendait, mais pas de boucles d'oreilles non plus, ni de collier de jade ni de broches. Elle se demanda ce qu'ils étaient devenus.

Elle prit dans le placard de sa chambre son manteau matelassé, bien chaud, les deux jupes qu'Ève lui avait confectionnées, le chandail rouge et bleu qu'elle lui avait tricoté.

Les rideaux étaient tirés dans cette chambre, elle ne voyait pas très bien pourquoi. Elle les écarta et regarda le parc de Shrove au-delà du jardin massacré. Elle eut un léger sursaut en voyant David Cosby marcher dans l'herbe entre les jeunes arbres. Il était accompagné d'un chien, un épagneul roux et blanc. S'étant assurée qu'il ne regardait pas dans sa direction, elle referma les rideaux.

Sa promenade sans but le conduisait près du petit bois. Liza rangea la boîte de métal et les vêtements dans le coffre de la voiture qu'elle verrouilla. Elle hésita un instant à la laisser pendant les dix minutes dont elle avait besoin pour faire ce qu'elle avait à faire et décida qu'il le fallait.

Le soleil brillait encore d'un éclat hors de saison. À cette époque avancée de l'année, les ombres étaient très allongées, même à midi. Le sol était bien sec pour un début de décembre, et des couches superposées de feuilles mortes crissaient doucement sous ses pas. Elle se dirigea vers le petit bois sans envie, mais consciente de la nécessité de la mission. C'était aussi important que d'aller chercher la boîte contenant l'argent.

Elle avait assisté à la plupart des opérations de déblaiement mais pas à la plantation de tous ces nouveaux arbres. C'était une initiative inattendue et imprévisible. Les nouveaux arbres, leurs troncs minces protégés des daims et des lapins par des filets, se dressaient partout en groupes organisés avec soin. Elle se réjouit à la vue des deux mélèzes morts que l'on avait laissés pour nourrir les piverts et du peuplier brisé où poussaient de jeunes branches.

La grosse branche de cerisier gisait là même où elle était à l'époque de sa chute, du moins le pensait-elle. Mais comment être sûre ? Il était maintenant enfoui sous les feuilles mortes, affleurant à peine à la surface d'une marée de feuilles de hêtre marron qui le recouvrait aux deux tiers. Mais toutes ces feuilles n'étaient tombées qu'après octobre...

Elle s'accroupit et se mit à creuser dans les feuilles à pleines mains. Son soulagement, au contact de la toile de jute, fut tel qu'elle faillit éclater de rire. Coincé sous le tronc, le paquet était toujours là, s'enfonçant un peu plus chaque hiver. Les feuilles se transformeraient en humus, et l'humus deviendrait du terreau. Un jour, avec le relèvement progressif du niveau du sol, le tronc finirait par être enterré à son tour, et Bruno continuerait de dormir sans que personne ne le dérange.

En retournant à la voiture, elle ne trouva pas plus de policier en train de prendre des notes que de David Cosby avec son jeune chien fouineur. Elle s'installa derrière le volant, redescendit l'allée, franchit le pont et s'engagea sur la route du village où Bruno avait voulu emmener Ève. À l'épicerie du village, elle s'acheta pour déjeuner un paquet de sandwichs au jambon, une boîte de Coca-Cola et une barre de Bounty. Cela l'amusa d'avoir fait ces achats avec tant de facilité alors qu'autrefois elle n'aurait même pas osé franchir la porte du magasin.

Mais avant d'en arriver là elle examina le contenu de la boîte en métal.

La dernière fois qu'elle l'avait ouverte et s'y était servie, elle n'avait aucune idée de la valeur de l'argent, ce qui faisait beaucoup et ce qui faisait peu. C'était différent, maintenant. Elle avait accumulé en trois mois une vie entière d'expériences. Elle avait gagné de l'argent et connaissait le prix des choses. Assise dans la voiture qu'elle avait garée dans un coin discret derrière le mur du cimetière, elle ouvrit la boîte et compta les billets.

Il y en avait pour un peu plus de mille livres. Mille soixante-quinze, pour être précis. Liza n'en croyait pas ses yeux. Elle avait dû se tromper. Mais elle recompta et trouva le même résultat. L'argent lui pesait, non que ce fût lourd à porter, mais comme une masse dans le dos. Elle se secoua et essaya de voir les choses différemment, comme une bénédiction. N'osant les laisser dans la voiture, elle fourra les mille livres dans ses poches avant de se diriger vers le magasin. Vu l'importance de la somme, elle jugea qu'elle pouvait s'offrir un sandwich au jambon, pas au fromage comme d'habitude.

La voiture ayant réintégré le parking du supermaché, elle flâna en ville au lieu de prendre un bain au Duke's Head car elle craignait de se faire pincer avec tout cet argent sur elle. Il ne restait pas assez de temps pour aller au cinéma, mais elle se rendit chez le libraire où elle s'offrit des merveilles inespérées telles qu'une traduction de *La Divine Comédie*, *Les Métamorphoses* d'Ovide en latin et en anglais. Puis elle se dit qu'elle devait être plus prudente avec l'argent. Ils en avaient besoin, Sean et elle.

N'empêche, elle décida de ne pas lui en parler immédiatement. Ce serait pour un autre jour. Pas plus qu'elle ne lui montra ses nouveaux livres. Elle lui raconta qu'elle était allée chercher ses vêtements à Shrove. Sean réagit à une seule chose, qu'elle ait conduit la voiture sans permis ni assurance, il avait l'air très mécontent. Elle n'avait pas imaginé, en le rencontrant, qu'il pourrait se révéler si respectueux de la loi.

Il y eut pourtant un signe avant-coureur lorsque le propriétaire du terrain derrière l'ancienne gare découvrit que la caravane était garée là et lui demanda de déguerpir. Liza, se rappelant le jour où, en compagnie des manifestants, elle avait assisté au passage du dernier train, lui expliqua qu'il suffisait de la déplacer d'une dizaine de mètres. S'il la garait près du quai, il serait sur le territoire du Bristish Rail, et, comme ils ne venaient plus jamais, ils n'en sauraient rien. Sean ne voulut rien entendre. C'était mal de s'installer sur le terrain de cet homme sans son autorisation, déclara-t-il, et il n'allait certainement pas risquer de se faire prendre une deuxième fois. Il allait traverser le pont et remonter à travers champs et bois jusqu'au terrain municipal du Ring, qui était ouvert à tout le monde.

C'était à cinq ou six kilomètres de là. Bien entendu, il continuait à s'occuper du jardin de Shrove. Liza ne lui adressait jamais la parole lorsqu'il était juché sur le tracteur ou occupé à tailler les haies et à arracher les mauvaises herbes. Cela l'amusait de passer devant lui en lui lançant négligemment « Salut ! » ou même, plus timidement, « Bonjour » lorsqu'elle était avec Ève, tout en se remémorant leurs ébats de la veille. Comment avait-elle deviné que sa mère n'admettrait pas leurs relations ? Qu'elles étaient des Capulet, et Sean un Montague ? Elle l'avait su d'instinct et gardé un secret absolu sur leur amour.

En même temps, cela lui procurait un immense plaisir de le regarder évoluer dans le parc de Shrove quand il n'en avait pas conscience. En observant sa beauté et sa grâce, elle se souvenait, et anticipait. Elle éprouvait aussi un plaisir douloureux, ambigu, à vouloir passionnément le rejoindre pour le toucher, l'embrasser et se laisser toucher par lui tout en se forçant à résister à ce désir.

Un jour, elle vit qu'un homme lui parlait. Elle eut un choc en reconnaissant Matt. Lors de ses dernières visites à Shrove, Jonathan avait amené Matt. Cela faisait longtemps qu'Ève et elle n'avaient vu Jonathan ; enfin, cela se comptait en semaines plutôt qu'en mois. Les années où il ne venait pour ainsi dire pas étaient révolues. Elles l'avaient vu en avril, et, maintenant, on était en juin. Matt dit quelque chose à Sean, lui désignant ceci et cela, sur un ton qui parut autoritaire à Liza, puis regagna la maison.

« Que t'avait-il dit ce jour-là ? demanda-t-elle à Sean cinq mois plus tard. Je parle de Matt. Quand tu as dû arrêter le tracteur et enlever ta visière.

— Je ne sais plus. Qu'est-ce que ça fait ? C'était sans doute pour jouer les patrons. Peut-être qu'il s'agissait de couper le haut des lilas. J'ignorais qu'on était censé les tailler.

— Nous ne savions pas que Jonathan allait venir. Il ne nous avait pas averties, mais ç'était souvent le cas. J'ai dit à Ève que je l'avais vu. Je savais que ça lui ferait plaisir, qu'ainsi elle pourrait se laver les cheveux et s'habiller avant son arrivée. C'est ce soir-là qu'il nous a parlé pour la première fois de l'argent qu'il avait perdu. Ma présence ne le dérangeait pas, il a tout raconté devant moi. Il était ce qu'on appelle un *Name* à la Lloyd's. Tu sais ce que ça veut dire ?

— À peu près. J'ai lu quelque chose là-dessus dans les journaux. C'est une espèce de compagnie d'assurances, mais très grande et très importante. Il est arrivé je ne sais quoi, et ils ont dû débourser plus d'argent qu'ils n'en avaient reçu.

— Ça concernait cette marée noire en Alaska, c'est ainsi que ça a commencé. Et ils ont eu plus de demandes de remboursement qu'ils ne pouvaient en..., je crois que "satisfaire", est le mot juste. Tous ceux qui étaient des *Names* ont découvert qu'ils allaient devoir débourser de l'argent au lieu d'en gagner. Jonathan en était un. Il a dit qu'il ne savait pas encore à combien cela s'élèverait mais que cela ferait beaucoup. Heureusement, il allait pouvoir vendre la maison qui avait été celle de Caroline en France. Il avait vraiment l'air malheureux. Mais, tu sais, Ève et moi ne l'avons pas pris très au sérieux. Ève, du moins. Moi, ça ne m'intéressait pas. Elle, si. Tout ce qui le concernait l'intéressait. Pourtant, elle n'a pas cru qu'il allait avoir du mal à trouver l'argent. Elle était habituée à ce que les Tobias et les Ellison en aient énormément. C'était le genre de gens, m'expliqua-t-elle, qui affirmaient être pauvres quand il ne leur restait plus que un million. »

Sean haussa les épaules et la prit dans ses bras.

« Tu te sens mieux, ma chérie ? Au sujet de tu sais quoi ? »

Elle savait quoi. La révélation dans le journal. Le passé d'Ève.

« Je vais bien. Seulement, j'aimerais aller la voir.

— Ta maman ?

— Pas tout de suite. Après Noël, peut-être. Je vais chercher où elle se trouve, où ils l'ont enfermée, et puis j'irai la voir.

— Tu es incroyable, vraiment. Après ce qu'elle a fait ? Après qu'elle ait assassiné trois types ? Après la façon dont elle t'a élevée ? Elle n'apporte rien de bon, ma chérie.

— Elle ne m'a jamais fait le moindre mal, dit Liza. C'est ma mère. Tu dois comprendre pourquoi elle les a tués puisque, moi, je le comprends. Il y avait un seul endroit au monde qui fût un sanctuaire pour elle, un seul mode de vie qu'elle pût supporter et qui lui permît de rester, disons saine d'esprit, et ils ont tous voulu le lui enlever, l'un après l'autre.

— Pas Trevor Hugues.

— Mais si, à sa façon. Jonathan avait dit qu'elle s'installe là et que l'on verrait comment elle s'en sortait. Mais elle savait très bien que, dans son esprit, cela signifiait, si elle s'en sortait bien de son point de vue à lui. Elle était à l'essai. Il n'aurait pas du tout apprécié que ses chiens dussent être abattus parce qu'elle les avait lâchés sur quelqu'un.

« Quant à Bruno, il voulait la forcer à partir, à moins qu'elle ne m'éloigne. Tu dois comprendre pourquoi elle a tué ces hommes, elle n'avait pas le choix. Ils l'avaient acculée contre un mur, et elle a réagi comme un animal menacé. Maintenant que j'ai lu ce qui lui était arrivé avant ma naissance, je sais aussi qu'elle s'est vengée, qu'elle s'est vengée sur trois hommes de ce que trois autres hommes lui avaient fait.

— Ce n'étaient pas les mêmes, objecta Sean.

— Oh, évidemment ! Tu ne comprends donc rien ? » Aussitôt, elle se repentit. « Excuse-moi. Je vais te raconter, pour le dernier, d'accord ? »

Il haussa les épaules et répondit d'un ton boudeur.

« Ouais.

— Je vais te raconter comment elle l'a abattu. »

20

NOUS ARRIVONS AU dernier conte de Schéhérazade, dit-elle. Pas mille et une nuits mais plutôt une centaine. Trois mois et demi de nuits pour raconter une vie.

« Quand me suis-je enfuie, Sean ?

— En août. Non, attends, c'était le 1er septembre. »

Elle commença à compter sur ses doigts.

« C'est une chose que je n'ai jamais vraiment apprise, l'arithmétique. J'en serai à cent une nuits demain.

— Vraiment ? »

C'était le lendemain, le centième jour. Ils rentraient chez eux après le travail. Liza avait emporté l'argent à Aspen Close, n'osant le laisser dans la caravane. Ayant terminé son ménage à l'heure du déjeuner, elle avait sillonné la ville jusqu'au moment où elle avait trouvé un magasin qui vendait des ceintures porte-monnaie. Dans les toilettes publiques de la place du marché, elle avait tassé tous les billets dans la ceinture, qu'elle avait bouclée par-dessus son jean. Vu sa minceur, la ceinture paraissait élégante sur elle, pas du tout encombrante.

Elle n'avait toujours pas parlé de l'argent à Sean, qui pensait qu'elle avait seulement pris des vêtements à Shrove. Satisfaite de son manteau matelassé, elle frotta l'une contre l'autre ses mains froides. Le chauffage de la voiture ne marchait que partiellement.

« J'en étais arrivée à juin, n'est-ce-pas ? Quand Jonathan

a commencé à parler de ses problèmes d'argent. Il était venu avec Matt.

— Celui-là, il n'arrêtait pas de se pointer au jardin pour me dire comment faire mon travail, grommela Sean.

— C'est vrai ? Je l'ignorais. Matt travaillait dans le bâtiment en Cumbria, mais ses affaires périclitaient. Sans lui, Ève n'aurait pas été en prison. Il nous haïssait. Je crois que c'est parce qu'il trouvait Ève belle alors qu'il la dégoûtait. »

Sean hocha la tête.

« C'est sûrement ça. Elle le traitait comme un chien.

— Sans lui, la police n'aurait jamais rien soupçonné. Ève serait toujours au pavillon, et moi aussi.

— Je devrais lui en être reconnaissant, alors ? »

Cela la fit sourire.

« Jonathan l'avait pris sous son aile, en quelque sorte. Il était sur le point de se marier, ou il en avait l'intention, et Jonathan envisageait de l'installer près de Shrove et de lui confier la gestion de la propriété. Pendant son séjour, il est sorti tous les soirs tuer des lapins à la lumière des phares. Nuit après nuit, nous avons entendu ces détonations et vu ces phares illuminer les champs. Je détestais ça. Je n'ai jamais aimé Matt.

— Il faut pourtant contenir ces petits diables, ma chérie. Je n'ai jamais vu autant de lapins que l'été dernier. Et les pigeons, donc. Ils détruisent complètement les récoltes.

— Lorsqu'il était à Shrove, il dormait dans une chambre au-dessus de la remise. Il y a dix-sept chambres dans la maison, mais il fallait qu'il dorme là. Il devait utiliser des toilettes à l'extérieur, derrière les écuries, et se laver au robinet prévu pour donner à boire aux chevaux. »

Sean dit très sérieusement :

« Tobias ne pouvait pas le faire dormir à Shrove. Pas un domestique. Matt ne s'y attendait sûrement pas. »

Liza le regarda en coin et pencha la tête vers lui, mais il avait les yeux fixés sur la route.

« Jonathan a dit à Ève que tu n'étais qu'une mesure temporaire. Il a employé ces mots-là. Il allait te congédier à la fin de l'été, à la Saint-Michel, va savoir quand c'est, et ramener Matt et sa femme, qui vivraient au-dessus des écuries. Il a dit qu'il allait faire arranger les pièces là-haut pour les rendre habitables. Il se proposait d'installer une de ses fameuses salles de bains, j'imagine.

— Il m'a congédié. Ou plutôt, il a demandé à Matt de s'en charger.

— J'ai paniqué quand je l'ai entendu dire ça. J'ai pensé qu'il allait se débarrasser de toi, que tu serais obligé de partir et que je ne te reverrais jamais. »

Ils étaient arrivés devant la caravane. Sean enlaça Liza et la serra contre lui.

« Tu n'avais pas confiance en moi.

— Je crois que je n'avais confiance en personne à l'époque, pas même en Ève. »

Une fois dans la caravane, ils allumèrent le gaz et le radiateur à huile. La chaleur vint rapidement, mais c'était une chaleur humide et qui sentait mauvais. Sean alluma une cigarette si bien que l'atmosphère empesta encore plus, ouvrit une bouteille de vin rapportée du supermarché et commença à déballer les spécialités indiennes, samosas et boulettes d'oignons, qui allaient constituer leur dîner. Liza enleva son manteau et se blottit dans le cocon du chandail tricoté par Ève. Elle se mit à parler tout en buvant du vin.

Ève n'avait pas aimé la perspective de voir Matt et sa femme s'installer à Shrove. Selon Jonathan, cela signifiait qu'elle pourrait se séparer de Mme Cooper, qu'elle n'aurait plus à se soucier des salaires et de l'organisation de la maison, qu'elle n'aurait rien d'autre à faire que de rester là. Évidemment, elle aurait toute autorité sur eux, il faudrait qu'ils lui obéissent.

« Pourquoi ne peut-on pas continuer de la même manière ? » voulut-elle savoir.

Ce serait plus facile pour elle, expliqua Jonathan, et par ailleurs il fallait qu'il trouve quelque chose pour Matt, il le lui devait.

Liza savait ce que sa mère éprouvait en réalité. C'est à ce moment-là qu'elle comprit jusqu'où allait la passion d'Ève pour Shrove. Ève refusait que quiconque, absolument quiconque, vienne s'interposer entre elle et cette maison, ces terres, ce domaine. Elle avait même du mal à supporter la présence de Sean. M. Frost était là avant son arrivée, il y était déjà du temps de sa propre mère, aussi l'acceptait-elle au même titre que le train et les incontournables invités du week-end. Mais Sean était un nouveau. Elle ne dit évidemment mot de tout cela à Jonathan, qui passa la nuit au pavillon. Liza perçut cela avec un certain malaise car, vivant de son côté une expérience sexuelle intense, elle savait ce qui se passait derrière la cloison de sa chambre.

Le lendemain, elle trouva Ève debout devant son miroir, qui scrutait son visage, arrachant un cheveu gris. Sans réfléchir, n'ayant aucunement l'intention de faire ressortir la différence, elle se rapprocha d'elle. Ce fut purement par hasard que son visage vint se refléter derrière celui d'Ève, à un mètre et vingt-deux ans de distance.

Ève se retourna et dit : « *Mater pulchra, filia pulchrior.* »

Liza ne sut que dire. Elle pouvait difficilement répondre que c'était vrai, la mère était belle mais la fille davantage encore, et encore moins prétendre qu'elle n'avait pas compris. Elle ne réussit à proférer rien d'autre, et d'un ton peu convaincant, que : « Je te trouve très jolie. » Mais ensuite, elle s'interrogea. Que présageaient l'éclat agité du regard d'Ève, son comportement erratique ce jour-là et ses brusques accès de rire forcé ?

Par hasard, elle entendit ce qu'Ève disait à Jonathan. Elle avait pris l'habitude d'écouter aux portes. C'était un instinct de survie. Il lui arrivait parfois, ces derniers temps, de sentir sa vie entière menacée. Si Matt venait, Ève resterait-elle ? Si elle devait partir avec Ève, où iraient-elles ? Si Sean partait, que ferait-elle ? Elle en mourrait. Dès qu'elle sentait qu'Ève ou Jonathan, ou les deux, avaient envie de la tenir à l'écart, elle savait qu'ils voulaient échanger des secrets dont elle aurait dû être informée, vu que c'était elle la plus menacée.

Ce soir-là, elle était allée rejoindre Sean dans la caravane. Enfin, pas exactement le soir. Elle était restée avec lui entre le moment où il avait fini son travail, c'est-à-dire quatre heures, et neuf heures, quand il l'avait ramenée en voiture à Shrove. De retour chez elle, elle crut d'abord que

Jonathan et Ève étaient allés quelque part, ou montés à Shrove House.

La veste de Jonathan était posée sur le dossier d'une chaise, mais cela ne signifiait rien. Elle monta dans sa chambre et, de sa fenêtre ouverte, regarda du côté du manoir, s'attendant à les voir marcher dans la lumière rouge pâle qui succède au coucher du soleil. Mais ils étaient beaucoup plus près que ça, assis sur une couverture qui recouvrait l'herbe du jardin, juste en dessous de sa fenêtre. Ou plutôt, Ève était assise, les mains croisées sur ses genoux relevés, alors que Jonathan, allongé, regardait la lune effilée qui était apparue dans le ciel encore éclairé.

Ils ne disaient rien mais Liza sut immédiatement que, s'ils se mettaient à parler, elle entendrait chaque mot. Elle s'accroupit sur le lit, le menton appuyé au rebord de la fenêtre, et pensa à Sean, comment il lui avait dit, tout à l'heure, de venir vivre avec lui dans la caravane. Il le lui avait demandé, affirmant qu'elle lui manquait trop lorsqu'elle n'était pas avec lui, et d'ailleurs qu'est-ce qui la retenait chez elle ? Elle n'avait pas pu répondre, incapable de dire : « J'ai peur de partir. »

D'un côté, elle en avait terriblement envie, mais d'un autre elle ne voulait pas du tout. Pourtant, il n'y a pas si longtemps, elle ne cessait de se demander ce qu'elle allait devenir, comment pourrait-elle partir de là ? Le silence, en contrebas, était étouffant. Au moment où elle envisageait de descendre les rejoindre, Ève se mit à parler.

« Jonathan, veux-tu m'épouser ? »

Cette fois, le silence fut encore pire. N'importe quoi aurait été préférable. Il ne regardait plus la lune, mais Ève. Elle dit alors avec un courage remarquable — comme Liza admirait ce courage ! — « Je t'ai demandé de m'épouser. Les femmes aussi peuvent faire ça, non ? Nous devions nous marier autrefois, quand nous étions très jeunes. Cela a mal tourné, nous savons l'un et l'autre pourquoi, mais est-il trop tard pour redresser la situation ? »

Liza eut le sentiment qu'il avait honte.

« Je crains qu'il ne soit trop tard, Èvie. »

Ève émit un petit bruit et demanda dans un souffle :

« Et pourquoi ?

— Ce temps-là est révolu, Èvie. Je suis vraiment désolé, mais il est trop tard.

— Mais pourquoi ? Nous sommes toujours heureux lorsque nous sommes ensemble. Je ne te rends pas heureux ? Est-ce que cela n'a pas toujours été... bien, avec moi ?

— Je ne me remarierai pas. Je suis mieux seul, et peut-être que toi aussi. À dire vrai, je ne veux pas être marié. J'ai essayé, et cela n'a pas marché. Cela allait très bien entre Victoria et moi jusqu'au jour où nous nous sommes mariés. C'est à partir de là que tout a commencé à s'effondrer. Cela serait pareil pour toi et moi.

— Eh bien, je me suis humiliée pour rien, dit Ève, d'une voix dure. Et presque immédiatement elle se tourna vers lui, se jeta brusquement sur lui, et s'écria en le serrant dans ses bras : « Jonathan, Jonathan ! Tu sais que je t'aime, pourquoi ne veux-tu pas rester avec moi ? Pourquoi m'as-tu traitée ainsi pendant toutes ces années ? Je t'ai attendu si longtemps, je t'ai toujours attendu et pourtant je ne peux pas t'avoir. Jonathan, je t'en prie, je t'en prie... »

Liza ne pouvait en écouter davantage. Elle sauta du lit et courut dans la chambre d'Ève comme elle le faisait lorsqu'elle était enfant.

« Elle aurait quand même pu s'y attendre, dit Sean.

— Quelle ironie, n'est-ce pas ? Pendant que tu me suppliais de venir vivre ici avec toi, et que je n'osais pas, elle suppliait Jonathan de l'épouser et se faisait éconduire. »

Il fit alors une remarque qui la dérangea bien que ce fût un compliment à son égard.

« Non, je ne trouve pas. Tu as seize ans ma chérie, n'est-ce pas ? Et elle, ce n'est plus vraiment une perdrix de l'année.

— Jonathan était plus âgé qu'elle.

— Lui, c'est un homme, ce n'est pas pareil. Je parie qu'il n'est pas resté, cette nuit-là. »

Elle digéra la première partie de sa réponse. C'était un point de vue qu'elle n'avait jamais rencontré. Elle le trouva profondément déplaisant.

« Il est retourné à Shrove une demi-heure plus tard environ et est reparti avec Matt le lendemain matin. Je croyais qu'il ne reviendrait jamais, et pourtant si.

— Que oui. Et Matt aussi. C'était à la fin du mois d'août. Matt est venu vers moi tout sourire, comme s'il allait me donner une augmentation. C'était dix minutes avant que je ne parte, et je profitais de ce court moment pour dégager le prunier. Il y avait tellement de fruits sur ce maudit arbre que les branches menaçaient de se casser. Il m'a dit comme s'il était mon patron : "Nous n'aurons plus besoin de vos services après le week-end, Holford. Merci beaucoup." C'était un mercredi, et il disait qu'il n'aurait plus besoin de mes services après le week-end. Alors, je lui ai répondu : "C'est ça que vous appelez donner un préavis ?" Il a continué à sourire. "C'est à prendre ou à laisser, qu'il m'a dit. Vous serez payé jusqu'à vendredi après-midi." Et il a tourné les talons. »

Liza n'avait pas vu Sean le soir de ce mercredi-là, aussi la nouvelle de son renvoi ne lui parvint-elle qu'indirectement. Elle crut devenir folle en l'apprenant. Ève et elle n'étaient pas au pavillon mais à Shrove. Cela leur arrivait si rarement d'y être invitées lorsque Jonathan était là qu'elle avait eu un affreux pressentiment.

Jonathan vint au pavillon vers quatre heures de l'après-midi. Elle était à l'intérieur avec Ève parce que la journée était plutôt fraîche pour une fin du mois d'août, et Jonathan leur parla par la fenêtre. Il n'entra pas mais leur dit simplement : « Venez prendre un verre à la maison vers six heures, j'ai quelque chose à vous dire. »

Ève était blessée. Elle avait l'air boudeur, sur la défensive. Seule Liza était capable de deviner qu'elle était tout simplement malheureuse.

« Nous pouvons savoir quoi ? » demanda-t-elle.

Il ne répondit pas.

« Je vous emmènerai dîner après, si vous voulez », ajouta-t-il.

Ève devait être en train d'imaginer un tas de choses horribles, mais rien d'aussi horrible que la vérité. Jonathan les reçut en grande pompe dans le salon. Ils prirent chacun un siège dans l'un des ensembles de fauteuils et canapés carmin et or qui étaient disposés dans chaque angle de la pièce autour d'un guéridon de marbre et de bronze doré. Cet apparat perdit de son éclat lorsque Matt entra en titubant, porteur d'un plateau chargé de verres, de bouteilles et d'un sachet de cacahuètes. Ses cheveux lui descendaient jusqu'aux épaules maintenant, mais ils étaient devenus gris, et il avait pris du ventre, si bien que Liza se demanda quelle genre de femme pourrait avoir envie de l'épouser. N'ayant jamais vu de personne ivre, ni entendu le mot que Jonathan utilisa alors, elle aurait pensé que Matt était malade si Ève ne lui avait tout expliqué par la suite.

« Comment osez-vous entrer ici complètement saoul ? Mettez ces foutues cacahuètes dans une coupelle et fichez-moi le camp. »

Jonathan aussi avait bu, elle le sut à l'odeur de son haleine quand, se penchant vers elle, il lui demanda si elle avait droit à un verre de vin.

« Je viens juste de charger Matt de virer ton jeune protégé, dit-il à Ève.

— Mon jeune protégé ?

— Le jardinier.

— Tu l'as congédié ? Pourquoi ? »

Liza perçut du soulagement dans la voix d'Ève. Personnellement, elle était consternée mais Ève, elle, était soulagée, s'étant attendue à pis. Ève était certainement en train de penser, c'est donc pour cela que Jonathan nous a fait venir jusqu'ici, pour m'annoncer qu'il s'était débarrassé de Sean Holford afin de faire de la place à Matt et à Madame, et maintenant il va vouloir que je me débarrasse de Mme Cooper.

Et moi, qu'est-ce que je vais faire ? se demandait Liza fiévreusement. Supposons qu'il soit parti, qu'il ne revienne pas. Si je ne devais jamais le revoir ?

« Je t'ai prévenue que j'avais quelque chose à te dire, Ève. Il ne s'agissait pas du renvoi du jardinier. Ni que Matt allait prendre les choses en main. Personne ne va prendre les choses en main. La vérité, c'est que je vais devoir vendre la maison. Il va falloir vendre Shrove House. »

Tremblant pour sa mère, Liza se tourna doucement et la regarda. Ève était figée comme un bloc de marbre. Son visage était devenu tout blanc, et soudain elle eut l'air horriblement vieille, pas une femme de trente-huit mais de soixante-huit ans, une vieille femme au front barré de rides et à la bouche affaissée.

« Ne fais pas cette tête-là, Èvie, dit Jonathan. Tu crois que j'ai envie de vendre ? Je n'ai pas le choix. Je t'ai parlé de mes difficultés financières. Je dois rembourser plus d'argent à la Lloyd's que je n'aurais cru possible, ça a été un choc terrible pour moi. Mais tu sais certainement ce qui est arrivé aux *Names*, on en a parlé tous les jours dans la presse... Non, c'est vrai, j'oubliais que tu ne lis pas le journal. Toujours est-il que je dois trouver un million et que je n'y arriverai pas sans vendre Shrove. J'aurai de la chance si je peux tirer cinquante mille de la maison de ma mère en France, c'est plus que je ne saurais espérer. Trente mille me paraît plus probable. Cela fait deux ans que j'essaie de la vendre. Là encore, j'allais te dire, tu sais ce qui est arrivé au marché de l'immobilier, mais non, je suppose que tu ne sais pas. Il faut que je vende Shrove. Cela couvrira juste mes pertes, de quoi me tenir la tête hors de l'eau. »

Ève avait les yeux fixés sur lui. Liza, qui venait de boire du vin pour la première fois, en tirait grand profit. Cela aidait. Elle tendit son verre à Jonathan, qui le remplit machinalement.

« Pour l'amour du ciel, Ève, dis quelque chose. » C'était incroyable, il essayait de se montrer enjoué. « Dis quelque chose, même si ce n'est qu'au revoir. »

Liza vit qu'elle faisait un effort. Elle la vit se mordre les lèvres et redresser les épaules comme si elle souffrait. Un filet de voix étranglée sortit enfin de sa bouche.

« Tu peux vendre Ullswater.

— La maison d'Ullswater appartient à Victoria, désormais, tu te rappelles ?

— Pourquoi as-tu été assez bête pour l'épouser, aussi ?

— Tu penses bien que je me suis posé la question plus d'une fois.

— Jonathan, supplia Ève en serrant les mains, Jonathan,

tu ne peux pas vendre Shrove, c'est inimaginable. Il doit y avoir une autre solution. » Une idée lui vint. « Tu peux vendre ta maison de Londres.

— Et où serai-je censé vivre ? »

Ève, qui n'avait cessé de le fixer des yeux, le regarda avec une intensité décuplée. Liza, troublée par l'expression de sa mère, par ce regard vitreux et malsain, se tortilla gauchement sur son fauteuil. Ève répondit :

« Tu peux vivre ici.

— Non, je ne peux pas, dit Jonathan d'un ton où commençait à percer l'agacement. Je ne veux pas. Cela va déjà assez mal comme ça sans que je sois obligé d'habiter un endroit que je n'aime pas. » Il parlait comme un enfant capricieux. « D'accord, je sais que je ne te l'ai jamais dit, mais c'est la vérité, je n'aime pas cet endroit, je ne l'ai jamais aimé. C'est isolé, à des kilomètres de toute vie, et, tu ne l'as peut-être pas remarqué, humide de surcroît. Cela n'a rien d'étonnant, d'ailleurs, au fond d'une vallée arrosée par cette foutue rivière. Victoria a attrapé des rhumatismes en séjournant ici.

— Victoria peut rôtir en enfer », dit Ève, d'une voix qui donna la chair de poule à Liza.

Cela ne troubla pas Jonathan.

« D'accord. Admettons. Je voudrais bien la savoir en enfer. Je suis sûr d'avoir plus souffert que toi à cause d'elle, plus que tu ne peux imaginer. Peu importe, d'ailleurs, ça n'a rien à voir. Il reste que je dois vendre cette maison. J'ai absolument besoin du million qu'elle va me rapporter.

— Tu n'arriveras pas à la vendre. Même moi, je suis au courant. Je vis peut-être à l'écart du monde mais j'ai une radio. Je sais ce qui se passe. Le marché de l'immobilier n'a jamais été aussi bas depuis ma naissance. Tu ne trouveras pas d'acquéreur. Pas au prix que tu demandes.

Jonathan lui servit du jerez. Elle leva son verre plein en le dévisageant. Pendant une fraction de seconde, Liza crut qu'elle allait lui jeter le liquide au visage, mais elle n'en fit rien. Pas plus qu'elle ne but. Jonathan dit alors avec le plus grand calme :

« J'en ai un. J'ai trouvé un acquéreur. »

Ève laissa échapper un petit cri de douleur.

« Une chaîne d'hôtels. Ils lancent un projet qu'ils ont baptisé *Country Heritage Hotels*. Shrove sera leur vaisseau amiral, comme ils disent.

— Je ne te crois pas.

— Ressaisis-toi, Èvie, bien sûr que tu dois me croire. Pourquoi le dirais-je si ce n'était pas vrai ?

— L'accord, le contrat, je ne sais pas comment ça s'appelle... est-il conclu ?

— Pas encore. Ils ont fait une proposition, et j'ai chargé mon notaire de leur répondre oui sous condition. Pour l'instant, nous en sommes là. Tu es la première personne à qui j'en parle.

— Encore heureux, dit Ève, d'un ton narquois.

— Il était évident que je t'avertirais la première, Èvie.

— Et que va-t-il m'arriver, nous arriver ? Y as-tu pensé ? »

Jonathan promit qu'il lui trouverait une maison. Matt et sa femme resteraient à Shrove jusqu'à ce que la vente soit effective, ensuite il faudrait aussi leur en chercher une. Il avait pensé qu'il pourrait acheter deux cottages jumelés. De l'autre côté de la vallée, par exemple, et il cita le nom du village où Bruno avait failli prendre une maison. Il y avait beaucoup de choses à vendre dans ce coin-là, et la plupart pour une bouchée de pain.

Il n'était pas question qu'il abandonne Ève. Il était conscient de sa responsabilité à son égard. Malheureusement pour elle, la chaîne d'hôtels voulait installer la réception dans le pavillon. Ils l'avaient spécifié dans leur offre d'achat.

Ève déclara froidement :

« Je ne partirai jamais d'ici.

— C'est parfait ! Je crains cependant que tu n'y sois obligée. Crois-tu que ce soit agréable pour moi d'avoir à te dire ça ? Et d'ailleurs crois-tu que ça me fasse plaisir de devoir vendre la moitié de mes biens ? Mon grand-père va se retourner dans sa tombe, c'est sûr.

— Il ne pourra pas, dit Ève. Pas là où il est, en train de rôtir en enfer.

— Je ne vois pas l'intérêt de parler ainsi. Cela n'arrange rien.

— Je ne partirai jamais d'ici. S'ils veulent me faire partir, il faudra m'arracher d'ici par la force. »

La prophétie ne devait pas tarder à s'accomplir.

Le lendemain, après une nuit blanche, une nuit où elle ne se coucha pas du tout, Ève monta à Shrove pour tenter de fléchir Jonathan. Au même moment, Liza était en train de tout raconter à Sean, qui la pressait de venir vivre avec lui, de quitter sa mère et Shrove et de venir chez lui, elle avait l'âge, la loi ne pouvait pas l'en empêcher.

En rentrant, dans la cour des écuries, elle rencontra Matt et une grosse matrone qui portait un tablier. La présence de sa femme ne l'empêcha pas de reluquer Liza d'un air lubrique, de la même façon qu'il avait reluqué Ève pendant toutes ces années. Il lui dit qu'elle était devenue une belle jeune fille qui aurait bientôt tous les garçons à ses trousses.

Ève revint, accompagnée de Jonathan, et ils passèrent la journée à discuter, Ève tour à tour suppliant et criant, quand elle ne pleurait pas. Pour autant qu'elle sût, ils passèrent la journée ainsi. À quatre heures de l'après-midi, elle partit rejoindre Sean et ne rentra qu'aux alentours de dix heures. Ève ne lui dit rien, pas un mot de reproche. Liza n'en crut pas ses yeux lorsqu'elle vit Jonathan prendre Ève dans ses bras, la soulever du canapé et la porter dans sa chambre dont il referma la porte derrière eux, pour le reste de la nuit.

Dehors, l'habituel vacarme de coups de feu retentit, accompagné des balayages de phares, quand Matt commença à chasser les lapins. Liza tira les rideaux de sa chambre et s'assit sur son lit en pensant à Sean. Il ne reviendrait jamais travailler à Shrove. La récolte des pommes avait déjà commencé au verger Discovery, un peu plus au nord. D'ici moins de une semaine, il irait gagner là-bas le plus d'argent possible en cueillant des pommes de l'aube au crépuscule, tous les jours de septembre. Comment communiquer, quand ni l'un ni l'autre n'a de téléphone ? Sean n'avait même pas d'adresse postale.

Il lui dit qu'il reviendrait en voiture le lundi et qu'ils se retrouveraient dans le petit bois. Pourquoi le petit bois, avait-elle demandé, et il avait répondu, parce que c'est romantique. Il avait ajouté qu'elle devait lui dire si elle partait avec lui. Elle ne l'aimait donc pas assez pour le suivre ?

Rassuré par la présence et l'amour de sa compagne, Sean interrompit son récit : « Je ne sais toujours pas pourquoi tu m'as fait lanterner si longtemps.

— Je te l'ai pourtant assez répété. J'avais peur. Je n'étais jamais allée nulle part. Aussi loin que je puisse me souvenir, je n'avais jamais dormi dans un autre lit que le mien. »

Il tapota celui sur lequel ils étaient assis.

« Nous, nous n'avons jamais beaucoup dormi, n'est-ce-pas, ma chérie ?

— Jonathan a passé presque tout le week-end à la maison, poursuivit Liza. Ils étaient littéralement collés l'un à l'autre, plus que d'habitude. Ève a toujours été discrète en public. Peut-être ne faisais-je pas partie du public, ou alors elle s'en moquait. Je ne sais pas. Ils se caressaient et s'embrassaient sans arrêt devant moi, et malgré tout cela elle n'a pas pu faire dire à Jonathan qu'il ne vendrait pas Shrove. Elle plaidait sa cause en le cajolant et l'embrassant, et au bout du compte tout ce qu'il trouvait à dire, c'était : "Il faut que je vende." »

Alors, Ève a lâché prise. Le dimanche soir, Liza l'entendit dire : « S'il doit en être ainsi, qu'il en soit ainsi. »

Elle prit la main de Jonathan et la serra dans la sienne. Jonathan lui lança un regard qui parut à Liza, experte en ce domaine, rempli d'amour.

« Nous allons trouver une jolie maison pour Liza et toi. Tu auras toujours la campagne, les environs... »

Jonathan resta encore cette nuit-là mais partit très tôt le lendemain, avant le lever de Liza. En descendant, elle trouva Ève assise devant la table du petit déjeuner, les yeux brillants, électrisée par une énergie à peine contenue, serrant et desserrant convulsivement les mains.

« Il va vendre Shrove, il y est fermement décidé.

— Je sais », dit Liza.

La voix d'Ève se modifia et prit une tonalité rêveuse, réminiscente.

« Il m'a demandé de l'épouser.

— Pas possible !

— Quelle ironie, Lizzie, quelle ironie ! J'ai refusé, bien entendu. "Non, merci, lui ai-je dit. c'est trop tard." Quel intérêt peut-il présenter, sans Shrove ? »

C'était donc pour Shrove qu'elle le voulait. S'il l'avait épousée un an plus tôt, il aurait pu mettre la propriété à son nom et la tenir hors de portée de ses créditeurs. Ève eut un petit rire, pas vraiment hystérique mais plus dément que ça, un rire de maniaque. Toutefois, Liza n'arrivait pas à croire qu'Ève se soit montrée aussi définitive qu'elle le laissait entendre, puisque Jonathan revint au pavillon en fin de matinée.

Entendant Ève dire qu'elle irait tirer des pigeons plus tard avec lui, Liza eut l'impression que le monde s'était mis à tourner à l'envers et que cela allait trop vite pour elle. Ève ne tuait jamais d'oiseaux, ni d'autres animaux. Et voilà qu'elle accusait les pigeons de détruire les légumes de son potager, affirmant qu'il fallait s'en débarrasser ! Jonathan parut ravi à l'idée de lui apprendre le maniement du fusil de chasse, celui-là même, pensa Liza, avec lequel elle avait tué l'homme à la barbe. Mais ça, évidemment, Jonathan ne pouvait pas le deviner.

Ils ne semblèrent ni l'un ni l'autre renoncer à leur projet à l'idée que, d'ici un mois ou deux, Shrove serait vendu, Ève aurait quitté le pavillon, et la survie des légumes n'aurait plus grande importance à ses yeux.

L'après-midi, Liza alla retrouver Sean dans le petit bois. En choisissant l'emplacement de ce rendez-vous clandestin, elle avait soigneusement veillé à rester à bonne distance de l'endroit où reposait Bruno. Ils firent l'amour sur un moelleux tapis d'herbes sèches, cernés par des buissons d'aubépines. Mais ensuite, alors qu'il la tenait dans ses bras, Sean se fit grave. Il devait travailler pour vivre, il faisait son possible pour ne pas dépendre des allocations-chômage. Pendant les deux jours suivants, il devait vider une maison de ses meubles pour un marchand de la ville, mais ensuite il serait forcé de s'éloigner, de se rendre là où se trouvaient les pommes. Il voulait être avec elle. Allait-elle venir aussi ?

Il ne pouvait pas attendre éternellement, pas au-delà de jeudi, en fait. Et après cela, comment feraient-ils pour rester en contact ?

Cela ne lui avait pas plu, qu'il ne puisse pas attendre. Dans les pièces de théâtre et les livres romantiques qu'elle avait lus, l'homme réellement épris était prêt à attendre indéfiniment, sans poser de conditions, ni proférer de menaces. Elle essaya de lui faire promettre qu'il reviendrait le dimanche suivant, même heure, même endroit. Elle aurait pris sa décision d'ici là, elle s'y engageait. Soit elle aurait quitté sa mère et partirait avec lui, soit elle resterait. Il lui parut réticent..., ou bien était-ce le fruit de son imagination ? Non seulement il n'accueillit pas sa requête avec ardeur, mais il émit des doutes : il n'était pas sûr de pouvoir, cela dépendait de l'endroit où il serait, il ferait de son mieux.

Quand il l'eut quittée, elle le regarda s'éloigner vers l'endroit où il avait garé sa voiture, tout en haut du chemin. Et quand il disparut de sa vue, absorbé par les arbres, elle se mit à pleurer. C'étaient des larmes de colère, d'impuissance, d'apitoiement sur son indécision. Elle repartit lentement par le même chemin qu'à l'aller, s'essuyant d'abord les yeux du revers de la main et finissant par les frotter de ses deux poings fermés, comme un petit enfant.

D'après le soleil, encore haut dans le ciel mais un peu moins chaud, elle estima qu'il devait être près de six heures. Sean et elle étaient restés ensemble trois heures qui lui avaient paru à peine plus de trois minutes. Elle était en train de réfléchir à son dilemme, une fois de plus, se demandant s'il existait une solution intermédiaire, un compromis qui lui permettrait de rester ici avec Ève tout en gardant Sean à proximité, lorsqu'elle entendit le premier coup de feu.

Chaque fois que l'on tirait dans les parages, l'instinct de Liza lui dictait de s'éloigner le plus possible de la source des détonations, et même de se couvrir les oreilles. Elle craignait de voir un oiseau couvert de sang et perdant ses plumes tomber à ses pieds, ou un lapin s'effondrer sous ses yeux alors qu'il détalait vers un fourré protecteur. Mais cette fois elle ne pouvait dire avec précision d'où était parti le coup de feu, c'était quelquefois difficile à déterminer. En tout cas, ce n'était pas de ce bois, ni du jardin du fond.

D'abord, elle vit Matt. Tout en sachant que Jonathan projetait de tirer des pigeons, elle crut, en apercevant Matt à distance, presque à la hauteur de Shrove House, que c'était lui qui avait tiré. Ensuite, elle vit Ève et Jonathan, debout entre le plus grand des cèdres restés debout, l'*Atlantica glauca* bleu, et le groupe de jeune arbres nouvellement plantés. Ils n'étaient pas très loin d'elle, à une centaine de mètres tout au plus, suffisamment près en tout cas pour qu'elle constate la présence d'un seul fusil entre eux.

Jonathan venait de faire une démonstration. Il plaça le fusil dans les mains d'Ève. Elle le tint maladroitement et leva le canon, apparemment avec effort. Jonathan la regarda gentiment, rectifia la position de ses mains en les écartant davantage. Leurs ombres, qui s'étaient allongées au fur et à mesure que le soleil descendait, ne dessinaient plus maintenant qu'un sombre paraphe sur l'herbe couverte de feuilles. Jonathan frappa dans ses mains pour que les pigeons s'envolent, et Liza, cessant de regarder, ouvrit le portillon et s'introduisit dans le jardin du pavillon.

Elle avait oublié de se couvrir les oreilles. Il y eut une, deux, trois détonations, puis un cri qu'aucun oiseau n'aurait pu pousser, un hurlement strident parfaitement audible de là où elle était. Elle s'immobilisa. Redevenue une petite fille pendant une fraction de temps, elle revit en pensée l'homme à la barbe qui expirait sur l'herbe dans la lumière du crépuscule.

Presque inconsciemment, elle s'était couvert les oreilles des deux mains. Mais aucun coup de feu ne partit. Elle écarta les mains, se retourna et vit Matt, qui courait à travers la pelouse en agitant les bras.

Entre les arbres, sur la pelouse mouchetée par le soleil et les ombres, gisait Jonathan, étendu sur le dos. Ève avait laissé tombé le fusil et le regardait, les mains serrées sous son menton. Liza rentra en courant dans la maison.

21

« ELLE AVAIT TIRÉ sur lui. J'ai su immédiatement que c'était intentionnel. Mort, Jonathan ne pouvait pas vendre Shrove. La propriété irait à son cousin David Cosby, qui l'adorait et ne la vendrait pour rien au monde. C'était la seule façon d'être sûre d'y rester. Si elle l'avait épousé, cela n'aurait servi à rien, il l'aurait vendue quand même.

« J'ai lu tout cela dans le regard qu'elle m'a lancé. Le problème, c'était Matt. Qui sait ce qu'elle aurait pu faire si Matt n'avait pas été là ? Prétendre trouver Jonathan mort le soir même ou le lendemain, et raconter aux gens qu'il était sorti chasser seul ? Seulement, voilà, Matt était témoin. Je ne dis pas qu'il l'avait effectivement vue tirer sur Jonathan, mais enfin il les avait vus tirer des pigeons ensemble.

« Ève m'a demandé de dire à la police que je n'avais rien vu, que je n'habitais même pas là, que j'étais simplement venue lui rendre visite. Puis elle a ajouté, pourquoi leur dire quoi que ce soit ? Tu n'étais pas censée être là. Matt ne t'a pas repérée. Alors je suis allée m'asseoir dans le châtelet, et personne n'a rien su de ma présence. J'ai senti qu'elle voulait régler la situation toute seule.

« La police la soupçonnait d'avoir tué Jonathan mais sans pouvoir le prouver. Personne n'a vu ce qui s'est passé, tu comprends ? J'y ai beaucoup repensé depuis le procès et je suis parvenue à la conclusion suivante : la soupçonnant d'avoir tué Jonathan, ils se sont souvenus de la disparition de Bruno et ensuite ils ont commencé à s'intéresser au dénommé Trevor Hugues. Ils l'ont effectivement interrogée à ce sujet, et elle a nié l'avoir jamais rencontré. Seulement ils avaient déjà recueilli sa déposition là-dessus, et ils n'oublient jamais rien. J'imagine que c'est ainsi que ça s'est passé.

« Quand ils ont fouillé le pavillon, ils n'ont pas trouvé les boucles d'oreilles de Bruno parce qu'elle les portait ce jour-là. Elle les portait la nuit précédant mon départ, donc je suis sûre qu'elle les avait encore le lendemain matin. Mais ils ont trouvé l'alliance de Trevor Hugues, avec ses initiales et celles de sa femme à l'intérieur.

« Ils ont dû demander à Matt s'il savait quelque chose au sujet de Trevor Hugues. Ou alors, Matt est allé les trouver de son propre chef et leur a dit qu'il se rappelait le matin où les chiens s'étaient bizarrement comportés. Si elle l'avait tué, qu'avait-elle fait du corps ? Alors, ils ont commencé à creuser.

« Je suis sûre qu'ils auraient bien aimé l'inculper pour avoir tué Jonathan mais ils craignaient qu'elle soit acquittée. Et les recherches concernant Bruno n'avaient abouti à rien. Mais, quand ils ont découvert les ossements de Trevor Hugues, il y avait à côté des balles provenant du même fusil, celui avec lequel Jonathan lui avait montré comment tuer les pigeons. Et ils ont dû également trouver sa montre, qui a permis à sa femme de l'identifier. J'imagine que les recherches ont dû se poursuivre pendant plusieurs semaines après son arrestation. J'aimerais vraiment savoir comment ils s'y sont pris — je veux dire, est-ce qu'ils l'ont d'abord accusée du meurtre de Jonathan, puis ont laissé tomber et l'ont ensuite inculpée d'homicide involontaire, afin qu'elle ne leur échappe pas ? Et quand ont-ils estimé qu'ils détenaient les preuves permettant de la faire condamner pour le meurtre de Hugues ? »

Sean la dévisageait avec incrédulité. Liza lui sourit.

« Je te l'ai dit, j'aimerais être avocate. Les questions juridiques m'intéressent.

— Tu es vraiment une fille intelligente. Tu ne devrais pas faire le ménage de cette vieille bique. »

Liza haussa les épaules. Cela lui paraissait sans importance, ce n'était que temporaire. Elle commença à ranger les reliefs du repas qu'ils avaient acheté « prêt à emporter ».

« Tu veux une tasse de thé ?

— Dans un instant, dit-il. J'ai quelque chose à te dire d'abord. C'est mon tour, maintenant. Il faut que je te dise quelque chose. »

Elle remplit la bouilloire, alluma le gaz et, voyant l'expression de Sean, baissa la flamme.

« Alors, qu'est-ce-que c'est ?

— J'ai été admis au stage de gestion. »

Elle regretta aussitôt sa réaction qui manquait pour le moins d'enthousiasme, se rendant compte qu'elle aurait dû le féliciter. Mais elle avait dit :

« Eh bien, tu t'y attendais, non ? »

Le visage de Sean s'assombrit.

« Ça n'a pas été aussi simple que cela. À dire vrai, c'était même risqué. Ils n'ont retenu que cinq candidats sur deux cents.

— Et tu es l'un des cinq ? C'est drôlement bien. »

Elle avait dû paraître gentille, mais pas très concernée, indulgente comme peut l'être une mère.

« Écoute-moi, Liza, lui dit-il. Viens t'asseoir ici. »

Elle poussa un soupir parfaitement audible et alla s'asseoir à côté de lui.

« Les cours commencent après Noël mais ils veulent que j'aille là-bas dès la semaine prochaine. C'est en Écosse, dans un endroit proche de Glasgow. Comme ils voulaient me mettre dans un appartement avec les quatre autres, c'est leur façon d'organiser les choses, et que je veux t'emmener avec moi, je leur ai dit que je me chargerais personnellement de mon hébergement. Je n'ai pas parlé de caravane, je ne veux pas leur raconter ma vie privée.

— Glasgow ? dit-elle. Ça sera loin d'Ève, où qu'elle soit. Mais j'imagine que ce n'est pas pour très longtemps, n'est-ce-pas ? Tu ne m'avais pas parlé de six mois ?

— Liza, ce n'est qu'un début, je l'espère. Tu ne m'as pas bien écouté. C'est une nouvelle vie qui commence. C'est formidable, ce qu'ils font pour vous à partir du moment où on leur a montré qu'on était à la hauteur. Primo, le but est de diriger un de leurs magasins, et ils n'arrêtent pas de construire des succursales. En ce moment, ils sont en train d'en installer une sur la M 3. L'année prochaine à la même époque, j'espère être le directeur adjoint de l'une d'elles. Ils vous aident même à prendre un emprunt pour acheter un appart. »

Il avait dû voir qu'elle ne savait pas de quoi il parlait. Pendant qu'il lui expliquait ce qu'était un emprunt, elle se mit à gigoter nerveusement, ayant follement envie d'une tasse de thé mais n'osant pas se lever pour la préparer. Il lui prit la main, la retenant prisonnière.

« C'est une opportunité formidable pour moi. Cela m'a aidé à me considérer d'un autre œil, comme si je n'étais pas celui que je croyais, mais quelqu'un de mieux. Je peux être indépendant, devenir un individu responsable qui construit une vraie carrière. »

C'est vrai, songea-t-elle, même ton langage s'est amélioré. Tout à coup, tu arrives à bien t'exprimer. Puis il dit quelque chose qui la choqua.

« Il y a autre chose que je voulais te dire, ma chérie. Je veux t'épouser, j'aimerais que nous soyons mariés. »

Elle fut incapable de prononcer un mot de plus : « *M'épouser* ?

— Je savais que ça allait te surprendre. » Il se pencha vers elle, l'embrassa rapidement sur la joue et dit : « Grosse bête ! Tu es devenue toute rouge. Si c'est à cause de ta maman, ça m'est égal. Pour moi, ce sera exactement comme si tu étais n'importe quelle jeune fille avec une famille normale.

— Sean... », commença-t-elle, mais il poursuivit comme si elle ne l'avait pas interrompu.

« Je serai payé pendant le stage, c'est l'autre grande nouvelle. Avec un peu de chance, t'auras plus besoin de travailler. Je n'aimerais pas que ma femme fasse des ménages, de toute manière. Et, quand les enfants seront là, tu voudras rester à la maison... »

Cette fois, elle cria pour endiguer le flot.

« Je n'ai même pas dix-sept ans !

— Pas de problème. Il suffit d'avoir plus de seize ans, pas dix-sept, pour se marier. Dix-sept ans, c'est pour le permis de conduire. »

Elle éclata de rire. C'était trop. Bien que cela ne lui ressemble pas, il avait dû vouloir faire une plaisanterie sophistiquée. Il lui fallut quelques secondes pour comprendre, à la vue de son expression vexée, qu'il parlait très sérieusement.

« Oh, Sean, ne prends pas cet air-là. Ne sois pas stupide.

— Stupide !

— Oui, c'est stupide de parler de se marier, d'avoir des enfants et un de ces trucs, comment dis-tu, un emprunt. Il faut vivre notre vie, d'abord. Je ne suis pas encore une adulte. Légalement, je ne peux ni signer un contrat, ni faire mon testament, ni rien.

— Arrête, avec ta connerie de loi, tu veux ? »

Elle cilla légèrement, se leva et s'approcha de la gazinière.

« Moi, je vais prendre du thé, même si tu n'en veux pas », annonça-t-elle d'une voix glaciale, la voix d'Ève. Il avait un air boudeur qu'elle ne lui avait jamais vu. Soudain, il lui vint à l'esprit qu'elle ne l'avait jamais contrarié, que tout s'était très bien passé pour lui jusqu'à ce soir. Et voilà que le sultan regardait sa tête et commençait à affûter son épée.

« Ça ne me dérange pas d'aller quelque temps en Écosse, dit-elle d'un ton conciliant. Je serais assez partante pour un peu de changement. Nous pourrions essayer. Le stage ne te plaira peut-être pas. »

Il lui prit la tasse des mains sans remercier.

« Tu ferais mieux de m'écouter, Liza. Est-ce que tu as un peu réfléchi à ce que tu serais devenue sans moi ? Tu serais perdue, tu ne serais rien. Livrée à toi-même, tu ne tiendrais pas le coup cinq minutes vu la façon dont cette garce t'a élevée. Tu ne sais même pas ce qu'est un emprunt ! Tu n'étais même pas au courant pour la pilule ! Ce que tu peux faire de mieux, pour gagner ta vie, c'est des ménages ou la récolte de pommes. Tu ne sais rien en dehors de conneries qui sont dans des livres. Elle t'a rendue infirme à vie, et tu vas avoir besoin de moi pour t'en sortir. »

C'était l'écho des paroles que Bruno avait prononcées devant la gare désaffectée. Elle porta la tasse de thé à ses lèvres mais le breuvage lui parut n'avoir aucun goût.

« Je serai ton mari, je prendrai soin de toi. Y a des gens qui diraient que c'est drôlement chouette, ce que je vais faire, étant donné ce qu'est ta mère et ce qu'elle a fait. Tu ne t'imagines pas que je préférerais vivre dans cette roulotte pourrie plutôt que dans un appart correct, tout de même ? Ce serait bien de partager le local avec les autres types, mais j'ai une responsabilité envers toi, je le sais parfaitement, alors, vendredi, je vais conduire la voiture et la roulotte jusqu'à Glasgow. Je ne peux pas dire que je les emmènerais quoi qu'il arrive, que tu viennes ou pas, parce qu'il faut que tu viennes, tu n'as pas le choix.

— Bien sûr que j'ai le choix.

— Non, ce n'est pas vrai. C'est ainsi, il faut que tu m'accompagnes parce que tu ne peux pas rester ici, sans endroit où vivre, sans famille ni amis, et tu dois le reconnaître, ma chérie, sans compétences. La vérité, c'est que tu es plus près de six ans que de seize. Ce n'est pas ta faute mais c'est ainsi. »

Elle ne répondit rien. Prenant son silence pour de l'approbation, il alluma la télévision. Il avait l'air content de lui, apparemment. Il avait la même expression que Bruno quand il croyait avoir persuadé Ève de s'installer avec lui dans la nouvelle maison. Quelques instants plus tard, il ouvrit une boîte de bière à laquelle il but directement. Il devait sentir le regard de Liza posé sur lui car il se retourna, sourit largement et leva le pouce en signe de victoire, manifestement persuadé que cela allait la rassurer. Elle prit le livre que M. Spurdell lui avait prêté, *Principes élémentaires du droit britannique*, et retrouva le passage où elle s'était arrêtée la veille.

Ce fut leur première nuit de brouille depuis qu'elle partageait le lit de Sean et pour ainsi dire la première où ils ne firent pas l'amour. Allongée dans l'obscurité, elle se dit qu'elle l'avait tellement aimé, comment cela avait-il pu changer ? Comment pouvait-on éprouver une passion pour quelqu'un et, brusquement, plus rien du tout ? Quelques mots, un comportement choquant, des déclarations ne tenant aucun compte de votre sensibilité, et tout s'était envolé. Cela s'était-il déroulé de la même façon entre Ève et Bruno ?

Elle passa la journée du samedi dehors à se promener toute seule dans les champs mais comme il pleuvait le dimanche elle resta au lit, plongée dans son livre. Lorsqu'elle refusa de se lever et de ranger la caravane, de secouer les tapis et de l'aider pour la corvée d'eau, il l'accusa de bouder. Le lundi matin, ils partirent travailler tous les deux et, le soir, se retrouvèrent à cinq heures comme d'habitude. Il faisait complètement nuit quand ils atteignirent la caravane, et il n'y avait pas d'eau. Ils avaient oublié d'aller en chercher avant de partir. Liza s'empara du seau et d'une lampe de poche.

Elle fut frappée par l'absurdité de la situation, le manque d'eau alors qu'il pleuvait tellement. Elle maintint le seau sous la canalisation qui sortait du flanc de la colline et, quand elle l'eut rempli, retourna à la caravane en manquant glisser dans la boue.

Une fois rentrée, elle ouvrit une boîte de Coca-Cola. Elle se lava les mains dans l'évier, et c'est en regardant autour d'elle pour prendre une serviette qu'elle vit ce qu'il avait fait aux livres. Un morceau de jaquette, triangle déchiré avec des lettres rouges sur fond noir, traînait sur la table. Elle sentit une boule se former dans sa gorge. Ils n'avaient pas de corbeille à papiers, seulement un sac poubelle en plastique caché sous l'évier. La vue de ce qu'il contenait lui donna une sorte de vertige. Sean ne la voyait pas, il était en train de regarder la télévision, une boîte de bière à portée de main, une cigarette allumée dans la main gauche. Elle eut l'intuition qu'il s'efforçait de ne pas tourner les yeux dans sa direction, de les garder bien fixés sur l'écran.

Mieux valait vérifier ce qu'il avait fait en examinant les livres qui restaient qu'en fouillant dans le sac poubelle. *Mary Woolstonecraft* avait disparu, ainsi que *La Divine Comédie* et *Les Métamorphoses*. Et *Middlemarch*. Le cœur au bord des lèvres, elle constata qu'il avait épargné les *Principes élémentaires du droit britannique* et les deux romans de Hardy. Ces livres appartenaient à M. Spurdell, et il le savait. Sean respectait toujours la loi. Il n'irait jamais détruire la propriété d'autrui. Elle ne faisait pas partie d'autrui, elle lui appartenait.

Elle traversa la pièce et éteignit la télévision. Il bondit et elle crut un instant qu'il allait la frapper. Mais elle l'avait mal jugé sur ce point. Sean n'irait jamais frapper une femme.

« Pourquoi ? » demanda-t-elle. Pas un mot de plus.

« Allons, ma chérie, tu sais très bien pourquoi. Il faut que tu oublies tout ça, ta vie antérieure. Tu as quitté cet endroit, elle est partie, tu vis dans le monde réel, maintenant. Ces livres, c'était ta façon de te cacher de la vie réelle. Normalement, tu n'en auras pas besoin à l'avenir. Nous avons tout notre avenir devant nous. N'est-ce pas ce que tu disais toi-même ? »

Vraiment ? Pas dans ce contexte, en tout cas. Il triomphait, il avait la situation en main. La colère qui montait en elle était la même que celle éprouvée par Ève, certaines fois. Elle le comprenait, maintenant.

« C'était *mes* livres.

— C'était les *nôtres*, ma chérie. Nous avons déjà parlé de tout ça. D'accord, tu les achetés avec l'argent que tu as gagné. Dans ce cas, je pourrais dire que le Coca-Cola que tu bois est le mien parce qu'il a été acheté avec mon argent. C'est la même chose. »

C'était illogique, or Ève lui avait appris à être logique, à raisonner correctement. Ève avait dû ressentir la même chose lorsque Bruno prétendait avoir une conscience sociale, alors qu'il essayait simplement de justifier son besoin de la posséder entièrement. Elle avait dû éprouver cela quand, au bout de dix-sept ans d'efforts et de rejets, d'espoirs, d'humiliation et d'abandon, Jonathan lui avait enfin demandé de l'épouser.

Liza était impuissante, elle n'avait rien à répondre. Elle pouvait seulement imaginer comment il allait déformer ses propos. Elle disposa leur dîner sur la table, prépara le thé, ralluma la télévision et fut récompensée quand il lui prit la main et la serra dans la sienne. Ils regardèrent ensemble un épisode d'une série hollywoodienne. Ou du moins Sean le regarda, car, si elle avait les yeux fixés sur l'écran, son esprit vagabondait ailleurs.

Elle pouvait nettoyer une maison, aller chercher de l'eau à la source et lire des livres, mais pour le reste il avait raison, à bien des égards, elle était plus près de six ans que de seize. Elle ne pouvait pas se débrouiller seule. Même en travaillant huit heures par jour pour Mme Spurdell ou quelqu'un du même genre, elle ne gagnerait pas plus de cent vingt livres par semaine et d'ailleurs, elle doutait de pouvoir faire huit heures de ménage tous les jours. Et où vivrait-elle ? Comment pourrait-elle tout assumer ?

Existait-il quelqu'un, dans ce monde, qui fût prêt à la payer pour traduire du latin en anglais ? Elle n'en savait rien, sinon que c'était peu probable. Par ailleurs, elle savait pour avoir fouiné dans le bureau de M. Spurdell qu'il fallait avoir des certificats et un tas de diplômes si l'on voulait être employé à autre chose que des travaux ménagers ou ranger des paquets sur les étagères d'un supermarché.

Elle n'avait aucun endroit où vivre. Jonathan Tobias aurait pu l'aider à cet égard, mais il était mort. Elle n'avait pas de père, sinon un homme entre trois, qui ignorait son existence. Ève ne semblait pas se soucier d'elle. Ève ne savait pas où elle était, ce qu'elle était devenue, mais peut-être réagirait-elle comme Ève si elle était à sa place. Peut-être Ève se soucierait-elle de son sort, serait-elle dévorée d'inquiétude, si elle apprenait que Liza n'était jamais allée chez Heather comme elle l'avait prévu. Mais personne n'était venu la chercher, personne n'avait parlé d'elle dans le journal ou à la télévision. Liza savait qu'il n'y avait que Sean pour prendre soin d'elle. Il n'y avait que Sean.

Il lui tenait la main. Bientôt, il lui passa le bras autour de la taille. Il lui inspirait une froide aversion qui se serait probablement transformée en simple agacement après une nuit de sommeil. Si au moins il la laissait tranquille. S'il la laissait digérer la situation à son rythme. Il le fallait, après tout. Elle était obligée de faire contre mauvaise fortune bon cœur, puisque sans lui elle était démunie, incapable.

L'ennui, c'est qu'il n'allait pas la laisser tranquille. Il

dut pourtant percevoir son hostilité, sentir sa répugnance et comprendre qu'il y avait un problème, à la façon dont elle écarta sa main lorsqu'il se mit à lui caresser la cuisse. Ils allaient devoir partager le lit, elle s'y était résignée, mais lorsqu'il manifesta son intention de faire l'amour elle se rebiffa : « Non ! » Puis, « Non, s'il te plaît, je ne veux pas. »

Cela alla beaucoup plus loin. Un jour, elle lui avait demandé s'il serait capable de la prendre de force, et il avait trouvé sa question ridicule. Il ne l'écouta pas quand elle refusa. Il lui imposa le silence en écrasant sa bouche sur la sienne. Il lui bloqua les mains, essaya de lui écarter les jambes de force avec son genou, et, n'obtenant pas de résultat, avec son pied. Pour se justifier, il fit comme si elle jouait les allumeuses, et il rit contre sa bouche en s'excitant comme un chien dans la rue, introduisant brutalement son pénis en elle, l'immobilisant en maintenant ses bras écartés sur toute la largeur du lit.

Elle était sans défense. Cela lui fit mal comme jamais, même la première fois. Quand ce fut terminé et qu'il lui chuchota à l'oreille qu'elle avait aimé ça, il en était sûr, il savait toujours si une fille était satisfaite, elle pensa à Ève et à Trevor Hugues. Ève avait eu les chiens à portée de voix, mais elle, elle n'avait rien.

Il s'endormit sur-le-champ. Elle pleura en silence. C'était idiot, une réaction d'enfant, mais elle ne pouvait pas s'arrêter.

Ève n'aurait jamais supporté d'être traitée ainsi. En aucun cas, Ève n'admettait la persécution. Pas depuis ce qui était arrivé en rentrant de l'aéroport. La souffrance de Liza n'avait rien de comparable mais c'était affreux, un avant-goût de ce que lui promettait l'avenir. Ève s'était vengée sur trois hommes de ce que trois autres lui avaient fait. C'est pour cela qu'elle l'avait fait, pour se venger plus que par peur, par instinct de protection ou par intérêt. Plus par esprit de vengeance que pour Shrove.

Était-ce donc cela que la vie lui réservait ? Faire l'amour quand elle en avait envie, mais aussi quand elle ne voulait pas ? Et faire d'autres choses qu'elle ne voulait pas faire ? Après ce qui venait de se passer, elle pensait n'en avoir plus jamais envie. Elle se rappela que le jour du mariage de Jonathan Tobias Ève avait profité de l'occasion pour lui expliquer des choses. Cela lui arrivait souvent. Elle lui avait donné un cours sur le mariage et les coutumes matrimoniales mais sans parler de tout ça, être obligée de faire ce qu'un homme veut alors qu'on ne veut pas, la façon dont les hommes obtiennent ce qu'ils veulent parce qu'ils sont plus forts, travailler pour eux, les servir, obéir à leurs ordres parce qu'ils ont le droit de vous commander.

Peut-être n'en avait-elle rien dit parce que Liza était encore une enfant. Cela s'était passé dans une autre vie, et Liza n'était plus une enfant. Mais elle se retrouvait une fois de plus dans une position à laquelle elle ne pouvait échapper. Et c'était pire que la première fois, quand seul le courage lui manquait. Aujourd'hui, elle n'avait nulle part où aller.

Toutefois, Ève lui avait fait un autre cadeau, en dehors de lui enseigner toutes ces choses dont Sean prétendait qu'elles ne servaient à rien. Elle lui avait appris à vivre à la dure. La vie n'avait pas été facile. Elles se divertissaient avec le minimum d'équipement. Pas de jeux, de télévision, de cassettes vidéo, de disques compact ni de distractions extérieures. Elles avaient fini par avoir leur salle de bains au bout de plusieurs années. Le pavillon avait un vieux réfrigérateur et un four encore plus ancien, mais il n'y avait pas de chauffage à l'étage, ni d'édredons surpiqués ou de couvertures électriques comme elle en avait vus chez les Spurdell. Elles ne possédaient pas de vêtements neufs — seuls ce jean et son manteau matelassé n'avaient pas été confectionnés par Ève ou achetés au magasin Oxfam. Elles ne consommaient aucun de ces aliments tout préparés auxquels elle s'était habituée avec Sean, sans pour autant les apprécier. Elles avaient pétri leur propre pain, cultivé leurs légumes, fabriqué leur confiture et même leur fromage blanc. Après le départ de Bruno, elles avaient fait tous leurs trajets à pied.

Sa mère lui avait permis d'acquérir une sorte d'endurance, de résistance à la vie, mais quelle en était l'utilité dans un univers de Spurdell et de supermarchés ? On n'avait pas besoin d'être solide, on avait besoin de certificats et de diplômes, de familles et de relations, d'un toit sur sa tête et de moyens de transport, de compétences et d'argent. Eh bien, elle avait mille livres.

Elle vit la ceinture porte-monnaie sur la table où il l'avait jetée après lui avoir arraché ses vêtements. S'il apprenait l'existence de cet argent, il le voudrait. Et quand il le voudrait il le prendrait. Il dirait que ce qui était à elle était à eux, et par conséquent à lui. Elle descendit du lit, lava sur son corps toutes les traces qu'il y avait laissées, enfila un pantalon de survêtement, le chandail rouge et bleu qui tenait chaud et roula la ceinture porte-monnaie le plus serré possible avant de la glisser dans une de ses bottes. Puis, s'écartant de lui au maximum, elle s'endormit.

22

Mme Spurdell montra fièrement à Liza sa boîte de décorations de Noël qui venaient toutes de chez Harrods et déclara qu'il était encore trop tôt pour préparer l'arbre. Il n'était cependant pas utile d'en remettre l'achat à plus tard, quand les meilleurs seraient partis. Philippa et ses enfants devaient venir pour Noël. Jane aussi. Mme Spurdell avait un jour confié le prénom de Philippa à Liza, mais, depuis, elle l'appelait toujours Mme Page, tandis que Jane était « ma plus jeune fille ».

Liza n'avait jamais vu d'arbre de Noël. C'était même la première fois qu'elle en entendait parler, et la raison qui pouvait pousser quelqu'un à déraciner un sapin, le draper de guirlandes métalliques et accrocher des boules de verre à ses branches dépassait son entendement. Quant aux coutumes chrétiennes, Ève ne lui en avait pas appris davantage sur ce point que sur le bouddhisme, le judaïsme et l'islam.

Elle entendait M. Spurdell s'affairer dans son bureau du premier étage. Son école avait fermé ses portes pour Noël. Avec le couple dans la maison, il n'y avait aucune chance de prendre un bain. Elle passa la baignoire au détergent et versa du détartrant dans la cuvette des toilettes. En nettoyant le lavabo, l'idée lui vint d'inspecter le contenu de l'armoire à pharmacie. Là, parmi la poudre dentifrice, la pommade révulsive au camphre et le coricide à la feuille de saule, elle découvrit un tube étiqueté : Mme M. Spurdell,

Amytal [1], un comprimé tous les soirs. Elle ignorait tout des propriétés du produit mais le soupçonnait de vous aider à dormir. Elle glissa le tube dans sa poche.

Elle s'était dit que, si elle demandait son congé avant d'avoir touché son argent, Mme Spurdell serait bien capable de ne pas la payer. Elle envisagea plusieurs stratégies pendant qu'elle poussait l'aspirateur dans le couloir. Ayant décidé de se comporter avec franchise et de ne tromper personne, elle frappa à la porte du bureau.

« Vous voulez faire la pièce, Liza ? demanda M. Spurdell en passant la tête dans l'embrasure. J'en ai juste pour une minute.

— Je terminerai par votre bureau, si vous préférez. Je vous ai rapporté tous vos livres.

— Ça, c'est une bonne petite. Vous pouvez en avoir d'autres si ça vous fait plaisir. Je ne vois aucun inconvénient à prêter mes chers vieux amis à une jeune personne raisonnable qui sait prendre soin d'eux. "Un bon livre, savez-vous, Liza, est le sang précieux des esprits supérieurs."

— Oui, mais je ne veux plus vous en emprunter. Puis-je vous demander quelque chose ? »

Il s'attendait certainement à ce qu'elle lui demande qui était l'auteur de la citation, or elle savait déjà non seulement que c'était Milton mais aussi que cela venait d'*Aeropagitica*, ce qu'il ignorait probablement. Son sourire indiquait qu'il ne souhaitait qu'une chose, transmettre ses connaissances.

« Comment peut-on découvrir où quelqu'un est détenu en prison ?

— Je vous demande pardon ? »

Plus de trace de sourire.

L'heure de la franchise avait sonné.

« Ma mère est allée en prison, et je voudrais savoir où elle est.

— Votre mère ? Bonté divine ! Ce n'est pas une plaisanterie, j'espère ? Vous parlez sérieusement ? »

1. Sédatif barbiturique du genre phénobarbital. *(N.D.T.)*

Il commençait à la fatiguer.

« Je veux simplement savoir à qui je dois écrire ou téléphoner pour découvrir où ils l'ont mise. Je veux lui écrire, je veux lui rendre visite.

— Bonté divine ! Vous m'avez flanqué un drôle de coup. » Il avança d'un pas, jeta un coup d'œil vers la rampe d'escalier et chuchota : « Pas un mot à Mme Spurdell.

— Pourquoi lui en parlerais-je ? dit Liza, avec un geste d'impatience. Existe-t-il un endroit où je pourrais téléphoner ? Je veux dire, un bureau, un commissariat de police, par exemple ? » Elle faisait appel à de vagues souvenirs de séries policières américaines.

« Oh, mon Dieu, oui, je suppose que c'est le Home Office.

— Qu'est-ce que c'est, le Home Office ? »

Il adorait les questions qui appelaient des développements. Précédant son explication de « Vous ne savez pas ce qu'est le Home Office ? » il se lança dans un petit exposé sur la police, les prisons, l'immigration et le ministère de l'Intérieur. Liza cueillit au passage ce dont elle avait besoin.

Elle inspira à fond et prit son courage à deux mains. Les mots de Sean concernant son âge — plus près de six ans que de seize — et son incapacité lui revinrent.

« S'il vous plaît, est-ce que je peux utiliser votre téléphone ? Et d'abord consulter l'annuaire ? »

Ce n'était plus le pédagogue bienveillant dont les yeux pétillaient quand il partageait son savoir. Soudain, ses sourcils se froncèrent et ses lèvres se pincèrent, signe de contrariété.

« Non, je crains que ce ne soit pas possible. Ni l'un ni l'autre. Je ne peux pas accepter ce genre de choses sous mon toit. De plus, c'est l'heure où les communications sont les plus chères. Avez-vous la moindre idée de ce que peut coûter un appel à Londres à onze heures du matin ?

— Je vous rembourserai.

— Non, je suis désolé. Ce n'est pas seulement une question d'argent. C'est le genre de choses où Mme Spurdell et moi-même ne voulons en rien être impliqués. Je suis vraiment désolé mais c'est non, définitivement. »

Elle inclina sèchement la tête et remit l'aspirateur en marche. Quand les chambres furent terminées, elle retourna au bureau de M. Spurdell mais il n'était plus là. Elle chercha rapidement le numéro du Home Office dans l'annuaire. Il y en avait plusieurs. Elle en releva trois, sachant qu'elle n'avait besoin ni d'« Immigration », ni de « Nationalité », ni de « Télécommunications ».

La maison était propre comme un sou neuf, elle avait fait ses heures. Il lui parut plus difficile que jamais d'arracher ses douze livres sterling à Mme Spurdell, qui lui concéda la dernière sous la forme de quinze petites pièces. Liza la remercia et lui annonça qu'elle partait définitivement, qu'elle ne reviendrait plus. Mme Spurdell prétendit ne pas en croire ses oreilles. Lorsqu'elle se laissa enfin convaincre, elle demanda théâtralement comment elle était censée se débrouiller pour Noël. Liza ne répondit pas, empocha son argent et enfila son manteau.

« Je vous trouve très ingrate, et bien sotte, dit Mme Spurdell, vu la difficulté de trouver un emploi de nos jours. »

Elle se mit à crier le nom de son mari, probablement pour qu'il vienne s'opposer au départ de la femme de ménage. Liza franchit le seuil et referma la porte derrière elle. En descendant Aspen Close, elle s'attendait à devoir courir au cas où l'un d'eux se lancerait à sa poursuite, mais rien de tel ne se produisit. Si son admirateur du Duke's Head avait été de service, elle lui aurait demandé l'autorisation d'emprunter son téléphone, mais il y avait une femme à la réception. Comme elle était occupée devant l'ordinateur, Liza monta l'escalier et prit un bain.

Elle n'attendit pas Sean et rentra seule en autobus. Assise au premier rang de l'étage supérieur, elle se dit que, pour une gamine de six ans — comme le laitier qui avait l'âge mental d'un enfant —, elle ne s'en était pas si mal tirée. Ne s'était-elle pas montrée pleine de ressources ? Elle avait récupéré un barbiturique, découvert comment retrouver sa mère, noté un numéro de téléphone, rendu son tablier, pris un bain et, faute de serviette, s'était essuyée avec les rideaux de la salle de bains de l'hôtel.

Aurait-elle fait mieux si elle avait grandi à Londres et fréquenté une pension ?

Sean en avait terminé avec le supermarché. Il avait déballé son dernier paquet de céréales et sa dernière boîte de tomates. Encore un peu sur la défensive mais ne boudant plus, il lui raconta comment le directeur lui avait serré la main en lui souhaitant bonne chance.

« Est-ce que quelqu'un est au courant pour moi ? demanda Liza. Je veux dire, les gens de ton travail. Est-ce qu'ils savent que tu vis avec une petite amie, qui je suis et tout le reste ?

— Non, rien du tout. Je ne parle pas de ma vie privée. Ils pensent que je vis seul.

— Tu vas conduire jusqu'en Écosse ?

— Bien sûr, que je vais conduire. Où as-tu la tête ? On va prendre le train, voyager en première et s'arrêter dans un hôtel quatre étoiles, peut-être ? Tu as encore beaucoup de choses à apprendre en matière d'argent, ma chérie. »

Il commença à s'énerver au sujet d'une nouvelle loi qui venait de passer, interdisant tout stationnement aux caravanes, sauf lorsque le propriétaire du terrain donnait officiellement son autorisation. Plus tôt ils partiraient, mieux ce serait. Est-ce que la loi serait différente en Écosse ? Il avait entendu dire que c'était vrai dans certains cas. Liza en savait davantage que lui, pour avoir lu un article dans le journal de M. Spurdell. Ainsi, elle savait que, si votre caravane était évincée d'un terrain et que vous n'aviez pas le droit de vous garer ailleurs, les autorités locales étaient dans l'obligation de vous héberger. Ce n'était évidemment pas dans une maison ou dans un appartement, cela pouvait très bien être seulement dans une chambre, même une chambre d'hôtel, mais c'était forcément quelque part. Elle se garda bien d'en parler à Sean, ne voulant pas qu'il ricane sur son intelligence et ses aspirations.

Tant qu'ils étaient restés là, elle avait tenu la caravane impeccablement propre. La propreté lui venait naturellement, Ève y avait veillé. Elle ne supportait pas plus d'avoir un foyer sale que de ne pas faire sa toilette. Ce n'en était pas moins un lieu minable, où tout était miteux, usé, éraflé, rayé, écorné, cassé, fissuré et réparé à la va-vite. Mais le pavillon de Shrove n'était pas un palace non plus. Aimerait-elle quelque chose ressemblant à l'« horreur » choisie par Bruno ou à la maison des Spurdell, elle qui n'avait jamais connu autre chose que Shrove ?

La caravane et la voiture, une maison et un moyen de transport. Avec ça, la vie était possible, une forme d'avenir était possible. Elle regarda Sean d'un air songeur. Une existence spartiate n'était pas tout ce qu'Ève lui avait enseigné.

Personne n'avait su où se trouvait Bruno, et personne n'avait cherché à le savoir en dehors d'un agent immobilier facile à berner. Trevor Hugues était séparé de sa femme, trop contente d'en être débarrassée. Personne ne savait que Sean ne vivait pas seul. L'existence de Liza, sa présence auprès de lui, il avait tout gardé secret. Il avait quitté le supermarché, et on ne penserait plus à lui dans cette succursale, ils devaient déjà l'avoir oublié.

À Glasgow, ils s'attendaient à ce qu'il commence son stage le lundi. S'il ne se présentait pas, ils n'allaient pas alerter la police mais en déduire qu'il avait changé d'avis. Elle ne connaissait pas grand-chose de la vie mais les expériences qu'elle avait vécues étaient d'une nature particulière. Peu de gens pouvaient se vanter d'avoir un passé comparable. Elle savait d'expérience, grâce à la disparition de Trevor Hugues et de Bruno Drummond, que la police ne se donne pas beaucoup de mal pour retrouver les personnes disparues. Dans ce cas précis, il était peu probable que l'on signale l'absence d'un stagiaire manquant à l'appel.

La mère de Sean s'était depuis longtemps désintéressée de lui. Ses frères et sœurs étaient disséminés de-ci, de-là, cela faisait longtemps qu'ils n'étaient plus en contact. Le grand-père qui fumait paquet sur paquet de cigarettes était trop vieux pour faire attention. Les gens que Sean qualifiait d'amis étaient des rencontres de café ou des types comme Kevin, qui avaient garé leur caravane à côté de la sienne.

Pendant que Sean regardait la télévision, elle se contempla dans le morceau de miroir fêlé de vingt centimètres sur dix qui était tout ce dont ils disposaient pour voir leur visage. Elle avait eu l'impression qu'Ève n'avait jamais changé. La femme qu'elle avait fuie cent jours et cent nuits plus tôt restait à ses yeux la même que la mère qui l'avait amenée à Shrove quand elle avait quatre ans. Pas plus vieille, pas plus grosse, pas plus flétrie. Et pourtant, en regardant son propre visage maintenant, c'était une jeune Ève qu'elle voyait, différente de l'Ève actuelle, une Ève qu'elle avait oubliée mais qui lui revenait sous ses propres traits. Comme Jonathan l'avait dit un jour, et Bruno à son tour, elle était un clone d'Ève, sans père, le double de sa mère, Mère réincarnée.

Avec les méthodes et les instincts de Mère. Comment Ève aurait-elle réagi ? Elle n'aurait pas subi. Elle ne cédait jamais. Ève aurait discuté, démontré, raisonné, comme elle-même l'avait fait, et ayant constaté que cela ne servait à rien, qu'il n'y avait pas d'accord possible et qu'on ne voulait pas considérer son point de vue, elle aurait fait mine de céder et adopté une attitude conciliante.

Se retirant dans la cuisine où il ne pouvait pas la voir, elle relut les instructions marquées sur le tube d'Amytal. Un comprimé l'endormirait, c'était évident. Deux le plongeraient assurément dans un profond sommeil. Et pendant qu'il dormait ? Il lui avait souvent reproché de ne pas être assez délicate, d'affronter sans ciller la violence, le sang et la mort.

On ne lui avait jamais enseigné que ces choses étaient horribles. À l'encontre d'enfants scolarisés, d'enfants avec des frères et sœurs, des amis et des adultes pour les encadrer, elle n'avait jamais été conditionnée. S'il y avait un aspect de la mort violente qui la choquait, c'était sa propre faiblesse lorsqu'elle avait vomi après la découverte du corps de Bruno. Mais si Ève ne lui avait jamais appris à tressaillir à la vue du sang, elle lui avait inculqué l'exigence de la perfection, le souci de bien réussir tout ce que l'on entreprend. Elle allait faire ceci correctement, proprement, avec efficacité et sans remords.

« À quelle heure partons-nous, demain matin ? lui demanda-t-elle.

— Aussitôt réveillés. Il faudrait que nous démarrions à huit heures.

— Il a cessé de pleuvoir, c'est déjà ça.

— La météo annonce une zone de hautes pressions. Il va faire froid, froid et clair.

— Tu ne devais pas installer la barre de traction ?

— Seigneur, j'ai oublié. »

Elle n'était pas sûre de pouvoir y arriver seule. La dernière fois qu'il l'avait fait, elle n'avait pas pris la peine de regarder. Ce soir, évidemment, elle ne le quitta pas des yeux, suivant tous ses gestes, l'aidant dès que l'occasion se présentait, exactement comme aux premiers jours de leur amour.

Peut-être qu'à seize ans on n'est jamais amoureux très longtemps de la même personne. C'était violent et intense, mais de courte durée. Est-ce que des professeurs comme M. Spurdell et des gens comme Ève se demandaient parfois si Juliette aurait éternellement aimé Roméo ?

Sean s'activait à la lumière d'une lampe-tempête et d'une torche à batterie rechargeable. Emmitouflée dans son gros manteau matelassé, elle était assise sur les marches de la caravane, entourée par la nuit et le calme, goûtant pour la première fois le silence et la solitude des lieux. Comme à Shrove. Cet endroit avait les mêmes qualités que Shrove. Il n'y avait pas une seule lumière visible à plusieurs milles à la ronde, pas même une petite lueur isolée au milieu des collines et des pâturages. La terre noire se déroulait au loin et allait rejoindre le ciel obscur. Le gargouillis discret du ruisseau n'était audible que si l'on tendait l'oreille.

Les étoiles commençaient maintenant à apparaître au-dessus d'elle. La Grande Ourse, pâle et déployée, Orion, stable et lumineuse. La planète blanche immobile, très claire, c'était Vénus. L'air dégageait un éclat qui suggérait la présence d'un gel invisible dans l'atmosphère. Le fracas de deux métaux se heurtant déchirait de temps en temps le silence — c'était Sean au travail —, ainsi que les cris fantomatiques des effraies au creux des arbres, qui se fondaient dans la nuit.

Elle passa les pouces dans sa ceinture porte-monnaie et

en palpa l'épaisseur. Comment savait-elle que, si elle laissait Sean en vie et l'accompagnait dans le Nord, il finirait tôt ou tard par découvrir l'argent et l'exigerait pour lui ? Elle l'ignorait. Elle reconstituait même la scène dans sa tête : elle, lui disant que l'argent lui appartenait en droit, qu'il lui venait de sa mère, et lui, répondant qu'elle n'était pas apte à gérer une telle somme, qu'il en prendrait soin et l'utiliserait pour l'achat de leur maison.

Il finit de rattacher la voiture à la caravane. Ils rentrèrent, et il se lava les mains. Il était tard, plus de onze heures et, comme il ne cessait de le répéter, il fallait qu'ils se lèvent tôt.

« Ne t'inquiète pas, je te réveillerai, lui dit-il. Tu sais comme tu es, tu dors comme une bûche. Je me demande comment tu te réveillerais si je n'étais pas là pour te secouer. »

Elle ne discuta pas. Son personnage de femme raisonneuse appartenait au passé, elle était toute soumission maintenant. Ève avait cédé à Bruno au sujet de la maison et à Jonathan au sujet de la vente de Shrove. Peut-être avait-elle chuchoté « Oui, d'accord », à l'oreille de Trevor Hugues avant de lui mordre la main. Vous cédez, vous souriez, vous leur susurrez : « Tu as gagné. » Vous les leurrez au point de leur faire croire que la victoire est à eux.

« Réveille-moi à sept heures, et je te préparerai du thé. »

Ce n'était pas inhabituel de sa part de dire une chose pareille. Cela lui arrivait souvent, et elle le faisait. Il ne prenait jamais de boisson chaude le soir, toujours au réveil. Elle cacha le tube de comprimés derrière la boîte de sucre, ouvrit le tiroir où ils rangeaient les couverts, couteaux émoussés et fourchettes aux pointes recourbées, et vérifia que le couteau bien affûté, celui qui servait à découper la viande, était à sa place. C'était un avantage d'appartenir à la race qui ne tressaille pas à la vue d'une arme, ni à la perspective de s'en servir.

Il était déjà couché. Elle avait la gorge sèche, et l'estomac noué comme la nuit précédente et celle d'avant. Il ne l'avait touchée ni la veille ni l'avant-veille. Il ne l'avait même pas embrassée. Mais elle n'en avait pas moins peur,

peur de la force de Sean et de sa propre faiblesse, sachant désormais une chose qu'elle ignorait et aurait même refusé de croire, à une époque : une femme, aussi jeune et vigoureuse soit-elle, est sans défense face à un homme déterminé.

Après être entrée dans le lit et avoir éteint la lumière, elle eut l'impression de sentir les yeux de Sean fixés sur elle dans le noir. Puis, comme d'habitude, elle s'habitua progressivement à l'absence de lumière, l'obscurité se fit moins totale, grise plutôt que noire. Dehors, la lune s'était levée, ou plutôt la demi-lune, vu qu'elle éclairait si faiblement. Un mince rai de lumière se faufilait derrière le store de la fenêtre.

Son regard se posa sur elle, et ses lèvres effleurèrent timidement sa joue. Il avait dû percevoir qu'elle s'était aussitôt raidie car il poussa un soupir résigné. Le corps de Liza se détendit de soulagement quand il s'écarta d'elle, roulant sur le côté. Elle se glissa au bord du lit pour mettre autant de centimètres que possible entre eux.

Elle allait dormir, maintenant, et au matin elle le tuerait.

23

PLONGÉE DANS SON rêve, elle était elle-même sans l'être. Elle était également Ève. Baissant les yeux vers ses mains, elle vit celles d'Ève, plus petites que les siennes, avec des ongles plus longs. Elle avait rétréci, elle était réduite à la taille d'Ève.

Pourtant, elle se trouvait dans la caravane où Ève n'était jamais venue. Elle savait qu'elle était en train de rêver et qu'en maîtrisant sa pensée, grâce à un processus de concentration, elle pouvait redevenir elle-même. Il faisait nuit. Elle distinguait tout juste la forme de Sean allongé dans le lit et une masse sous les draps, à côté de lui, comme si un autre corps était couché là, le *sien*. Elle était sortie de son propre corps comme le faisait Ka, selon la croyance des Égyptiens de l'Antiquité. Mais il avait l'air réel, car sa main frémit lorsqu'elle raya sa paume de son ongle. Ce n'était plus Ève puisque Ève était entrée et se tenait debout au pied du lit.

Elles se dévisagèrent en silence. Les mains d'Ève étaient enchaînées, elle était sortie de prison, et Liza savait — mais comment, c'était un mystère — qu'elle devait y retourner. Ève fournit un effort considérable et réussit, en dépit de ses chaînes, à tendre la main et à décrocher le fusil de la paroi de la caravane. Il n'y avait aucun fusil accroché à ce mur, mais elle l'enleva tout de même. Un pâle rayon de lune se refléta sur le métal. Autrefois, il y avait plusieurs années de cela, sa mère avait décroché le fusil du mur. Liza le savait, mais elle ne l'avait jamais vue le faire.

Ève s'approcha d'elle, tenant le fusil dans ses mains entravées par les menottes. Elle ne parla pas, et pourtant son message atteignit Liza. Cela serait facile. Seule la première fois était difficile. Ensuite, elle pourrait encore jouir du sommeil, de la paix de l'esprit et du bonheur. De longues journées d'oubli se succéderaient. Ève souriait. Elle commença à chuchoter sur le ton de la confidence qu'elle s'était enveloppée d'un drap, avait pris un couteau de cuisine et était montée sur la pointe des pieds à l'étage où dormait Bruno.

Alors, Liza se mit à hurler. Elle tendit la main vers Sean, vers le lit, vers son propre corps qu'elle réintégra, son corps qui reprenait forme autour d'elle, se réveillait en même temps qu'elle. Puis elle se retrouva debout, recroquevillée sur elle-même à l'autre bout de la caravane. La lune brillait toujours, sa lumière verdâtre s'insinuait toujours à l'intérieur par l'interstice entre le store et le cadre de la fenêtre. Il faisait un froid glacial.

Peu à peu, grâce au froid, la conscience de la réalité lui revint. Curieusement, le rêve avait été très chaud. Elle tâtonna autour d'elle dans la pénombre, cherchant d'abord le tube de comprimés de Mme Spurdell et ensuite le chandail tricoté par Ève. En l'enfilant par-dessus sa tête, elle eut l'horrible pressentiment que, lorsque ses yeux seraient dégagés, elle verrait à nouveau Ève debout devant elle, enchaînée, souriante, prodiguant ses conseils.

Elle les ouvrit. Sean et elle étaient seuls. Il lui parut alors étrange, presque incroyable, qu'elle ait envisagé de le tuer.

Elle poussa la porte de la caravane tout en sachant que cela ferait rentrer du froid. Les marches étaient luisantes de gelée. Elle fit sauter le couvercle du tube de comprimés et les jeta dans les longues herbes humides du fossé. La gelée brûlait ses pieds nus, qui irradièrent une douleur cuisante lorsqu'elle regagna l'intérieur de la caravane.

C'est là que le désespoir semblait l'attendre. Il était partout, dans l'obscurité froide, les odeurs de corps et les aliments rances. Le monde ne s'était pas écroulé quand Ève lui avait ordonné de partir. Il s'écroulait maintenant, un roc solide succédant à l'autre dans la chute, comme un glissement de terrain. Ève, Sean, elle-même. Bientôt, le sol allait s'enfoncer sous ses pieds, s'entrouvrir et l'engloutir. Elle poussa un petit cri et, dévastée par la douleur et la solitude, se jeta à plat ventre sur le lit en éclatant en sanglots.

Sean se réveilla et alluma la lampe. Il ne lui demanda pas ce qui se passait mais la prit dans ses bras, l'attira contre lui en l'enlaçant fort, s'enfouit avec elle sous les draps. Murmurant qu'elle avait les mains glacées, il les glissa entre leurs corps, contre le sien qui était tout chaud.

« Pleure pas, mon chou.

— C'est malgré moi, je ne peux pas m'arrêter.

— Si, tu peux. Tu vas t'arrêter dans une minute. Je sais pourquoi tu pleures.

— Non, tu ne sais pas, tu ne peux pas savoir. C'est parce que je ne peux pas te tuer, je ne peux tuer personne, je ne suis pas Ève.

— Je comprends, Liza. C'est à cause de ce que j'ai fait l'autre nuit, n'est-ce pas ? J'ai trouvé ça drôle sur le moment, un peu comme une blague, et puis je me suis rappelé ce que tu m'avais demandé la première fois, l'été dernier, de ne jamais te prendre de force si tu ne voulais pas, et j'avais promis de ne jamais le faire. J'ai eu terriblement honte, ensuite, je me suis détesté pour ça.

— Vraiment ? murmura-t-elle. C'est vrai ?

— Je ne savais pas comment te le dire. J'étais trop gêné. À la lumière, en plein jour, eh bien, j'arrivais pas à le dire. Je ne suis pas comme toi, je peux pas m'exprimer aussi bien que toi. Ça aussi, je l'ai senti, tu ne t'en es peut-être pas rendue compte, mais j'ai senti que tu étais mieux que moi à tous les niveaux.

— C'est faux, je ne suis pas mieux que toi.

— Il fait vachement froid ici, je vais allumer le gaz. Je crois pas qu'on se rendormira. Il est bientôt six heures. »

Elle s'essuya son visage humide avec le drap, le regarda se lever, se draper dans des vêtements qui traînaient, approcher une allumette du four. Ses yeux lui faisaient mal d'avoir tant pleuré, et elle avait un peu mal au cœur.

Ce qu'il lui dit ensuite la surprit tellement qu'elle se redressa comme un ressort dans le lit.

« Tu ne veux pas m'accompagner, pas vrai ?
— *Comment* ? »

Il retourna dans le lit et l'attira sous les couvertures. Il la câlina, appuya sa tête contre le creux de son épaule. Il avait toujours les mains chaudes. Elle n'y avait jamais pris garde jusque-là, à moins qu'elle n'ait trouvé cela normal. Elle évoqua les chaudes journées d'été et la façon dont elle l'avait épié la première fois, depuis sa cachette entre les arbres de Shrove, et l'expression perplexe qu'il avait eue en regardant dans sa direction sans la voir, avec l'instinct mystérieux des gens qui se savent observés.

Il le répéta, mais ce n'était plus une question.

« Tu ne veux pas m'accompagner. »

Elle secoua la tête sous les couvertures et, comprenant que son geste ne signifiait rien, chuchota d'une toute petite voix : « Non.

— Est-ce que c'est parce que... je t'ai prise de force ?

— Non.

— Je ne le ferai plus jamais. Ça m'a servi de leçon.

— Ce n'est pas à cause de ça.

— Non, je sais. »

Il soupira et, ce faisant, sentit sa poitrine se soulever et son cœur palpiter sous la joue de Liza.

« C'est parce qu'on n'appartient pas à la même catégorie de gens, dit-il. Je suis quelqu'un d'ordinaire, enfin, je fais partie des prolétaires tandis que, toi, t'as peut-être été élevée de cette drôle de façon, mais, n'empêche, t'es à cent coudées au-dessus de moi.

— Non, Sean, non.

— T'as qu'à écouter la façon dont nous parlons. Je sais très bien que je n'emploie pas les bons mots, que je fais des fautes de grammaire. J'espère que ça va changer quand je serai au stage. Je dirais bien que tu pourrais m'apprendre, mais ça ne marcherait pas. C'est drôle, mais j'ai su dès le début que ça pourrait pas marcher, l'été dernier, seulement je refusais de l'admettre. J'imagine que j'étais amoureux. Je l'étais, d'ailleurs, je le sais. Ça m'était jamais arrivé avant.

— Moi non plus.

— Non, mais t'avais pas eu l'occasion, non plus. Moi,

j'ai eu l'occasion mais ça ne m'est pas arrivé. Pas jusqu'à ce que je te rencontre. Mais alors, ma chérie, comment tu vas t'en sortir toute seule ?

— Je me débrouillerai.

— Je t'aime vraiment, Liza. C'était pas seulement pour le sexe. Je t'ai aimée dès la première seconde que je t'ai vue. »

Elle leva le visage vers lui et tendit sa bouche vers la sienne. Le contact de ses lèvres et de sa langue achevèrent de lui réchauffer le corps. Elle sentit surgir la vague familière du désir. Il soupira de plaisir et de soulagement. Ils firent l'amour à demi vêtus, enfouis sous les piles de couvertures, lui avec ses mains chaudes et elle, avec les siennes encore glacées, tandis que la flamme bleue du gaz palpitait et que les gouttes de condensation dégoulinaient le long des fenêtres.

Il était huit heures quand ils se réveillèrent, beaucoup plus tard qu'il ne l'avait prévu. Elle était en train de faire du thé, vêtue de son manteau matelassé, lorsqu'il lui dit :

« Tu sais ce que je vais faire ? Je vais te laisser la roulotte. »

Elle se retourna.

« La caravane ? »

Il crut qu'une fois de plus elle le corrigeait.

« D'accord, prof. La caravane. Il faut toujours que tu aies le dernier mot, n'est-ce pas ? Tu sais toujours tout mieux que les autres. C'est ça que tu devrais devenir, plutôt que médecin ou avocat, tu devrais devenir prof.

— Tu voulais vraiment dire que tu allais me laisser la caravane ?

— Bien sûr. Écoute, j'allais partir avec la roulotte à cause de toi, mais si tu ne viens pas je ferai mieux de partager l'appartement avec les autres, ce sera plus simple.

— Tu pourrais la vendre.

— Quoi ? Ce vieux clou ? Qui en voudrait ? »

Son hésitation fut de courte durée.

« J'ai un peu d'argent, dit-elle. Je l'ai trouvé quand je suis allée à Shrove. Il appartenait à Ève, mais elle aurait certainement voulu que je le prenne.

— Tu ne m'en avais pas parlé. Pourquoi tu ne m'as rien dit ?

— Parce que je suis monstrueuse — ou parce que je te croyais monstrueux. Tu ne vas pas te fâcher maintenant ! Ça fait beaucoup, il y a plus de un millier de livres. »

Elle eut honte, ayant cru qu'il allait se jeter sur l'argent à la première occasion alors qu'il était en train de secouer la tête :

« J'ai toujours dit que je ne vivrais jamais aux crochets de ma petite amie et je le pense. Même si — et là, il eut un sourire pitoyable — tu n'es plus ma petite amie. Tu en auras besoin, ma chérie, dans tous les cas. À ta place, je prendrais contact avec la dénommée Heather. Si ça se trouve, elle s'est demandée ce que t'étais devenue. Ça la rassurera d'avoir de tes nouvelles. Comme ça, vous pourrez peut-être aller voir ta maman toutes les deux. »

Liza lui donna une tasse de thé.

« Je vais te dire ce que je vais faire, Sean. Je vais nous préparer un énorme petit déjeuner avec des œufs et du bacon, des pommes de terre sautées et des croûtons, et si cela empeste dans la caravane qu'est-ce que ça peut faire ?

— Nous nous retrouverons, un jour, n'est-ce pas ? dit-il en entamant son premier œuf. On ne sait jamais, nous aurons peut être changé tous les deux.

— Bien sûr que nous nous retrouverons. »

Elle savait que leurs chemins ne se croiseraient plus jamais. Quoi qu'il devienne, elle aurait changé au point d'être méconnaissable.

« Tu vas avoir besoin de quelqu'un pour prendre soin de toi. »

Il se tracassait, tout en préparant ses bagages. C'était des sacs en plastique du supermaché, il n'avait que ça comme valises. Se sentant coupable à l'égard de Liza, il s'inquétait pour elle.

« Tu vas faire signe à Heather, hein, c'est promis ? L'argent que tu as, ça ne fait pas tant que ça. Tu sais quoi ? Je vais te déposer en ville, c'est sur ma route. Comme ça, tu pourras lui téléphoner de là-bas.

— D'accord.

— Je me sentirai plus relax, ma chérie. »

Au lieu de haïr la nouvelle situation, il était plutôt soulagé, elle le lisait dans son regard. Demain, il serait nettement soulagé, et le surlendemain ce serait la libération. Il n'en reviendrait pas de sa chance. En cet instant, les choses étant ce qu'elles étaient, il faisait un gros effort pour prendre l'air triste.

« Je vais me faire du souci pour toi.

— Laisse-moi ton adresse, dit-elle, et je t'écrirai pour te raconter ce que je deviens. Je te le promets. »

Il lui lança un regard en coin.

« Pas de mots trop longs, s'il te plaît. »

Les deux cabines téléphoniques de la place du marché étaient libres. Sean se gara devant. Il fouilla dans la poche de sa veste et lui donna toute la petite monnaie qu'il possédait : des pièces pour appeler Heather et d'autres pour appeler le Home Office. Il y en avait suffisamment pour tenir même si on la faisait attendre, le temps de trouver son interlocuteur. D'abord, expliqua-t-il, il fallait qu'elle demande le numéro de Heather aux renseignements. Elle avait bien gardé l'adresse, n'est-ce-pas ?

— Au fond, tu ferais peut-être mieux de venir quand même avec moi, ma chérie. Juste une semaine ou deux, le temps qu'on te trouve un endroit où aller, en attendant d'être sûrs de cette Heather. »

Elle secoua la tête.

« Tu n'as pas pris la roulotte, rappelle-toi. Tu m'as laissé la roulotte. »

Elle lut dans ses yeux qu'il lui était reconnaissant d'avoir utilisé son mot. Ils semblaient pleins d'amour, comme ils l'étaient aux premiers jours, ceux où ils cueillaient des pommes, ceux des champs ensoleillés. Elle leva le visage et l'embrassa, un long baiser très doux mais dépourvu de passion. Qu'elle ait pu envisager de le tuer la perturbait et la perturberait toujours. Même si elle n'y avait pas pensé sérieusement, si ce n'était qu'une fiction née de l'anxiété et du souvenir, elle ne l'oublierait jamais. Et surtout cela rendrait impossible toute forme d'amour, de vie en commun ou même de camaraderie entre eux.

« Allez, démarre, dit-elle. N'agite pas la main. Je m'en sortirai très bien. Bonne chance. »

Elle regarda pourtant la voiture s'éloigner, elle ne pouvait s'en empêcher. Et il agita la main. Il fit même quelque chose de drôle, il lui envoya un baiser. Elle se retrouva sur le trottoir de la place du marché, dans le froid, entourée de gens venus faire leurs courses.

Les cabines téléphoniques n'étaient plus libres. Il y avait une femme dans l'une d'elles et un garçon dans l'autre. Elle s'assit sur le muret de brique qui entourait le massif de fleurs où il n'y avait pas de fleurs mais de la terre parsemée de givre. Peu lui importait combien de gens entraient dans ces cabines, qu'une file d'attente de cinquante personnes se forme, que quelqu'un les vandalise comme c'était arrivé à celle devant le supermarché, dont le téléphone avait été arraché. Cela lui était parfaitement égal puisqu'elle n'avait pas l'intention de téléphoner à qui que ce fût. Son objectif, maintenant, était de réfléchir au moyen de trouver une certaine rue.

Elle y réfléchit donc. Si elle ne se concentrait pas sur quelque chose de pratique, la peur allait l'envahir, elle allait prendre conscience de son absolue solitude. Il faudrait bien qu'elle y soit confrontée à un moment ou un autre, mais pas tout de suite. Elle eut la vision d'une petite fille ignorante et stupide qui pleurait assise sur un muret et décida de ne pas la laisser devenir une réalité. Elle entrerait dans un magasin et demanderait son chemin.

Ils ne savaient pas. Le magasin était rempli de petits objets qui s'appelaient, sauf erreur de sa part, des souvenirs. Broches et porte-clés, petites boîtes, animaux en peluche, poupées en plastique et tasses en porcelaine dont elle croyait difficilement que quiconque put avoir envie de les posséder. Tous les gens qui travaillaient là vivaient en dehors de la ville. « Vous pourriez vous procurer un plan », suggéra l'un d'eux. « Où ça ? » demanda-t-elle, et, s'ils la regardèrent d'un drôle d'air, ils n'en répondirent pas moins : « Dans une papeterie, oui, c'est le meilleur endroit. Il y en a une trois numéros plus bas. »

C'était vrai. Et ils avaient un plan des rues de la ville.

Ils n'eurent pas l'air de juger sa requête insolite. Sa destination était très éloignée, à trois kilomètres de là, calcula-t-elle d'après l'échelle.

En chemin, elle passa devant des clochards qui avaient passé la nuit sur le trottoir ou, au mieux, dans une embrasure de porte. Cela lui rappela la réflexion de Sean concernant les « pauvres clodos qui dorment sur les trottoirs ». Allait-elle finir comme eux ? Ce n'était pas impossible. Mille livres n'étaient pas la fortune qu'elle avait cru en prenant la boîte en métal. Cela ne paraissait pas beaucoup, s'il fallait en donner le cinquième pour avoir la paire de chaussures qu'elle aperçut dans une vitrine, sur son passage.

Les magasins s'arrêtaient peu après. Elle vit ensuite un endroit dont la porte était à moitié bloquée par une voiture de pompiers rouge. En ayant vu une du même genre à la télévision, elle l'identifia aisément. Il y avait juste à côté une imposante bâtisse avec une lampe bleue au-dessus de la porte et un tableau d'affichage de chaque côté de l'entrée. La lampe bleue, comme celle de la voiture, lui indiqua ce dont il s'agissait avant qu'elle ait lu le panneau « Police du comté ».

Elle s'arrêta devant un tableau d'affichage et regarda une photo. Curieusement, elle sut que c'était une toile de Bruno avant d'identifier son propre portrait. Les traits épais, les couleurs fortes qui n'avaient jamais été les siens. Aucun passant ne l'y reconnaîtrait. Si quelqu'un arrivait maintenant, il n'établirait jamais le lien entre le barbouillis marron et jaune de la photo et la jeune fille qui la regardait.

La police ne pouvait probablement pas faire mieux. Ils n'avaient rien d'autre. Ils n'avaient sans doute jamais eu affaire à une personne disparue qui n'ait jamais été prise en photo. *Avez-vous vu cette jeune fille* ? disait-on sur l'affiche. Et aussi qu'elle était recherchée, précisant son nom et son âge, sa taille, son poids et la couleur de ses cheveux, et demandant à toute personne sachant où elle se trouvait de prendre contact avec eux.

Liza tourna les talons. Elle se sentait considérablement plus joyeuse et même pleine d'espoir. Ève ne l'avait pas oubliée, Ève avait besoin d'elle. Si personne ne l'avait retrouvée, c'est que l'unique image d'elle existante était l'étrange barbouillis de Bruno. Elle allongea le pas dans la rue bordée de petites maisons rouges rattachées les unes aux autres, qui dessinaient une ligne continue de toits, de cheminées et de petits jardins, une voiture garée au bord du trottoir devant chacune d'elles. La chaleur commença à se répandre dans son corps, et elle sentit le sang affluer à ses joues.

La maison où elle se rendait ne ressemblerait pas à celles-ci, avait-elle décidé, mais soit à celle de M. et Mme Spurdell, soit à celle que Bruno avait failli acheter, soit à un mélange des deux. Le genre de maisons qui commençaient à apparaître maintenant, jolies et proprettes, avec un petit terrain bien protégé par un mur.

Le nom de l'endroit où elle avait grandi et l'année de sa naissance. Shrove Road se trouvait à la bordure de la ville, là où commençait la campagne. Le numéro 76 n'était pas du tout ce à quoi elle s'était attendue mais une maison qui donnait l'impression de surgir d'une époque révolue, lorsqu'il n'y avait d'autres constructions que l'église, le manoir et les fermes. À son avis, celle-ci devait avoir été une petite ferme autrefois, elle était encore entourée à ce jour d'un grand terrain planté d'arbres.

Soudain, elle eut peur. De ne trouver personne, de s'être trompée dans ses conjectures et ses évaluations, de devoir retourner à l'arrêt du car en passant devant les clochards. La sonnette de la porte d'entrée ne faisait pas un bruit de grelot comme à Aspen Close ou de carillon comme à Shrove, elle bourdonnait. Elle retira vivement son doigt, comme si l'insecte qui avait produit ce bruit venait de la piquer, puis, reprenant confiance, appuya à nouveau.

Jane Spurdell ne la reconnut pas. S'en rendant compte, Liza fut prise d'une inspiration subite : elle ramassa ses cheveux des deux mains et les ramena en arrière.

« Je sais. Vous êtes Liza. Attendez une seconde... Liza Holford.

— Oui.

— Entrez. Vous devez avoir froid. » Un coup d'œil

dehors lui avait suffi pour savoir que Liza était venue à pied. Mais d'où ? « J'habite à des lieues de tout.

— J'ai l'habitude d'être à des lieues de tout », répondit Liza, et ce fut le début de son récit. Pas la totalité, pas toute une vie en cent nuits, mais l'essentiel et le compte-rendu de la situation présente.

Jane Spurdell prépara du café. Elles s'installèrent dans le salon qui était en désordre, mais un désordre sympathique plein de livres sur des étagères, empilés sur des tables et même par terre.

« Je veux faire une licence de droit mais je sais qu'il y en a pour longtemps. Il faut d'abord que j'obtienne... elle ne se rappelait plus le nom de l'examen..., euh, mon baccalauréat, je crois. Et puis je veux trouver ma mère et aller la voir. Je dispose de mille livres et d'une caravane pour dormir.

— Le droit me paraît être une bonne idée. Pourquoi pas ? répondit Jane Spurdell. Vous pouvez utiliser mon téléphone si vous désirez appeler votre mère. » Elle avait l'air un peu embêtée. « Pour ce qui est de la caravane, je ne suis pas sûre. Je veux dire que, si vous êtes venue me demander l'autorisation de la garer ici, il faudra que je réfléchisse.

— Oh, non ! Elle est sur un emplacement d'où ils me demanderont de partir, et comme je ne pourrai pas, ils seront obligés de me trouver un hébergement. Ils y sont tenus. » Liza finit son café. Elle avait chaud, maintenant, et se sentait forte. « En fait, je suis venue vous demander de faire quelque chose pour moi parce que je sais que le vous pouvez.

— Oui ? »

L'espace d'une seconde, Jane s'était exprimée comme son père, mais Liza ne voulut pas en tenir compte. Elle parla d'une traite :

« S'il vous plaît, pouvez-vous faire en sorte que j'aille à l'école ? »

Jane éprouva un grand soulagement, Liza le vit bien. Elle s'attendait à quelque chose, mais certainement pas à ça. Elle croyait que Liza allait lui demander de l'argent, du temps, de l'attention, voire, peut-être, de l'affection.

« Bien sûr que je le peux, dit-elle avec un sourire illuminé. Il n'y a rien de plus facile. Cela ne pose pas de problème. Vous pouvez commencer en janvier. J'aimerais simplement qu'il y ait plus de gens comme vous. C'est tout ce que vous voulez ? »

Liza poussa un grand soupir. Elle se sentait très bien, elle n'allait pas fondre en larmes parce qu'elle était rassurée, ou commencer à raconter son histoire. Une vie nouvelle et bonne commençait, il fallait qu'elle s'en persuade et reste stoïque.

« C'est tout ce que je veux, aller à l'école. Et aussi, puis-je avoir encore un peu de café s'il vous plaît ? » ajouta-t-elle en tendant sa tasse.

Achevé d'imprimer en janvier 1995
sur les presses de Brodard et Taupin
à La Flèche
pour le compte des Éditions Calmann-Lévy
*3, rue Auber, Paris 9e*

N° d'impression : 1326 L-5
Dépôt légal : janvier 1995
N° d'éditeur : 12095/02